Jana Frey

Wenn du mich brauchst

Jana Frey
wurde 1969 in Düsseldorf geboren. Nach ihrer Schulzeit in Wiesbaden studierte sie in Frankfurt, San Francisco und Auckland/Neuseeland Literatur, Kunst und Geschichte. 1994 erschien ihr erster Jugendroman. Inzwischen hat sie zahlreiche von der Presse hochgelobte Bücher für Kinder und Jugendliche geschrieben. Ihr Roman »Höhenflug abwärts« wurde für den Jugendliteraturpreis nominiert.
Jana Frey lebt mit ihren vier Kindern und dem Familiendalmatiner Luzie am Rhein.

Weitere Bücher von Jana Frey im Arena Verlag:
Kein Wort zu niemandem

Jana Frey

Wenn du mich brauchst

Arena

Malin, Tom - tausend Dank!

FSC
www.fsc.org
MIX
Papier aus verantwortungsvollen Quellen
FSC® C022125

2. Auflage 2011

Covergestaltung: Frauke Schneider
Gesamtherstellung: Westermann Druck Zwickau GmbH
ISBN 978-3-401-06277-8

www.arena-verlag.de
Mitreden unter forum.arena-verlag.de

Wie eine goldene Orange versinkt im Westen die Sonne hinter den Bäumen. Hinter Orangenbäumen. Zitronenbäumen. Und Avocadobäumen.
Hannah! Oh, Hannah!
Esther im hinteren Garten ist ruhig. Ruhig und nachdenklich, obwohl sie doch schon etwas getrunken hat. Normalerweise wird Esther beim Trinken wütend, aber heute nicht. Esther auf der alten, ramponierten Schaukel, die eigentlich David, Hannah und Jonathan gehört, ist tief in Gedanken. Sie muss eine Entscheidung treffen.
Sanft lässt sie sich hin und her schwingen, wie das Pendel einer Uhr.
»Wej is mir«, murmelt sie ein einziges Mal, dann verstummt sie wieder. Ihre Gedanken sind weit weg. Weit, weit weg.
Esther mit den meergrünen Augen.
Und Hannahs grüne Augen. Moosgrün.
Oh, Hannah!

1. SKY

Die Sonne war untergegangen. Moon lehnte mal wieder an der offenen Terrassentür und blickte auf den noch rot gefärbten Himmel. Mom stritt sich – ebenfalls mal wieder – mit Dad am Telefon herum. Und Kendra und ich saßen einfach nur so herum.

»Wie ist das eigentlich nun mit deinen Eltern?«, fragte meine beste Freundin mit einem Seitenblick auf meine Mutter und streichelte Godot, unseren Mischlingshund, der zwischen uns auf dem Fußboden lag. »Sind sie noch zusammen oder haben sie sich doch getrennt?«

Ich zuckte mit den Achseln. Wer wusste das schon genau? Moon und ich jedenfalls nicht.

Kendra schaltete unseren unmöglichen, uralten Fernseher ein und zappte sich durch die Programme, indem sie mit aller Wucht auf die altersschwache Fernbedienung einhämmerte.

Kendra wohnt in einer viel besseren Gegend als wir, im ländlichen Abschnitt des San Fernando Valley, aber im Grunde lebt sie fast so sehr bei uns wie ich, denn sie ist fast immer hier.

Hier, das ist am Hillcrest Drive in Hollywood, was imposant klingt, aber nicht imposant ist, denn wir sind weit von Beverly Hills und dem Walk of Fame und den Universal Studios entfernt. Wir leben ziemlich weit im Süden von LA am Hillcrest Drive in einem kleinen, zweistöckigen schäbigen Haus, das seine besten Jahre lange hinter sich hat. Meine Mom liebt es trotzdem, obwohl praktisch jeden Tag etwas darin kaputtgeht. Es ist im Grund kein schlechtes Haus, nur reparaturbedürftig. Die Außenverkleidung müsste gestrichen werden, der Stuck bröckelt, das Dach ist alt und durchlässig, eine Treppenstufe zum niedrigen Obergeschoss ist zerbrochen, aber wir haben uns längst an den großen Schritt zwischen Stufe drei und fünf gewöhnt. Unter der zerbrochenen Holzdiele von Stufe vier bewahren meine Mutter und Moon kleine Cannabisvorräte auf. Und Moon seine eigenen Gedichte. Und meine Mutter in einem winzigen Tondöschen die Reste von Moons und meinem Bauchnabel. Ziemlich eklig, aber sie hängt daran. Kendra, der ich die Dinger mal gezeigt habe, dachte, Moons Bauchnabelrest wäre ein Stück Vorhaut.

In der Küche lässt sich der Warmwasserhahn nur mit einer Rohrzange auf- und zudrehen, weil der Drehgriff abgebrochen und das Verbindungsstück zum Hahn verrostet ist. Im Gästebad gibt es überhaupt nur kaltes Wasser. Und das auch nur in einem dünnen, kümmerlichen Rinnsal. Außerdem wächst unser wilder Garten, in dem zwischen viel Gestrüpp der knorrige Olivenbaum steht, den Moon liebt, uns ins Haus.

Wir haben eine Vielzahl von unterschiedlichen Moosen und Flechten, die gemächlich durch die Hintertür in die Küche wuchern, und einen hartnäckigen, interessant lilafarbenen Schimmelbefall im Wintergarten. Der größte Schimmelfleck, der immer wieder hervorkommt, wie brutal man auch gegen ihn vorgeht, hat fast unheimlich exakt die Form der Vereinigten Staaten. Moon gefällt das.

»Amerika, nichts weiter als ein bisschen Schimmel«, sagt er manchmal und lacht leise. Und dann war da natürlich noch der Schimmel im Schimmelzimmer. »Geld! Hörst du, Leek?«, rief meine Mutter gerade. »Geld! – Soll ich es dir buchstabieren?« Sie saß im Yogaentspannungssitz, dem *Sukhasana*, mitten in unserem vollgestopften Wohnzimmer, die Handrücken auf die Knie gelegt, ihre Daumen und Zeigefinger berührten sich. Das schnurlose Telefon hatte sie sich mühsam zwischen Ohr und Schulter geklemmt. Meine Mom saß immer im *Sukhasana,* wenn sie mit meinem Dad telefonierte. Weil dann Ärger und Streit und Katastrophen drohten. Er konnte mal wieder pleite sein, er konnte Stress mit einer seiner Kurzzeitfreundinnen haben oder von einem Schub Schwermut befallen sein.

»Was heißt, du hast auch nichts? Und wovon, bitte schön, sollen wir leben, Leek? Kannst du mir das mal sagen? So kann das nicht weitergehen. Sky hat in zwei Monaten Abschlussball, hast du das vergessen? Sie braucht ein Kleid. Wir haben nicht mal mehr Zahnpasta im Haus. Geschweige denn etwas Essbares. Außerdem braucht der verflixte Hund eine Impfung. Und die Stromrechnung ist nicht bezahlt. – Warum verkaufst du kein Bild, Lawrence? Hast du keine Aufträge? Was machst du eigentlich den ganzen Tag so in Venice Beach? Auch etwas anderes als kiffen und vögeln?«

Moons und mein Blick trafen sich kurz. Moon, der meiner Mutter ähnelt, äußerlich wie innerlich, zog eine Augenbraue nach oben. Dann löste er sich von der Terrassentür und ging wortlos in den Garten hinaus.

Godot war inzwischen eingeschlafen und scharrte im Traum mit den Pfoten, Kendra schaute sich in gedämpftem Ton eine alte *Ellen De Generes Show* zum Thema Lesbisch-Sein an und ich versuchte, mich an eine Zeit zu erinnern, in der Leek und Rosie, meine Eltern, sich noch nicht pausenlos über alles gestritten hatten.

Es gelang mir nicht.

»Deutschland, Leek!«, sagte meine Mutter in diesem Moment wütend. »Ich weiß, du glaubst mir nicht. Aber eines Tages passiert es und ich gehe zurück. Mit Moon und Sky – und wenn es sein muss, auch mit Godot, dem Stinktier!«

Nach Deutschland? Zu Oma Dorothea und Opa Herrmann? Nur über meine Leiche.

Ich bin Sky. Sky Lovell, sechzehn Jahre alt.

Meine Eltern haben sich 1992 in San Francisco, im berühmten Stadtteil Haight-Ashbury, kennengelernt. Und exakt neun Monate nach dem Nachmittag, als Leek meiner Mutter begegnete, die heute vielleicht der letzte Hippie auf Erden ist, wurde Moon geboren.

Sie trafen sich vor dem Haus, in dem in den Sechzigerjahren Janis Joplin gelebt hatte. »Du sahst so verloren aus«, erzählte Leek. »Und du hast dieses idiotische Haus fotografiert!«

»Ich sah *nicht* verloren aus«, sagte Rosie ärgerlich. »Und in dem Haus hat immerhin *Janis Joplin* gewohnt!«

»Doch. Verloren und schön«, beharrte mein Dad, wenn er diese Kennenlerngeschichte erzählte. »Und du hast ein schreckliches Englisch gesprochen, als du mir erklärt hast, was für ein Fan du bist und dass du alle ihre Platten hast.«

Meine Mom lächelte dann. »Ja, das stimmt. Ich war besser in Französisch, aber in Paris habe ich keinen getroffen, für den es sich gelohnt hätte, in Frankreich zu bleiben. Und so habe ich es in Amerika versucht. Es war mein erster Tag in den Staaten. Du warst praktisch der erste Mensch, mit dem ich ein englisches Wort gewechselt habe. Und du warst nicht die Spur mein Typ, Leek Edward Lovell! Rote Haare. Weiße Haut. Sommersprossen überall. Aber ich wollte – verflixt noch mal – weg aus Deutschland! Und das so schnell und gründlich wie möglich.«

Leek lächelte dann auch.

Mein Dad, mit richtigem Namen Lawrence, war Amerikaner

mit irischen Wurzeln. Daher seine roten Haare und seine grünen Augen, die ich geerbt habe. Damals studierte er in Berkeley Kunst. Obwohl seine Eltern darauf bestanden hatten, dass er Medizin studierte, aber Leek kann nicht mal Blut sehen. Geschweige denn andere menschliche Innereien. Oder überhaupt Innereien. Darum ist er auch Vegetarier.

»Wie dem auch sei«, sagte Leek und lachte leise. Dieses leise Lachen ist die einzige Ähnlichkeit zwischen ihm und Moon.

»Dann war dieses dünne deutsche Mädchen mit den bunt gefärbten Haaren, dem trotzigen Gesichtsausdruck und dem unmöglichen deutschen Akzent plötzlich und unerwartet schwanger und wir brauchten dringend Geld, weil sie immerzu Hunger hatte«, erzählte er. »Und darum habe ich das Studium hingeschmissen. Weißt du noch, wie hungrig du damals dauernd warst, Rosiedarling?«

»Plötzlich und unerwartet!«, sagte meine Mutter, beugte sich vor und fuhr Leek zärtlich durch die wirren roten Haare. »Du hast mich verführt. Am Strand. Unter dieser Brücke. Es wimmelte von Mücken um uns herum. Und das Meer machte einen Riesenlärm. Außerdem war ich kein *Mädchen* mehr, ich war zwanzig, Mr Lovell. Und ich hatte dich gewarnt, dass ich nicht die Pille nehme. Und du sagtest daraufhin: ›Gut, dann machen wir jetzt eben ein Baby.‹«

»Seine Liebe zu Zwanzigjährigen hat er sich jedenfalls durch die Jahre hindurch bewahrt«, flüsterte Moon mir mit düsterer Miene zu. Und das stimmte. Die Frauen, die reihenweise bei Leek in Venice in seinem Apartment in der Lower Street logierten, waren alle sehr jung. Es war immer das Gleiche. Er sah sie irgendwo, manchmal nur vom Auto aus im Vorbeifahren, und dann machte er einen Riesenaufstand, bis er sie auf einen Termin zum Malen festnageln konnte. Er bremste einfach und nahm dabei Auffahrunfälle in Kauf, er rannte den Frauen, auf die er es abgesehen hatte, durch Straßenblöcke hinterher, er hat sogar mal einen Radioaufruf gestartet, um eine bestimmte Frau wiederzufinden, die in einer Straßenbahn an ihm vorübergefahren war, während er in einem Bistro saß und ein französisches Zwiebelbaguette aß.

Leek malte alle Frauen nackt. Und dann hatte er Sex mit ihnen. Und sie wohnten eine Weile bei ihm. So ist der Lauf der Dinge.

»Moon kam unter Sternen und bei Mondschein zur Welt«, erzählt Leek und lächelt meinem Bruder zu. Moon lächelt nicht zurück.

»Ja, wir waren auf den Twin Peaks. Es war eine sehr spirituelle Nacht. Nur Leek und ich mit meinem Riesenbauch und Betty, die Hebamme«, ergänzt Rosie und legt ihre Hand auf Leeks Knie. »Es war wunderschön.«

»Ja, wunderschön«, wiederholt Leek sarkastisch. »Betty fürchtete sich die ganze Zeit davor, ein Ranger könne auftauchen und uns ertappen. Sie zitterte um ihre Hebammenzulassung, aber Rosie bestand ja auf dieser Wahnsinnsgeburt. Ich war zum Glück völlig *stoned,* sonst wäre ich vermutlich durchgedreht in dieser Nacht. Alleine das viele Blut . . .« Leek schauderte, aber dann lachte er wiederum leise und angelte seinen Tabak aus der Tasche und dazu ein paar Krümel Cannabis.

»Und ein Jahr später kamst du schon«, sagte meine Mutter zu mir.

Ich nicke. Aber die Geschichte meiner Geburt war bei Weitem nicht so romantisch wie die von Moons Geburt. Damals lebten wir schon in LA und Leek hatte die ersten Aufträge von Galerien. Mum und er hatten auf einmal Geld, aber während der Schwangerschaft gab es Komplikationen und Rosie musste ins

Krankenhaus, um mich zu bekommen. Dabei hasste sie Krankenhäuser wie die Pest.

Kendra und ich sind im selben Krankenhaus zur Welt gekommen. Im Howard-Spencer-Memorial-Hospital, einem riesigen Betonklotz mitten in LA.

Nur kam Kendra drei Monate und drei Tage vor mir.

Leek und meine Mutter haben mich Sky genannt, aber die Geschichte, warum ich so heiße, ist eine ganz andere.

2. HANNAH

Das Beste an Südkalifornien ist die Natur.
Wir haben eine Menge Zitronenbäume im Garten. Esther sagt, sie wachsen hier – Zitronenbäume, meine ich –, weil es vor langer, langer Zeit mal echte Landwirtschaft in dieser Gegend gegeben hat. Ist das zu glauben? Landwirtschaft in LA?

Wir wohnen im westlichen Gebiet von Beverlywood in einer ziemlich großen jüdischen Gemeinde. Von meinem Fenster aus kann ich die Synagoge sehen. Und es gibt jede Menge koschere Restaurants und Bäckereien hier.

Wir haben ein großes, schönes Haus, mein Vater hat seine Werkstatt im Erdgeschoss. Er ist Geigenbauer. *Moshe E. Greenberg – Geigenbaumeister, Meister-Celli – Termine nach Vereinbarung* steht auf einem goldenen Schild neben unserer breiten, verschnörkelten Haustür.

»Hannah?«

David schaute zur Tür herein.

»Was ist? Siehst du nicht, dass ich telefoniere?«

»Klar sehe ich das. Ich bin ja nicht blind«, sagte David. »Mit wem telefonierst du denn? Lass mich raten. – Mit Shar?«

David ist mein Bruder. Er ist zwei Jahre älter als ich und wird im Herbst aufs College gehen. Mit Shar meinte er Sharoni, meine beste Freundin. David mag sie, auch wenn er das nie direkt zugibt, denn ich glaube, er will sie eigentlich gar nicht mögen. Sie ist absolut nicht sein Typ. David ist religiös und Sharoni ist zwar jüdisch, aber ein absoluter Freak und damit das genaue Gegenteil von David. Sie ist vor einem Jahr aus New York hierher gezogen.

»Ja«, sagte ich knapp.

»Grüß sie«, verlangte David, rückte seine schwarze *Kippah* zurecht und steckte sie ungeduldig fest. David hat sehr widerspenstige schwarze Locken und seine *Kippah* verrutschte jedes Mal, kaum dass er sie aufgesetzt hatte.

»Hast du es gehört, Shar?«, fragte ich in den Hörer. »Dave, die Nervensäge, lässt grüßen . . .«

»Was sagt sie?« Mein Bruder kam näher. »Sie sagt, du bist ein Esel«, gab ich Shars Worte an David weiter.

Ich hab noch einen Bruder, Jonathan. Er ist jünger als ich, aber er hat dieselben schwarzen Locken wie David. Ich bin das einzige Mädchen und die einzige Ausnahme. Ich habe helle Haare.

»Du siehst ja nicht sehr jüdisch aus«, hat Sharoni an ihrem ersten Schultag in unserer Schule gesagt. Wir gehen auf eine private jüdische Schule im Distrikt, denn meine Eltern fürchten sich vor den öffentlichen Schulen und den Problemen, die es da mitunter gibt.

»Mein Großvater in Israel hat auch helle Haare«, antwortete ich ärgerlich.

»Meine Großmutter wohnt auch in Israel«, sagte Sharoni, während ich sie von Kopf bis Fuß musterte. Sharoni hat glattes schwarzes Haar, das bis zu ihren Hüften reicht. Aber sie hat einzelne Strähnen pink und lila eingefärbt und andere Strähnen mit bunten Wollfäden verflochten und in einzelne dieser dünnen bunten Zöpfe sind kleine Glöckchen an die Spitzen gebunden, sodass Shar immer leise klimpert und bimmelt, wenn sie sich bewegt. Sharonis Augen sind tiefschwarz und von dichten Wimpern überschattet. Ihre Klamotten kauft sie entweder auf dem Flohmarkt oder sie schneidert sie sich selbst.

»Meine Mutter würde der Schlag treffen, wenn ich so rumlaufen würde wie du«, sagte ich schließlich und da setzte sich Sharoni neben mich.

»Da sitzt eigentlich Mirjam«, sagte ich überrumpelt.

»Da *saß* Mirjam, meinst du wohl?«, antwortete Sharoni und wurde meine beste Freundin.

»Hannah, du sollst nach Esther sehen, sagt Ima«, erinnerte mich David und ließ sich auf mein Bett fallen.

David ist groß und sieht unverdient sportlich aus. Seit er die *Thora* studiert, hat er kaum noch Zeit für Sport, was früher seine Lieblingsbeschäftigung war. Unter seinem Nike-Shirt schauten seine gebräunten Arme, sein Bizeps und sein *tzitzit* hervor, eine Art Quasten, die an den vier Zipfeln eines Kleidungsstücks getragen werden und an die Erfüllung der religiösen Pflichten erinnern sollen.

»Warum gehst du eigentlich nicht, Dave?«, fragte ich ungeduldig und wedelte mit dem Hörer.

David grinste. »Weil Esther nicht nach mir, sondern nach dir fragt . . .«

»Hat sie . . .?«

Ich beendete den Satz nicht, weil David auch so verstand, was ich meinte.

»Jepp«, sagte er sofort. »Und nicht zu knapp, wenn du mich fragst. Ima hat schon alles versucht, sie in die Gänge zu bekommen, aber sie hat mal wieder ausdrücklich nach dir verlangt.«

»Shar, ich muss in den Garten«, sagte ich seufzend ins Telefon. »Esther. Du weißt schon . . .«

Leises Glöckchengebimmel aus Sharonis Haaren am anderen Ende der Telefonleitung untermalte ihren Abschiedssatz.

»Ich komme vorbei und helfe dir, okay? Arme, alte, traurige Esther«, sagte sie seufzend.

»Esther?«

»Verschwindet! Lasst mich in Frieden . . .«

»Ich bin es nur, Hannah.«

»Ach, du, mein Augenstern. Komm her.«

Ich hörte ein Auto in unsere Einfahrt einbiegen, ein lautes Auto mit einem eigenartig klappernden und röhrenden Motorengeräusch. Das musste Shar sein. Sie hatte sich einen Morris zugelegt, dieses Ungetüm von einem alten schwarzen Lieferwagen, obwohl ihre Eltern darüber entsetzt waren.

»Das ist Sharoni«, sagte ich leise. »Darf sie auch . . .? Oder stört sie dich?«

»Sharoni? Dieser bunte Paradiesvogel . . .« Esthers Stimme klang undeutlich und verschwommen, wie immer, wenn sie getrunken hatte. »Ja, sie darf. Natürlich darf sie. Sie ist ein gutes Mädchen. Sanfte Augen. Annegret hatte auch sanfte Augen. Unvorstellbar. Wer hätte das gedacht . . .«

Annegret, die Unbekannte. Häufig, wenn Esther getrunken hatte, fiel ihr dieser Name ein.

»Wer soll diese Annegret sein, von der sie immer faselt, wenn sie so durch den Wind ist?«, hatte mein Vater einmal meine Mutter gefragt.

»Eine Fantasiegestalt, weiter nichts«, sagte meine Mutter achselzuckend und entwand Esther die Wermutflasche.

»Annegret klingt deutsch«, murmelte mein Vater, nahm meiner Mutter die Flasche ab und leerte sie in der Küchenspüle aus.

»Na und? Sie hat schließlich bis nach dem Krieg in Deutschland gelebt. Vielleicht ist Annegret eine Freundin von ihr gewesen. Wer weiß. Sie spricht ja nicht mehr von damals.«

»Hi Hannah, hi Mrs Mandelbaum!« Sharoni kam lächelnd auf uns zu, ein paar ihrer dünn geflochtenen bunten Zöpfe klimperten freundlich.

»Esther. Nicht Mrs Mandelbaum, mein Schäfchen«, sagte Esther in diesem Moment zu Shar und seufzte müde. Dann klopfte sie neben sich auf das vertrocknete Gras und deutete uns, Platz zu nehmen.

»Ima sagt, du sollst ins Haus kommen«, versuchte ich es behutsam.

»Deine Mutter meint es gut mit mir, aber sie soll sich gefälligst um ihren eigenen Kram scheren«, murmelte Esther ärgerlich.

»So was von gelenkig«, sagte Sharoni beeindruckt und hockte sich neben sie. »Achtundachtzig und Sie sitzen einfach so im Gras. Respekt! Meine Großmutter in Boston lebt in einem Altenheim und kann nur noch im Rollstuhl gefahren werden. Und sie wird diesen Herbst erst fünfundachtzig.«

Esther lächelte wie aus weiter Ferne und trank einen Schluck Sherry aus einem ihrer feinen Sherrygläser, das sie mit in den Garten gebracht hatte. Die Sherryflasche verstaute sie anschließend wieder ordentlich in einer braunen Papiertüte und verbarg sie dann in ihrer alten schwarzen, perlenbesetzten Tasche, die sie fast immer bei sich trug.

»Fühle mich nicht wie achtundachtzig, meine Schäfchen«, sagte sie nachdenklich. »Fühle mich zeitlos. Schwebe herum. Überwinde Grenzen. Spüre dem Leben nach. Denke an Jakob. Meinen Jakob. Guter, alter Jakob.«

»Ihr gestorbener Mann«, flüsterte ich Shar erklärend zu.

»Ich weiß«, flüsterte Sharoni zurück. »Dein Urgroßvater. Du hast es mir mal erzählt.«

»Gerade mal fünfundzwanzig Jahre alt durfte er werden.« Esthers Blick wurde hart. »Fünfundzwanzig. Diese Schweine. Diese Nazischweine. Diese Bestien. Zum Kotzen ist das. Zum Grüne-Galle-Kotzen!« Wieder griff sie nach ihrer ausgebeulten, ehemals feinen Perlentasche. Aber diesmal holte sie nicht die Sherryflasche daraus hervor, sondern ein kleines, abgegriffenes Fläschchen, das ich noch nie zuvor gesehen hatte.

»Zyankali. Seht es euch an«, stieß Esther wütend hervor. Ihr Atem roch nach Alkohol, aber ansonsten roch sie gut, wie immer. Ihre Haare nach ihrem geliebten Lavendelshampoo und ihre Haut nach Olivencreme. »Jakob hat es mir gegeben. Er selbst hatte auch so ein Fläschchen. Wir hatten uns geschworen, es zu nehmen, wenn es passieren würde. Wenn es für alles andere zu spät wäre. Wenn es keine Hoffnung mehr gäbe. Fest geschworen. Wir würden uns nicht abschlachten lassen von diesen Nazibestien. Ich weiß bis heute nicht, ob Jakob es geschafft hat, auf diese Weise zu entkommen. – Und ich – ja, ich . . .«

Aber weiter sprach sie nicht.

Still saß sie einen Moment zwischen uns, über uns war der blaue Himmel und unter uns vertrocknetes, ausgeblichenes Sommergras, das leise raschelte, wenn sich einer von uns regte. Dann schob Esther das kleine, unheimliche Fläschchen zu meiner Erleichterung zurück in die Tiefen der großen schwarzen Tasche. Ihre Hände zitterten plötzlich und mit diesen zitternden Fingern streichelte sie die perlenbesetzte Tasche, als sei sie etwas ganz anderes als eine Tasche, etwas Lebendiges vielleicht.

»Annegret«, murmelte sie schließlich noch ein paar Mal. Mehr nicht. Dann stand sie leise und blicklos auf, ging zurück ins Haus und von dort in ihr Zimmer. Sie legte sich auf ihr Bett und ich deckte sie so behutsam wie möglich zu. Sharoni blieb an der Tür stehen und schaute uns zu.

Esther hatte Ausschwitz überlebt.

Sharonis Urgroßeltern waren beide dort gestorben.

Eine weite Ebene. Und Dämmerung,
Abenddämmerung.
Die Welt, die so erschöpft und verletzt ist, steht hier einen Moment still und hält den Atem an.
Der Vogel im alten Mehlbeerbaum am Wegrand singt noch immer sein altes Lied. Sein trauriges Lied. Aber plötzlich verstummt auch er.
Was geschieht da? Wer tanzt da?
Eine einsame, tanzende, sehr junge Frau in einer stillen, erschöpften Welt.
Woher diese Freude? Der Vogel breitet erfreut seine Flügel aus und fliegt hoch in den Himmel.

3. SKY

Picture yourself in a boat on a river, with tangerine trees and marmalade skies, somebody calls you you answer quite slowly, a girl with kaleidoscope eyes, schrieb Moon mit seinem schwarzen Filzstift, den er praktisch nie aus den Fingern legt, auf seine Jeans.

Leek warf einen Blick darauf und summte dann leise den Refrain des Songs. *»Lucy in the Sky with diamonds . . .«*

Die Geschichte meines Namens.

Wir erzählten sie eines Tages Kendra, als sie bei uns war.

»Sie hatte diese wundervollen Augen«, erklärte meine Mutter.

»Kaleidoskopaugen«, sagte mein Vater und entzündete behutsam einen Joint. An seinen Fingern waren bunte Farbkleckse, wie immer.

»Ich bekam Sky als Erster in den Arm gelegt, weil Rosie noch im Aufwachraum des Operationsraums war. Ich sah sie an und sie sah mich an. Moon hat seine Augen erst nach drei Tagen richtig aufgemacht, aber Sky starrte mich mit ihren weit aufgerissenen, kaleidoskopgrün gemusterten Augen unentwegt an, während wir zusammen auf Rosie warteten. Und da fielen mir die guten, alten Beatles ein und ich sang den Song für sie. Sozusagen als Begrüßung in dieser verrückten Welt.«

»Aber warum Sky? Hättet ihr sie da nicht streng genommen Lucy nennen müssen?«, fragte Kendra.

»Lucy war unmöglich«, sagte meine Mutter schnell.

»Warum?«, erkundigte sich Kendra.

Moon hob den Kopf und lächelte mir zu. »Opa Herrmanns Köter«, sagte er dabei. »Das neue Baby sollte nicht wie der deutsche Schäferhund von Rosies blödem, reaktionärem Vater heißen.«

»Und außerdem hatte ich von einem Himmel geträumt«, fügte meine Mutter hinzu. »Während ich in dieser schrecklichen Narkose war, träumte ich von einem hohen, strahlenden Himmel. Ich war ein Vogel und flog mit anderen wilden Vögeln über das helle Firmament. Es war fantastisch. – Das war Skys Himmel, ganz klar. Das wusste ich noch, ehe ich wieder wach wurde und Leek mir das Baby brachte und ich ihre Kaleidoskopaugen zum ersten Mal sah.«

Meine Eltern lächelten sich zu.

Und Moon und ich schauten uns an. Leek würde heute nicht nach Venice fahren. Heute Nacht würde er garantiert bleiben. Es würde eine Nacht voller Sex und Haschisch im Wohnzimmer geben, weil Rosie immer im Wohnzimmer übernachtete, wenn Leek bei ihr blieb. Das kleine esoterische Schlafzimmer reichte für die Leidenschaft unserer verrückten Eltern nicht aus.

Sie mochten es, sich bei offener Terrassentür mit Blick auf Himmel und Moons Olivenbaum zu lieben, wenn sie sich schon mal liebten und nicht stritten. Und sie liebten es, dort mit Rosies Wasserpfeife viel zu viel Shit zu rauchen und irgendwann nackt und ineinander verschlungen einzuschlafen. Und so fanden wir sie dann, wenn Moon oder ich morgens runterkamen und Kaffee kochten.

Leek blieb tatsächlich an diesem Abend und wir fanden die beiden am nächsten Morgen, aber das lag inzwischen auch schon wieder Ewigkeiten zurück.

»Leek, da gibt es nichts weiter zu diskutieren«, fauchte meine Mum ins Telefon. »Sky braucht ein Kleid für den Ball, basta.«

Ich seufzte und zog Kendra hinaus mit in den Garten, um Rosie zu entkommen. Ich konnte es einfach nicht mehr hören und außerdem hatte ich Angst, dass sie gleich in Tränen ausbrechen würde.

Wir setzten uns zu Moon unter den Olivenbaum.

»Noch sechs Wochen bis zu diesem idiotischen Ball«, sagte Kendra seufzend. »Meine Mutter ist schon völlig aus dem Häuschen vor Glücksseligkeit. Ich könnte kotzen! Wer hat diesen Schwachsinn eigentlich erfunden? Könnt ihr mir das mal sagen?«

In Moons Händen wechselten sich sein schwarzer Filzstift und sein schwarzer iPod ab.

Denn die einen sind im Dunkeln; und die anderen sind im Licht; und man siehet die im Lichte; die im Dunklen sieht man nicht, schrieb er in kleinen, akkuraten Buchstaben auf das linke Hosenbein seiner Skaterhose.

Kendra liebte Moon, aber Moon liebte sie nicht zurück. Moon liebt nur seinen Olivenbaum, Sonnenuntergänge und traurige Gedichte. Und dann noch seinen PC und sonst nichts.

»Von wem ist das?«, fragte Kendra sinnend.

»Von Bert Brecht, wie alles in der letzten Zeit«, sagte ich und bürstete Good-old-Godots Hundefell. Er war hinter uns hergetrottet und lag jetzt halb auf meinen Knien. »Moon ist im Brecht-Fieber – mal wieder.«

»Okay. – Aber um noch einmal auf den Abschlussball zurückzukommen?«, sagte Kendra. »Erfinder? Sinn? Zweck? – Außer mich wahnsinnig und meine bornierte Mutter glücklich zu machen?«

Kendras Mutter ist einer der konservativen, uramerikanischen Aggressoren, wie Kendra nicht müde wird zu betonen. Sie wählt Republikaner, liebt Barbecue und Squaredance und natürlich Abschlussbälle. Kendras Familie lebt in einem sehr edlen Wohnkomplex im westlichen Teil des San Fernando Valley. Etwa dreißig Häuser stehen dort auf je zweitausend Quadratmeter großen Grundstücken, gruppiert um künstliche Seen und Lagunen. Um aufs Gelände zu kommen, muss man sich über eine Sprechanlage anmelden. »Plastikwelt«, nennt Kendra ihr Zuhause und meidet es, so gut es geht.

»Keine Ahnung, wer diese Ball-Idee hatte«, sagte ich. »Irgendein durchgedrehter, wahnsinniger Ami halt.«

»Diese schwachsinnigen Erinnerungsfotos – Weibchen mit devot entrücktem Blick geschmiegt an Männchen – unter einem Rosenbogen aus Plastik! Hallo? Warum schafft das nicht *endlich* mal einer ab? Dieses Foto haben schon meine Grandma und mein Grandpa gerahmt an ihrer Wand hängen. Und meine blöden Eltern ebenfalls. Himmel, bedeutet das etwa, ich muss den Affen, mit dem ich zu diesem blöden Ball gehe, mein L-e-b-en l-a-n-g behalten?«

»Nein, nicht alle, die da zusammen rumstehen und sich anschmachten, heiraten hinterher«, sagte ich beruhigend. »Mein Dad zum Beispiel war mit einer dicken Phyllis Sowieso da – und er hat dann doch lieber meine Mutter genommen.«

»Eure Eltern sind eben die Ausnahme von der herrschenden Regel«, seufzte Kendra mit dramatischer Stimme. »Und das liegt einzig und alleine daran, dass eure Mom damals ja noch überhaupt nicht in den Staaten war. Darum *musste* euer Dad sich ja mit dieser fetten Phyllis Sowieso die Zeit vertreiben.«

»Mit wem wirst *du* denn hingehen?«, erkundigte sich Moon und schrieb *Zahme Vögel singen von Freiheit – wilde Vögel fliegen!,* auf seinen linken Chuck. War er in einer regressiven Phase? Mit diesem Satz hatte er uns vor etwa zwei Jahren ständig genervt.

»Hallo? Bist du taub oder was? Ich will *gar nicht* hingehen«, fuhr Kendra ihn an. »Aber meine Mutter droht praktisch mit Selbstmord, wenn ich es nicht tue.«

»Hat sie das tatsächlich so gesagt?«, fragte Moon, schob seinen schwarzen Filzstift in die Tasche seiner Jeans und schaltete stattdessen seinen iPod ein. Dieser iPod hielt – WLAN sei Dank – den ganzen Tag Funkkontakt zu Moons eingeschaltetem Computer in seinem Zimmer. Rosie fürchtete sich vor WLAN und dieses Funkinternetmodem war immer mal wieder Anlass für fürchterliche Streitereien zwischen meiner Mom und meinem Bruder.

»Das Ding verstrahlt uns, Moon!«, klagte sie an solchen Tagen. »Ich spüre schon, wie ich Migräne bekomme. Migräne und Schlimmeres.«

»Blödsinn, Rosie«, konterte Moon dann. »Die halbe Welt benutzt WLAN.«

»Da haben wir ja schon den Beweis. Die halbe Welt ist schließlich auch wahnsinnig: Gewalt, Amokläufe, Kriege, Attentate. Und du selbst wirst nebenbei impotent und unfruchtbar, wenn du dauernd so unmittelbar mittendrin in dieser Strahlung bist. Ich schwöre dir, du wirst es vermissen, guten Sex zu haben, wenn es einmal nicht mehr geht.«

»Mach dir darüber mal keine Gedanken, Mrs Techniknullverstand«, murmelte Moon dann und knallte seine Zimmertür hinter sich ins Schloss. Der WLAN-Router tickerte sicherheitshalber in Moons Zimmer an der Wand neben seinem Schreibtisch, sonst hätte Rosie es bestimmt schon längst abmontiert. Im Moment begnügte sie sich damit, überall im Haus dicke Brocken Rosenquarz zu verteilen.

Moons Finger wanderten ein paar Mal über das glänzende Touchdisplay, dann hielt er Kendra den iPod unter die Nase.

»Was ist das?«, fragte meine beste Freundin misstrauisch und betrachtete die drei kleinen Zickzacklinien, die auf dem kleinen iPod-Display auftauchten. »Ein Lügendetektor? Willst du den

Beweis stellen, dass ich eigentlich ein leidenschaftlicher Abschlussballfan bin und nur vor Sky und dir den Freak heraushängen lasse, damit ihr mich nicht für dekadent haltet?«

Moon lachte leise. »Kein schlechter Gedanke. Bist du's?«

»Was?«

»Ein heimlicher Abschlussballfan, der nur keinen Kerl gefunden hat, der mit ihm hingeht? Niemand für den Plastikrosenbogen.«

»Idiot«, sagte Kendra ärgerlich.

Moon lächelte, lehnte seinen Kopf gegen den Stamm des Olivenbaumes und schloss die Augen. Der Himmel hatte sich inzwischen dunkellila verfärbt und den Garten in ein geheimnisvolles Dunkel getaucht.

»Also, was ist das?«, hakte Kendra nach und starrte immer noch auf das Zickzacklinientrio.

»Nur ein ganz gewöhnlicher Seismograf«, erklärte Moon, ohne die Augen zu öffnen. »Zeichnet alle Erschütterungen in der Umgebung auf.«

»Demnach . . .?«, fragte Kendra mit gerunzelter Stirn.

Godot gähnte und rappelte sich auf. Ich ließ ihn laufen und warf ebenfalls einen Blick auf das iPod-Display. ». . . stehen wir kurz vor einem dieser berühmt-berüchtigten kalifornischen Erdbeben?«, beendete ich Kendras Frage.

Mein Bruder zuckte mit den Achseln und lächelte noch breiter.

»Wer weiß? Möglich ist es.«

»Okay«, sagte ich. »Fassen wir alle Fakten zusammen: Die Familie Lovell, abzüglich Mr Lawrence Lovell, ist derzeit pleite und ich habe noch nichts Brauchbares anzuziehen für diesen idiotischen Ball, aber dafür habe ich einen Eins-a-Abschlussballpartner. Kendra hat zwar ein megateures Abschlussballkleid, hasst dieses Happening aber und hat alle potenziellen Abschlussballpartner vergrault und Mr Destruktivus wartet seelenruhig auf ein Erdbeben, welches die ihm verhasste Welt in Stücke zerlegt . . .«

»Wer ist dein Abschlussballpartner?«, schrie Kendra auf. »Sky, wieso weiß ich davon nichts?«

Ich richtete mich auf und blinzelte einen Moment.

»Gershon. Gershon Gold.«

Moon grinste wissend, aber Kendra riss die Augen auf. »Ist das nicht einer von diesen komischen Juden, die unsere Schulleiterin vor drei Wochen in die Schule geschleust hat?«, fragte sie überrascht.

Ich nickte.

Im Distrikt, der an unser Viertel grenzt, gibt es eine jüdisch-orthodoxe Jungenschule, an der es vor einem Monat einen schlimmen Brandanschlag gegeben hatte. Die halbe Schule war ausgebrannt und zwei Schüler waren schwer verletzt worden.

Jude verrecke!, hatten Unbekannte an die Mauer, die die Schule umgab, gesprüht. Es war am helllichten Tag geschehen und bis heute hatte man die Täter nicht gefasst.

Für den Zeitraum der Instandsetzung der Schule hatte man die Schüler auf die umliegenden Schulen verteilt. Sie sollten nicht integriert werden, sie brauchten nur freie Klassenzimmer für ihren Unterricht, ihre jüdischen Lehrer brachten sie selbst mit.

Und Gershon und seine Klasse waren eben an unserer Highschool gelandet. Ihr provisorischer Unterrichtsraum war neben unserem Literaturkursklassenzimmer untergebracht worden.

»Hi«, sagte er, als wir im Korridor fast gegeneinanderstießen. »Warum rennst du so? Verfolgt dich jemand?« Er warf einen prüfenden Blick über meine Schulter, dann lächelte er mir zu. »Ich kann dich beruhigen, da ist keiner. Wenigstens niemand von Bedeutung, es sei denn, du fürchtest dich vor ein paar harmlosen Freshmen mit Ohrstöpseln in den Ohren.«

Er hatte dunkle Haare und trug so ein Käppchen auf dem Kopf, wie viele Juden es tun. Seines war aber nicht einfach schwarz, sondern bunt geringelt und sah lustig aus. Ich bemerkte, dass ihm nicht entging, dass ich darauf starrte.

»Ich bin übrigens Gershon«, stellte er sich vor und streckte mir die Hand entgegen. »Gershon Emanuel Gold. Wir sind hier bei euch einquartiert worden. Pass auf, dass dir die Augen nicht aus dem Kopf fallen.« Er fuhr sich mit der Hand über die bunte gehäkelte Kappe auf seinem Kopf. »Das ist nur eine ganz gewöhnliche *Jarmulke*. Auch *Kippah* genannt. Alle gläubigen Juden tragen sie.«

Ich war einen Augenblick verlegen. Es gibt eine Menge Juden in Los Angeles und Rosies beste Freundin Jilliam hatte ebenfalls jüdische Wurzeln. Allerdings kannte ich keine gläubigen Juden.

»Du heißt *Gold* mit Nachnamen?«, wiederholte ich darum rasch, um von meiner blöden Starrerei abzulenken. »Cooler Name.«

Gershon lächelte wieder. Er hatte ein schönes, irgendwie klares Gesicht, eine hohe Stirn, dunkle Haare und große Augen, die ein bisschen traurig aussahen. Seine Lippen waren nicht so schmal wie Moons oder Leeks und ich ertappte mich bei dem Gedanken, wie sie sich wohl anfühlten, wenn man sie küsste.

»Wie heißt *du?«*, fragte Gershon. Unter den Arm geklemmt trug er ein paar Schulbücher, eines davon war in hebräischer Schrift geschrieben.

»Sky«, sagte ich schnell. »Sky Lovell.«

»Sky«, wiederholte Gershon. »Schöner Name.«

Wir lachten beide einen Augenblick über unsere stolperige Konversation. *Cooler Name. Schöner Name.*

Leider hatte ich es eilig, darum war ich auch so hastig über den Korridor geschlittert. Ich deutete auf den Klassenraum neben seinem. »Sorry, aber ich muss los. Ich bin schon wahnsinnig spät dran. Ich muss gleich ein Literaturreferat halten.«

»Oh«, sagte Gershon. »Schade. Was für ein Buch?«

»Wie bitte? Ach so. *Wer die Nachtigall stört.* – Kennst du's?«

Gershon schüttelte den Kopf. »Aber ich werde es lesen, versprochen.«

»Es ist eins meiner Lieblingsbücher.«

»Dann werde ich es gleich heute lesen.«

Er lächelte ein drittes Mal.

Ich lächelte auch.

»Hast du vielleicht heute Abend Zeit? Wir könnten ins *Silver's* gehen«, schlug ich in einem plötzlichen Anfall von Wahnsinn vor. Was tat ich hier? Ich hatte noch nie einen Jungen um ein Date gebeten. Warum ausgerechnet ihn? Und was, wenn dieser Gershon mich jetzt aufdringlich und penetrant fand?

»Hm, leider kann ich heute nicht«, sagte er allerdings nur und wirkte fast ein bisschen betrübt dabei. Vielleicht bildete ich mir das aber auch nur ein. »Heute Abend beginnt der *Schabbat*, weißt du. Da muss ich zu Hause sein. Tut mir leid.«

»Ah. Okay«, sagte ich, weil mir nichts Besseres einfiel. Unsicher versuchte ich, ihn nicht schon wieder irritiert anzustarren. Mir war bisher noch nie ein religiöser Mensch – und schon gar kein religiöser Jugendlicher – begegnet. Meine Eltern, Moon und ich hatten alle überhaupt keinen Draht zur Religion. Rosie war zwar ziemlich vergeistigt und zeitweise verschrieb sie sich dem Buddhismus oder der Esoterik, las plötzlich alles über

Feng-Shui, räumte das komplette Haus um und besuchte nur eine Woche später inbrünstig ein Reiki-Seminar nach dem anderen. Aber nichts davon war je von Dauer gewesen oder hatte meinen Alltag wirklich nachhaltig beeinflusst. Yoga und die endlosen Besuche bei ihrem Psychofritzen waren – außer Moon und mir – das einzig Konstante in ihrem Leben.

»Aber ...« Gershon warf einen Blick auf eine der großen Korridoruhren, von denen es in jedem Stockwerk eine gab. Sie tickte laut und mahnend über unseren Köpfen. In ihrem Glas spiegelte sich ein rundes Stück des Himmels jenseits des großen Flurfensters. Ein paar Vögel durchflogen auf diese Weise die Uhr, was schön aussah.

»... du hast es wegen *Wer die Nachtigall stört* eilig, ich weiß. Also, ich hätte da eine Idee. Sag einfach, wenn du sie bescheuert findest.«

Er deutete auf einen der vielen Abschlussballerinnerungsflyer, mit denen die gelblichen, abgeblätterten Wände unserer Highschool derzeit geradezu plakatiert waren. »Hast du schon einen – Abschlussballpartner für dieses verrückte Happening? Sonst würde ich mich anbieten. Ich habe so was noch nie mitgemacht, aber es wäre einen Versuch wert – und für irgendwas sollte diese Umquartierung ja gut sein, oder?«

Wir schauten uns an, aber in diesem Moment öffnete sich mit einem Ruck die Tür zum Literaturraum und Mrs Baxendale schaute heraus.

»Sky?«, fragte sie ungeduldig. »Sky Lovell? Worauf wartest du? Auf einen roten Teppich? Auf Salutschüsse? Beweg deinen Hintern gefälligst über die Schwelle. – Und Sie, mein junger Freund, sollten sicherlich auch längst in Ihrem Klassenzimmer sitzen. Ich denke, Rabbi Menkovitz hat sich nicht händeringend um einen Raum an unserer Highschool bemüht, damit seine

Schüler auf den Gängen herumtrödeln und andere Schüler von der Arbeit abhalten.«

Mrs Baxendale hat einen scharfen Ton, aber sie ist nicht wirklich böse und eine begnadete Shakespeare-Verehrerin und kann, angeblich, den ganzen *Macbeth* und den halben *Sommernachtstraum* auswendig mitsprechen.

»Sky?«

Gershons Stimme klang fragend und gleichzeitig unbeeindruckt im Bezug auf die Rüge meiner Literaturlehrerin.

»Was?«, fragte ich und war schon im Begriff, in der Klasse zu verschwinden. Aber dann drehte ich mich noch mal nach Gershon um. Er schaute mich an.

»Ja, gerne«, sagte ich, lächelte ihm zu und hatte Herzklopfen.

4. HANNAH

»Fast Sonnenuntergang. Der *Schabbat* beginnt gleich«, sagte Sharoni und knipste meine kleine Lampe an, die in der hinteren Ecke meines Zimmers hing. Es war eine bunte Stofflampe, die Sharoni und ich vor ein paar Monaten auf einem Folklorebasar an einem türkischen Stand mitten in der Stadt gekauft hatten. In den Stoff hineingewebt waren viele winzige Spiegelstücke, in denen man sich Stück für Stück spiegeln konnte, wenn man vor der Lampe stand.

»Hannah-und-Sharoni-in-Stücken«, sagte mein Bruder David dazu, wenn wir sie in seiner Gegenwart einschalteten.

Für Esther und jetzt auch für ihn waren wir bereit, den *Schabbat* so zu feiern, wie es sich gehörte, was bedeutete, dass wir – solange *Schabbat* war – nicht Auto fuhren, nicht telefonierten und keinen Lichtschalter betätigten. David und Esther entzündeten in dieser Zeit die zwei dafür vorgesehenen *Schabbat*kerzen in ihren Zimmern, *Schamor* und *Sachor* – Gedenke und Halte. Aber wir übrigen knipsten der Einfachheit halber kurz vor Sonnenuntergang eine kleine Lampe an und ließen sie bis zum Ende des *Schabbats* am Samstagabend durchbrennen. Viele unserer Freunde und Bekannte machten es so.

Aber wir benutzten das Telefon während des *Schabbats,* wenn es unumgänglich war. Und ab und zu fuhr meine Mutter auch mit dem Auto, aber nur, wenn es wirklich nötig war, wie damals, als Jonathan zum ersten Mal ins Krankenhaus musste. Mein kleiner Bruder hat eine Stoffwechselstörung und ist deswegen oft krank.

»Sie rufen schon nach uns«, sagte Shar, schaltete meine CD-Anlage aus und stopfte ihre Schulsachen in ihren Rucksack.

Dann machten wir uns auf den Weg nach unten. In der Diele begegnete uns mein Vater.

»Na, Augenstern, ist es schon wieder so weit? Sonnenuntergang?«, sagte er und lächelte uns zu. »Hallo, Shar.«

»Hi, Mr Greenberg«, antwortete Sharoni und ihre bunt gefärbten Haare klimperten leise, während sie die Treppe hinunterstieg.

»Feierst du den *Schabbe*s mit uns?«

Sharoni nickte. »Meine Eltern sind über das Wochenende zu meinem Bruder nach Brooklyn geflogen. Aber ich wollte lieber bei Hannah bleiben. Wir müssen für die Matheklausur am Dienstag lernen. Und außerdem eine Menge Spaß haben, wie immer.«

Mein Vater fuhr sich durch die immer dünner werdenden Haare. Ich weiß, er fürchtet sich vor einer Glatze, er ist familiär vorbelastet. Sein Vater hatte schon früh eine Glatze.

»Den werdet ihr haben, ich bin mir sicher«, sagte er und lächelte uns zu. »Ich arbeite derzeit an einer ganz wundervollen Geige«, fuhr er fort und seine Augen leuchteten dabei. »Kommt morgen in meine Werkstatt. Ich zeige sie euch, und wenn sie fertig ist, darfst du sie zuerst spielen, Augenstern, versprochen.«

»Dad, es ist *Schabbat!* Da hast du in der Werkstatt nichts zu suchen«, sagte David, der eben aus seinem Zimmer trat, streng. Er hatte sich gewaschen, rasiert und seine feinen *Schabbat*sachen angezogen. Er sah aus wie aus dem Ei gepellt.

»Er will mir nur eine Geige *zeigen,* Davy. Er hat nicht vor, den Feiertag zu entheiligen. Mann, du bist schlimmer als ein chassidischer Rabbi!«

Wir betraten das Esszimmer, wo meine Mutter, meine Urgroßmutter und mein kleiner Bruder Jonathan schon versammelt waren. Meine Mutter entzündete die beiden *Schabbat*kerzen, dann bedeckten wir mit unseren Händen die Augen und Esther sprach die *Bracha,* den Segen.

Baruch ata adonaj elohejnu melech ha'olam, ascher kidschanu bemizvotav, vezivanu lehadlik ner schel Schabbat.

Es tat gut, ihr zuzuhören, ihre Stimme klang viel fester und klarer als sonst im Alltag und sie sah schön aus. Uralt, sehr klein, kerzengerade, ein bisschen wie aus einem alten Märchen. Sie trug ihr schwarzes *Schabbat*kleid, eine alte Brosche und zwei schmale Silberreife am linken Handgelenk. Wenn sie sich bewegte, klirrten die Armreifen ähnlich wie Sharonis Haarglöckchen. Wenn sie den Arm streckte oder beugte und der Saum ihres Kleides einen Moment verrutschte, konnte man sechs blasse bläuliche Ziffern auf ihrem Unterarm erahnen.

Ich konnte die Zahl auswendig im Schlaf aufsagen. Sie gehörte für mich, David und Jonathan so zu Esther wie ihre meergrünen Augen, ihre schmalen Hände, ihr Duft nach Lavendel, ihre Alkoholabhängigkeit und alles andere.

Eins, vier, null, sieben, eins, vier. Es war Esthers sogenannte Häftlingsnummer aus Auschwitz. *Esther Mandelbaum, 140714, weiblich.*

Nach der *Bracha* folgte der *Kiddusch,* dabei segnete mein Vater den Becher Wein in seiner rechten Hand. Anschließend wuschen wir uns der Reihe nach die Hände und meine Mutter brach über den brennenden Kerzen die *Challa,* das Brot.

»Ima, ich habe Hunger, Hunger, Hunger«, rief Jonathan hinterher ungeduldig und kletterte auf seinen Stuhl. Es gab gefülltes Hähnchen auf Spinat mit Honigsoße, das Lieblingsessen meines Vaters.

Als Nachspeise brachte meine Mutter süße Vanille*challas* auf den Tisch.

Weil wir keine Musik einschalten konnten, spielte mein Vater eine Weile auf seiner Geige für uns, so wie an jedem Freitagabend, dann holte David seine Klarinette und ich meine eigene Geige und später, als Joni schon im Bett war, spielten wir alle zusammen ein Kartenspiel, das Sharoni mir zum letzten *Jom Kippur* geschenkt hatte. Auf den Spielkarten waren Begriffe abgebildet, Worte wie Ozean, Liebe, Regen, Sonne, Widerstand und so weiter, und die Karte ging der Reihe nach an jeden Mitspieler. Ziel des Spieles war es, zu jedem Begriff ein Lied zu finden, in dem das betreffende Wort vorkam. Zu *Ozean* passte *My Bonny is over the ocean* und zu *Sonne Here comes the sun.* Aber es gab natürlich massenweise Möglichkeiten und wir sangen und sangen und notierten den Punktestand und hatten alle viel Spaß. Meine Mutter sang das Schubertlied *An die Nachtigall,* als sie die Karte mit dem Begriff *Vogel* zog. Keiner von uns konnte mitsingen und darum kassierte ganz alleine sie alle Punkte für diese Karte. Ich sang *Lemon tree,* als ich *Baum* zog. Sofort sangen Sharoni, David und meine Mutter mit und wir mussten uns die Punkte für diesen Begriff teilen. Esther und mein Vater sangen im Duett *Somewhere over the rainbow* aus dem Musical *Wizard of Oz,* als mein Vater den Begriff *Regenbogen* gezogen hatte.

Irgendwann nahm Sharoni die Karte mit dem Begriff *Weg* vom Stapel. Sie überlegte eine ganze Weile, während wir warteten und nicht wussten, über welches Wort sie da nachgrübelte. Darum konnte auch keiner einen Tipp geben. Aber David passte auf wie ein Luchs, denn ihm fehlten noch Punkte und er wollte in keinem Fall den Moment zum Mitsingen verpassen, um so an den Punkten dieser Karte mitzuverdienen. Aber ich glaube, eigentlich wollte er einfach gerne zusammen mit Sharoni singen, die eine schöne Stimme hat und die die Augen beim Singen schließt. Ich sah ein paar Mal, wie David sich bemühte, gleichzeitig mit Shar in die Schüssel mit den Datteln und Feigen zu greifen, nur um, wie ich annahm, ihre Finger zu berühren.

»Ah, jetzt habe ich endlich einen Song«, sagte sie in diesem Moment und lächelte in die Runde. Dann begann sie, mit leiser Stimme auf *Jiddisch* das alte Widerstandslied *Sage nie, dass du den letzten Weg gehst* von Hirsch Glick zu singen.

»Sog nit keyn mol as du geyst dem letzten weg . . .«

Still saßen wir hinterher alle da und sahen, dass Esther weinte. Meine Urgroßmutter weinte sonst nie. Sie konnte ironisch, sarkastisch, zynisch, wütend werden. Aber sie weinte nicht.

»Ach, Bubba«, sagte meine Mutter leise und eine Spur erschrocken.

»Wej is mir«, flüsterte Esther schon wieder ärgerlich und wischte sich energisch die Tränen aus dem Gesicht. Ihr Blick wanderte durch das nur von den beiden Kerzen erhellte Wohnzimmer zu der kleinen Anrichte, in der meine Eltern immer ein paar Flaschen israelischen Wein aufbewahrten. Aber am *Schabbat* trank Esther nicht, niemals.

»Ich bin müde, ich will zu Bett. Noch lieber möchte ich tot sein. Warum muss ich so abscheulich alt werden? Ich wünschte, *Haschem* hätte Erbarmen mit mir und ließe mich endlich sterben. Jakob wartet auf mich, da bin ich mir sicher«, sagte sie und erhob sich schwerfällig. Ihre Armbänder klirrten und ich sah die Ziffern an ihrem Unterarm, umgeben von pergamentener, mit Altersflecken übersäter Haut. Mein Mund fühlte sich auf einmal seltsam trocken an. Warum sprachen wir bloß so selten über Esthers Vergangenheit? Über die ganze Vergangenheit? Über diesen schrecklichen Krieg?

»Entschuldigung, ich hätte das nicht singen sollen«, flüsterte

Shar betroffen. »Meine Großmutter singt es oft. Für mich ist es nichts Besonderes. Meine Bubba sagt, sie singt es im Gedenken an meine Urgroßeltern, die aus Warschau stammten und lange im Warschauer Getto waren, ehe sie . . .«

Sharoni verstummte.

»Ist schon gut, mein Mädchen«, murmelte Esther und strich Shar über die bunten Haare, ehe sie an ihr vorüberging. »Es ist eben ein verrücktes Lied voller Gefühle – und Gefühle sind manchmal zum Kotzen. Sie können einen quälen. Nichts als quälen, verdammt noch mal . . .«

Und damit schloss sie die Tür hinter sich.

»Verrückte, alte Kruke«, sagte David kopfschüttelnd. »Sie redet nicht unbedingt wie eine feine alte Dame.«

Sharoni hatte sich auf unser altes Sofa gesetzt, die Beine hochgezogen und das Kinn auf die Knie gelegt.

»Ich habe den ganzen Abend verdorben«, seufzte sie. »Dabei wollte ich das gar nicht.«

Meine Mutter, die Esther hinterhergegangen war und gerade erst wieder zur Tür hereinkam, schüttelte den Kopf. David sammelte in der Zwischenzeit die Spielkarten ein und verstaute sie in der Schachtel.

»Das hast du nicht. Du konntest ja nicht wissen, dass Esther so reagieren würde. Keiner von uns konnte das wissen.«

»Nein. Aber ich weiß schließlich, dass sie auch in Auschwitz war und dass ihr Mann dort gestorben ist. – Es war gedankenlos von mir und es tut mir leid.«

Kurz darauf gingen wir in mein Zimmer hinauf.

»Morgen entschuldige ich mich noch mal bei ihr«, sagte Shar, als wir im Bad waren.

»Ach Shar, morgen Abend, wenn sie wieder ihren geliebten Wermut trinken kann, wird sie nicht mehr weinen«, erwiderte ich nachdenklich. Ich rechnete einen Augenblick. »Und sie wird tatsächlich bald neunundachtzig. Verrückt, dass sie immer noch so fit ist. Trotz der ganzen Trinkerei, meine ich. Irgendwie unverwüstlich.«

»Ich mag sie sehr«, sagte Sharoni. »Sie ist wahrhaftig. Und ich mag die Art, wie sie spricht. Dass sie kein Blatt vor den Mund nimmt, meine ich.« Sie lächelte mir zu.

Vor dem Einschlafen versuchte ich, mich in Esther hineinzuversetzen, wie sie im Januar 1945, halb verhungert, halb tot, völlig entkräftet und mitten im Vernichtungslager Auschwitz meine Großmutter zur Welt gebracht hatte.

Ich schaffte es nicht.

Ein paar Tage vorher hatte sie, das wusste ich, mit ansehen müssen, wie mein fünfundzwanzigjähriger Urgroßvater mit kahl rasiertem Kopf und fast nackt jenseits brutaler Stacheldrahtzäune aus dem Lager getrieben wurde, in einer Traube anderer erschöpfter Häftlinge, die im Grunde nichts weiter waren als junge Männer.

Danach hat sich seine Spur für immer verloren.

Das alles hatte mir meine Großmutter in Israel erzählt, nicht Esther. Esther sprach nicht über Auschwitz. Niemals.

Aber meine Großmutter tat es. Sie war das winzige, untergewichtige Baby, das meine Urgroßmutter im Januar 1945 auf dem blanken, eiskalten, von Exkrementen starrenden Boden auf die Welt gebracht hatte.

Heute lebte meine Großmutter in Ramat Aviv, einem Vorort von Tel Aviv. Aufgewachsen ist sie hier in Amerika. Aber als sie erwachsen war, reiste sie – wutentbrannt auf die Deutschen und ihre tragische Geburt – nach Israel und heiratete einen orthodoxen Juden, meinen hellhaarigen Großvater, Rabbi Yitzchak Cohen. Seitdem hat sie nie mehr ein Wort Englisch gesprochen. Nur noch *jiddisch* oder hebräisch. Und in ihr Geburtsland bringen sie keine zehn Pferde jemals zurück, sagt sie oft.

Die Nazis kamen am helllichten Tag. Nachdem Esther, ihr Bruder Mendel und Jakob so lange Angst gehabt hatten, war die Angst in den letzten Wochen immer kleiner geworden, dahingeschrumpft, einfach allmählich fortgeweht. »Hier findet uns keiner. Und bald wird Frieden sein, Esther. Ich bin mir sicher. Ich verspreche es dir«, sagte Jakob und küsste sie.
Der Dachboden war zwar nur ein dunkler, staubiger und enger Dachboden, aber er war auch Schutzwall, Nest, Sicherheit. Und manchmal tatsächlich so etwas wie Glück.
Warum waren sie nur nicht schon viel früher geflohen? Damals, als Goldmanns, Kleins und die Familie Schwarz die Stadt und dann sogar das Land verlassen hatten? Sie alle waren Nachbarn und Freunde von Esthers und Jakobs Familien gewesen. Es war wegen Mendel geschehen. Weil Mendel klein, krank und schwach war. Er war schon so geboren, mit zu weichen Knochen, die viel zu oft brachen. Er wuchs nicht ordentlich, er hustete und sein Atem pfiff, er fieberte leicht. Ihm war eine Flucht nicht zuzumuten, fanden Esthers Eltern. Esthers Vater war ebenfalls nicht gesund, er traute sich die lange Reise nicht zu. Darum waren sie geblieben. Sie, die Eltern und Jakob, der außerdem

wütend und trotzig war und sich dem Druck der Nazis nicht beugen wollte.
Jakob, rührender Jakob. Dabei war Jakob groß und stark und man konnte sich sicher in seinen Armen fühlen. Er studierte die Thora, konnte singen und wollte Lehrer werden. Aber der Krieg war ihm dazwischengekommen.
»Kleine Esther«, sagte er manchmal, damals als sie sich gerade erst lieben gelernt hatten. Denn kennengelernt hatten sie sich schon als Kinder. Esther und Jakob waren zusammen aufgewachsen. Nachbarskinder. Esther war klein und mädchenhaft gewesen, aber sie war nicht adrett und leise wie die anderen Mädchen in der Straße. Stattdessen ribbelte sie ungeduldig ihre fest geflochtenen Zöpfe auf, sobald sie den Erwachsenen entkommen waren. Sie bewahrte Regenwürmer in ihrer Rocktasche auf und konnte mit Fröschen sprechen. Sie ritzte sich, ohne mit der Wimper zu zucken, als Erste die Haut auf, um mit Jakob Blutsbrüderschaft zu schließen. Sie konnte auch fast genauso schnell laufen wie er. Sie war stark wie ein kleiner Ochse. Und sie hatte die schönsten grünsten Augen der Welt.
Mit elf Jahren spürte Jakob zum ersten Mal, dass Esther ein Mädchen war. Er roch ihre Haare und den Duft ihrer gebräunten Haut und liebte den festen Griff ihrer kleinen Hand mit den schmalen Fingern. In diesem Sommer beschloss er, immer mit Esther zusammenzubleiben. Er sagte es ihr nicht, aber er fühlte, dass er ihr mit Haut und Haaren gehörte. Und das fühlte sich schön an.

In diesem Jahr wurde Esthers Bruder Mendel geboren, ein winziges, hässliches Baby mit schon damals leicht verformten Extremitäten, aber Esther liebte ihren kleinen Bruder innig. Als es acht Tage nach seiner Geburt feierlich beschnitten wurde, nahm Esther Jakob ein Versprechen ab.
»Versprich mir, dass du immer gut zu ihm bist. Dass du mit mir zusammen auf ihn aufpasst«, sagte sie zu Jakob und sah ihn fest an dabei. »Tust du das?«
Jakob verstand die Eindringlichkeit in Esthers Stimme nicht, aber er hätte ihr alles versprochen und darum versprach er auch dies. Liebe und Fürsorge für Esthers kleinen, hässlichen Bruder Mendel.

Eines Tages kam die SS und verhaftete Esthers Vater. Er war einer der Ersten aus dem Dorf, den sie holten. Die Mutter schrie in dieser Nacht, bis sie ohnmächtig zusammenbrach. Esther hielt sich die Ohren zu und wünschte sich, ihre Mutter würde sich zusammenreißen. Andere Frauen kümmerten sich um sie. Mendel bekam Nasenbluten vor Angst. Und einen Fieberkrampf. Esther hielt ihn stundenlang umschlungen.
Zwei Wochen später nahm sich die Mutter das Leben.
»Wie konnte sie das tun? Wie konnte sie mir das antun?«, schrie Esther fassungslos, als man die Mutter aus dem Fluss fischte wie einen traurigen Packen nasser Wäsche.

»Sie war verzweifelt, Esther, verzweifelt«, flüsterte Jakob rau, hielt Esther fest. Erst vor einem halben Jahr hatten sie geheiratet. »Ich liebe dich, Esther Mandelbaum«, flüsterte Jakob. »Ich liebe dich.« Aber seine Stimme hatte einen hilflosen Klang. Er wusste, dass alle Worte dieser Welt Esther in diesem Moment nicht helfen konnten.

Im Jahr darauf zogen sie auf diesen verlassenen Dachboden in diesem verlassenen Haus im Wald, das Jakob eines Tages per Zufall entdeckt hatte. Sie, Jakob und Mendel und sonst keiner, denn es war sonst kaum mehr jemand übrig.
»Warum hat sie ihn nicht wenigstens mitgenommen?«, flüsterte Esther eines Nachts, als Mendel wieder fieberte und sich erbrach und im Schaf wimmerte. »Er ist nichts als eine Last.«
Ein paar Tage später fragte Mendel, der erst acht Jahre alt war: »Esther? Was ist eine Last? Ist das was Schlimmes?«
Esther schluckte und drückte ihn schweigend an sich.
»Bin ich eine Last, Esther?«
»Nein, das bist du nicht!«
»Bestimmt nicht?«
»Bestimmt nicht!«
»Bleibt ihr immer bei mir, du und Jakob?«
»Ja, das tun wir!«
»Versprochen?«
»Versprochen!«
Der Dachboden wurde ein Zuhause. Sie lachten, sie

spielten, sie aßen, wenig, aber sie aßen, sie erzählten Geschichten und spielten Theater. Abends während der Dämmerung machte Jakob für Mendel Schattenspiele an der unverputzten, schmutzigen Wand. Er und Esther sangen Lieder für ihn, wenn er krank war, zuerst bekannte Lieder, später selbst erdachte, die von Freiheit und Glück und Unendlichkeit handelten.

Nachts, wenn Mendel endlich schlief, liebten sie sich. »Eines Tages werden wir ein Kind haben. Viele Kinder«, sagte Jakob zu Esther und dann vertraute er ihr seine Liebe an, die schon so lange währte. Aus dem Wald brachte er ein verletztes Vogelkind mit, das sie fütterten und um das sie zitterten und das sie tatsächlich durchbrachten. Mendel brachte ihm zuletzt das Fliegen bei. Jakob hatte versprochen, das winzige, runzelige Vogelbaby sei eine Nachtigall, aber dann wurde es nur eine braune Amsel, aber das war nicht schlimm. Mendel liebte den Vogel innig.

Eines Tages war Esther schwanger und sie lachte und weinte gleichzeitig und schmiegte sich an Jakobs warme, feste Brust.

Und eines Tages konnte sie das Baby zum ersten Mal fühlen.

»Wie ein Schmetterling in meinem Bauch«, sagte sie leise und ehrfürchtig und zuerst durfte Jakob seine Hand auf ihren Bauch legen. Und dann Mendel.

Und dann kamen die Nazis. Von einer Sekunde zur nächsten. Einfach so. Draußen schien die Sonne.

Vögel zwitscherten. Freundliche Schatten tanzten über den entdeckten Dachboden, der nie wieder Zuflucht sein würde.

»Jakob!«, schrie Esther.

»Esther!«, schrie Mendel.

Die Soldaten traten Jakob wortlos zu Boden.

»Nein!«, schrie Esther und hielt Mendel, der sich wehrte und wie am Spieß schrie, die Augen zu.

Einer der Soldaten, die alle schrecklich jung waren, öffnete seine Hose und pinkelte Jakob ins Gesicht.

»Drecksjude. Judenpack. He, du Hure, ist dieser kleine Krüppel euer Balg?«

Die Soldaten musterten Mendel angewidert. Und belustigt. Und grausam.

Und dann töteten sie ihn. Einfach so. Mit ihren Gewehren. Und ihren Fäusten. Und ihren Tritten.

Es ging so schnell. So wahnsinnig schnell. Wie konnte es sein, dass Mendel so schnell und so still starb?

Blass und mit geschlossenen Augen lag er nur Sekunden später zu ihren Füßen auf dem Boden, Erschrecken in seinem schmalen, gezeichneten Kindergesicht und aus seiner kleinen Nase kam ein dünnes Rinnsal helles Blut.

Esther hörte jemanden schreien, schreien, schreien, aber sie hatte keine Ahnung, aus wessen Kehle diese wilden Schreie kamen, und dann verschwand mit einem Mal alles Licht der Welt und es wurde ihr tödlich schwarz vor Augen. Und begleitet von einem wilden Brausen in ihren Ohren schwebte sie still und leise davon.

Als sie wieder zu sich kam, gefühlte tausend Jahre später, war sie unterwegs. Unterwegs zum Sterben, das wusste sie von dem Augenblick an, als sie die Augen öffnete. Und in diesem Moment beschloss sie, nicht mehr zu weinen. Es lohnte sich nicht. Es rettete einen nicht. Es machte alles nur schlimmer. Es machte einen angreifbar und lieferte einen aus. Leise legte sie eine Hand auf ihren Bauch und betete für ihr ungeborenes Kind. Um sie herum drängten sich Menschen und Menschen und Menschen, gepresst an Menschen und Menschen und Menschen. In Esthers Bauch rührte sich kein Schmetterling auf dieser Reise. Vielleicht war er schon fortgeflogen. Wer wusste das?

5. SKY

Rosie saß schon wieder im *Sukhasana,* als Moon und ich aus der Schule nach Hause kamen. Sie hatte den Telefonhörer zwischen Ohr und Schulter und atmete mit finsterer Miene tief ein und aus.

»Atmen ist Lebenskraft«, sagte Moon sarkastisch und durchquerte den Raum so schnell wie möglich.

Ich setzte mich auf die sonnengelbe Yogamatte meiner Mutter. Dort lag auch Godot und schlief. Wenn Rosie derartig tief und konsequent ihr Atmen-ist-Lebenskraft-Programm durchzog und dabei wie erstarrt im *Sukhasana-Sitz* verharrte, telefonierte sie gewöhnlich mit Deutschland.

Und ich hatte mich nicht geirrt.

»Ich will mich nicht mit dir streiten, Mama«, sagte sie auf Deutsch. »Aber es ist wirklich wichtig.«

Ihr Blick streifte meinen. »Alles okay, Baby«, flüsterte sie beruhigend auf Englisch und atmete weiter tief ein und aus.

»Nein, ich bin *nicht* außer Atem, Mutter«, fauchte sie einen Augenblick später auf Deutsch. »Ich bin in Not, wenn du es genau wissen willst. Nein, den Kindern fehlt nichts, jedenfalls nichts Lebenswichtiges . . .«

»Mein Abschlussballkleid«, flüsterte ich auf Deutsch, aber Rosie schüttelte unwillig den Kopf.

»Es geht um mich, Mutter«, fuhr sie gereizt fort. »Genauer genommen geht es um meine Therapiestunden. Sie sind aufgebraucht. Ich habe kein Geld für weitere Sitzungen und dabei bin ich kurz davor durchzudrehen . . .«

Ich hörte, wie meine deutsche Großmutter meiner Mutter ins Wort fiel.

»Aber das ist ja genau der Punkt!«, rief meine Mutter im nächsten Moment heftig und versehentlich in der falschen Sprache.

»Deutsch«, flüsterte ich ihr zu.

Rosie atmete noch tiefer ein und aus und wiederholte den Satz in ihrer Muttersprache. Er klang fast ebenso holperig wie ihr Amerikanisch. Arme Mom, manchmal beschlich mich das ungute Gefühl, sie verlernte mit der Zeit beide Sprachen. Ihr Englisch wurde nicht besser, dafür verlor sie ihre deutsche Sprache immer mehr.

»Was heißt das, du hast ja immer gewusst, dass Leek nicht der Richtige . . .?«

Ich stand auf und ging in die Küche, um einen Blick in den Kühlschrank zu werfen. Godot folgte mir winselnd. Was ich in unserem Kühlschrank sah, bestätigte meine schlimmsten Befürchtungen. Eine schimmelige, runzelige Tomate, ein bisschen vertrockneter Parmesan am Stück, eine halb leere Tube Ketchup. Und ein Glas mit beschlagener Scheibe, in dem etwas Undefinierbares lag. Grün, welk und mit borstigen, dicken Stängeln.

»Leek ist wunderbar, er ist mein Leben, verdammt noch mal!«, schrie meine Mutter im Wohnzimmer. Danach wurde es still. Entweder meine Mutter oder meine deutsche Großmutter in Hamburg hatten die Leitung unterbrochen.

»Ich hasse diese Frau«, sagte Rosie düster und begab sich in die *Sarvangasana,* die sogenannte Schrägstellung. Ich hatte auf dem Bord über dem Küchentisch einen einigermaßen erhaltenen Apfel entdeckt und kam mit ihm zurück ins Wohnzimmer. Godot ging in den Garten und legte sich unter den Olivenbaum.

»Die *Sarvangasana* stellt Freude und Harmonie im menschlichen Organismus her«, erklärte Rosie mir schwer atmend. »Zumindest bei allen anderen Yogis dieser Welt. Keine Ahnung, warum bei mir das Positive nie wirkt.«

»Warum fragst du mich nicht, ob ich schon einen Abschlussballpartner habe?«, fragte ich auf Deutsch und legte den Apfel zur Seite. Er schmeckte scheußlich.

»Und? Hast du einen?«, erkundigte sich meine Mutter seufzend.

»Ja.«

»Prima, Sky. Das freut mich für dich. Sehr sogar.«

Ohne ihre Schräglage aufzugeben, angelte sie wieder nach dem schnurlosen Telefon und wählte die unter der Nummer eins gespeicherte Kurzwahl an. Nummer eins war ihr Therapeut in Downtown. Leek in Venice war Nummer zwei. Moons Handy war die Drei und meins schließlich die Vier. Die Fünf war ihre Freundin Jilliam und die Sechs Old Niall in Belfast, der verrückte alte Großvater meines Vaters, den ich schon über drei Jahre nicht gesehen hatte. Er war fast hundert und zäh wie Moons Olivenbaum im Garten.

»McDonald's?«, rief Moon aus seinem Zimmer. »Oder Pizza Hut? Oder Subway?«

»Sag, er soll Indisch bestellen«, murmelte meine Mutter, die in den Hörer lauschte und wartete, dass die Frau aus dem Vorzimmer von Bob Bellamy, ihrem Psychoguru, sich erweichen ließ und ebenfalls den Hörer abnahm. Seitdem die Telefongesellschaft unsere Nummer freigegeben hatte und die Angerufenen nun sahen, wer da auf sie in der Leitung wartete, hatte Rosie oft Mühe, Doc Bellamy außerhalb seiner regulären Sprechzeiten zu erreichen. Wie so viele andere fand er die komplizierte Gefühlswelt meiner Mutter in der Zwischenzeit anscheinend ziemlich anstrengend.

»Geh ran, du dickes, dämliches borniertes Walross«, murmelte meine Mutter wütend und begann wieder, tief ein- und auszuatmen.

»Indisch, Moon!«, rief ich in die Richtung von Moons Zimmer.

»Hab ich schon versucht, aber sie wollen nicht mehr anschreiben«, rief Moon zurück. »Sie sagen, sie haben eine offene Rechnung von über sechzig Dollar auf Rosies Namen! Sie sagen, sie wollen wegen uns nicht in Konkurs gehen!«

»Arschlöcher! Alles engstirnige Arschlöcher«, murmelte meine Mutter gereizt. Aber dann schien sich in der Leitung etwas zu tun, denn sie riss sich zusammen und setzte sich kerzengerade auf.

»Liebste Cynthia, na endlich!«, säuselte sie und machte in meine Richtung eine Geste dabei, als stecke sie sich den Finger in den Hals. »Wie schön, dass ich Sie erreiche. Ich habe es auch nur etwa hundertmal läuten lassen.«

Sie ließ sich nicht unterbrechen. »Ich brauche unbedingt und am besten noch heute einen Termin bei Dr. Bellamy . . .«

Ich hörte vage Cynthias Stimme durch das Telefon.

»Nein, es ist ganz sicher nicht wieder ein Fehlalarm. Ich habe, dank Doktor Bellamy, endlich gelernt, mich selbst einzuschätzen. Und ich fühle nun, wie ich immer weniger werde. Ich glaube, ich löse mich auf, Cynthia, ich schwöre es! Mir ist ganz eigenartig zumute . . .«

»Moon? Lass uns zu Burger King gehen«, rief ich. »Ich habe noch fünfzehn Dollar.«

»Pst, Sky! Das hier ist wichtig, lebenswichtig. Ich muss an diesem bösen Walross vorbeikommen, um heute noch Bob zu sehen. Ohne Bob bin ich aufgeschmissen. Ich brauche eine Sitzung!«, flüsterte meine Mutter und legte einen Finger auf die Lippen.

Ich stand wütend auf.

»Er heißt Gershon.«

Meine Mutter sah mich fragend an.

»Mein Abschlussballpartner. Danke, dass du nachgefragt hast!«

Meine Mutter lächelte entschuldigend und Moon polterte die kaputte Holztreppe hinunter.

»Kendra kommt auch«, sagte er. »Sie hat gerade eine Mail geschickt. Sie ist schon Upper Street und gleich da.«

Kendra fuhr einen tollen, fast neuen Honda Civic, den ihre Eltern ihr zum sechzehnten Geburtstag geschenkt hatten.

»Ich habe noch kein Kleid«, sagte ich zu Rosie.

»Ich drehe durch und begehe Selbstmord, wenn ich nicht noch heute einen Termin beim Doc kriege!«, sagte Rosie zu Cynthia.

»Warum haben wir eigentlich so bekloppte Eltern?«, fragte ich Moon und verließ Zimmer und Haus und Vorgarten, ohne zurückzublicken.

»Leek ist das Arsch«, sagte Moon achselzuckend. »Rosie ist eigentlich nur zu doof, ihm endlich die Rote Karte zu zeigen und ihn final rauszuschmeißen.«

Wir gingen den Block hinunter und warteten auf Kendras silbernen Honda.

»Und wovon leben wir dann?«, fragte ich meinen großen, dünnen Bruder. »Ich meine, wenn Rosie Leek final rausschmeißt.«

»Vielleicht würde sie sich einen Job suchen?«, überlegte Moon.

»Rosie?«, rief ich verblüfft.

»Warum nicht?«, fragte Moon und schaute mich mit einem eigenartig hoffnungsvollen Blick von der Seite an.

»Sie kann doch nichts«, murmelte ich und fühlte mich auf einmal fies und überheblich.

Moon blieb stehen. »Ich glaube, sie ist bloß blockiert, weil Leek sie blockiert«, sagte er schließlich.

»Sie ist melodramatisch und scheißegoistisch und ihm sexuell hörig, weiter nichts«, schnauzte ich Moon an, obwohl ich wusste, dass ich ihn mit diesen Worten an ihrer Stelle verletzte. Moon liebte Rosie wie verrückt.

Die Palermo Street ist von Pinien gesäumt. Jedes der Wohnhäuser, an denen wir vorübergingen, hatte eine angebaute Doppelgarage mit dem allgegenwärtigen Basketballkorb über dem Tor.

Wie mich das alles nervte. Warum, um alles in der Welt, machten bloß jährlich Zigtausende bei diesem Run um eine US-Greencard mit? Das konnte ich nicht begreifen. Mit Kendra hatte ich neulich einen Bericht darüber im Fernsehen gesehen. Schluchzende Lotterieteilnehmer aus aller Welt, die es wieder nicht geschafft hatten, obwohl sie Jahr für Jahr dabei waren. Und dann ein paar selbstgerechte Jubler, die ausgelost worden waren: Congratulations! Eine Aufenthaltsgenehmigung für die Vereinigten Staaten! Puh, was für ein Bockmist. Warum wollten die Leute nicht lieber nach Skandinavien? Oder auf die Fidschi-Inseln? Oder zum Beispiel nach Portugal, wo Kendras Großeltern väterlicherseits herstammten? Ein schönes, kreatives Land mit lustigen Leuten.

Kendra hatte mir eine Menge Fotos aus der Kindheit ihres Großvaters in Lissabon gezeigt. Ihre Mutter hatte uns mit missbilligender Miene dabei zugeschaut. »Ein schreckliches, schmuddeliges Land! Grässlich«, hatte sie gerufen und da hatte Kendra sofort die alten Fotografien zusammengerafft, mich am Ärmel gepackt und wortlos das Zimmer verlassen.

Kendra sprach so gut wie nie mit ihrer Mutter. »Dass sie und ich verwandt sein sollen, muss einfach ein Missverständnis sein«, sagte sie oft. »Es ist unmöglich, dass ich es neun Monate *in* ihr ausgehalten haben soll!«

»Da ist Kendra«, sagte Moon und im selben Moment hielt der Honda schon neben uns an. Wir fuhren zu Burger King, aßen für unser spärliches und Kendras ausreichendes Geld eine Menge Fast Food und ich versuchte, eine Weile nicht an Rosie und Leek und mein Zuhause zu denken.

Am Abend hatten sich die Wogen geglättet. Leek war gekommen und hatte Rosies Therapieabo um ein halbes Jahr verlängert. Außerdem brachte er für alle Burritos vom Mexikaner mit und fünf Papiertüten voll Lebensmittel von *Safeway* für unseren Kühlschrank.

»Sky?«, sagte meine Mutter beim Essen auf der Terrasse. Kendra war auch da, sie wollte bei uns übernachten.

»Was?«, fragte ich misstrauisch.

»Dieser Gershon . . .« Sie lächelte mir zu. »Ist er nett? Du hast bisher noch nie von ihm erzählt. Bring ihn doch mal mit.«

Leek war anscheinend schon eingeweiht. Kauend sagte er: »Mein kleines Mädchen geht zum Abschlussball! Es ist unglaublich.«

Ich schwieg.

»Ach ja, wann kaufst du ein Abschlussballkleid? Ich habe dir zweihundert Dollar auf deinen Schreibtisch gelegt, Prinzessin.«

Das Therapieabo bei Bob Bellamy, Burritos vom teuren Mexikaner, massenweise Lebensmittel, Geld für mein Ballkleid. Ich schaute Leek fragend an.

»Ich habe *Norma* und *Die wütende Frau* verkauft«, erklärte mein Vater und ich fand, seine Stimme klang eine Spur selbstgefällig dabei.

»Ja, und die wütende Frau bin ich!«, sagte Rosie und lächelte Leek zu. »Oder? Das war im April, als wir uns so schrecklich gestritten haben. In deinem Apartment in Venice. Du hast ein paar Bücher und deinen Aschenbecher nach mir geschmissen.«

Leek nickte.

»Und Norma war diese schwarzhaarige Studentin von der Columbia University, die du im Frühling gebumst hast, erinnere ich mich richtig, *Dad?«*, sagte Moon tonlos, stand auf und ging ins Haus und von dort in sein Zimmer. Im nächsten Moment tönte bereits laute Musik aus seinem Zimmerfenster.

»Puh«, murmelte Leek nervös.

»Er meint es nicht so. – Er … er ist in einem schwierigen Alter«, sagte Rosie.

Kendra und ich warfen uns über unsere Teller hinweg einen langen Blick zu.

»Sie ist so was von bescheuert!«, sagte ich hinterher in meinem Zimmer. »Wie kann sie sich meinem Vater nur so idiotisch unterwerfen? Das ist doch krankhaft. Sie kriecht ja förmlich unter seinen Stiefelabsatz. Und bedankt sich noch dafür, dass er mit jeder blöden Studententussi herumvögelt, die in Venice herumläuft.«

Kendra zuckte mit den Achseln. »Ich glaube, mein Dad betrügt meine Mutter auch. Mit seiner Sekretärin. Und ich kann es ihm nicht mal verdenken. Bei uns wird nur nicht drüber geredet. Das ist der Unterschied.«

Später, als wir noch mal nach unten gingen, um Godot zum Pinkeln in den Garten zu lassen, liebten sich Rosie und Leek auf einer Decke unter Moons Baum.

»Sie sind wie die Karnickel«, sagte ich wütend zu Kendra.

Aber Kendra schüttelte den Kopf. »Sie sind einfach speziell. Freaks eben. Und sie sehen beide so gut aus, Sky. Sie sind noch so cool jung. Ich wünschte, ich hätte so tolle Eltern wie du.«

Godot verschwand im Gestrüpp.

»Ich ertrag's einfach nicht«, murmelte ich.

»Geh schon nach oben – ich warte auf Godot«, flüsterte Kendra und lachte leise über ihren eigenen Scherz.

»Danke«, sagte ich matt und floh in mein Zimmer hinauf.

Manchmal war alles unerträglich. Na ja, fast alles. Wenigstens hatte ich jetzt endlich Geld für ein Kleid. Ich würde gleich morgen mit Kendra zu *Crazy Butterfly*, unserem Lieblingsklamottenladen, fahren.

Ich dachte an Gershon und erst da fiel mir ein, dass ich weder wusste, wo er wohnte, noch seine Handynummer kannte.

Der Schmetterling war nicht fort. Er war da. Er war geblieben. Er bewegte sich wieder. Und er wuchs im Gottvertrauen auf diese Welt. Esther hätte weinen mögen, wenn sie noch geweint hätte.
Jakobs Kind.
Und als es schließlich geboren wurde, war es so unbeschreiblich klein. Unbeschreiblich klein und unbeschreiblich schön. Das schönste Kind der Welt.

6. HANNAH

Zwischen David und Jonathan, meinem großen und meinem kleinen Bruder, liegen zehn Jahre und ein Tag.

»Heute wird Dave neunzehn und morgen wird Joni neun«, sagte ich zu Sharoni, als wir nach der Schule zu *Gan Eden* unterwegs waren – Garten Eden – einem Laden in unserem Viertel, in dem die besten koscheren Lebensmittel verkauft wurden. Alle Produkte waren von der Union Orthodoxer Juden genehmigt.

Shar und ich wollten als Geburtstagsüberraschung für David sein Lieblingsessen kochen, Brathuhn mit Matzenfüllung.

»Feiert David eigentlich richtig groß?«, wollte Shar wissen.

Ich zuckte mit den Schultern. »Nicht wirklich. Er bringt seine beiden besten Freunde mit«, erzählte ich, während wir Brathühnchen, Matzen, Stangensellerie, Zwiebeln und Eier in unseren Einkaufswagen luden. »Erinnerst du dich an Gabriel?«

Sharoni nickte. »Das ist der, mit dem er zusammen die *Thora* studiert, oder?«

»Ja. Der andere ist Ezra. Er hat früher nebenan gewohnt. Vor zwei Jahren ist die Familie nach Anaheim umgezogen. Er kann praktisch zu Fuß ins Disneyland gehen.«

Sharoni lachte und wir stellten uns an der Kasse an.

»Ezra ist überhaupt nicht gläubig, aber er ist eben schon so lange Daves bester Freund, dass sie trotzdem gut klarkommen. Ich mag ihn sehr gern.«

»Und was macht ihr morgen an Jonis Geburtstag?«, erkundigte sich Shar. »Sollen wir nicht auch gleich für ihn etwas einkaufen?« Sie schob sich ein paar bunt gefärbte Haarsträhnen aus der Stirn und lächelte dabei dem jungen Mann an der Kasse zu, dessen Wangen sich sofort rosa färbten.

Shar hat eine unglaubliche Wirkung auf Männer. Ihre Haarglöckchen klingelten weiter leise vor sich hin und augenscheinlich sehr verführerisch, denn das Rosa auf den Wangen des Kassierers vertiefte sich und griff auf seine leicht abstehenden Ohren über.

»Meine Mutter hat Joni versprochen, dass wir morgen zusammen mit seinem Freund Arik ins Disneyland fahren.« Es war Jonathans größter Wunsch gewesen und meine Mutter konnte ihrem Jüngsten nie etwas abschlagen, vielleicht weil er so ein schwerkrankes Baby gewesen war. Er hatte eine angeborene, sehr seltene Blutkrankheit und musste morgens bis zu zwölf Pillen nehmen.

Als wir nach Hause kamen, saß nur Esther im Wohnzimmer. Meine Mutter war noch in der Stadt unterwegs – mein großer Bruder würde von meinen Eltern einen ziemlich kostspieligen Hyundai Santa Fe bekommen. Und mein Vater arbeitete noch.

Wir beeilten uns mit dem Kochen. Als das Hähnchen im Ofen war, schaute ich nach meiner Urgroßmutter, die mit düsterer Miene vor dem großen eingeschalteten Fernseher saß. Neben ihr auf dem Couchtisch lag ein geöffnetes Amazon-Päckchen, daneben ein kleiner Stapel DVDs. »Alles in Ordnung, Esther?«, fragte ich und stellte vorsorglich eine Flasche Multivitaminsaft neben ihre angebrochene Sherryflasche.

»Yep«, murmelte meine Urgroßmutter knapp und ohne den Blick vom Bildschirm abzuwenden.

Ich warf einen prüfenden Blick auf die neuen Filme. Esther bestellte seit einer Weile Holocaustfilme in rauen Mengen. Dokumentationen, Reportagen, Spielfilme. Ihre Sammlung war riesig und wurde immer noch größer.

Heute waren *Der letzte Zug*, *Der Junge im gestreiften Pyjama* und *Der Holocaust – Dachau und Sachsenhausen* dazugekommen.

»Ach, Esther«, sagte ich, mehr fiel mir nicht ein.

Nach der Befreiung von Ausschwitz war meine Urgroßmutter eine lange Zeit mit ihrem neugeborenen Baby ziellos von Stadt zu Stadt gezogen. Sie lebten eine Weile in Lübeck, dann in Hannover, in Köln, in Mainz. Sie meldete sich beim Vermisstensuchdienst des Roten Kreuzes und wartete darauf, irgendjemanden ihrer Familie wiederzufinden. Nicht Jakob, da machte sie sich keine Illusionen. Aber was war mit den Tanten? Oder mit den drei Brüdern ihrer Mutter? Und mit Jakobs großer Familie? Seinen Brüdern? Seinen Schwestern?

Es meldete sich niemand. Es war keiner übrig geblieben.

Irgendwann fand Esther sich ab und beschloss, Deutschland für immer zu verlassen. Zusammen mit ihrer kleinen Tochter schiffte sie sich nach Amerika ein.

»Ich erinnere mich noch, Mutter sang Tag und Nacht Lieder für mich, weil ich so schwer seekrank wurde«, hat mir meine Großmutter in Israel einmal erzählt. »Und ich ließ während der gesamten Überfahrt ihre Hand nicht los. Wie erstarrt klammerte ich mich an sie.«

Meine Großmutter lächelte. Sie sprach wie immer hebräisch mit mir. »Als wir in Amerika ankamen, hatte ich mich daran gewöhnt. Und ich wollte nie mehr damit aufhören. Ich schlief noch über zwei Jahre auf diese Weise ein. Und morgens schob ich als Erstes meine Hand wieder zurück in ihre. Meine Ima war eine wunderbare Mutter, Hannah. Die beste, die man sich vorstellen kann.«

In Amerika arbeitete Esther zuerst als Näherin und später wurde sie Lehrerin. Bis sie über sechzig war, unterrichtete sie an einer jüdischen Grammar School in East Los Angeles. Sarah blieb ihr einziges Kind.

Pünktlich um vier Uhr hörten wir Davids Hausschlüssel im

Türschloss. Meine Mutter und mein kleiner Bruder Jonathan waren ebenfalls vor einer Weile zurückgekommen und werkelten geheimnisvoll in der Garage herum. Mein Vater schloss eben seine Werkstatt.

Esther war in ihrem Schaukelstuhl eingeschlafen. Sharoni hatte sie mit einer Wolldecke zugedeckt und behutsam den Fernseher ausgeschaltet.

»Gabriel kennst du ja«, sagte ich zu Shar, als David und seine zwei Freunde hereinkamen, und nickte ihm zu.

»Hi, Hannah, hi, Shar«, sagte David und zog seine Schuhe aus.

»Und das ist Ezra.«

Ich deutete auf den langen, dünnen Kinderfreund meines großen Bruders. Er grinste uns zu und hob grüßend die Hand.

Meine Eltern kamen herein und begrüßten David und seine Freunde ebenfalls.

»Hi, Ima«, sagte David und küsste unsere Mutter auf die Wange. »Hallo, Abba.«

Wir setzten uns zu Tisch.

»Kommst du auch, Bubba?«, fragte meine Mutter Esther, die wieder wach war, mit nachdenklicher Miene in ihrem Schaukelstuhl saß und die Rückseitencover ihrer neuen DVDs studierte. Aber Esther wollte nicht.

»Ich schaue, wenn's recht ist, von hier aus zu«, antwortete sie knapp. *»Masel tow* zu deinem Geburtstag, mein Junge.«

Für einen Moment lächelte sie David zu. Als wir klein waren, hatte sie auch für uns viele Lieder gesungen. Sie kannte mehr Lieder als der Rest der Familie zusammen.

»Danke, Esther«, rief David von seinem Platz aus.

»Lechaim, mein Großer«, sagte unser Vater, als wir feierlich auf Davids Wohl anstießen.

Zuerst gab es die üblichen Geburtstags-*Knich*es, die unsere

Mutter heute Morgen in aller Frühe vorbereitet hatte. Dann holten Sharoni und ich Davids Geburtstagsmenü aus der Küche.

»Ist das denn auch wirklich koscher?«, erkundigte sich David mit gespielt besorgter Miene.

Ich schüttelte den Kopf. »Nein«, sagte ich betrübt. »Daran haben wir nicht gedacht. Es ist Schneckeneintopf, Dave. Schnecken in Milch gekocht, wie du es gerne hast!«

Alle lachten.

»Freches, unverschämtes Palindrom, du«, sagte David zu mir und stieß mich in die Seite.

»Freches – was?«, fragte Jonathan verwundert.

»Palindrom«, wiederholte David. »Unsere Schwester Hannah ist eins. So wie Anna. Und Otto.«

Jonathan machte ein verwirrtes Gesicht.

»Worte, die du von vorne und von hinten lesen kannst«, erklärte David und zerzauste Jonis Haare. »H-A-N-N-A-H. Und rückwärts gelesen bleibt es dasselbe: H-A-N-N-A-H. Kapiert?«

»Es funktionieren auch ganze Sätze«, fügte David grinsend hinzu. »Pass auf: Ein Neger mit Gazelle zagt im Regen nie.«

»Und: Leg in eine so helle Hose nie'n Igel!« David prustete wieder los.

»Es geht noch besser: Eine Hure ruhe nie!«, rief Ezra.

Meine Mutter machte ein strenges Gesicht.

»Entschuldige, Delia«, sagte Ezra sofort zerknirscht.

»Schon gut«, sagte meine Mutter, die immer darauf bedacht ist, dass Jonathan nicht zu viele derbe Späße mitbekam.

»Und, schmeckt es?«, fragte ich, als endlich alle zu essen begonnen hatten.

»Ja, Palindrom, sehr lecker«, sagte David anerkennend. »Habt ihr gut gemacht, ihr beiden.« Er lächelte Sharoni zu.

»Hmmm. Sehr Orgasmus«, sagte Ezra.

»Was sagst du da?«, fragte David, so, als könne er kein Wässerchen trüben.

Ezra zog den Kopf ein und schaute zerknirscht zu meiner Mutter hinüber. »Sorry, ist mir nur so rausgerutscht. – Ich meinte: sehr lecker. Wir sagen das an unserer Schule immer so. Ist ein Running Gag.«

Mein Vater begann, schallend zu lachen. »Das muss ich mir merken«, prustete er kauend und wischte sich den Mund an seiner Serviette ab. »Sehr Orgasmus! Muss ich unbedingt mal irgendwo anbringen. Ich freu mich jetzt schon auf die Gesichter der anderen. – Danke, Ezra, danke!« Er lachte wieder.

»Gern geschehen, Mo.« Ezra grinste schief, aber sein Blick blieb besorgt und entspannte sich erst, als er sah, dass auch meine Mutter lächelte.

Der Taufname meines Vaters lautet Moshe, aber alle seine Freunde und Bekannten nennen ihn Mo.

»Morgen habe ich Geburtstag«, sagte Jonathan zufrieden, als meine Mutter den süßen Nachtisch auftrug.

Wir nickten.

»Aber morgen ist morgen und heute ist heute«, sagte mein Vater. »Und heute ist erst einmal David an der Reihe.« Er lächelte seinem ältesten Sohn zu. »Dein Geschenk findest du in der Garage, mein Junge.«

»Abba! Wahnsinn! Ein Auto?«, rief David und sprang auf. »Gabriel, Ezra, los, kommt mit!«

Zu dritt verließen sie polternd das Haus.

Jonathan ging zu Esther. »Spielst du was mit mir?«

»Aber nichts Idiotisches«, sagte meine Urgroßmutter streng. »Kein Ding mit Kabeln, meine ich. Ich hasse deine blödsinnige Playstation. Das ist Schrott fürs Gehirn. Wann kapierst du das endlich?«

»Okay«, murmelte Jonathan ergeben. »Wie wäre es mit *Man don't worry* oder *Game of Life?«*

»Du bist doch kein Kleinkind mehr«, brummte Esther und dann einigten sie sich auf *Scrabble.*

»Abba, Ima, Wahnsinn! Vielen Dank«, rief David, der schon wieder den Kopf zur Tür reinsteckte. Seine Augen leuchteten. »Gern geschehen, mein Lieber«, sagte unsere Mutter und David, Gabriel und Ezra nahmen unseren Vater mit auf eine erste Spritztour.

Esther und Jonathan bauten in der Zwischenzeit das Spiel auf, verteilten Buchstaben und legten die ersten Wörter. Bei seinem dritten Spielzug legte Jonathan das Wort *BABY.*

»Kriegst du kein längeres Wort zustande, Bub?«, fragte Esther missbilligend. »Baby hat nur vier Buchstaben. Damit *Scrabble* funktioniert, muss man lange Wörter legen.«

Aber Jonathan schüttelte den Kopf. »Geht nur Baby«, sagte er. Dann hob er den Kopf. »Wie war das noch mal, als ich ein Baby war?«, fragte er. »Ich meine, wie war es, als ich auf die Welt kam? Erzähl mal, Esther.«

»Das hast du doch alles schon tausendmal gehört«, brummte Esther unwillig und legte *SYMPHONIE* ans andere Ende des Y.

»Erzähl. Bitte«, sagte Jonathan.

»Du machst mich noch *meschugge.«*

Esther notierte ihren Wortwert und hob anschließend den Kopf.

»Du warst noch ein viel kleinerer Winzling als heute. Du hast mich an meine kleine Sarah erinnert. Du warst ein schmächtiges Vögelchen, weiter nichts.«

»Weil ich krank war«, sagte Jonathan weise.

»Ja, zum großen Teil lag es daran«, sagte Esther. »Aber ihr seid alle klein gewesen, als ihr auf die Welt kamt. Du, Hannah und David. Drei winzige Zwerglein mit zerstrubbelten pechschwarzen Haaren. – Manche Neugeborene sind dick und rund wie Maden. Aber ihr wart alle piepsig. Muss in der Familie liegen.«

»Nur Dave und ich haben schwarze Haare, Esther. Hannah nicht«, verbesserte Jonathan seine Urgroßmutter. Sharoni lächelte mir zu.

»Doch, als Baby war Hannah auch schwarzhaarig«, erinnerte sich Esther. »Erst später gingen ihr die schwärzen Härchen aus und es kamen stattdessen helle nach. So ist das manchmal bei Babys.«

Meine Mutter kam ins Wohnzimmer.

»Erzähl noch mehr«, verlangte Jonathan.

»Spielen wir nun oder palavern wir?«, fragte Esther ungeduldig und sortierte ihre Buchstabenplättchen. »Ich könnte *SHALOM* legen.«

»Was ist – palavern?«, fragte Jonathan.

»Reden. Schwätzen. Unsinn plappern«, murmelte Esther.

»Reden«, sagte Jonathan sofort.

»Davids Geburt ging ganz schnell«, sagte meine Mutter, die es ihrem Jüngsten immer recht machen will. Man konnte förmlich sehen, wie ihre Gedanken zu Davids Geburt vor neunzehn Jahren zurückgingen. »Euer Vater war schrecklich aufgeregt und weinte vor Freude, als die Krankenschwester ihm seinen Erstgeborenen in die Arme legte.« Meine Mutter lächelte. »Und dann kamst du, Hannah«, fuhr sie fort. »Oder vielmehr kamst du erst mal nicht. Du warst schon eine ganze Weile über die Zeit.«

»Sie lag falsch rum«, rief Jonathan, der die Geschichte, wie wir alle, schon kannte.

Meine Mutter nickte. »Und darum musste schließlich ein Kaiserschnitt gemacht werden.«

»Ja, sie haben dir für Hannah den Bauch aufgeschnitten!«, rief Jonathan beeindruckt. »Das ist so eklig und schrecklich und du hast eine Narbe davon zurückbehalten!«

»Ich war auch ein Kaiserschnitt«, erklärte Sharoni.

»Igitt«, war alles, was Jonathan dazu sagte.

»Und dann kamst du, mein Kleiner«, fuhr meine Mutter fort und streichelte Jonathans schmales Gesicht mit den dunklen, tief liegenden Augen.

»Ich lag richtig herum! Wie Dave. Meinetwegen mussten sie dich nicht aufschneiden!« Er warf mir einen vorwurfsvollen Blick zu.

Kurz darauf kamen David und die anderen von ihrer ersten Fahrt mit dem neuen Auto zurück. Wir aßen Kuchen und unsere Großeltern aus Israel riefen zum Gratulieren an.

»Esther, willst du auch mit Bubba sprechen?«, rief David aus seinem Zimmer, aber er bekam keine Antwort.

»Hallo, Esther?«

Ich antwortete an ihrer statt. »Sie hat keine Zeit, Dave!«, rief ich ihm zu. »Sie ist gerade im Arbeitszimmer und schreibt im Holocaust-Chat mit diesem Holocaust-Heinrich.«

Holocaust-Heinrich war ein uralter Mann aus Deutschland, der wie Esther in Auschwitz gewesen war. Er war ein deutscher Widerstandskämpfer gewesen und die Nazis hatten ihn so gefoltert, dass er beide Beine verlor. Heute lebte er in Schottland und engagierte sich im Kampf gegen das Vergessen. Er arbeitete für das Museum Auschwitz und suchte immerzu akribisch nach anderen Überlebenden, um mit ihnen in Kontakt zu treten und sie für die Gedenkveranstaltungen vor Ort zu gewinnen.

Leben. Lieben. Kämpfen, Esther!, las ich, als ich meiner Urgroßmutter eine Weile später im Arbeitszimmer über die Schulter schaute, wo sie am alten Apple meines Vaters saß.

»Das macht man nicht, Hannah. Man spitzelt nicht«, brummte Esther streng.

»Er schreibt immer so leidenschaftlich«, sagte ich beeindruckt. »Ich glaube, er mag dich sehr, Esther.«

»Unsinn, er ist ein verrückter Tattergreis, der nicht vergessen will. Und er sucht seinesgleichen«, sagte Esther und tippte *Ich muss jetzt wirklich Schluss machen, Heinrich* in das kleine Chatfenster.

In Ordnung, meine Beste, schrieb Heinrich zurück. *Trink nicht so viel, hörst du? Du wirst noch gebraucht!*

»Du hast ihm vom Wermut-Trinken erzählt?«, fragte ich verblüfft.

»Was heißt erzählt?«, sagte Esther gereizt und schaltete ohne ein weiteres Wort den Computer aus. »Dieser Heinrich popelt irgendwie alles aus einem raus. Er ist gewieft.«

Und damit stand sie abrupt auf und ließ mich stehen.

Der Tag endete fröhlich. David flirtete mit Sharoni und ich unterhielt mich lange mit Gabriel über alles Mögliche. Ezra spielte mit meinem kleinen Bruder an seiner geliebten Playstation, die beiden machten einen Riesenkrach und mein kleiner kränklicher Bruder hatte großen Spaß. Alle fünf Minuten erzählte er aufgeregt, dass wir morgen zusammen ins Disneyland fahren würden.

Sharoni hatte die Einladung meiner Mutter mitzukommen strahlend angenommen.

»Und ihr wollt da wirklich mit hin? Ihr seid doch keine Kleinkinder mehr!« David lachte uns aus.

»*Jeder* liebt Disneyland«, erklärte Shar ungerührt und wickelte ihre wilden bunten Haarsträhnen mit den Fingern in einen lockeren Knoten auf ihrem Hinterkopf. »Es gibt nur nicht jeder zu.«

7. SKY

Das Kleid ist perfekt, Sky!«, sagte Kendra begeistert. »Du siehst wunderschön aus.«

Ich hatte mich für ein lila-schwarzes Kleid entschieden, dessen Schnitt an Doris Day und die Fünfzigerjahre erinnerte. Wir waren bei *Crazy Butterfly* in der Umkleidekabine und ich drehte mich vor dem großen Spiegel. Eine punkig angehauchte Verkäuferin freute sich über unseren Enthusiasmus.

»Hey, ihr seid die Einzigen, die wegen eines Abschlussballkleides hier reinschneien! Das ist abgefahren. Alle anderen gehen eher zu *Sears* oder so.«

Das Kleid kostete deutlich weniger als die zweihundert Dollar, die Leek mir gegeben hatte, und darum kaufte ich noch lila Lackpumps in Kendras favorisiertem Schuh-Store und anschließend zwei Schoko-Donuts und zwei Eiskaffees für uns bei *Dunkin' Donuts.*

»So könnte das Leben immer sein«, seufzte ich und lehnte mich wohlig auf meinem *Dunkin'-Donuts*-Stuhl zurück, während Kendra die Lieder auf meinem kleinen, schon etwas altersschwachen iPod durchsah. Die Sonne schien heiß vom Himmel, aber weil es angenehm windig war, waren die Wärme auszuhalten und der Smog erträglich.

»Pearl Jam, Spin Doctors, Metallica, Crash Test Dummies, Greenday, Owl City, Joe Satriani, Yo Yo Ma . . .«

Kendra schaute mich an. »Yo Yo Ma?«, wiederholte sie. »Was ist das denn? Ein Brotaufstrich?«

»Nein. Ein Cellist. Ich liebe seine Musik.«

Kendra schüttelte den Kopf und vertiefte sich wieder in mein Musikverzeichnis.

»Eminem, Lady Gaga, *Die Entführung aus dem Serail* von Mozart, Brian Baker . . .«

Wieder hob sie fragend den Kopf.

»Ein Punk-Gitarrist«, erläuterte ich und trank einen Schluck Eiskaffee. »Seine Musik liebe ich auch.«

»Sex Pistols, Dead Kennedys, Nirvana . . .« Kendra lachte. »Alleine deine Musikauswahl zeigt mir immer wieder, dass du anders bist als alle anderen, die ich kenne. Meine Mutter misstraut dir aus diesem Grund schrecklich. Sie denkt, du verdirbst mich. Ein wunderbarer Gedanke.«

Kendras Eltern waren gläubige Baptisten und früher war Kendra, zumindest ihren eigenen Erzählungen nach, mehr in der Kirche als zu Hause gewesen.

In diesem Moment klingelte mein Handy. Ich warf einen prüfenden Blick auf das Display. »Das hat mir gerade noch gefehlt«, seufzte ich. »Meine deutschen Großeltern.«

Ich ließ das kleine Telefon klingeln beziehungsweise summen und pfeifen, denn mein mobiles Telefon hat Walgesänge als Klingelton. Moon hatte das für mich eingerichtet.

Rosie hatte er den Song *Hashish* aus dem Musical *Hair* heruntergeladen, einen ihrer absoluten Lieblingssongs, und Leeks Telefon hatte sich eine Weile mit Moons Pupsen bemerkbar gemacht, die Moon selbst aufgenommen und dann auf Leeks Handy überspielt hatte.

»Wie bekomme ich das wieder weg?«, hatte unser Dad entsetzt gefragt, als er begriff, was Moon getan hatte.

Moon hatte nur mit den Achseln gezuckt und gemurmelt: »Das gilt es, jetzt selbst herauszufinden, Mr Arschloch . . .«, und war gegangen.

Aber irgendwie schaffte Leek es, sich wieder von Moons Pupsen zu befreien.

Moon hatte das überrascht und frustriert. Aber seitdem hatte er Leeks Telefon nicht mehr angerührt.

Kendra und ich blieben noch eine Weile in der Stadt und in regelmäßigen Abständen summte mein Handy.

»Die haben aber eine Ausdauer«, sagte Kendra kopfschüttelnd, als wir bei *Victoria's Secret* waren, wo Kendra sich, um ihre Mutter in Rage zu bringen, heiße schwarze Unterwäsche kaufte.

»So sind sie«, sagte ich. »Vor allen Dingen meine Oma. Sie ist wie ein Bullterrier. Verbissen und zäh. Sie war Lehrerin. Mir tun ihre Schüler leid. Rosie hatte wirklich keine tolle Kindheit bei ihnen. Da gibt es massenweise schreckliche Storys. Kein Wunder, dass sie sofort das Weite gesucht hat, als sie volljährig wurde.«

Wir lachten und gingen zur Kasse, um Kendras Unterwäsche zu bezahlen. Als wir wieder in ihrem Honda saßen, sangen meine Wale erneut. Diesmal nahm ich das Gespräch an. Was hatte ich schon für eine Chance? Wenn ich mich nicht erbarmte, würde meine Großmutter Rosie anrufen und ihr die Hölle heißmachen. Und dann bekäme meine Mutter nur wieder eine Depression und das war weit schlimmer auszuhalten als ein kurzes Gespräch mit meiner blödsinnigen, bornierten Großmutter.

»Hier ist Hamburg«, sagte meine deutsche Oma ärgerlich, als die Verbindung zustande gekommen war. »Sag mal, sitzt du auf deinen Ohren? Ich habe es schon zigmal versucht!«

»Hallo, Oma Dorothea«, antwortete ich lahm. »Ich bin mit meiner Freundin Kendra unterwegs und . . .«

»Das ist kein Grund, nicht an dein Handy zu gehen!«, wurde ich unterbrochen.

Wir redeten natürlich Deutsch und Kendra zog eine Grimasse,

weil sie kein Wort verstand. Sie hatte Spanisch und Japanisch gewählt.

»Wie geht es Rosie?«, war die nächste Frage meiner Großmutter, Jahrgang 1950, ein echtes Geschütz an Wucht, Zorn und ab und zu durchkommender Sentimentalität. Keine angenehme und keine einfache Mischung. Wenn ich an Gott glauben würde, würde ich ihm jeden Tag dafür danken, dass sie nur meine Großmutter und nicht meine Mutter war.

»Gut«, antwortete ich knapp.

»Das klang neulich am Telefon aber ganz anders«, gab Oma Dorothea zurück. »Sie hörte sich scheußlich an. Jammervoll. Hoffnungslos. Mal wieder.«

»So schlimm war es nicht«, antwortete ich ärgerlich.

»Wie dem auch sei. Dein Großvater und ich haben ihr etwas Geld überwiesen. Kannst du ihr das ausrichten?«

Ich sagte, dass ich das könnte.

»Danke«, fügte ich widerwillig hinzu. Ein bisschen eigenes Geld konnte Rosie mit Sicherheit gut gebrauchen. Auch wenn sie es nicht wirklich genießen konnte, wenn sie wusste, von wem es kam.

Warum machte sie nur nichts Eigenes aus ihrem Leben? Moon hatte recht. Leek blockierte sie. Irgendwie schien er es sogar zu genießen, dass sie so abhängig von ihm war.

»Was ist denn nun mit deinem Vater? Hat er sie wieder betrogen?«, war die nächste Frage, die über den Ozean gerauscht kam.

»Nicht, dass ich wüsste«, antwortete ich, runzelte die Stirn und verfluchte mich, das Gespräch überhaupt angenommen zu haben. Ich musste an Norma denken, die Studentin, deren nacktem Körper beziehungsweise dem Bild ihres nackten Körpers ich es zu verdanken hatte, dass ich jetzt ein Abschlussballkleid besaß.

»Das ist immerhin eine positive Wendung«, hörte ich Oma Dorotheas Stimme an meinem Ohr. »Früher hat er sie ja praktisch pausenlos hintergangen.«

Blablabla. Ich versuchte, meine Ohren auf Durchzug zu stellen, so gut es ging.

»Sie war schon immer so labil, Sky«, hörte ich dennoch. Und: »Wir machen uns Sorgen um sie. Immer dieses Haschischgerauche und diese Destruktivität.«

Erst ganz zum Schluss kam sie zum eigentlichen Grund ihres hartnäckigen Anrufs.

»Wir kommen nämlich zu Besuch, Sky«, sagte sie und es klang in meinen Ohren wie eine Drohung. Was es wahrscheinlich auch war.

Rosie würde durchdrehen. Mir graute bei dem Gedanken, diese Hiobsbotschaft zu überbringen. Ich würde Moon zwingen, es zu tun. Moon war Rosies Darling. Vielleicht würde sie nicht völlig zusammenbrechen, wenn Moon mit ihr sprach.

»Warum?«, fragte ich dennoch.

»Warum nicht?«, fragte Oma Dorothea ärgerlich zurück. »Es ist Jahre her, dass wir gekommen sind.«

Das stimmte und wir waren alle froh darüber.

»Wann wollt ihr – kommen?«, fragte ich und warf Kendra, die mit der einen Hand steuerte, mit der anderen fragende Bewegungen machte, einen entschuldigenden Blick zu. »Gleich! Ich erzähl dir gleich alles«, flüsterte ich auf Englisch.

Kendra lächelte mir zu. »Schlimm?«, flüsterte sie besorgt.

Ich nickte.

»Puh«, murmelte Kendra und überholte einen Truck. Kendra fuhr immer sehr rasant.

»Dienstag in zwei Wochen«, sagte meine Großmutter.

Ich zuckte zusammen.

»Schon?«

»Und wir werden uns, bitte entschuldige das, nicht bei euch einquartieren. Himmel, dieses Zimmer, das ihr *das Schimmelzimmer* nennt! Nein, da bringen euren Großvater keine zehn Pferde mehr hinein. Wir haben uns stattdessen in einer netten, kleinen Pension eingemietet. Nah an der Küste. Die Bilder im Internet sind bezaubernd.«

»Okay . . .«, murmelte ich matt.

Das Schimmelzimmer, von dem meine Großmutter gesprochen hatte, war eine kleine Kammer unter dem Dach. Sie war der einzige Raum in unserem altersschwachen Haus, der nicht ständig bewohnt wurde. Dafür war sie vollgestopft mit allem, was sonst keinen vernünftigen Platz hatte.

An der Tapete neben dem Fenster waren ein paar sprenkelige graue Schimmelflecken, die sich nicht vertreiben ließen und dem Zimmer seinen Namen gegeben hatten.

Dann fiel mir noch etwas ein. »Wie lange – werdet ihr denn bleiben?«

»Kurz. Nur drei Wochen, mein Mädchen«, antwortete meine Großmutter und lachte in Hamburg.

Nur? Drei ganze Wochen? Einundzwanzig lange Tage? Rosie würde sich jeden Abend den Kopf mit Cannabis zudröhnen, um das auszuhalten, darauf konnte ich wetten!

Was für ein Mist.

Nachdem ich aufgelegt hatte, berichtete ich Kendra von dem Schlamassel. Sie hatte Mitleid mit uns allen und rief schließlich ihre Mutter an, um ihr mitzuteilen, dass sie heute über Nacht bei mir bleiben würde.

»Nein, ihre Mutter findet mich *nicht* aufdringlich!«, hörte ich sie ärgerlich in ihr eigenes Handy sagen, mit zusammengerissener Stimme und viel Beherrschung.

»Nein, Brenda, sie sind *nicht* alle pausenlos auf *Drogen!* Hallo? Du sprichst von der Familie meiner *besten* Freundin!«

Kendra machte ein Gesicht, als müsse sie sich übergeben.

»Ich nenne sie seit Neuestem immer *Brenda*. Ich habe nämlich herausgefunden, dass sie das hasst. Sie steht auf *Mom* oder – noch besser – *Mommy!* Aber den Gefallen werde ich ihr nicht mehr tun«, flüsterte sie mir zu und bedeckte, während sie mit mir sprach, das untere Teil ihres Handys mit der Hand.

Gleich darauf fuhr sie an der Abfahrt vom Highway ab, die zu unserem Viertel führte.

»Mach's gut, Brenda«, sagte sie gespielt sanft, drückte den Ausschaltknopf und feuerte ihr mobiles Telefon auf die Ablage. »Der totale Aggressor, ich sage es ja immer. Senil und reaktionär!«, murmelte sie.

»Bist du sicher, dass du bei uns übernachten willst? Es könnte schon sein, dass Rosie was geraucht hat und fertig mit den Nerven und ganz und gar idiotisch ist«, erklärte ich warnend und eine Spur bedrückt, während wir die Lombard Road entlangfuhren. Schließlich konnte es sein, dass meine Hamburger Großeltern in der Zwischenzeit auf die Idee gekommen waren, Rosie doch selbst anzurufen und von ihrem geplanten Blitzbesuch zu berichten. »Sie ist nämlich wirklich äußerst labil, leider.«

»Das macht mir nix, Sky«, sagte Kendra tröstend und parkte vor unserem Haus.

Ich rechnete mit dem Schlimmsten, aber als wir das Haus betraten, lief fröhliche Musik und an allen möglichen und unmöglichen Stellen standen brennende Kerzen herum.

»Was ist denn hier los?«, fragte ich misstrauisch.

»Skydarling!«, rief meine Mom und drehte sich zu uns um.

»Und Kendradarling! Ihr kommt genau zur rechten Zeit. Ich bin dabei, im Wohnzimmer ein Picknick vorzubereiten!«

Godot bellte aus dem Garten.

»Und Good-old-Godot hat die beiden Nachbarhunde zu Besuch.« Rosie lachte. »Ich habe sie extra für ihn eingeladen. Hochoffiziell. Sie essen Dosenfleisch zusammen. Leek hat eine ganze Palette davon vorbeigebracht. Und unsere Speisekammer hat er ebenfalls gefüllt. Da kam mir der Picknickeinfall. Freut ihr euch?«

»Klar«, sagte ich mittelerfreut und stellte meine Einkäufe ab.

»Cool«, sagte Kendra strahlend. »Siehst du, du hast es elternmäßig eben doch tausendmal besser als ich«, flüsterte sie mir zu, als Rosie wieder in die Küche wirbelte, um Getränke zu holen. »Ein Picknick auf dem Wohnzimmerboden. Wie geil ist das denn?«

Kurz nach uns kam auch Moon nach Hause. Er jobbte an drei Tagen in der Woche in einem Biosupermarkt in der Mall im Nachbardistrikt. Zuerst war es für Moon ein Job wie jeder andere gewesen, vorher hatte er Einkaufstüten bei *Safeway* gefüllt, aber in der Zwischenzeit liebte er den Biosupermarkt.

»Ich relaxe praktisch beim Arbeiten«, hatte er mir und Kendra nach seinem ersten Monat bei *Smart Foods* berichtet. »Wenn Leek wieder Stress verbreitet und Mom down ist und mir die Ohren volljammert, ist es geradezu ein geiles Gefühl, zu *Smart Foods* zu kommen: gute Musik, die totale Ruhe, super Vibrations!«

Moon gesellte sich zu uns. Er steuerte eine Flasche Biowein, die er mitgebracht hatte, zu Rosies Picknick bei.

»Keine Sorge, nicht gezockt«, sagte er grinsend. »Aber ich habe freiwillig im Lager rumgeräumt, da hat mir Kimberley die Flasche spendiert.«

Kimberly war die blonde, barbiedünne, aber schrecklich nette Filialleiterin des Supermarktes.

»Großartig«, sagte Rosie, entkorkte die Flasche und füllte unser Sammelsurium an Gläsern randvoll. Wir besitzen eine Menge schöne, edle Weingläser, aber dauernd zerbricht irgendjemandem irgendetwas und darum passt nie alles wirklich zusammen.

»Übrigens, Sky, dieser Gershon hat vorhin angerufen«, sagte meine Mutter plötzlich, nachdem wir auf ihrer alter Patchworkdecke Platz genommen und angestoßen hatten.

Ich hob den Kopf. Gershon Gold hatte bei uns angerufen? Woher hatte er meine Nummer?

Rosie schien meinen Gedanken erraten zu haben. »Er entschuldigte sich tausendmal für seinen – übrigens sehr reizenden – Anruf. Er sagte, er habe unsere Telefonnummer über das Schulbüro bekommen.«

»Was wollte er denn?«, fragte ich verwundert.

Rosie lächelte. »Du hast mir ja gar nicht erzählt, dass er Jude ist.«

Ich runzelte die Stirn. »Ist das wichtig? Ich habe dir damals, als ich Kendra kennenlernte, auch nicht erzählt, dass ihre Eltern Baptisten sind.«

»Bekloppte Baptisten sind«, verbesserte Kendra und nippte an ihrem Wein.

Moon grinste ihr zu und nahm sich ein Gurkensandwich.

»Wie dem auch sei«, sagte Rosie und wedelte meinen Einwand mit ihrer schönen, beringten Hand zur Seite. »Er hat Terminprobleme.«

»Er hat den Ball abgesagt?«, fragte Kendra an meiner Stelle bestürzt, aber Rosie schüttelte beruhigend den Kopf. »Nein, nein, es ist nur wegen des Sabbats. – Der Ball ist doch Samstagabend – und da kann er erst nach Sonnenuntergang. Alles im grünen Bereich.« Meine Mutter lächelte mir zu. »Er sagte, es wird zwar zeitlich alles ein bisschen knapp, aber er sieht zu, dass er dich halbwegs pünktlich abholt. – Er ruft heute übrigens noch mal an.«

Und das tat er. Allerdings zu einem sehr ungünstigen Zeitpunkt, denn gerade war Leek zur Haustür hereingeschneit gekommen. Und das in Begleitung einer Frau, die er gut zu kennen schien, die wir aber noch nie gesehen hatten.

»Hallo, zusammen«, sagte er, ging zu meiner Mutter, legte seinen Arm um ihre Taille und küsste sie. »Hi, Rosiedarling. Was macht ihr? Ein Picknick bei Kerzenschein? Wie schön. Schön und romantisch.«

Dann stellte er uns seine Begleitung vor. »Das ist Nessy. Nessy Loomis. Sie ist Stewardess bei *Delta Air Lines* – Ness, das ist meine Familie. Rosie, Sky und Moon. Sag *Hallo,* Ness. Machen wir uns zusammen einen schönen Abend, dann wird sich auch alles entwirren.«

»Leek, was soll das?«, fragte meine Mutter beunruhigt und starrte zwischen meinem Vater und dieser Stewardess hin und her.

»Kein Grund zur Aufregung, Rosie. Ich liebe dich und alles wird sich regeln. Es ist nur: Ness ist schwanger und sie besteht darauf, dieses Baby zu bekommen. Es ist von mir. Da wollte ich dich in die Sache mit einbeziehen.«

»Sie ist – was?«, fragte Rosie ungläubig.

»Jaja, schwanger, aber es ist keine große Sache«, antwortete Leek schnell und lächelte ihr und mir und Kendra und Nessy Loomis zu. Aber als sein Blick zu Moon wanderte, sprang mein Bruder auf.

»Moon, nicht!«, rief Rosie erschrocken.

»Leek, du Arschloch! Du Riesenarschloch!«, brüllte mein dünner blonder, sonst sanfter Bruder und machte Anstalten, sich auf seinen Erzeuger zu stürzen. Aber dann tat er es doch nicht. Er stand nur da und tobte und schrie und attackierte Leek mit allen Schimpfwörtern dieser Welt.

»Himmel und ich dachte, wir wären erwachsene Menschen und könnten das hier wie solche klären«, sagte Leek gereizt.

»Der einzige Arsch, der hier nicht erwachsen ist, bist du, Leek!«, brüllte Moon.

In diesem Moment klingelte das Telefon und nach vier vergeblichen Klingeltönen schaltete sich unser Anrufbeantworter ein. Moons Stimme murmelte eine leise, in dem Geschrei nicht zu verstehende Begrüßung und dann ertönte – etwas lauter – Gershon Golds Stimme: »Hey Sky, du bist ja wahnsinnig schwer zu erreichen. Ich habe deine Handynummer leider nicht. Ich gebe dir mal meine . . .«

Er diktierte, während Moon immer noch brüllte und wütete und sein Weinglas in Leeks Richtung auskippte, Rosie leise weinte und sich die Nase putzte, Nessy Loomis schwieg, Godot im Garten mit den anderen Hunden um die Wette bellte, Kendra von einem zum anderen schaute und ich mich weit weg wünschte.

Leek machte ein ratloses und betroffenes Gesicht, war voller Rotwein, packte schließlich die Stewardess am Arm, murmelte etwas von *Abtreibung, Weibern* und *Wahnsinn* und schlüpfte wieder zurück in seine teure Armani-Jacke. Er hatte das gute Stück mal gebraucht gekauft, aber es war noch gut in Schuss.

». . . ich freu mich jedenfalls, mit dir zusammen auf diesen verrückten Ball zu gehen, Sky«, sagte Gershon zu unserem Anrufbeantworter. »Mach's gut. Bis morgen in der Schule. Hoffentlich sehen wir uns. Bye.«

Es klickte in der Telefonleitung und zeitgleich fiel unsere Haustür hinter Leek und Nessy ins Schloss.

»Mist«, murmelte Kendra.

»Das kannst du laut sagen«, sagte ich leise.

Meine Mutter ließ Godot und seine Freunde ins Haus. Sabbernd und begeistert machten sie sich über die noch reichhaltigen Reste unseres unterbrochenen Picknicks her und keiner hinderte sie daran, während Moon zwei gerahmte Fotografien von Leek, die inmitten von Rosies bunter Fotogalerie standen, packte und mit zwei Faustschlägen zertrümmerte. Scherben flogen überallhin und Moons Hand blutete.

»Schmeißt du ihn jetzt endlich raus, den Idioten?«, brüllte er außer Atem.

Aber Rosie gab keine Antwort. Sie rollte sich stattdessen auf ihrer sonnengelben Yogamatte zusammen wie ein Embryo und schloss die Augen. Moon gegenüber war das in meinen Augen nicht fair, auch wenn ich sie irgendwie verstand. Es war ihre typische Vogel-Strauß-Mentalität.

»Verdammter Laden! Nur Irre hier! Da muss man ja durchdrehen!«, brüllte Moon mit heiserer Stimme, raufte sich die Haare, gab sich einen Ruck und verließ ebenfalls das Haus.

Kendra und ich sahen uns an.

»Tröste sie«, flüsterte Kendra leise und deutete auf meine eingerollte Mutter. »Wenn man schon Moon nicht trösten kann.«

»Ist nicht nötig, Kendradarling. Ich bin ganz okay«, sagte meine Mutter mit erschreckend ruhiger Stimme. »Das wird schon wieder, Sky. Ich mache mir bloß Sorgen um Moon. Vielleicht könntet ihr mal mit Kendras Wagen den Block abfahren und nach ihm schauen? Macht euch um mich keine Sorgen, bitte.«

Keine Sorgen machen, haha. – Und mitten in dieses Chaos

hinein würden in zwei Wochen meine deutschen Großeltern stoßen. Und mein Abschlussball stand kurz vor der Tür. Mir war nach Heulen zumute.

8. HANNAH

Über dem Highway hing schon wieder die Hitze des kommenden Tages.

»Dabei ist es erst Mitte Mai – und außerdem noch früh am Morgen«, seufzte meine Mutter und fädelte sich in den zähen Verkehrsfluss ein. Wir waren in unserem Volvo auf dem Weg nach Anaheim.

»Wann sind wir denn endlich da?«, fragte Jonathan mit seiner Geburtstagskrone auf dem Kopf ungeduldig. Er saß auf der Rückbank zwischen seinem Freund Arik und mir. Shar saß vorne neben meiner Mutter.

»Wir fahren erst exakt neunzehn Minuten und vierunddreißig Sekunden«, verkündete Arik und schaute von der brandneuen Digitaluhr an seinem Handgelenk auf. »Ich stoppe nämlich die Zeit, um zu sehen, welche Mom schneller fährt, deine oder meine. Ich wette, meine!«

Arik kommt aus reichem Elternhaus, er ist immer mit teuren Accessoires behängt. Heute waren es außer der Uhr – mit integrierter Stoppuhr – eine Markensonnenbrille, ein neuer Gameboy Advance und ein kleiner Camcorder, mit dem Arik unseren Aufenthalt im Disney-Resort filmen wollte.

Die Luft war drückend, kein Wind, außer dem bisschen Fahrtwind, rührte sich und eine schwere Wolkendecke lag tief über dem Highway.

»Warum hast du zu deinem Geburtstag kein besseres Wetter bestellt, Joni?«, fragte Sharoni meinen kleinen Bruder mit einem Lächeln, aber Jonathan achtete nicht auf sie. Manchmal kann er ziemlich egozentrisch sein.

»Ich will zuerst ins *Tomorrowland*«, verkündete er stattdessen. »Und dann ins *Haunted Mansion*. Das ist ein Geisterhaus. Das ist cool. Und dann will ich ins *Pirates of the Caribbean.«*

»Am besten ist aber das *Adventureland!«*, rief Arik dazwischen. »Da war ich schon tausendmal. Da kannst du wie Indiana Jones im Jeep durch den Dschungel fahren!«

»Okay«, sagte Jonathan. »Und dann müssen wir nach *Critter Country* zur Wildwasserbahn.«

»Nee, die ist öde. Da war ich schon eine Million Mal. Man muss schrecklich lange warten und dann ist es nur so ein bisschen Pitsch, Peng, Patsch . . .«

Shar lächelte mir von vorn zu.

»Stimmt es, dass ganz Kalifornien eines Tages im Meer versinken wird, nach einem Erdbeben?«, fragte Jonathan plötzlich. Die Wildwasserbahn schien für den Moment vergessen.

»Wer sagt das?«, fragte meine Mutter.

»Arik«, erklärte Jonathan bedrückt.

»Das stimmt hundertprozentig!«, rief Arik, ehe meine Mutter antworten konnte. »Und zwar schon bald. Das sagt mein Onkel Tristan. Er arbeitet mit so was. Er ist Giologe.«

»Geologe«, verbesserte ich Arik, die Nervensäge.

»Mama, das soll nicht passieren«, murmelte Jonathan.

»Doch und dann sind alle tot.« Arik war nicht zu bremsen. »Nur meine Familie nicht, denn mein Onkel Tristan wird uns rechtzeitig warnen und dann fliegen wir – zack – an die Ostküste, da hat mein Dad noch ein Haus. Und dann bin ich gerettet.«

Arik war ein kleiner Kotzbrocken, so viel stand fest.

»Aber ihr könnt mit uns kommen«, sagte er allerdings in diesem Moment und lächelte fast menschenfreundlich. »Schließlich sind wir ja beste Freunde!«

»Sterben dann wirklich *alle* Leute aus *ganz* Kalifornien?«, hakte Jonathan nach, ohne näher auf Ariks großzügiges Angebot einzugehen.

»Nein, natürlich nicht«, sagte meine Mutter und Ärger klang in ihrer Stimme mit. »Kein Mensch weiß, ob es überhaupt jemals zu diesem großen Erdbeben kommen wird, über das sich die Geologen hin und wieder mal Gedanken machen. Und wenn es wirklich mal wieder ein Erdbeben gibt, wissen das schon noch ein paar mehr Menschen als Ariks Onkel Tristan. Und dann werden alle die, die im Gefahrengebiet leben, evakuiert, bis die Gefahr vorüber ist.«

»Aber 1989, als meine Grandma gerade in San Francisco war, gab es dort ein Erdbeben«, rief Arik triumphierend. »Ganz viele Geschäfte stürzten – krach, bum – ein und der Hafen war nur noch Schrott. Und genau da lag auch das Segelboot von meinem Grandpa – und das war natürlich auch Schrott. Und es sind Leute gestorben. Die lagen da einfach so tot rum. Man konnte über sie *stolpern!«* Ariks Augen leuchteten.

»Siehst du, Mom?«, sagte Jonathan unruhig.

Wir fuhren mittlerweile auf dem Freeway 5 und der Verkehr war nicht mehr ganz so zäh wie vorher.

»Ganz schön morbides Kerlchen, der Kleine«, sagte Sharoni leise zu meiner Mutter.

Meine Mutter nickte. Ich wusste, dass sie noch nie glücklich über die Tatsache gewesen war, dass ihr Jüngster sich ausgerechnet Arik Shapiro als besten Freund auserkoren hatte. Aber ändern ließ es sich eben nicht.

»Man konnte über tote Leute stolpern?«, wiederholte Jonathan ungläubig.

Arik nickte eifrig.

»Und? Ist deine Grandma – ist die über einen gestolpert?«

Arik schüttelte den Kopf. »Nein, sie ist doch nicht blind. Sie hat die alle gesehen. Und manche Leute haben Fotos gemacht. Iii, Bilder von Leichen! Das hätte ich nicht gemacht.«

»Vielleicht könnt ihr euch jetzt mal über was anderes unterhalten?«, schlug ich vor.

»Warum? Das ist doch ein gutes Thema«, verteidigte Arik seine Erdbebeninformationen.

»Schluss jetzt!«, sagte meine Mutter unwirsch und reichte ein paar Schokoriegel nach hinten.

Kurze Zeit später waren wir da. Und der Spaß hatte kaum begonnen, als meine Mutter merkte, dass mit Jonathan etwas nicht stimmte.

Er sah auf einmal blass aus, und als wir uns gerade am Geisterhaus in die Warteschlange einreihten, sackte er plötzlich in sich zusammen.

»Joni!«, schrie meine Mutter, als seine goldene Pappgeburtstagskrone verloren über den Weg kullerte. »Jonathan!«

Anschließend ging alles ganz schnell, wenn es mir auch so vorkam, als wäre alles in einem zähen, dunstigen Nebel gefangen, in dem wir sinnlos herumzappelten und uns zu befreien versuchten: die Leute, die uns anstarrten, Arik, der wie am Spieß schrie und an meinem Arm zerrte, während er immer wieder: »Was hat er denn? Was hat er denn? Was hat er denn?«, schluchzte. »Stirbt er? Stirbt er? Stirbt er?«

Meine Mutter trug Jonathan an den Rand des Weges. Disneyland-Mitarbeiter tauchten auf, meine Mutter telefonierte mit starrer Miene mit meinem Vater.

»Mo, wie waren seine Werte heute Morgen? Wie hoch war seine Dosierung? Hast du dich auch nicht geirrt? Sieh noch mal nach. Ich bin ganz krank vor Angst.«

Ein Notarztwagen kam. Er bahnte sich seinen Weg mit Blaulicht und Sirene.

Immer mehr Leute umkreisten uns und ich hasste sie alle.

Jonathan schlief. Sein Gesicht war weiß wie die Mauer des Geisterhauses und sein Mund stand leicht offen. Ich streichelte seine Stirn. Sie fühlte sich kühl an, aber seine Haut war von kaltem Schweiß bedeckt.

»Er ist nicht tot«, sagte ich zwischendurch zu Arik, der wie eine Klette wimmernd an meinem Arm hing und mich wahnsinnig machte. »Er ist nur – krank. Das weißt du doch, oder?«

»Diese Blutkrankheit?«, schluchzte Arik. »Wegen der er diese vielen Pillen nehmen muss?«

Ich nickte.

»Aber warum ist er jetzt bewusstlos? Wann wacht er auf? Er ist doch sonst nicht bewusstlos.«

Sharoni schaffte es, Arik von mir abzulösen, und ging ein paar Schritte zur Seite mit ihm. Ich war ihr dankbar dafür.

Wir fuhren im Notarztwagen ins Krankenhaus.

Meine Mutter hielt Jonathans kleine Hand fest in ihrer.

Shar hielt Arik fest.

Und ich klammerte mich an Shar.

»Warum wacht er denn nicht auf?«, fragte Arik alle paar Meter.

»Das wird schon wieder«, sagte einer der beiden Sanitäter, die mit uns im Wagen waren. Er war schwarz und dick und hatte eine glänzende Glatze und sanfte, beruhigende Augen. »Kopf hoch. Ist er dein kleiner Bruder?«

»Nein«, sagte Arik empört. »Er ist sogar ein halbes Jahr älter als ich. Er ist nur kleiner, weil er diese Krankheit hat.«

Im Krankenhaus fuhren sie meinen kleinen Bruder, angeschlossen an eine Menge lebenserhaltender Maschinen, eilig davon. Nur meine Mutter durfte mit.

»Wartet hier«, rief sie mir und Sharoni zu. »Dad und David kommen, so schnell sie können. Kümmert euch ein bisschen um Arik, bitte.«

Wir nickten. Und wir warteten. Wir schwiegen. Und wir flüsterten leise.

Wir froren wegen der Klinikklimaanlage und gingen schließlich für einen Moment nach draußen. Dort war es heiß, wir schwitzten und es bildeten sich feuchte Flecken unter unseren Achseln.

»Hatte er so einen Anfall schon mal?«, fragte Sharoni.

»Nein«, sagte ich.

»Verdammt«, murmelte Sharoni.

»Kann er davon – sterben?«, fragte Arik ängstlich.

»Nein«, sagte ich.

»Das ist gut«, sagte Arik und ging zu einer einsamen Schaukel auf einer kleinen Rasenfläche neben den Parkplätzen der Klinik.

Irgendwann kamen mein Vater und David. Und mit ihnen Ariks Mutter, um uns von Arik, der Nervensäge, Arik, dem Besserwisser, und Arik, dem verzweifelten besten Freund meines kleinen Bruders, zu befreien.

»Bis bald! Bis bald! Bis bald!«, rief er aus dem hinteren, heruntergelassenen Fenster des Vans seiner Mutter und winkte wild. »Viele, viele, viele Grüße an Joni, wenn er aufwacht!«

»Warum sagt er immer alles doppelt und dreifach?«, murmelte Shar gereizt und wischte sich den Schweiß von der Stirn.

Mein Vater war in der Zwischenzeit ebenfalls auf der Kinderintensivstation verschwunden. Und Shar und ich saßen wieder untätig herum. Nur mit dem Unterschied, dass uns David diesmal Gesellschaft leistete.

Die Zeit verging praktisch gar nicht.

»So ein Mist«, sagte David ein paar Mal zusammenhangslos. Shar und ich nickten.

Irgendwann am Abend fuhren wir mit unserem Vater nach Hause. Jonathan und meine Mutter blieben in der Klinik.

»Seine Nieren haben versagt«, erklärte mein Vater, als wir den Klinikparkplatz verließen. Mehr sagte er nicht. Sein Gesicht war voller Angst. So hatte ich ihn noch nie gesehen.

Der Himmel war voller Sterne.

9. SKY

Eine niedrige Stirn, zwei Augenritzen, ein breites Kaschubengesicht; die da auf der Anklagebank sitzen, die waren es eigentlich nicht. Der schoss. Der hat den Revolver getragen. Beweis? Aber wird er gestehn? Er kann's ja nicht sagen, er kann's ja nicht sagen – er weiß was, auf wen . . ., schrieb Moon in kleinen schwarzen Druckbuchstaben auf seine Jeans. Direkt neben *Was du heute kannst besorgen, verschiebe nicht auf morgen!* und *Entschlossenes Handeln am Rande des Wahnsinns.*

»Morbid«, sagte Kendra kopfschüttelnd lesend. »Von wem?«

»Kurt Tucholsky. Zumindest Letzteres«, antwortete Moon knapp. »Willst du auch den Titel wissen?«

Kendra nickte.

»Gut Mord!«, sagte Moon, ohne die Miene zu verziehen.

Es war jetzt eine Woche her, seit Moon Leeks Atelier in Venice zertrümmert hatte. Na ja, zumindest fast.

Wir haben alle einen Schlüssel zu dem kleinen Apartment in der Upper Street. Aber Moon war der Erste von uns, der ihn genutzt hatte, um Leeks Hausstand zu zerlegen. Die aktuellen Zeichnungen und Skizzen meines Vaters, seine heilige Musikanlage aus den Achtzigerjahren, seine echt palästinensische Wasserpfeife, seine heimliche Marihuana-Zucht und *Mister Geoffrey Snowwhite,* eine alte Gipsskulptur, die er vor fast zwanzig Jahren in Berkeley als Erstsemester gebastelt und aus Nostalgiegründen behalten hatte.

»Umgebracht hast du ihn wenigstens nicht«, murmelte ich. Ich lag im Gras, meinen Kopf auf Godots Brustkorb. Godot, gestern Abend frisch gebadet, roch nach Zitrone statt nach Hund, eine angenehme Abwechslung vom Alltag. Er schnarchte leise.

»Was nicht ist, kann ja noch werden«, erklärte Moon und suchte via Google Earth die Hausnummer 427 der Upper Street auf seinem iPod.

»Wunder der Technik«, murmelte er und sah sich Leeks Haus aus der Vogelperspektive an. »So betrachtet sieht das Atelier aus wie ein bisschen Vogeldreck und sonst nichts. – Was diese Weiber nur alle an Mr Arsch finden? Rothaarig, blass, sommersprossig und aufgeblasen, wie er ist.«

»Was ist denn jetzt überhaupt mit dieser schwangeren Stewardess?«, erkundigte sich Kendra.

Moon zuckte mit den Schultern. »Keine Ahnung. Es herrscht Ruhe. Ich nehme mal an, Ruhe vor dem Sturm. Leek ist seit seinem Arschauftritt nicht mehr in Erscheinung getreten. Der feige Sack!«

»Er hat nur angerufen, nachdem er seine zerlegte Bude entdeckt hatte«, berichtete ich meiner besten Freundin schläfrig. Wir tranken alkoholfreie Pina Colada. In einer Stunde fing meine Schicht bei *Folks in the Garden* an, einem bunten Dies-&-Das-Shop in der Stadt, in dem ich schon seit über einem Jahr jobbte. Die Sachen dort waren lustig und flippig und kamen aus aller Welt, aber sie waren auch ziemlich teuer. Der Boss des Ladens war ein unentwegt quatschender, notgeiler Typ namens Ramirez. Er bezahlte allerdings nicht schlecht und gab mir Prozente auf alles, was mir gefiel. Dafür nahm ich in Kauf, dass er mir, wie allen seinen weiblichen Angestellten, auf Busen und Hintern starrte, sobald ich einen Fuß über die Schwelle gesetzt hatte.

»Ist euer Dad ausgeflippt?«, fragte Kendra.

»Nicht wirklich«, sagte ich.

»Er hat es unserem Anrufbeantworter erzählt«, fügte Moon hinzu. »Er sagte, er sei schockiert und so was. Blablabla, eben.«

»Und Rosie?«, fragte Kendra.

»Sie hat alles ihrem Therapeuten erzählt. Und ihrer Freundin Jilliam. Und die hat Rosie dann mit zu einer stadtbekannten Lachtherapeutin geschleift. Das macht sie jetzt. Lachtherapie.«

Kendras Augenbrauen schossen in die Höhe.

»Das ist kein Witz, Kendra!«, sagte ich. »Sie ist da zusammen mit anderen Frauen, die betrogen wurden. Außerdem versucht sie, eine Art Zukunftsplan zu entwickeln. Einen Überlebensplan, wie sie es nennt.«

Anscheinend reizte Moon irgendein Ton in meiner Stimme, denn er runzelte die Stirn und fauchte mich an: »Ist doch gut, dass sie endlich in die Gänge kommt. Vielleicht schafft sie ja diesmal den Absprung von dem miesen Potenz-Arsch. Dann ist dieser Stewardessen-Embryo wenigstens zu was gut!«

»Das alles wird so lange gut gehen, solange wir noch was zu essen im Kühlschrank haben. Danach wird sie wieder in ihre alten Ich-liebe-Leek-über-alles-Muster zurückfallen, wetten?«, murmelte ich und verscheuchte eine summende Mückenarmada.

Und dazu kam dieser idiotische anstehende Besuch meiner idiotischen Großeltern aus Deutschland! Immer noch schleppte ich diese Offenbarung wie einen Stein mit mir herum. Ich hatte immer auf einen passenden Moment der Enthüllung gewartet, aber irgendwie war dieser Moment nie gekommen.

»Wir müssen los, Sky«, sagte Kendra mitten in diesen Wust aus unangenehmen Gedanken hinein.

Kendra wollte mich heute in die Stadt fahren. Wir planten, Ramirez' Angestelltenrabatt bei *Folks in the Garden* einmal richtig auszunutzen und während meiner Arbeitszeit nach den restlichen Accessoires für unser Abschlussball-Outfit stöbern.

Kendra war wie ausgewechselt im Bezug auf ihre Ansichten

über Abschlussbälle, seit Moon sich bereit erklärt hatte, als ihr Partner zu fungieren.

»Wenn sich sonst keiner erbarmt«, hatte er, ohne mit einer Wimper zu zucken, Kendra ins Gesicht gesagt.

»So ist das nicht!«, hatte ich Kendras Marktwert verteidigt, aber Moon war mir ins Wort gefallen.

»Doch, doch, Sky, sie ist ja nicht ohne, aber sie hat diese warnend blinkenden Stoppschilder in den Augen, die normalen Jungs Angst machen. Aber ich bin anders. Ich bin abgebrüht und kalt wie Godots Hundeschnauze.«

Er hatte gelacht. Das war ein paar Tage vor unserem Wohnzimmerpicknick und Leeks Auftritt gewesen. Hinterher, als Kendra und ich die Straßen nach Moon abgefahren und ihn nicht gefunden hatten, war Kendra doppelt besorgt gewesen. Einmal wegen Moons desolater Verfassung im Allgemeinen, aber im Besonderen beim Gedanken daran, dass Moons Verfassung sich negativ auf seine Einstellung zum nahenden Abschlussball auswirken würde.

»Was, wenn er jetzt alles hinschmeißt und mich sitzen lässt?«, hatte Kendra mich in dieser Nacht im Auto immer wieder nervös gefragt.

»Das wird er nicht«, beruhigte ich sie. »Ich kenne meinen Bruder, Kendra!« Und ich hatte recht behalten. Nachdem Moon das Atelier in Venice zu zwei Dritteln aus den Angeln gehoben hatte, war er irgendwann im Morgengrauen erschöpft und still nach Hause gekommen und unter seinem Olivenbaum eingeschlafen. Dort fand ihn Rosie, als sie in aller Herrgottsfrühe mit rot geweinten Augen frische Luft schnappen und mit *Dem tanzenden Shiva* den Morgen begrüßen wollte.

Zärtlich deckte sie ihn mit ihrer weichsten Decke zu und setzte sich, statt Yoga zu machen, still neben ihn. So hatte ich die beiden gefunden, als ich eine Weile später Godot zum Pinkeln nach draußen bringen wollte.

»Sieht er nicht zart aus? Und verletzlich?«, sagte sie leise zu mir und schnäuzte sich. »Mein Baby. Meine beiden Babys. Was wäre ich ohne euch? Eine frustrierte Frau in Deutschland bei meinen frustrierenden Eltern. Sie hätten mich gezwungen, einen frustrierenden Beruf zu lernen, und ich hätte das alles ...«

Sie machte eine weit ausholende Geste, die unser marodes Haus, den verwilderten Garten, die halbseidene Nachbarschaft, den verlotterten Distrikt, LA im Allgemeinen und schließlich ganz Amerika einzuschließen schien. ». . . hier nicht! Himmel, was für ein schrecklicher Gedanke!«, schloss sie dramatisch. Aber dann fing sie, beim Gedanken an Leeks Stewardessengeständnis vom Vorabend, wieder an zu weinen und weckte damit Moon auf.

»Wo warst du nur die ganze Nacht?«, schluchzte sie und umarmte ihn. »Ich war außer mir vor Sorge, als Sky und Kendra ohne dich zurückkamen.«

»Nur unterwegs, Mom, es ist nichts passiert«, murmelte Moon vage.

Kendra und ich waren daraufhin in die Schule gefahren. Und kurze Zeit später hatte Leek unserem Anrufbeantworter erzählt, wie sein Apartment aussah.

Aber was auch passiert war, Moon schien sein Wort zu halten, was den Abschlussball anging. »Versprochen ist versprochen«, hatte er gestern Abend noch achselzuckend zu Kendra gesagt.

»Du weißt, dass sie in dich verliebt ist, Moon«, hatte ich ihn später vorsorglich erinnert, als Kendra gegangen war.

»Ja«, sagte Moon nur und schrieb weiter an seinem Gedicht.

»Los jetzt, Sky Lovell«, riss mich Kendra aus den Gedanken.

Sie stand auf und wischte sich ein paar Grashalme von den Jeans. »Dein Ramirez wird sauer, wenn du schon wieder zu spät kommst. Und dann überlegt er sich das mit den Prozenten vielleicht noch mal, Busenglotzen hin oder her.«

»Er ist alles andere als *mein* Ramirez«, sagte ich empört, aber ich erhob mich nun ebenfalls. »Und meine Reize verblassen sowieso jedes Mal, wenn *du* mit mir in den Shop kommst«, fügte ich hinzu und stieß Kendra in die Seite.

Ich meinte damit ihren Busen. Ich habe Körbchengröße B und bin froh darüber, aber Kendra hat Größe C und ihre Brüste haben sogar Namen, die sie ihnen mal, nur so aus Lust und Laune, gegeben hat. Sie mag zwar den Jungs gegenüber Stoppschilder in den Augen haben, aber tief in sich drin ist Kendra sehr verrückt und aufgeschlossen und neben Moon der beste Mensch überhaupt.

Ihre Brüste heißen übrigens *Cordelia,* wie König Lears jüngste Tochter, und *Fred,* wie Fred Feuerstein.

Wir kamen nicht sehr zu spät und Ramirez war entzückt, mich in Gesellschaft von Kendra, *Cordelia* und *Fred* zu sehen, Letztere allerdings sorgsam verhüllt in Blümchen-BH, schwarzem Top und grüner Batikbluse. Zu *Folks in the Garden* gehen wir vorsorglich immer gut verhüllt. Viele blickdichte Stoffschichten, das ist das erste Gebot, wenn man hier arbeiten will.

»Prozente für den Abschlussball?«, fragte Ramirez mit seinem gutturalen mexikanischen Akzent und strahlte uns an. »Kein Problem, Mädchen, kein Problem.« Er zwinkerte mir zu. »Du arbeitest, Püppchen, und sie . . .«, er deutete auf Kendra, ». . . sie sucht aus. Ist das ein Deal?«

»Danke, Ramirez«, sagten wir und waren froh, dass er kurz darauf einen Termin außerhalb der Stadt hatte und gehen musste. Wir suchten uns, während ich ab und zu ein paar Räucherstäbchen, eine Bob-Marley-CD, ein Paar Zimtsandalen gegen Schweißfüße und eine *Rose of Jericho* verkaufte, einige folkloristische Verrücktheiten aus. Zwei bunte Riesenschleifen, knapp unterhalb der Taille zu befestigen, die wippten, wenn man sich bewegte, und vor allem, wenn man tanzte. Sie gaben einem etwas sehr Dynamisches und wir hatten schon jetzt viel Spaß damit. Außerdem suchten wir uns aus Ramirez' Beständen zwei schwarze Spitzentäschchen aus, dazu schwarze Spitzenhandschuhe mit abgeschnittenen Fingern und dunkellila Seidenstrümpfe.

»Marypoppinsartig«, sagte Kendra und wir lachten. »Wenn wir damit nicht Ballköniginnen werden, dann weiß ich auch nicht weiter!«

Am nächsten Tag in der Schule traf ich endlich Gershon wieder. In der letzten Zeit hatten wir uns dauernd verpasst. Diesmal war er allerdings in Eile. »Mathearbeit. Analytische Geometrie«, sagte er und lächelte mich an. »Es ist übrigens fantastisch!«

»Was?«, fragte ich verwirrt.

»Dein Lieblingsbuch. *Wer die Nachtigall stört.* – Wie ist deine Buchvorstellung gelaufen?«

»Gut«, sagte ich. »Mrs Baxendale hat mir ein A gegeben.«

»Wow! Bist du immer so gut?«

»In Literatur schon, aber nicht in den Naturwissenschaften und schon gar nicht in Mathe . . .«

Gershon lachte. Wir standen draußen zwischen zwei Pavillons, die Morgensonne schien, ein paar Vögel zwitscherten und die Schatten der Blätter sprenkelten den Weg, auf dem wir standen.

»Ich hole dich am Samstag dann gleich nach Sonnenuntergang ab. Ich beeile mich. Sorry wegen der Umstände. Aber mein Vater wäre sauer, wenn ich den Sabbat entheiligen würde. Da ist er irgendwie eigen. Ich meine, bei einem Notfall wäre es natürlich was anderes, aber ein echter Notfall ist ein Highschoolball ja nun doch nicht . . .«

Gershon wirkte fast eine Spur verlegen.

»Das geht klar. Mach dir keine Gedanken«, antwortete ich rasch.

Gershon lächelte mir zu. »Ach, Sky?«, sagte er dann, obwohl es bereits läutete.

»Was?«

Er zupfte einen kleinen Zweig von dem Busch neben uns am Wegrand und reichte ihn mir. »Ich habe mich in der Zwischenzeit nach den Gepflogenheiten erkundigt. Und jetzt fehlt mir noch die Farbe deines Kleides.«

Natürlich, das hatte ich ganz vergessen! Gershon musste mir ein Sträußchen Blumen für mein Kleid mitbringen und Ms Morgan-Stull, die Organisatorin des Highschoolballs, hatte uns in den letzten Wochen so oft und ausdauernd damit gequält, die Farben nur ja aufeinander abzustimmen, dass es zu einem Running Gag geworden war. Und trotzdem hatte ich es vergessen.

»Schwarz und Lila«, sagte ich und war auf seltsame Weise verlegen. Es kam mir fast so vor, als sprächen wir über so etwas Intimes wie Unterwäsche und nicht nur über ein schlichtes Kleid.

»Klingt gut«, sagte Gershon und dann musste er wirklich los.

Wir lächelten uns zu.

»Ach ja, Sky!«, rief er mir hinterher, als wir schon ein paar Schritte auseinander waren.

Ich drehte mich um.

»Ja?«

»Fahrenheit 451! Mein Lieblingsbuch. Von Ray Bradbury. Kennst du es?«

Ich schüttelte den Kopf. »Aber ich weiß, es steht bei Rosie im Regal. Ich werde es lesen!«

»Rosie? Ist das deine Schwester?«

»Nein – meine Mutter.«

»Ah, okay«, lachte Gershon.

»Viel Glück bei deiner Arbeit.«

»Danke. Ich halte es in Mathematik wie du in Literatur. Ich werde aller Voraussicht nach ein A abstauben!«

Ich hatte immer noch den kleinen grünen Zweig in der Hand. Ich steckte ihn vorsichtig ein.

Wie ist Ihr Name?
Annegret.
Ich bin bei Ihnen, Annegret.
Ich habe solche Angst. So schreckliche Angst. Und diese Schmerzen. Und das viele Blut. – Ich fürchte mich.
Das müssen Sie nicht. Alles wird gut werden. Ich werde Ihnen helfen. Ich lasse Sie nicht alleine. Geben Sie mir Ihre Hand.
Sie hat mir ein Engel geschickt. Ganz sicher. Sie sind die Antwort auf meine Gebete. Ich habe den ganzen Tag gebetet. Und dann kamen Sie. Gott sei Dank . . .

10. HANNAH

Eigentlich hätte ich gar nicht als Amerikanerin zur Welt kommen sollen. Eigentlich hätte meine Mutter in Israel bei ihrer Mutter Sarah und ihrem Vater Yitzchak bleiben sollen. Dort in Ramat Aviv war sie auf die Welt gekommen, so wie ihre zahlreichen Geschwister. Sie sollte nach ihrem Schulabschluss zum israelischen Militär gehen und dann studieren. Und irgendwann dort eine eigene Familie gründen.

Aber es kam anders. Meine Großmutter machte den Fehler und ließ ihre älteste Tochter nach der Schule für vier Wochen nach Amerika reisen, damit sie Esther überredete, endlich zu ihnen überzusiedeln. Aber Esther wollte in den Staaten bleiben und meine Mutter traf Moshe Greenberg.

Mein Vater hatte damals gerade seine Ausbildung zum Geigenbauer beendet. Gepackt von Reisewut hatte er seine Siebensachen gepackt und war als einer der Ersten nach dem Fall der Mauern in Osteuropa durch Polen, Tschechien und Russland gewandert. Er hatte die kasachische Steppe durchquert und sich die Mongolei angeschaut und dort alleine für sich seinen dreißigsten Geburtstag gefeiert. Als er zurückkam, braun gebrannt, schweigsam und in einen fremdartigen mongolischen Mantel gehüllt, traf er auf dem Flughafen in Los Angeles meine Mutter, die auf ihren El-Al-Flieger wartete, der sie zurück nach Israel in den Schoß ihrer Familie bringen sollte. Esther stand mit finsterer Miene bei ihr und überlegte immer noch fieberhaft hin und her, ob sie bleiben oder mitreisen sollte. Nicht an diesem Tag natürlich, aber in naher Zukunft.

»Sarah ist dort, meine Enkelkinder sind dort, Israel ist eine gute Sache, ich hätte euch alle um mich«, sagte sie wieder und wieder nachdenklich. »Aber andererseits hänge ich an meiner Arbeit in dieser kleinen, schmuddeligen Schule. – Sag mir, Delia, wer aus dem Kollegium dort wird – außer mir – Klein Megan, die immer so schmutzig in die Schule kommt, morgens vor Schulbeginn noch rasch baden, nach Läusen durchsehen und ihre verfilzten Härchen entwirren? Niemand wird das tun! Und außerdem habe ich schon mal ein Zuhause für immer verlassen! Und zu guter Letzt mag ich Los Angeles und meine kleine Wohnung in Venice.«

»Entschuldigung«, sagte in diesem Moment der große, dünne Fremde mit den ernsten dunklen, tief liegenden Augen zu meiner Mutter, als er im Vorübergehen mit seinem schwarzen Musikinstrumentenkasten gegen sie stieß. »Ich hoffe, ich habe Ihnen nicht wehgetan? Das war meine Geige.«

Er hob erklärend den abgestoßenen Geigenkasten.

Über den Fortlauf der Geschichte sind sich meine Eltern und Esther nicht einig. Von schönen Augen ist da die Rede. Von Liebe auf den ersten Blick. Von einer harmlosen Tasse Kaffee. Von Esther, die sich plötzlich wie das fünfte Rad am Wagen fühlte. Von einem schnell vorgespielten Stück auf der Geige vor meiner verblüfften Mutter und vielen anderen lauschenden Flugreisenden.

»Verrückt, jetzt habe ich dich gerade erst getroffen und schon steigst du in einen Flieger und fliegst davon und wir werden uns vielleicht nie wiedersehen«, sagte Moshe Greenberg jedenfalls schließlich. Und dann tat er das in seinen Augen einzig Vernünftige.

»Bleib«, sagte er. »Bleib in Amerika, Delia Cohen. Wenigstens so lange, bis ich dir alle Stücke dieser Welt auf meiner Geige vorgespielt habe. Überleg dann, ob du zurückgehen willst, einverstanden?«

»In Ordnung«, sagte meine Mutter nach kurzem Zögern. »Wie lange wird das dauern? Nur damit ich einen ungefähren Zeitüberblick habe und es meinen Eltern mitteilen kann.«

Da hatte Moshe Greenberg nur gelächelt, ihre schmale Hand in seine große genommen und sich in aller Form mit Delias Großmutter Esther Mandelbaum bekannt gemacht.

Und so war meine Mutter in Amerika geblieben und ein Jahr später kam David auf die Welt.

»Sie fliegen Jonathan per Helikopter nach Los Angeles ins Benjamin-Franklin-Transplantationszentrum«, sagte mein Vater ein paar Tage später. Er sah erschöpft und aufgewühlt aus.

»Ins – was?«, fragte ich erschrocken.

Mein Vater sank auf einen unserer Esstischstühle mit den hohen, senkrechten Lehnen und fuhr sich durch das Gesicht. »Er – er braucht nun doch eine Knochenmarkstransplantation«, erklärte er leise und mit rauer Stimme. »Schon gleich nach seiner Geburt haben die Ärzte davon gesprochen, aber dann schaffte er es – *Baruch Haschem* – auch so.«

Der Blick meines Vaters wanderte zu einer Kinderzeichnung von Jonathan, die in einem Rahmen über dem Esstisch an der Wand hing. Es war das typische Kinderbild: ein hoher blauer Himmel, eine strahlende Filzstiftsonne, ein Baum, ein Vogel, ein Haus und daneben, ziemlich schief und krumm und teilweise nicht eben schmeichelhaft, wir alle. Die ganze Familie Greenberg. *Shalom* hatte Jonathan in seiner Kinderschrift daruntergeschrieben.

Meinem Vater liefen plötzlich Tränen über das Gesicht und er wischte sie nicht fort. Beklommen setzte ich mich neben ihn.

»Diesmal sieht es leider anders aus, Hannah.«

Mein Vater starrte jetzt auf die Tischplatte, diverse Kratzer von Jonathans diversen Spielsachen im Lack. – Überall stumme Zeugen von Jonathans Dasein, die jetzt, wo er nicht da war, ins Auge stachen.

»Seinem Blut fehlen bestimmte Enzyme und durch diesen Mangel verkümmern seine inneren Organe. Er braucht dringend neues Knochenmark. Dann wird er sich – hoffentlich – erholen. Es ist seine einzige Chance, sagen die Ärzte.«

Die Stimme meines Vaters war immer leiser geworden und zum Schluss kaum mehr als ein Flüstern. So hatte ich ihn noch nie erlebt.

In diesem Moment kam meine Urgroßmutter zur Tür herein. »Was ist los? Wie geht es dem Bub? Gibt es Neuigkeiten?«, fragte sie erschrocken.

Mein Vater wiederholte mit tonloser Stimme alles Gesagte.

»Nu, dann werden wir das machen. Knochenmark spenden«, sagte Esther trocken. »Einer von uns wird schon passen, meinst du nicht, mein Moshe? Lass den Kopf nicht hängen.«

Sie schenkte sich ein Glas Wermut ein und setzte sich in ihren Schaukelstuhl. »Der Holocaust-Heinrich will aufhören. Er fühlt sich müde. Er hat es mir gerade geschrieben. Gut, er ist neunzig, ein hohes Alter, da kann er gehen ...« Sie schaute meinen Vater sanft an. »Aber unser Jonathan ist ein wackeres Kerlchen. Er wird es schaffen. Ich bin mir sicher, Moshe.«

Wieder versank sie ins Grübeln und auch mein Vater und ich saßen still da und hingen unseren Gedanken nach.

»Der Holocaust-Heinrich, diese unverbesserliche Nervensäge, will, dass ich sein Erbe antrete und den Auschwitz-Kram für ihn weitermache«, murmelte Esther schließlich in diese lastende Stille hinein. Und plötzlich sprach sie darüber, sie, die nie über die Vergangenheit auch nur ein Wort verlor. »Ich denke, ich werde es vielleicht tun. Ich erinnere mich noch genau an alles.

Viel zu genau. Der Bunker eins, der Bunker zwei, die Todesmärsche im Januar 1945, die vielen sterbenden Zigeunerkinder, die Juden aus Ungarn, die sogenannte Rampe, wo sie Kranke und Alte und – Schwangere aussonderten . . . Man wird sehen. Ich weiß nicht, ob ich's aushalten werde. Aber das ist ja jetzt ganz nebensächlich. Viel wichtiger ist der Bub! – Wann, Moshe, wann werden wir unser Blut für Jonathan untersuchen lassen? Besteht Eile?«

Es bestand Eile und zwei Tage später war es so weit. Wir alle, außer Esther, der es die Ärzte wegen ihres hohen Alters untersagten, versammelten uns erst um Jonathans Bett und anschließend im Labor des Klinikums, um unser Blut typisieren zu lassen.

Jonathan war wach, als wir kamen. Meine Mutter saß neben ihm und ließ das Buch, aus dem sie ihm vorgelesen hatte, sinken.

»Ausgerechnet in Disneyland«, murmelte Jonathan zusammenhanglos, als er uns sah. Sein Gesicht wirkte wächsern und seine Augen lagen in tiefen Höhlen. Unsere Mutter gab sich Mühe, nicht zu weinen, aber es gelang ihr nicht. Ihre Augen waren geschwollen und rot.

»Abba, was soll ich noch mal kriegen?«, fragte mein kleiner Bruder und rutschte unruhig unter der sterilen weißen Bettdecke hin und her. Mein Vater erklärte es ihm.

»Und von wem kriege ich das? Und tut es weh?«, flüsterte Jonathan besorgt.

»Nein, du wirst schlafen und es wird kein bisschen wehtun«, versprach meine Mutter sanft.

»Und es wird der spenden, der am besten passt«, sagte mein Vater und gab seiner Stimme einen festen Klang. »Es ist wie bei einem Puzzle, verstehst du? Man sucht das Teil, das perfekt in die Lücke passt. Du kennst doch das Gefühl, wenn man verbissen nach einem Puzzleteil sucht und ganz plötzlich hat man es – und drückt es an seinen Platz. Und es klickt leise und passt ganz wunderbar. So wird es auch mit deinem Spender sein. Es wird Klick machen und wunderbar passen und dann wirst du wieder gesund und darfst nach Hause.«

»Okay«, murmelte Jonathan und lächelte unserem Abba zu.

Und dann bekam mein Vater diesen Anruf aus der Klinik und alles wurde anders. Es war früh am Morgen. Meine Mutter war die Nacht über bei Jonathan geblieben, aber David und ich saßen noch beim Frühstück. Die Schule würde erst in einer Stunde anfangen. Esther schlief oben in ihrem Zimmer. Sie kam selten vor zehn nach unten.

Wir hörten die Stimme am anderen Ende des Apparats nur gedämpft. Worte konnte man nicht verstehen.

»Ja?«, fragte mein Vater.

Die Stille schien endlos zu dauern.

David sah auf. »Ist was mit Joni . . .«, flüsterte er und deutete auf das Telefon, aber unser Vater schüttelte nur den Kopf und bedeutete ihm, still zu sein. Er war schon seit Tagen blass, aber jetzt hatte seine Haut wieder diesen Ton angenommen, der aussah, als ob er gleich das Bewusstsein verlieren würde.

»Sind Sie sicher, dass keiner aus unserer Familie als Spender infrage kommt?«, fragte er schließlich und seine Stimme klang furchtbar rau dabei.

David und ich sahen uns erschrocken an.

Der oder die Sprecherin am Ende der Leitung antwortete etwas.

»Ja. Ja, natürlich«, sagte mein Vater. »Und wie geht es jetzt weiter?«

»Verstehe«, erwiderte er nach einer Pause.

Von draußen schien die Sonne herein und das Murmeln aus dem Hörer des schnurlosen Telefons wurde mühelos von dem fernen Hupen und Grillengezirpe übertönt. Ich hielt den Atem an und wusste nicht, was ich tun sollte. Wir waren so sicher gewesen, dass einer von uns als Knochenmarkspender infrage kam. Die Ärzte hatten von einer fünfundsiebzigprozentigen Wahrscheinlichkeit gesprochen.

Plötzlich veränderte sich der Tonfall meines Vaters. »Was meinen Sie? Was für Ungereimtheiten? Hat sich Jonathans Zustand verschlechtert? Ich habe gerade mit meiner Frau telefoniert und sie hat nicht . . .«

Der Anrufer schien ihn zu unterbrechen.

»Worum geht es denn dann?« Ich hatte meinen Vater selten so aufgeregt erlebt.

»Um Hannah?«, rief er dann. »Wieso um Hannah? Was ist mit ihr? Ist sie ebenfalls krank? Bitte, Dr. Turner, sagen Sie mir, worum es sich handelt!«

Ich hörte meinen Namen und hatte das Gefühl, dass ich jeden Moment den Boden unter den Füßen verlor. Was hatte ich damit zu tun? Was war mit mir? Was wollte dieser Dr. Turner?

David war aufgesprungen. »Abbe, du musst uns endlich sagen, was passiert ist«, zischte er.

Unser Vater drückte eine Taste, um das Gespräch zu beenden. Er sah von David zu mir. Dann griff er nach seinem Autoschlüssel und lief ohne ein weiteres Wort oder eine Erklärung aus dem Zimmer. Einen Moment später hörten wir den Motor seines Wagens in der Einfahrt aufheulen.

11. MO

Hannah, Hannah – mein Augenstern«, murmelte Moshe außer sich vor Angst und hastete über das weitläufige Klinikparkareal. In seiner Jackentasche begann sein Handy, leise zu summen.

»Mo? Wo bist du?«, fragte Delia, als er das Gespräch annahm. Im Hintergrund plapperte Jonathan. Seine Stimme klang fröhlich. Es schien ihm heute Morgen etwas besser zu gehen.

»Unterwegs, Liebes«, sagte Mo heiser und räusperte sich. »Ich treffe kurz Doktor Turner in ihrem Büro und komme dann gleich zu dir.«

»Hast du es schon gehört, Moshe? Keiner von uns kann Joni Knochenmark spenden. Ich bin so verzweifelt.«

Delia weinte leise.

»Ja, ich habe es gehört. Es wird eine andere Lösung geben, Delia. Ich bin mir ganz sicher. Hab keine Angst.«

Keine Angst? Was sagte er da? Er selbst war halb tot vor Angst.

Dr. Turner wartete bereits. »Setzen Sie sich doch, Mr Greenberg.«

Er setzte sich. Die Ärztin war nicht alleine. Was sollte dieses Aufgebot an Menschen in dem kleinen Zimmer? Was war mit Hannah? Was – um Himmels willen – war nur mit seiner Tochter?

»Wollen Sie einen Kaffee?«

»Nein!«, entfuhr es Mo heftig. »*Was* ist hier los? *Was* ist mit meiner Tochter? Weist die Blutuntersuchung auf eine Krankheit hin?«

Krankenhausgeräusche im Hintergrund. Schritte. Ein Piepser.

Immer wieder. Drängend. Ein schreiendes Kind. Türen gingen automatisch auf und wieder zu, begleitet von mechanischem Brummen.

Auf. Zu. Auf. Zu. Auf. Zu.

»Dies ist Dr. Laura Sheehy, Mr Greenberg. Sie ist die derzeit leitende Oberärztin der gynäkologischen Abteilung des Howard-Spencer-Memorial-Hospitals. Und das hier ist Mr Levine, ein Vertreter unserer Geschäftsführung, sowie Mr Biwoba, einer unserer Anwälte.«

In Mos Kopf drehte sich alles. Was passierte hier?

»Was wollen Sie von mir?« Er atmete schwer und spürte Schweiß auf seinem Rücken, unter seinen Armen, in seinem Gesicht. Dabei blies in diesem Büro eine kalte Klimaanlage, die ihn gleichzeitig frieren ließ.

Einmal war er in den Bergen von Kasachstan, im Altaigebirge, einem wilden, wütenden und hungrigen Bären begegnet. Damals hatte er sich schrecklich gefürchtet und zum ersten Mal in seinem Leben inbrünstig gebetet. Aber im Vergleich zu der Angst, die er in diesem Moment in Dr Turners spartanisch eingerichtetem Büro empfand, war seine Angst vor dem Bären eine Kleinigkeit gewesen.

Mr Levine, der Geschäftsführer, übernahm das Wort von Dr. Turner. »Bitte regen Sie sich nicht auf, Mr Greenberg«, begann er nun schwerfällig und blätterte nervös in ein paar Unterlagen, die auf dem Schreibtisch vor ihm lagen. »Zu allererst einmal: Es gibt keinen Grund zur Beunruhigung. Ihre Tochter ist völlig gesund.«

Mo hob den Kopf und Tränen begannen, aus seinen Augen zu fließen. »Du lieber Himmel«, flüsterte er. »Und ich dachte – ich dachte . . .«

Er schwieg und hakte seine bebenden Finger ineinander, um sich zu beruhigen.

»Aber wir haben da dennoch eine unangenehme Entdeckung gemacht«, fuhr Mr Levine fort und rieb sich hilflos über die Stirn. »Um es so kurz und schmerzlos wie möglich zu machen, Mr Greenberg. – Ihre Tochter Hannah ist nicht Ihre tatsächliche Tochter.«

Stille.

Totenstille.

»Wie bitte?«, sagte Mo irgendwann nach einer gefühlten Ewigkeit.

»Ja, sehen Sie, Mr Greenberg«, sagte nun Dr. Turner und gab ihrer Stimme einen behutsamen Beiklang. Es war, als spräche sie mit einem kleinen Kind. »Es muss da zu einer – Verwechslung gekommen sein, seinerzeit. – Noch am Tag der Geburt Ihrer Tochter . . .«

Stille. Unwirkliche Stille.

»Wie – meinen Sie das?«, fragte Mo leise. *»Wann* soll es zu einer Verwechslung gekommen sein? Das ist doch unmöglich! Natürlich ist Hannah meine Tochter. Was reden Sie da?«

»Mr Greenberg, bitte«, sagte Mr Levine beschwichtigend, aber Mo ließ ihn nicht zu Worte kommen. Sein Kopf dröhnte und ein heftiger Schmerz brandete irgendwo hinter seinen Augen hervor und legte sich wie ein heißer, eiserner Ring um seinen Schädel.

»Hannah war eine Kaiserschnittgeburt. Sie wurde mir und meiner Frau gleich nach der Entbindung gebracht. In einem Wärmebettchen. Ich habe sie selbst herausgenommen und in meinen Armen gehalten, während die Ärzte meine Frau versorgten. *Glauben* Sie wirklich, ich hätte es nicht bemerkt, wenn man mir später plötzlich ein *anderes* Neugeborenes gebracht hätte?«

Blicke wurden gewechselt.

»Nicht *später,* Mr Greenberg«, sagte Dr. Turner leise. »Sondern *davor.* Unmittelbar nach der Geburt muss Ihr Kind verwechselt worden sein. Wie immer das geschehen konnte. – Sehen Sie . . .«

»So ein Unsinn!«, schrie Mo gegen den Schmerz in seinem Kopf und gegen diesen bodenlosen Blödsinn an.

»Wir wissen auch noch nicht, *wie* es genau geschehen konnte.« Der Geschäftsführer des Spencer-Hospitals wechselte einen nervösen Blick mit dem Anwalt, der bisher stumm geblieben war. »Aber Tatsache ist, *dass* es geschehen ist. – Mr Greenberg, wir haben die Blutproben Ihrer – Tochter untersucht und aus ihnen geht leider eindeutig hervor, dass dieses Mädchen *nicht* blutsverwandt mit Ihnen und Ihrer Frau ist. Ein Irrtum ist ausgeschlossen! Der Befund wurde mehrfach überprüft!«

Eine neue Stille breitete sich aus, eine fast greifbare, feindselige Stille. Mo war die bedeutungsvolle Pause vor dem Wort *Tochter* in Mr Levines Aussage nicht entgangen. Wie erstarrt saß er da und fühlte nur Leere.

»Mr Greenberg?«

Stille. Stille. Stille.

»Mr Greenberg? Wollen Sie vielleicht etwas zur Beruhigung?«

»Lassen Sie mich«, sagte Mo abwehrend und schloss die Augen.

Er sah wieder die unruhigen, flackernden Augen des Bären im Altaigebirge vor sich. Er glaubte, die Lärchen und Fichten zu riechen. Es gab dort Ansiedlungen von Himalaja-Zedern. Aber es gab auch kahle Bergzüge, die einen frösteln ließen. Und es konnte kalt dort werden. Bis zu minus vierzig Grad im Winter. Mo hatte den kasachischen Winter erlebt. Aber das war ein anderes Frieren gewesen als das, welches er jetzt fühlte.

»Das – das kann alles nicht wahr sein«, sagte er schließlich und öffnete die Augen wieder. Er musste heftig blinzeln, das helle Licht blendete und brannte in seinen Augen.

Und danach: »Das ist Unsinn. Ich will davon nichts wissen.«

Und: »Helfen Sie Jonathan, aber lassen Sie den Rest meiner Familie in Ruhe, ich bitte Sie.«

Zum ersten Mal sprach nun Dr. Sheehy.

»Mr Greenberg«, sagte sie und fuhr sich durch die rötlich schimmernden Haare.

Mo beobachtete ihr Gesicht wie durch Nebel.

»Was?« Seine Stimme klang feindselig.

»Man kann diese ganze Angelegenheit leider nicht auf sich beruhen lassen«, erklärte sie. »Verstehen Sie doch, wir müssen den Tatsachen ins Auge schauen. Zwei neugeborene Kinder wurden vertauscht. Ihr Kind und das Kind einer anderen Familie. Auch die andere Familie hat ein Recht, die Wahrheit zu erfahren.«

»Was für eine Wahrheit?«, flüsterte Mo mühsam.

»Dass ihre wahre Tochter eigentlich Hannah ist. – Und dass das Kind, welches Sie seit siebzehn Jahren großziehen, in Wahrheit *die Tochter dieser Familie ist,* Mr Greenberg.«

»Was wollte Dr. Turner von dir, Mo?«, fragte Delia.

»Später«, flüsterte Mo.

»Abba!«, rief Jonathan und kletterte auf seinen Schoß.

»David und Hannah kommen jeden Moment«, fuhr Delia fort und streichelte Jonathans wirre Haare. »Sie haben eben angerufen.«

»Hannah kommt?«, stieß Mo erschrocken hervor.

Delia nickte.

»Hannah . . .«, flüsterte Mo und starrte vor sich hin.

»Moshe, was hast du? Was ist passiert?«

Er musste es ihr sagen. Er holte tief Luft, umarmte sie und Jonathan gleichzeitig, wärmte sich an ihr, roch den Duft ihrer dunklen Haare.

Und später, als Jonathan eingeschlafen war, begann er zu berichten. Verrückterweise begann er mit dem Bären im Altaigebirge.

Als er geendet hatte, weinten sie beide.

»Nein«, sagte Delia. »Nein, Moshe, nein.«

Dr. Turner schaute zur Tür herein.

»Gehen Sie«, bat Mo leise.

Dr. Turner nickte. Aber bevor sie ging, sagte sie: »Bedenken Sie, dass dieses Mädchen eventuell Knochenmark für Ihren kleinen Sohn spenden könnte. Man müsste es überprüfen. Dieses Mädchen, wo auch immer sie derzeit lebt, ist Ihre leibliche Tochter, Mr und Mrs Greenberg! Und sie ist Jonathans biologische Schwester.«

12. SKY

Ich betrachtete mich im Badezimmerspiegel.

»Hi, Sky«, murmelte ich abschätzend und starrte mich prüfend an. Meine Augen: grün. Meine Stirn: hoch. Meine Nase: kurz und gerade. Mein Mund: irgendwie breit. Ein paar vereinzelte Sommersprossen, aber nicht auf der Nase, sondern auf den Wangen, ganz außen Richtung Ohren.

»Es hätte schlimmer kommen können«, sagte ich zu meinem Spiegelbild. »Aber natürlich auch besser.«

Moon und Rosie sind, wie gesagt, beide platinblond. Leek ist rothaarig, wie ehemals sein irischer Urgroßvater Old Niall, der allerdings inzwischen schlohweißes Haar hatte. Ich bin die einzige Dunkelhaarige in der Familie.

»Du hast tolle Haare«, sagte Kendra oft. »Meine sind straßenköterfarbig. Ich könnte eigentlich Komplexe entwickeln, wenn ich so oft mit dir rumziehe!«

Das südkalifornische Sommerwetter war allerdings die Pest für meine Haare.

»Es ist immer irgendwie feucht von der Hitze«, hatte ich mal zu Rosie gesagt. »Und dann hängt es runter wie brauner Seetang!«

»Da hilft nur abschneiden«, murmelte Rosie und sah nicht mal von ihrem Buch auf. Damals las sie gerade, wie im Fieber, sämtliche Romane der guten, alten Marion Zimmer-Bradley.

»Obwohl, Skydarling . . .«, sagte sie plötzlich, hob nun doch den Kopf und betrachtete mich eingehend. »Mit deinen mystischen, langen dunklen Haaren und den hippen grünen Augen siehst du aus wie eine der Hohepriesterinnen von *Avalon.«*

»Brauchst du noch lange im Bad?«, rief Moon in diesem Moment. »Verdaust du ausführlich? Pinkelst du? Oder sinnierst du bloß? Weil – das könntest du auch woanders tun. Ich habe nämlich einen enormen Druck auf der Blase.«

Ich öffnete ihm die Tür.

»Sorry, Big Brother.«

»Schon okay«, antwortete Moon, schob mich aus unserem kleinen Bad und verriegelte sorgfältig die Tür hinter sich.

Rosie war unten und nähte an meinem Abschlussballkleid herum. »Dein kleiner, knackiger Busen füllt es obenrum irgendwie nicht ganz aus«, hatte sie gesagt, als ich es ihr vorgeführt hatte. »Der Stoff schlägt kleine Wellen, siehst du? – Ich denke, ich mache ein paar kleine, feine Abnäher hier und da, dann sitzt es besser.«

Die Lachtherapie wirkte, so verrückt das klang, gar nicht so schlecht. Ob es nun das oder die Therapiestunden bei Bob Bellamy oder ihre Yogaübungen oder alles zusammen war – Rosie wirkte lange nicht so labil wie sonst. Und das, man höre und staune, trotz des zu erwartenden Stewardessenembryos.

»Sie kriegt es also wirklich?«, hatte meine Mutter meinen Vater vor ein paar Tagen am Telefon gefragt. Noch immer war Leek untergetaucht, aber wenigstens meldete er sich jetzt wieder telefonisch.

Anscheinend bejahte mein Dad die Babyfrage, denn Rosie legte Sekunden später eine beringte Hand auf ihr Herz, setzte sich in den *Sukhasana* und beendete das Gespräch zu ihrem eigenen Seelenschutz so rasch wie möglich. Anschließend machte sie einige Lachübungen und überstand den Tag ohne Cannabis und Wasserpfeife. Und ohne Schwermut.

»Das wird schon irgendwie«, sagte sie tapfer, als sie zu Ende gelacht hatte und ich sie fragte, wie sie mit der Situation fertig würde. »Ich hatte jedenfalls nicht mehr das Gefühl, dass mein

Herz stehen bleibt, als er von diesem Baby anfing«, fügte sie nachdenklich hinzu. »Das mit dem Herz soll ja sowieso nicht stimmen. Es kann nicht wirklich vor Schreck aussetzen. Das ist nur so ein Gefühl, das man hat. Sagt wenigstens Bob. Und der muss es ja wissen, schätze ich.«

Am nächsten Abend war ich froh über diese Information, denn da war ich es, die dieses Herzschlagaussetzgefühl hatte. Kendra war ausnahmsweise nicht da, weil sie einen Termin bei ihrer Kieferorthopädin hatte, und Rosie, Moon und ich aßen zu dritt im Garten an unserem wackeligen, holzwurmigen Gartentisch Spaghetti mit Pesto. Unsere Vorräte wurden merklich knapper.

Die Spaghetti hatte Moon gekocht, ich hatte die beiden Pestogläser in unserer lichtlosen, spinnverwebten Speisekammer aufgetrieben und Rosie hatte Energietee gekocht, den wir mit Zitrone und Eiswürfeln in Eistee verwandelt hatten.

Plötzlich hielt in unserer Einfahrt ein Wagen.

Rosie ließ die Gabel sinken. »Ist das Leek?«, fragte sie hoffnungsvoll und beunruhigt zur gleichen Zeit und reckte sich, um besser um die Ecke spähen zu können.

Moon hob ebenfalls den Kopf und runzelte die Stirn.

Es war schon dämmrig, die Luft eine Mischung aus Pinienduft, Stadtluftsmog und dem Geruch nach trockenem Sommergras. Wir sahen den Wagen nur halb und außerdem durch ein paar unserer urwaldartigen Büsche hindurch.

»Nein. Nicht rot. Silber«, murmelte Moon und meinte die Autofarben. Leek fuhr einen alten roten Buick.

Die silbernen Wagentüren öffneten sich und heraus zwängten sich zwei dunkel gekleidete Gestalten.

Mein Herz stolperte und setzte einen Moment aus. Ich schnappte panikartig nach Luft. – Hamburg! Eine andere Möglichkeit gab es nicht! Himmel, wie hatte ich das nur *vergessen* können? Es war Dienstag. Natürlich! Verdammt, wie schnell die Zeit vergangen war! Hatte ich es tatsächlich versäumt, Moon und Rosie in diese aus Norddeutschland herannahende Katastrophe einzuweihen? Hilfe!

»Hamburg?«, hauchte Rosie da ebenfalls und wurde blass. Sie musste einen sechsten Sinn haben, wenn es um ihre Eltern ging. Schließlich hatte sie *keine Ahnung,* dass sie kommen würden. »Nein, das kann nicht wahr sein!«, flüsterte sie in Panik. »Sagt, dass das nicht wahr ist! *Warum* sollten sie da sein?«

Und dann waren sie tatsächlich da. Missbilligend betrachteten sie uns. Der Reihe nach, wie es schien.

»Da wären wir also«, sagte mein Großvater schließlich und kam auf uns zu. Herrmann Marsirske, Jahrgang 1946, Schuldirektor a. D., groß, fleischig, besserwisserisch, Furcht einflößend – wenigstens für meine Mom, dachte ich.

»Wir hatten ja angenommen, dass ihr uns am Flughafen abholt. Aber Fehlanzeige. Na, wir sind so was ja gewöhnt.«

»Wir haben einen Leihwagen genommen«, fügte Oma Dorothea hinzu, die Leek früher gerne Hochwürden Dorothy genannt hatte, worüber sie sich nie genug ärgern konnte. »Guten Abend, Kinder. Guten Abend, Rosie. Gut siehst du aus.«

»Sorry, Rosie – sie haben mich neulich angerufen und es *angekündigt,* ihren Besuch, meine ich ... Ich hab ... es völlig *vergessen* ...«, flüsterte ich.

»Vergessen?«, wiederholte meine Mutter fassungslos. »Wie konntest du das *vergessen?«*

»Hi, Leute. Setzt euch doch«, sagte Moon seelenruhig auf Deutsch. »Wollt ihr was von den Spaghetti?«

Rosies Mutter horchte auf. »Du sprichst mit Akzent«, sagte sie. »Hast du das gehört, Herrmann? Er spricht seine *Mutter-*

sprache mit amerikanischem Akzent, man stelle sich das vor! – Nein, mein Junge, wir haben keinen Hunger. Im Flugzeug gab es ausreichend.«

Der Abend war gelaufen. Rosie war blass und fahrig und absolut jenseits von dem, was man ihr eigenes Selbst nennen konnte. Moon ging bald in sein Zimmer hinauf, um Musik zu hören. Godot übergab sich, warum auch immer, auf den Wohnzimmerboden. Vielleicht spürte er die Spannungen. Rosie rauchte zwischendurch auf dem düsteren Gästeklo einen Joint. Immer nur ein paar Züge. Sie lief dauernd hin und her. Der Cannabisgeruch drang natürlich nach draußen und Opa Herrmann erschnüffelte ihn gierig wie ein Drogenfahndungshund. Oma Dorothea durchwanderte unterdessen mit wachem Blick unser vollgestopftes Haus, als wäre sie von einer SOKO auf der Suche nach irgendwas Gruseligem. Einer zerstückelten Leiche, oder so.

Und ich? Ich fühlte mich schuldig.

Irgendwann brach Hamburg dann Richtung gemieteter Pension auf und Rosie, Moon und ich versuchten, uns zu regenerieren, aber es klappte nicht wirklich.

»Ich drehe durch.« Rosie war in Tränen ausgebrochen. »Wenn *sie* da sind, drehe ich einfach durch. Ich spüre es schon. Dieses irre Gefühl in meinem Inneren. Auflösung. Wahnsinn. Was zu viel ist, ist zu viel! Leek betrügt mich, dieses – Baby ist unterwegs, unser Kühlschrank ist leer, ich habe keinen Job, ich bin zu nichts nütze, diese Frau stapft durch mein Haus wie ein Vollstrecker und Herrmann Masirskes böser Blick tötet den kümmerlichen Rest meiner Energiereserven.«

Was sollten wir tun? Moon und ich sahen uns an. Konnte ich zu ihr sagen: *Lach doch ein bisschen, Mom? Vielleicht hilft das.* Irgendwie kam es mir nicht über die Lippen. Es klang zu grotesk, auch wenn es vielleicht etwas genützt hätte.

Später, als Rosie cannabisumnebelt endlich eingeschlafen war, angezogen und zusammengerollt auf unserem alten Sofa, zugedeckt von Moon, und mein Bruder sich in sein Zimmer verkrochen hatte, um zu surfen, rief ich mit gedämpfter Stimme in Leeks Atelier in Venice an. Aber erst, nachdem ich es vergeblich bei Rosies Freundin Jilliam versucht hatte.

»Dad?«, sagte ich, als es eine Weile vergeblich geklingelt hatte, zu seinem Anrufbeantworter. »Dad, wenn du das abhörst, dann komm bitte vorbei. Hamburg ist überraschend gekommen und Rosie geht es wirklich beschissen. Ich weiß, du magst Oma Doro und Opa Herrmann auch nicht, aber Rosie ist aufgeschmissen ohne dich. Okay?«

Mehr konnte ich nicht tun. Ich ging schlafen.

Es war sehr früh am Morgen. Silbernes Licht drang durch die Korridorfenster der halb herabgelassenen Jalousien der Geburtshilfestation. »Ich bringe das weibliche Neugeborene aus OP 2 in den Kreißsaal K4«, sagte eine der jungen Lernschwestern mit gedämpfter Stimme.

»Ich habe hier noch ein Neugeborenes, ebenfalls ein Sectio-Baby«, sagte eine andere Stimme. »Wir kommen aus OP 3. In welchem Kreißsaal wartet der dazugehörige Vater?«

»K3«, sagte Dr. McCoy, der gerade aus dem OP2 trat. »Aber seid behutsam mit dem armen Mann, er kann kein Blut sehen. Darum hat er auch dort gewartet und ist nicht mit in den OP-Bereich gekommen.«

Leises Lachen war zu hören, freundliches, mitfühlendes Lachen.

Zwei Wärmebettchen wurden behutsam durch zwei Gänge gerollt und trafen sich am Knick, der beide Gänge zusammenführte.

»Hallo?«, rief da eine andere Stimme. »Hallo, Dr. McCoy? Wir kommen von der gynäkologischen Fakultät und sollen . . .«

»Ah, die Studenten, die ich erwartet habe«, erklärte Dr. McCoy der jungen Lernschwester, winkte den Studenten zu und betrachte eines der schwarzhaarigen Neugeborenen. Beide Babys schliefen fest. »Sie holen die Plazenten der Neugeborenen ab. Die Eltern haben ihre Einwilligung gegeben. Die Medizinstudenten werden eine Lehrstunde zum Thema Nachgeburt . . .«

Er wurde unterbrochen von einem leisen Würgen. Der wartende Vater aus Kreißsaal 3 war in den Flur getreten, genau in dem Moment, als der Arzt das in durchsichtiges Plastik verpackte Plazentagewebe übergeben wollte.

Der Mann versuchte noch rasch, den Blick abzuwenden, aber er strauchelte trotzdem und der Arzt und die Lernschwester eilten ihm zur Hilfe.

»Es geht schon wieder . . .«, sagte der Mann verlegen und fuhr sich durch die roten Haare. »Ich war nur einen Moment – puh . . .«

Er winkte ab. »Alles wieder im grünen Bereich.«

Dr. McCoy lächelte und schob das Wärmebettchen mit dem Säugling in den Kreißsaal 3. Die Lernschwester begleitete das andere Baby in Kreißsaal 4.

Draußen wurde es hell, goldenes Licht löste silbernes ab.

13. SKY

Ich bin klebrig wie ein Pancake mit Ahornsirup«, sagte Kendra ärgerlich. »Im Sommer müsste LA eigentlich evakuiert werden. Das wäre das einzig Vernünftige!«

Es war der erste Samstag im Juni. Der Abend des Abschlussballs.

Leek hatte uns angerufen, nachdem er von Arizona aus, wo er gerade steckte, seinen Anrufbeantworter abgehört hatte.

»Rosie, ihr habt – Besuch?«, fragte er vorsichtig unseren AB, als wir nicht sofort abnahmen. Als Rosie diese Worte hörte, riss sie wie eine Ertrinkende den Hörer hoch.

»Leek? Leek? Gott sei Dank! – Woher weißt du . . .? Wo steckst du? Bitte, komm! Sie sind gestern Abend hier plötzlich aufgetaucht. Gerade sind sie noch in ihrer Pension, aber sie können jeden Moment – wirklich *jeden* Moment . . .«

»Rosiedarling, Sky hat mich informiert – aber ich bin gerade in Phoenix. Ich treffe hier ein paar Galeristen.«

»Oh«, murmelte Rosie und ließ sich in den *Sukhasana* sinken.

»Ich komme, sobald ich kann«, versprach Leek.

»Danke«, sagte meine Mom und sonst nichts.

»Aber irgendetwas *musst* du doch vorhaben, Moon«, sagte Opa Herrmann. »Ein Plan. Eine Idee. Was war mit dem Eignungstest fürs College, den du im letzten Jahr gemacht hast?«

Moon schwieg. Er saß unter seinem Olivenbaum und hatte die Augen geschlossen. Gestern Nacht hatte er sich im Einkaufscenter *Tracadero's* in letzter Sekunde ein Outfit für den Ball gekauft. Er würde komplett in Schwarz gehen. Einzige Ausnahme: ein paar verrückte rot-weiße Slipper, *Spectators.*

»In Hamburg wird es zum Glück nie so heiß«, sagte Oma Doro und fächerte sich mit einer *Psychologie heute,* die sie mitgebracht hatte, Luft zu. »Hamburg steht für frische Luft, Wind und Sonne. Wunderbar! Die beste Stadt der Welt. Ein Jammer, dass Rosie sich so vehement weigert zurückzukommen. Das Klima würde euch allen guttun. Und das Schulsystem ist viel besser in Deutschland. Die Deutschen sind ehrgeiziger, zielorientierter. – Rosie, weißt du noch, deine gute Freundin Marlen? Ich habe sie neulich an der Alster getroffen. Rein zufällig. Sie hat zwei entzückende Kinder und einen ganz reizenden Mann. Sie selbst ist Anwältin geworden. Und wie sie aussah – top! Sie scheint gut Geld zu verdienen.«

»Ich habe auch zwei entzückende Kinder und einen reizenden Mann«, murmelte Rosie ärgerlich. Sie war dabei, Unkraut zu jäten, einen Teil unseres Rasens umzugraben, die Avocadobäume zu gießen und unsere Tamarillo zu beschneiden. Alles irgendwie gleichzeitig und unter emotionalem Hochdruck.

»Und wo steckt dann dein reizender Mann?«, fragte meine Großmutter kaltblütig.

»Er arbeitet«, sagte meine Mom.

»Rund um die Uhr?«

»Nun lass sie doch in Frieden, bitte«, sagte Moon ärgerlich und öffnete die Augen.

»Hast du den Test bestanden, Moon?«, hakte Opa Herrmann nach.

Kendra und ich sahen uns an. Moon hatte in seinem SAT-Test leistungsmäßig geglänzt, er war immer ein Eins-a-Schüler gewesen, aber er machte keine große Sache daraus. Er hätte ohne Probleme an die UCLA gehen können, jederzeit.

»Ich werde Dichter, Herrmann. *Read it from my lips:* Dichter!«, antwortete er in diesem Moment gereizt. »Dafür brauche ich keine idiotischen Tests zu bestehen. Ich muss nur alles, was ich im Kopf habe – hinkritzeln. Wenn du verstehst, was ich meine?«

»Also nicht bestanden«, murmelte Rosies idiotischer Vater mit einem pseudoresignierten Ton in der Stimme.

Da stand Moon auf und ging ins Haus.

»Was redest du da, Vater? Er hat natürlich bestanden«, sagte Rosie heftig und fuhr herum. Ich sah, dass ihre Hände zitterten. Sie waren voller Erde.

»Und warum sagt er das nicht selbst?«, warf Oma Dorothea fragend ein und fächerte sich wieder Luft zu, so als säße sie in der Wüste Sahara und nicht in unserem Garten, in dem es sogar Schatten gab. »Was ist los mit ihm? Warum igelt er sich ein? Warum hängt er so herum? – Ich sage es ja nicht gerne, aber das hat er alles von dir, Rosie. Dieses Konturenlose, dieses Trostlose, diese Labilität . . .«

In diesem Moment klingelte unser schnurloses Telefon. Ich nahm das Gespräch an, nachdem ich eine mir unbekannte Rufnummer auf dem Display registriert hatte. Vielleicht war es jemand aus der Schule, vielleicht ging es um den Ball heute Abend.

»Für dich, Rosie«, sagte ich allerdings im nächsten Moment und reichte den Hörer weiter. Meine Mutter machte ein fragendes Gesicht, aber ich zuckte mit den Schultern. »Keine Ahnung. Ein Mann. Greenberg oder so.«

Meine Mutter unterdrückte ein Seufzen. Manchmal riefen bei uns Ehemänner von Ehefrauen an, die sich in Leek verliebt hatten. Sie wollten meine Mutter über ihren betrügerischen Ehemann in Kenntnis setzen. Sie regten sich auf, sie klagten meiner Mutter ihr Leid, sie baten sie um Hilfe, sie beschimpften sie sogar. Je nachdem, was für ein Temperament sie gerade hatten.

Es kam auch vor, dass Frauen anriefen, und das war noch schlimmer. Die Frauen offenbarten meiner Mutter ihre sogenannte Liebe zu Leek meist auf dramatische Weise und baten meine Mutter, ihn doch gefälligst *freizugeben,* etwas in dieser Richtung.

Rosie ging langsam Richtung Terrassentür.

»Ja, bitte?«, hörten wir sie vorsichtig fragen.

»Wer war es denn?«, erkundigte sich meine deutsche Großmutter und man konnte förmlich sehen, wie sie ihr Salatblattohr ausfuhr.

»Keine Ahnung«, murmelte ich matt.

Aus Moons Zimmer dröhnte Musik, *I want to be a Billionaire.*

»Sein Gehör will er sich anscheinend auch noch ruinieren«, sagte mein deutscher Großvater und zupfte vertrocknete Blätter aus Moons Baum. Danach vertiefte er sich mit ärgerlicher Miene wieder in seinen mitgebrachten Stapel Bücher. Opa Herrmann ist seit seiner Pensionierung vor ein paar Jahren ein *Scrabble*-Fanatiker. Er besucht internationale *Scrabbl*e-Turniere und nimmt die Sache sehr ernst. Ich warf einen abwesenden Blick auf den Bücherturm: Es waren allesamt Werke über Strategien der verschiedensten Spiele. Schach, Bridge, Whist, Backgammon, Poker, *Scrabble.*

Rosie war im Haus verschwunden. Ich wünschte, Kendra wäre hier, aber sie hatte sich vor einer halben Stunde Godot geschnappt und war mit ihm eine Runde gegangen.

Zögernd stand ich auf und folgte meiner Mutter ins Haus. Vielleicht brauchte sie mich. Nach der Helle im Freien kam mir das Haus komplett dunkel vor und darum prallte ich fast gegen Rosie, die wie angewurzelt mitten im Raum stand.

»Nein, ich kann heute nirgendwohin kommen!«, sagte sie gerade heftig, aber ihre Stimme zitterte vor Nervosität. »Ja, ich bin Rosa Luise Lovell. – Woher kennen Sie meinen kompletten Namen und *wer* sind Sie? – Geht es um Leek? Ich meine, um meinen Mann?«

Sie schwieg einen Moment.

»Ja, ich habe eine Tochter namens Sky, aber . . .«

Ich runzelte die Stirn. Was wollte dieser Anrufer von mir?

»Hören Sie, ich wiederhole mich nur ungern, aber ich werde heute *keinesfalls* irgendwohin kommen und mich mit Ihnen und Ihrer Frau treffen. Und auch nicht morgen oder übermorgen. Mein Mann ist derzeit verreist. Und dieses Geheimnistuerische gefällt mir überhaupt nicht. Wer sind Sie? Was wollen Sie? Sind Sie vielleicht so ein Perverser, wie die, die manchmal anrufen, nur um sich aufzugeilen?«

Das Amerikanisch meiner Mutter war immer schlecht, aber wenn sie sich aufregte, wurde es grotesk.

Rosie hatte das Telefon ausgeschaltet und fing an zu weinen.

»Irgendein Verrückter«, schluchzte sie leise, zog die Nase hoch und sank auf ihre Yogamatte. »Er hat nach *dir* gefragt, Skydarling. Oh Himmel, was zu viel ist, ist zu viel.«

»Rosie?«

Meine Großmutter tastete sich über die Terrassenschwelle herein.

Meine Mutter gab keine Antwort.

»Wer war dran? Warum weint deine Mutter?«, wandte sie sich stattdessen verärgert an mich.

»Irgendein Perverser«, sagte ich vage.

»Habt ihr denn keine Trillerpfeife für so was parat?«, fragte Oma Dorothea alarmiert.

Ich schüttelte den Kopf.

»Dann ist es eure eigene Schuld. Wenn so ein Typ am anderen Ende ist, hilft nur eins: laut pfeifen! Das wirkt.«

Wie auf Kommando klingelte das Telefon erneut, Rosie zuckte zusammen. Diesmal ließen wir, in Ermangelung einer Trillerpfeife, den Anrufbeantworter anspringen.

Kendra steckte den Kopf zur Tür herein, hinter ihr tapste Godot herein. Erleichtert tauschte ich einen Blick mit meiner besten Freundin. Ich war heilfroh, dass sie zurück war. Wenigstens eine Vernünftige in diesem Irrenhaus.

»Er ist es wieder . . .«, flüsterte meine Mutter und lauschte.

»Was sagt er?«, fragte meine Großmutter.

Ja, was sagte er?

Er wiederholte seinen Namen. Er entschuldigte sich umständlich für die Störung. Und für seine Beharrlichkeit.

»Soll ich ihn wegdrücken?«, fragte ich meine Mutter leise.

Der Mann redete unterdessen weiter. Er sagte uns, wo er wohnte – in einem der teureren Vororte von Los Angeles – und dass er ganz sicher kein Perverser sei.

»Was will er dann?«, murmelte Rosie.

»Was sagt der Kerl?«, fragte meine deutsche Großmutter, die anscheinend so gut wie nichts verstand. Die Familie meiner Mutter bestand nicht eben aus Sprachgenies.

Der Mann räusperte sich ein paar Mal. Und entschuldigte sich für seine Nervosität. Und dann gestand er, dass er sich diesen Anruf praktisch erschlichen hätte.

»Ich greife vor«, sagte er. »Im Grunde dürfte ich das nicht. Ich müsste warten. Das Howard-Spencer-Memorial-Hospital wird sich bei Ihnen melden.«

»Was soll das alles?«, fragte Kendra misstrauisch.

»Am Ende doch ein Perverser?«, murmelte Rosie und fuhr sich durch die Haare. Auf ihrem Gesicht waren Spuren von Gartenerde zu erkennen. »Schließlich ist LA voller Irrer und Perverser.«

Meine Mutter sagte das nicht auf Deutsch, sondern auf Englisch.

»Worum geht es? Was will der Mann? Warum nimmst du nicht ab, Rosie?«

Der Mann gestand, dass er sich Rosies Namen und ihre Adresse kopfüber gemerkt hatte.

»Kopfüber?«, murmelte Rosie.

»Das ist verboten, ich weiß«, fuhr er fort und seine Stimme klang bedrückt. »Aber sehen Sie, ich habe einen schwerkranken Sohn. Keiner weiß, wie lange er noch am Leben bleibt. Da habe ich mir ihre Daten kopfüber aus der Krankenhausakte eingeprägt.«

»Drücken wir ihn weg«, sagte ich, weil mir das Ganze unheimlich wurde.

Moon war in der Zwischenzeit heruntergekommen und Opa Herrmann tauchte jetzt ebenfalls auf.

Der Mann erklärte gerade, dass die Sache, weswegen er anriefe, eigentlich die Klinik in einem persönlichen Gespräch mitteilen müsse, aber er und seine Frau seien derart außer sich, dass sie den Dingen einfach vorweggreifen müssten.

»Bitte, Mrs Lovell, nehmen Sie den Hörer ab! Bitte! – Sehen Sie, unsere Töchter wurden bei ihrer Geburt *vertauscht.* Ihre und unsere. Wir müssen reden! Wir müssen uns sehen! Wir sind verzweifelt!«

Plötzlich war es totenstill im Zimmer.

14. HANNAH

Was?«

Mein Vater fuhr herum. Er ließ den Telefonhörer sinken und dann unterbrach er die Leitung.

»Hannah! Ich habe dich gar nicht kommen hören . . .«

Seine Stimme zitterte. Seine Hand zitterte. Er schwankte und sank auf einen unserer antiken Esstischstühle.

»Was hast du da eben am Telefon gesagt, Abba? *Wer* wurde – vertauscht?«

Er schwieg und irgendwie sah er so aus, als würde er am liebsten nie wieder etwas sagen. Und dann fing er an zu weinen.

»Abba – Dad . . .«, sagte ich und verstand gar nichts.

»Hannah«, sagte mein Vater leise. Und dann sagte er es wieder und wieder. »Hannah . . . Hannah . . . Hannah . . .«

Sein Gesicht sah fast grau aus.

»Abba, ich?«, flüsterte ich. *»Ich* wurde vertauscht?«

»Ja«, flüsterte mein Vater zurück und griff nach meiner Hand, aber ich zog sie weg.

Es wurde ganz still. So still wie noch nie zuvor, wenigstens kam es mir so vor. Es lag natürlich auch daran, dass meine Mutter und Jonathan im Krankenhaus waren. Und mein Bruder David war noch in der *Jeschiwa.*

Sonst spielte meine Ma um diese Zeit oft auf unserem Klavier. Oder sie sang. Meine Mutter liebt Chopin und Bach.

Meine Mutter? *Mein* Bruder? In meinem Kopf begann sich alles zu drehen. Ich erinnerte mich schemenhaft an einen Bericht, den Sharoni und ich einmal im Fernsehen gesehen hatten. Er hatte von zwei Frauen gehandelt, die schon über fünfzig waren, als man herausfand, dass man sie als Babys vertauscht hatte. Die beiden Frauen lebten weit voneinander entfernt, eine an der Ostküste und eine an der Westküste, eine war dick, die andere dünn, und Sharoni und ich hatten einen ganzen Abend über diese Story diskutiert.

»Stell dir vor, wir beide wären vertauscht worden«, hatte Shar gesagt. »Deine Eltern wären eigentlich meine Eltern und meine Eltern wären deine.«

Wir hatten ziemlich viel Spaß gehabt bei der Vorstellung. »Dann wäre David mein Bruder«, sagte Shar, warf sich auf mein Bett, stützte ihr Kinn in ihre Hände und überdachte diese Möglichkeit.

»Und dein Bruder Desmond, Mr Schweißfuß, wäre meiner. Puh!«, sagte ich und ließ mich neben sie fallen. Wir lachten, denn im Grunde mochte ich Desmond, das wusste Shar natürlich.

Wir hatten eine Weile abgewogen, wer es besser gehabt hätte, und waren dann zu dem Schluss gekommen, dass es letztendlich gar nicht so schlimm gewesen wäre, wenn ich sie und sie ich gewesen wären.

»Aber stell dir vor, sie hätten dich als Baby zum Beispiel mit Amanda Whitman vertauscht«, sagte Shar zum Schluss nachdenklich. Amanda Whitman hatte, als Sharoni neu in LA gewesen war, in derselben Straße wie sie gelebt. Ihre Mutter war auf einen Rollstuhl angewiesen. Amandas Vater hatte eines Tages, während eines banalen Streites, versucht, sie mit Benzin zu übergießen und anzuzünden. Amandas Mutter hatte überlebt, aber sowohl sie als auch Amanda trugen schwere Verbrennungen davon. Ihr Vater kam in eine Psychiatrie und Amanda und ihre Mutter zogen fort. Amandas ganzes Gesicht war entstellt gewesen, weil sie sich schützend vor ihre Mutter gestellt hatte.

»Puh, zum Glück sind wir nicht vertauscht, mit niemandem«, hatte ich Shar geantwortet und dann hatten wir eine Folge *Sex and the City* geschaut. Sharoni besaß sämtliche Staffeln und den Kinofilm.

»Das ist doch ... Blödsinn«, sagte ich schließlich leise zu meinem Vater. In meinem Kopf drehte sich ein Gedankenkarussell. Sein Auftritt heute Morgen, all die Stunden, die er weg gewesen war, jetzt dieses verzweifelte Weinen, Amanda Whitman, sein *Hannah, Hannah, Hannah,* dieses Unglaubliche, das er da behauptet hatte, die beiden Frauen aus dem Fernsehbericht.

Er gab mir keine Antwort. Sein Schweigen war schlimmer als alles andere.

»Wie kommst du überhaupt darauf, Abba?«, fuhr ich ihn an. »Wer behauptet so was? Wer? – Weiß Ima etwas davon? Und David? Oder Esther? – Abba! Sag doch etwas, bitte!«

Und dann begann er zu erzählen, mit leiser Stimme, von den Blutuntersuchungen, von seinem Gespräch mit den Ärzten, von der anschließenden Recherche auf der Geburtsstation, auf der ich zur Welt gekommen war.

»Ich bin dort gewesen, Augenstern«, flüsterte er heiser. »Es gab an diesem Morgen zwei Kaiserschnitte, fast zeitgleich.«

»Es ist bestimmt ein Irrtum«, rief ich hinterher aufgebracht. »So was kommt dauernd vor: in *Emergency Room,* in *Grey's Anatomy,* in *House* – Abba, aus so was machen sie dauernd Storys. Das ist totaler Quatsch. Glaub mir! Ganz bestimmt!«

Mein Blick blieb an Jonathans Shalom-Bild hängen. Da war ich zwischen meinem älteren Bruder David und Esther. Für alle Haare außer meinen hatte mein kleiner Bruder denselben Filzstift benutzt. Dunkelbraun. Esther hatte er mit dem Löschstift ein paar weiße Fäden hineingemalt. Nur für mich hatte er einen anderen Farbstift gewählt. Ocker? Hellbraun? So etwas in der Art.

Ich schluckte, mein Mund war trocken, meine Kehle fühlte sich eng an.

Am Abend kam David nach Hause. Und sogar meine Mutter. Auch Esther gesellte sich zu uns. Alle wussten Bescheid und alle strahlten Unruhe und Nervosität aus. Es war kaum auszuhalten.

»Wer ist solange bei Jonathan?«, fragte meine Urgroßmutter und trank in kleinen Schlucken Amontillado-Sherry.

Solange . . .

Diese *Versammlung* fand meinetwegen statt.

»Hayley und Zvi«, erklärte meine Mutter und strich sich die Haare aus dem Gesicht. *Meine* Mutter? Ich keuchte leise. *Natürlich,* meine Mutter.

Zvi war der jüngere Bruder meines Vaters und Hayley seine zweite Frau.

Mein Vater? Mein Onkel? Meine Tanten? Ich fühlte mich fiebrig und schwindelig und zu Unrecht im Rampenlicht. Das war alles nur ein Irrtum und sonst nichts.

Es war ein warmer Abend. Ein Mückenplageabend. Ich sehnte mich danach, alleine zu sein.

»Ich möchte nichts mehr von diesem – Blödsinn hören, bitte«, sagte ich darum leise.

Keiner machte Abendbrot. Wir tranken stattdessen Zitronenlimonade, die meine Mutter im Sommer immer selbst macht, und saßen einfach da.

»Seit wann wisst ihr – davon?«, fragte David schließlich. Seine Stimme klang rau.

Eigentlich hatte heute Abend Shar kommen wollen, aber ich hatte ihr abgesagt.

»Warum? Was ist los?«, hatte sie am Telefon gefragt.

»Es . . . ist etwas dazwischengekommen«, erklärte ich.

»Was? Ist etwas mit Joni?«

»Nein«, sagte ich schnell. »Nichts Neues von Joni.«

»Was dann, Hannah?«

Ich konnte es nicht sagen. Ich benutzte eine Ausrede und vertröstete sie auf den nächsten Tag.

David wiederholte seine Frage, weil unser Vater stumm vor sich hin sah. Ich sah, wie mein Abba sich einen Ruck gab – und dann erklärte er es ihm.

»Die täuschen sich«, sagte David hinterher und lächelte mir aufmunternd zu. »Ich meine, das ist doch lächerlich. *Wie* sollte das denn passiert sein? Ima, du bewahrst doch sogar diese Babynamensschildchen auf, die sie einem nach der Geburt verpassen, oder?«

Ich hob den Kopf und schaute meine Mutter an. Das stimmte. Es gab diese kleinen Armbänder. Sie klebten in unseren Babyerinnerungsfotoalben. Meines war rosa, Davids und Jonathans hellblau. Mein Name, mein Geburtsdatum und mein Geburtsgewicht standen darauf.

»Sie sagen, sie wissen nicht, wie es genau passieren konnte«, berichtete mein Vater bedrückt. »Keiner kann es sich erklären. Normalerweise werden diese Armbändchen unmittelbar nach der Geburt angebracht, aber es kommt immer mal wieder vor, dass das farblich passende Bändchen nicht in den Kreißsaal-OPs vorrätig ist, und dann werden die Bändchen etwas später befestigt. Ebendann, wenn die Schwestern die Neugeborenen zurück in den regulären Kreißsaal gebracht haben, wo die Väter warten. Das ist nicht ganz korrekt, aber so Usus. Die Krankenhausleitung war sehr kleinlaut deswegen.«

»Aber du warst doch da! Wie war das bei – Hannah?«, drängte David und sah unseren Vater an.

Ich sah, wie er in einer ratlosen Geste die Schultern hob. »Ich ... ich kann mich leider nicht – hundertprozentig erinnern«, sagte er stockend und schaute entschuldigend zu meiner Mutter hinüber. Aber meine Mutter blickte aus dem Fenster in den nahen Dämmerlichthimmel.

»Ist das alles überhaupt so wichtig?«, fragte Esther plötzlich. »Ich meine, sie ist, wer sie ist. Sie ist Hannah, oder nicht? Und damit Schluss. Was soll dieses Palavern? Was soll die Aufregung?« Sie lächelte mir zu, aber ich konnte nicht zurücklächeln.

Wenn es stimmte ...

Wenn es *wirklich* stimmte – *wer* war ich dann?

Und wo war die wahre *Hannah?* Wer war sie?

»Wie geht es denn jetzt weiter?«, fragte ich leise und spürte meinen Herzschlag im ganzen Körper.

»Gar nichts geht weiter«, rief David ärgerlich. »Das ist doch alles Blödsinn. Wir sollten es einfach vergessen. Und Punkt.«

»Es ist nur – wegen Jonathan«, sagte meine Mutter da. »Nur seinetwegen. Dieses – Mädchen, *sie* könnte vielleicht Knochenmark für ihn spenden. Man könnte es überprüfen ...«

Dieses Mädchen. Sie. Jonathans wahre Schwester. Die echte Hannah. Die echte Hannah Greenberg. Wenn es nun doch alles stimmte?

Plötzlich musste ich weinen, weinen, weinen.

»Nicht doch, Han!«, murmelte David, stand auf, kam zu mir und legte seinen Arm um mich. Seine dunklen Haare streiften mein Gesicht, das sich kalt und taub anfühlte.

»Es ist nicht nur deshalb«, sagte mein Vater in diesem Moment. »Die Klinik sagt – man kann nicht so tun, als hätte es diese Entdeckung nicht gegeben. Die andere Familie hat auch ... ein Recht, die Wahrheit zu erfahren ...«

Die andere Familie. Meine andere Familie? Meine wirkliche Familie?

»Und deshalb habe ich dort angerufen«, fuhr mein Vater hilflos fort. »Die Nerven sind mit mir durchgegangen. Ich *musste* etwas tun. Ich *musste* anrufen . . .«

»Aber sie rufen nicht zurück!«, sagte David heftig. »So ist es doch, oder? Sie haben nicht zurückgerufen! Sie sind nicht interessiert!«

Esther war nach draußen in den Garten gegangen, still und leise und für sich, so wie sie war. Schemenhaft konnte man sie dort draußen herumlaufen sehen. Schließlich verschwand sie im hinteren Teil, dort wo David und ich als kleine Kinder gespielt hatten. Und wo jetzt Jonathan immer mit Arik spielte. Gespielt hatte, bevor er zu krank geworden war.

Dorthinten hing in unserem alten Johannisbrotbaum unsere Schaukel, gute, alte Freundin unserer Kindertage.

Ich will schaukeln, David! Ich!

Ich bin zuerst dran, Han! Ich bin dein älterer Bruder! Ich bestimme!

»Das ist doch alles unmöglich! Unmöglich . . .« Meine Mutter weinte wieder.

»Ich weiß nicht . . . ob sie mich richtig verstanden hat«, sagte mein Vater leise und rang die Hände. »Ich hätte das nicht tun sollen. Ich hätte es der Klinik überlassen sollen! Ich habe mich – wie ein Trottel benommen.«

»Können wir das nicht *endlich* lassen?«, schluchzte ich. Meine Mutter hatte David abgelöst und umarmte mich. David saß im Schneidersitz vor mir am Boden. Er hatte den Kopf gesenkt. Seine *Kippa*h war verrutscht, aber anders als sonst schien er es noch nicht mal zu merken.

»Was sind das für Leute?«, sagte er dann aber plötzlich und

hob den Kopf. »Wo leben sie? In LA, wie wir? Was weißt du über sie?«

Es war nicht zu stoppen. Es war wie eine eisige Welle, die nicht aufzuhalten war. Sie wogte über mich hinweg, einfach so.

Ich wollte nichts mehr hören. Aber ich lauschte angstvoll.

Mein Vater wollte nichts mehr sagen. Aber die Worte kamen einfach aus seinem Mund.

»Sie . . . sie ist, zumindest nehme ich das an, Deutsche«, sagte er.

»Sie . . . sie sprach mit einem deutschen Akzent am Telefon«, sagte er.

»Sie war sehr erschrocken. Sie hat aufgelegt. Ich habe – *es* nur ihrem Anrufbeantworter erzählt«, sagte er.

»Und das war dumm«, schloss er.

Ich fror und schwitzte und zitterte und hatte Mühe, mich aufrecht zu halten.

»Sie ist – was?«, wiederholte David plötzlich.

»Was meinst du?«, fragte mein Vater. »Und ja, sie lebt in Los Angeles, wie wir.«

»Sie ist *Deutsche?«,* fragte David.

Einen Moment war es ganz still im Raum. Nur die Grillen im Garten zirpten laut wie immer im Sommer. Es war jetzt vollkommen dunkel draußen. Aber Esther mochte die Dunkelheit. Sie saß oft im dunklen Garten und blieb dort, bis wir sie holen kamen.

»Das . . . das ist doch egal«, sagte mein Vater schließlich.

Wieder war es lange still.

»Egal?«, sagte David dann. »Egal?«

»Esther stammt auch aus Deutschland, David.«

David winkte ab.

»Das muss ich erst mal – verdauen«, sagte er schließlich kopfschüttelnd. »Ich meine, das kann doch alles nicht wahr sein. Hannah vertauscht. So was von irreal. Und jetzt das: diese deutsche Frau . . .«

Er stand auf. »Wir reden morgen weiter, okay? Seid nicht böse auf mich, bitte. Ich muss nur – nachdenken, über das alles.«

Keiner sagte ein Wort.

Und dann ging David aus dem Zimmer. »Ist nicht gegen dich, Han«, sagte er leise, als er schon an der Tür war. »Du . . . du bist und bleibst meine Schwester. Immer. Ich muss nur über alles nachdenken, das ist alles.«

Da stand ich ebenfalls auf. Meine Beine fühlten sich wackelig und schwach an.

»Hannah?«, fragte meine Mutter leise.

»Ja?«

»Es wird alles gut. Das verspreche ich dir. Du bist und bleibst meine Tochter – egal, was kommt.«

Ich nickte stumm und floh hinaus. Ich wollte endlich alleine sein. Ich musste nachdenken – wie David. Wahrscheinlich noch viel mehr als er. Mein Kopf schmerzte und ich biss die Zähne zusammen.

Diese – diese *deutsche* Frau . . . War sie tatsächlich *meine Mutter?*

Konnte das stimmen? Und wenn es stimmte, wie war sie? Wo war sie? Würde ich sie treffen? Wie lebte sie? Stammte sie wirklich aus Deutschland? Was machte sie in LA? Hatte sie – *noch andere* Kinder?

Und – zu einer Verwechslung gehörten zwei.

Ich.

Ich – und ein anderes Mädchen. Ein anderes, fremdes Mädchen. Irgendwo in LA. Davids und Jonathans *wirkliche*

Schwester. Moshe und Delia Greenbergs *wirkliche* Tochter. Sarah und Yitzchak Cohens *wirkliche* Enkelin.

Und Esthers *wirkliche* Urenkelin.

Ich war ein Niemand. Ich rollte mich in meinem Bett zusammen, lud meine Bettdecke und alle meine Kissen auf mich, weinte, rang um Luft und Fassung und Vergessen – und versank irgendwann – endlich – in der Stille der Nacht.

Annegret? Annegret?

Beschütze sie für mich. Beschütze sie! Versprichst du mir das?

Ja. Ja, ich verspreche es.

Gott sei Dank!

Die Sonne ging auf.

Jakob, oh Jakob!

15. SKY

So ein Schwachsinn«, sagte Moon schließlich auf Englisch.

»Wie bitte?«, fragte Dorothea ärgerlich und schaute uns der Reihe nach an.

»Mom?«, fragte Moon und ging vor Rosie in die Hocke. »Rosie? Mom?«

»Ja, Darling?«, antwortete Rosie schwach.

»Das war Blödsinn, okay? Bullshit. Irgendein Verrückter, ein Hacker, der von seinem PC aus deine Daten geknackt hat und jetzt ein bisschen herumstresst, klar?«

Meine Knie zitterten und Kendra legte ihren Arm um mich.

»Ich glaube, Moon hat recht«, sagte sie.

»Also meint ihr, ich muss Leek deshalb nicht anrufen?«, flüsterte Rosie. »Wenn er nur endlich aus Phoenix zurück wäre ...«

»Nein, das musst du nicht«, sagte Moon ungeduldig. »Mom, hörst du? Das ist nichts als totaler Scheiß. Irgendein Psycho war das. Das ist ein Fakt. Du hast doch seine Stimme gehört. Der war irre und sonst nichts!«

»Sein Name war *Greenberg,* stimmt's?«, hakte Rosie nach. »Jüdisch. Ein jüdischer Name.«

»Auch Juden können Psychos sein, Mom«, sagte Moon achselzuckend.

»Lass das nicht Jilliam hören, Moon. – Und was ist, wenn es doch – stimmt?«

»Mom! Sky wurde geboren – sie haben sie Leek in den Arm gedrückt, während sie dir den Bauch zugenäht haben – und dann hast du sie bekommen. War es nicht so?«

Meine Mutter nickte leicht.

»Na also«, sagte Moon. »Und wie ging es weiter? Ich meine,

hast du sie von da an immer bei dir gehabt?«

Meine Mutter nickte wieder.

»*Was* ist hier eigentlich los, Rosie? Moon? Sky?«, sagte Hamburg/weiblich mit schneidender Stimme.

»Es geht um Sky«, sagte Hamburg/männlich ärgerlich. »Sie sprechen über Skys Geburt.«

»Was ist mit Sky, Rosie?«

»Nichts ist mit Sky!«, rief Moon statt Rosie. »Alles ist okay, Hamburg!«

»Wie er mit uns spricht!«, sagte Oma Dorothea. »Das hat er alles von Rosie. Respektlos, distanzlos, destruktiv! Und ich hatte so gehofft, hier hätte sich die Situation etwas zum Guten verändert.«

»Mutter, bitte!«, seufzte Rosie.

In dem Moment klingelte es an der Haustür.

»Das muss Gershon sein«, rief Kendra erschrocken. »Sky, Himmel, wir sind noch nicht mal umgezogen!«

»Es ist noch zu früh. Noch kein Sonnenuntergang«, murmelte ich und war immer noch wackelig auf den Beinen. Aber wahrscheinlich hatte Moon recht und der Anrufer war nichts als ein Verrückter gewesen. Schließlich hatte er plötzlich und praktisch mitten im Satz die Leitung unterbrochen und nicht noch mal angerufen.

Ich ging zur Tür und zuckte zusammen. Es war Gershon. Er hat Augen, die ganz plötzlich lächeln können, das war mir neulich in der Schule schon aufgefallen.

»Du bist aber früh«, sagte ich verblüfft, verdrängte den Verrückten vom Telefon aus meinen Gedanken und konzentrierte mich auf das Jetzt und Hier.

»Ja, mein Vater hatte ein unerwartetes Einsehen. Er hat mich sprichwörtlich mit Gottes Segen ziehen lassen. Der alte Herr ist nicht so rigide, wie es manchmal scheint. Er sagte, ich solle dich nicht warten lassen. Und – also, da bin ich!«

Gershon betrat unser kleines, unordentliches Haus zum ersten Mal. Neugierig schaute er sich um. Ich stellte ihm meine Mutter, meinen Bruder und meine Großeltern vor.

Er sah so ordentlich und stylisch aus, dass meine Großmutter für den Augenblick zufrieden war. Sie reichte Gershon die Hand und sagte *Hello*. Opa Herrmann fügte ein *Good Evening* hinzu und lächelte leutselig.

Moon hob grüßend die Hand, Rosie war immer noch mitgenommen, aber sie riss sich zusammen und hauchte Gershon zur Begrüßung einen leichten Kuss auf die Wange.

Okay, sie hatte ihn also vor mir geküsst. Und wahrscheinlich würde ich ihn, so wie ich mich kannte, nie küssen.

»Kendra kennst du ja schon vom Sehen«, sagte ich zum Schluss.

Gershon nickte. »Hallo, Kendra. Schön, dich zu treffen.«

Wie gut, dass Moon da war. Er lotste Gershon Gold an meinen Großeltern vorbei und nahm ihn mit in sein Zimmer.

»Bringen wir es hinter uns«, sagte er dazu.

»Was meinst du?«, fragte Gershon und stieg hinter ihm die enge Treppe nach oben.

»Achtung, Stufe vier«, warnte Moon. Aber es war schon zu spät. Die Diele auf der Stufe rutschte zur Seite und Gershon stolperte in Rosies Cannabisvorräte und Moons Gedichtesammlung hinein.

»Den Abschlussball meine ich«, sagte Moon, half Gershon beim Aufstehen, klopfte ihm das Sakko ab und fügte nach einem prüfenden Blick hinzu: »Komm, ich verpasse dir ein Pflaster. Hautabschürfung. An der linken Schläfe. Halb so schlimm.«

Sie verschwanden lachend in Moons Zimmer.

»Das fängt ja gut an«, murmelte ich und schloss mit zitternden Händen meine Zimmertür hinter Kendra und mir.

»Also: duschen, anziehen, schminken«, zählte Kendra an drei Fingern ab. »Und das mal drei, weil Moon ja auch noch ins Bad muss. Beeilen wir uns lieber!«

Aber Moon war schneller als wir und klopfte ein paar Minuten später bereits an meine Tür. »Bad ist jetzt frei, Ladys«, rief er. »Zack, zack oder ihr müsst nackt gehen!«

Nach dem Duschen zwängten wir uns in unsere Kleider.

»Erwähnte ich nicht schon, dass LA spätestens ab Ende Mai evakuiert werden sollte?«, fragte Kendra mit verbissener Miene. »Ich verwandele mich schon wieder in einen Pancake mit Sirup! Ist das zu fassen?«

»Rosie tut mir leid«, sagte ich abgelenkt und versuchte vergeblich, nach unten zu lauschen. »Jetzt ist sie Hamburg mit ganzer Breitseite ausgeliefert! Und das auch noch ohne Moons und meine Hilfe. – Wie soll sie diesen Abend überstehen? Ich wünschte nur, mein Dad käme endlich!«

»Meinst du, sie übersetzt ihnen den Anruf von diesem Irren doch noch? Deine Oma wirkte ja schwer frustriert, weil sie nicht durchblickte, was los war.«

Ich nickte. »Sie werden es schon aus ihr herauszwingen«, sagte ich nachdenklich.

»Was sich solche Idioten wohl denken, wenn sie fremde Leute mit solchen Geschichten zutexten?«, überlegte Kendra und föhnte meine Haare. Sie würde mir eine ihrer berühmten Hochsteckfrisuren machen, das hatte sie mir versprochen. Früher, als Kind, hatte Kendra jahrelang an einem dieser grotesken Schmink- und Frisierköpfe, wie es sie in jeder Spielwarenabteilung gab, geübt und konnte jetzt – dem Plastikkopf sei Dank – massenweise beeindruckende Hochsteckfrisuren fabrizieren. –

Ich selbst hatte mir so einen Kopf immer gewünscht, aber Rosie weigerte sich. Ein einzelner Schädel, das waren ihre Worte, das ist einfach morbide.

Kendra selbst würde heute Abend übrigens mit Amywinehouseartig aufgetürmten, toupierten Skandallocken zur Prom schreiten. Ihre Mutter lag aus diesem Grund bereits mit Migräne darnieder.

»Weißt du, vorhin war ich für einen Moment ziemlich erschrocken«, gestand ich nachdenklich.

»Du dachtest, es stimmt?«, fragte Kendra mit einem Kamm im Mund.

»Na ja«, gab ich zu. »Irgendwie klang der Mann nicht irre. Nur nervös.«

»Irre *sind* nervös«, erklärte Kendra. »Das ist ihre Mission, Sky. Nervosität, Macht, Angst machen, sich aufgeilen . . .«

Ich runzelte die Stirn.

»Diese Masche war dann aber neu«, sagte ich.

»Du meinst, weil er nicht über Sexzeug geredet hat?«

Ich nickte.

»Vielleicht ein intellektueller Irrer«, überlegte Kendra und verwandelte meine Seetanghaare in Windeseile in einen beeindruckenden Hollywoodlook. Zum ersten Mal machte ich meinem Wohnort wirklich Ehre. Ich grinste mein Spiegelbild an. *Hi, Sky.*

Dann hörte ich wieder auf zu lächeln und betrachtete mein heute nicht ganz so vertrautes Gesicht: geschminkt, gestylt, in Schale geworfen. Nicht Amy Winehouse. Eher Cinderella. In Dunkelhaarig.

Ich hatte Rosies teuerste Ohrstecker in den Ohren: zwei Weißgoldstecker mit kleinen Brillanten. Leek hatte sie Rosie vor ein paar Jahren geschenkt. Außerdem waren da die beiden gelockten Haarsträhnen, die Kendra absichtlich nicht in die Hochsteckfrisur gezwirbelt hatte. Sie ringelten sich vor meinen Ohren.

Ich sah Rosie nicht ähnlich. Das war ein Fakt.

Ich sah Leek nicht ähnlich. Auch das war ein Fakt.

Sah ich Moon ähnlich? Manche fanden das. Aber manche auch nicht.

»Ein intellektueller Irrer«, murmelte ich vor mich hin.

Er *hatte* nicht noch mal angerufen. Er hatte seinen Spaß gehabt. Die Sache war erledigt.

Vertauscht? Was für ein schlechter Witz!

Nachdem es Rosie nicht vergönnt gewesen war, mich wie Moon mitten in der Wildnis zu gebären, hatte sie sich dafür – laut Leek – in der Geburtsklinik wie eine Wilde aufgeführt.

»Du kennst sie ja, Prinzessin«, hatte mein Dad einmal zu mir gesagt. »Sie ist eine Löwenmutter. Sie hat dich keine Sekunde aus den Händen gegeben: wickeln, baden, wiegen, messen. Alles hat sie selbst gemacht – oder stand – beim Blutabnehmen zum Beispiel – wie eine fauchende Löwin dabei. Die Schwestern waren ziemlich ungehalten deswegen. Sie ging ihnen auf die Nerven. So schnell wie möglich haben sie sie aus der Klink herauskomplimentiert und nach Hause geschickt.«

So war das.

Man hätte mich gar nicht vertauschen können, ohne zuerst Rosie auszuschalten. Und das hatte nachweislich keiner getan.

Also war Rosa Luise Lovell, geborene R. L. Marsirske aus Hamburg, meine Mutter. Und sonst niemand. Keiner würde mich von ihr befreien. Und von der Verantwortung für sie.

Eine halbe Stunde später steckte Gershon mir das obligatorische Ballsträußchen an die Korsage. Moon tat dasselbe bei Kendra.

»Bei den Moslems wärt ihr jetzt verlobt«, sagte ich zu Moon. »Oder du wärst tot. Ich habe es genau gesehen, wie du *Fred* berührt hast, als du ihr die Rose angesteckt hast.«

»Es war nur ein Versehen«, gab Moon grinsend zurück. »Ich bin versehentlich an *Fred* gestoßen, mehr nicht. – Sorry, alter *Freddy.«*

Wir lachten, nur Gershon machte ein verwirrtes Gesicht.

Und natürlich Oma Dorothea, die nichts verstand, aber nicht weichen wollte. Opa Herrmann hatte sich zum Glück für den Moment auf die Terrasse zurückgezogen.

Rosie küsste uns alle vier, wünschte uns mit verzagter Stimme viel Spaß und flüsterte mir zu: »Du bist wunderschön, Darling. Ich könnte nicht stolzer sein. – Wünsch mir Glück, dass diese beiden Despoten bald in Richtung Übernachtungsdomizil aufbrechen!«

Ich lächelte ihr zu. Gute, alte Rosie. Sie war bestimmt nicht die Muttertagsvorzeigemutter, aber sie war trotzdem nicht übel. Und ich liebte sie natürlich.

Die *Prom-Night* fand wie jedes Jahr in unserer Turnhalle statt, einem alten, ehrwürdigen Domizil, das dem Aussehen nach aus der Zeit der Pilgerväter stammen musste. Der Rest der Schule bestand aus einem öden Sammelsurium unscheinbarer grauer Pavillons, die im Laufe der Jahre immer mehr geworden waren, aber die alte Turnhalle war ein echter Hingucker. Steinern, wuchtig und von einer verwitterten Aura vergangenen Wohlstandes umhüllt.

Das diesjährige *Prom*-Motto lautete *Wir alle sind Amerika!,* ein praktisches Motto, weil es uns viel Freiheit ließ.

Die alte Turnhalle war in dieser Nacht Festhalle und das Schmücken hatte mehr als eine Woche in Anspruch genommen. Es gab ein eigenes Komitee für die Dekoration, genauso wie es ein Büfett-Komitee und ein Musik-Komitee gegeben hatte.

»Also los, amüsieren wir uns zu Tode«, murmelte Moon, als Gershon seinen Wagen geparkt hatte und Kendra und ich vorsichtig ausgestiegen waren, um unsere Kleider, Schleifen und Blumen nicht in Unordnung zu bringen.

Der Weg zur Festhalle war mit bunten Lichterketten erleuchtet. Wir liefen zu viert nebeneinander. Kendra und ich innen, Gershon und Moon außen.

»Hier geht's zu den Erinnerungsfotos«, rief uns Ms Morgan-Stull aufgeregt zur Begrüßung zu und wedelte mit den Armen.

Ich lächelte Kendra an.

»Euer *Forever-together-Foto . . .*«, flüsterte ich ihr zu, in Erinnerung an unser Gespräch über die Ballbilder ihrer Eltern und Großeltern, die sich allesamt – nach dem Foto – ehetechnisch etabliert hatten.

Kendra lachte leise, fast so wie Moon. »Ja, schließlich hat er *Fred* berührt – jetzt ist er mir *verpflichtet*«, flüsterte sie zurück.

»Ich habe Ohren wie ein Luchs, ihr zwei«, sagte Moon streng. »Und ich werde – außer Cindy Sherman nimmt mich – niemals heiraten. Ich will nicht enden wie Leek und Rosie. – Wie heißt es doch gleich: In der Ehe scheitert man an Problemen, die man nie gehabt hätte, wenn man alleine geblieben wäre.«

Cindy Sherman ist eine dezent durchgeknallte Fotografin, die in New York lebt. Moon verehrt sie und ihre Bilder sehr.

»Auf, ihr zwei«, rief der gemietete Fotograf Gershon und mir zu. »Wir haben nicht ewig Zeit. Stellt euch unter den Rosenbogen an die Klebelinie.«

Er nickte Gershon zu. »Leg den linken Arm um sie. Und nimm mit der rechten Hand ihre Hand. Und jetzt – in die Kamera sehen, bitte – und lächeln!« Er leierte seine Anweisungen in einem Tonfall herunter, dass nicht zu überhören war, dass er sie schon zigmal an diesem Abend erteilt hatte.

»Wie am Fließband. Verrückte, altbackene, amerikanische Highschoolpaarungsdekadenz«, sagte Moon grinsend. Er und Kendra standen in der Warteschlange gleich hinter uns.

»Ein erhebender Moment, was, Jude?«, rief in diesem Moment plötzlich Owen Budny, ein kräftiger, grobschlächtiger Kerl, der mir in meinem ersten Highschooljahr mal eine Valentinskarte zugesteckt hatte. *You're so sweet, Honey!* hatte in seiner Krakelschrift darauf gestanden. Ich hatte mich schon damals geschüttelt und die Karte so schnell wie möglich vernichtet.

»Halt besser den Mund, Rassist«, rief Moon ärgerlich. Gershon war zusammengezuckt, genau wie ich. Der Fotograf hatte anscheinend nichts mitbekommen, jedenfalls ließ er sich nicht aus der Ruhe bringen.

»Du bist so ein Schwachkopf, Owen Budney«, sagte ich, als Gershon und ich schließlich zur Seite traten, um Kendra und Moon unter den Rosenbogen und an die grellgelbe Klebelinie zu lassen.

»Habe ich mit *dir* geredet, du Paradiesvogel?«, fragte Owen zurück und grinste breit. »Nein, das habe ich nicht. Ich habe, wenn ich mich nicht irre, mit dem Juden da geredet.«

Er betrachtete Gershon abfällig.

»Es tut mir leid«, sagte ich leise zu ihm, als wir weitergingen.

»Mach dir nichts draus«, antwortete Gershon achselzuckend. »So was kommt immer mal wieder vor. Es gibt über sechshunderttausend jüdische Leute in LA, aber die Idioten sind eben trotzdem zahlenmäßig in der Überzahl. Ich bin so was gewohnt, Sky. Es ist einer der Gründe, warum mich meine Eltern auf eine rein jüdische Schule geschickt haben. – Sie erleben immer mal wieder Ähnliches. Es ist – Alltag für uns.« Er lächelte aufmunternd. »Jetzt lass den Kopf nicht hängen. Ich überlege schon die ganze Zeit, wie ich es dir sagen soll, dass du das hübscheste Mädchen in diesem ganzen Affentheater bist.«

»Jetzt hast du es gesagt. Danke, Gershon, auch wenn das natürlich nicht stimmt.« Ich lächelte zurück und versuchte, mich zu entspannen.

Als Begrüßungszeremonie wurden wir paarweise und unter Applaus auf die Bühne gerufen.

Als Gershon und ich nach vorne traten, passierte es wieder.

»Seit wann feiern an unserer Schule Judenärsche die *Prom* mit?«, rief jemand aus dem Publikum. Und es war diesmal nicht Owen Budneys Stimme, da war ich mir sicher.

Ein paar Lacher, ein paar Buh-Rufe, ein paar Pro- und Kontrakommentare waren die Antwort. Gershon kniff die Augen zusammen, während Mr Formeister, unser Rektor, sich erhob und nach vorne, und somit neben Gershon und mich, trat.

Sofort wurde es still in der Halle.

Mr Formeister war ein dünner, alter, wenig einnehmender Mann. Er hatte, wie wir alle wussten, in Vietnam gekämpft und dort ein Bein verloren. Er war streng, launisch und fast immer kurz angebunden. Aber er war fair. Und in diesem Sinne verwarnte er den antisemitischen Rufer, entschuldigte sich im Namen der Schule bei Gershon und seinen Klassenkameraden, die aber heute Abend nicht anwesend waren, weil Gershon der Einzige von ihnen war, der Lust – oder den Mut gehabt hatte, die *Prom-Night* mitzufeiern.

Mr Formeister erinnerte eindringlich an die Vorkommnisse an Gershons eigentlicher Schule, die es überhaupt nötig gemacht hatten, dass Gershons Klasse zu uns umquartiert worden war.

»Der, der hier eben gerufen hat, sollte sich schämen!«, schloss

Mr Formeister seinen Vortrag. Und dann folgte eine Andachtsminute für die Schüler, die bei dem Brandanschlag auf Gershons Schule verletzt worden waren und von denen einer noch immer in Lebensgefahr schwebte.

»Hat man eigentlich herausgefunden, wer diesen Brandsatz geworfen hat?«, fragte ich Gershon hinterher leise, aber er schüttelte den Kopf.

Während des Büfetts schob sich dann Courtney Shatz an meine Seite.

»Was ist?«, fragte ich, weil sie so einen merkwürdigen Gesichtsausdruck hatte.

». . . wie ist er denn so?«, fragte sie und zwinkerte mir penetrant zu.

»Wer?«, fragte ich ärgerlich.

»Dein – Jude. Dieser Gerson oder wie er heißt . . .«

»Gershon«, verbesserte ich sie kurz angebunden und nahm mir ein paar Chickenwings von einem der vielen Tabletts.

»Wie auch immer«, winkte Courtney ungeduldig ab. »Hier, probier mal die Mango-Sandwiches, die sind echt gut. – Sag, Sky, hast du schon mit ihm . . .? Du weißt schon. – Hat er einen langen . . .?«

Sie kicherte. »Mein Bruder Keith sagt, Schwarze und Juden haben immer lange . . .«

»Wenn du wüsstest, *wie* idiotisch du bist, Courtney!«, sagte ich genervt und ließ sie stehen. Aber es war wie ein Spießrutenlauf. Die Nächste, die mich ansprach, war Laura Sperry. Ich kannte sie seit Kleinkindertagen.

»Sky, *warum* hast du dir bloß einen jüdischen Freund zugelegt?«, fragte sie kopfschüttelnd und in einem Tonfall, als wäre ich freiwillig auf eine Leprastation oder etwas Ähnliches gezogen. Ich blieb ruckartig stehen und starrte sie ungläubig an.

Laura war früher ziemlich nett gewesen. Diese Frage hätte ich von ihr niemals erwartet. Was war hier nur los? Laura trug ein enges silbernes Kleid, alles andere an ihr war irgendwie fliederfarben. Ihr geschminktes Gesicht glänzte und ihre getuschten Wimpern waren lang wie Spinnenbeine. Sie schaute mich erwartungsvoll an.

»Ihr habt doch alle einen Knall«, murmelte ich, schüttelte den Kopf wie sie vorher und ging zurück zu Gershon, Kendra und Moon.

»Ich bin echt froh, wenn der Spuk hier endlich vorbei ist«, seufzte ich und teilte mir mein Getränk mit Gershon, der nichts vom Büfett aß, weil natürlich nichts Koscheres dabei war.

»Du hast recht gehabt, Kendra, diese *Proms* sind das Allerletzte!«

Etwas später sprach mich Joe Donelli an. Er war mit mir im Literaturkurs, wenn auch nicht wirklich freiwillig. Sein Vater unterrichtete Literaturwissenschaften an der UCLA und bestand darauf. Trotzdem war Joe ein netter Kerl. Rund und gemütlich, irgendwie.

»Hi, Sky«, sagte er und grinste. »Wie ist es, hast du Lust, mit deinem Anhang nachher noch zu meiner Party zu kommen? Wir feiern im Haus meines Alten. Im Keller ist ein Pool, groß genug für Michael Phelps.«

Er nickte Gershon zu. »Nichts für ungut, Bruder. Diese Schule ist zwar voller Idioten, aber immer noch besser als diese aufgeblasene Privatschule, an der ich früher war. Da waren nur reiche Bonzen mit Armani- und Guccihirnen! Eines Tages habe ich gestreikt und mir diese Schule ausgesucht. Hier herrscht zwar der Mob – aber damit das echte Leben. Das ist mir lieber. Und ein bisschen Antisemitismus ist leider immer mit dabei. Ab und zu pöbeln sie auch über Schwarze, Hispanos und Freaks und so. Aber da stehen wir doch drüber, oder? Ich, zum Beispiel, bin halbjüdisch. Sei's drum.« Er lachte dröhnend und schlug Gershon auf die Schulter.

»Danke für dein Statement«, sagte Gershon lächelnd und rieb sich die Schulter.

»Also, kommt ihr? Ich würd mich scheckig freuen«, hakte Joe nach.

»Mal sehen«, sagte ich vage. Ich wusste, Moon hasste Partys wie die Pest. Und ich riss mich auch nicht eben darum, eine Minute länger als nötig mit diesen Idioten von meiner Schule zu verbringen – selbst wenn Joe im Grunde ganz in Ordnung war.

Um kurz vor Mitternacht wurde eine *Prom-Queen* – Laura Sperry – gewählt und um kurz nach Mitternacht war der Spuk zum Glück vorüber.

Wir brachen auf und waren uns einig, Joes Partyeinladung, so nett sie auch gemeint war, auszuschlagen.

»Zu viele zu wenig Erträgliche dort«, brachte es Moon achselzuckend auf den Punkt. Wir anderen nickten nur.

»Ich habe übrigens *Fahrenheit 451* gelesen«, sagte ich zu Gershon.

Wir waren schon auf dem Schülerparkplatz der Schule und warteten dort auf Moon und Kendra, die noch einmal zurückgegangen waren, weil Moon seine mitgebrachten CDs liegen gelassen hatte.

»Und?«, fragte Gershon.

»Beeindruckend. Und traurig. Jetzt liest es Kendra. Moon kannte es schon. Zurzeit lernt er vorsichtshalber sein Lieblingsbuch *Schlachthof 5* von Kurt Vonnegut auswendig. – Kennst du es?«

Gershon lachte und nickte. »*. . . zu den Dingen, die Billy Pilgrim nicht ändern konnte, gehörten Vergangenheit, Gegenwart* *und Zukunft«*, zitierte er lächelnd. »Ein gutes Buch. Mein Dad liebt es sehr. Das Zitat hängt bei uns an der Wand.«

»Wow!«, murmelte ich und musste für einen Moment unwillkürlich an Old Niall in Nordirland denken, meinen alten, blinden Urgroßvater, der immer mit seiner Vergangenheit haderte. Er war völlig darin verstrickt. Fast dreißig Jahre lang war er in den Nordirlandkonflikt involviert gewesen und es gab anscheinend eine Menge düstere Flecken in seiner Vergangenheit, über die er nicht sprach, die ihn aber schrecklich quälten, wie Leek Moon und mir einmal erzählt hatte.

»Keine Ahnung, was für eine Schuld der alte Knabe mit sich rumschleppt, aber es muss etwas Größeres sein, da bin ich mir sicher«, sagte mein Dad am Ende unseres Gesprächs seufzend.

Einmal, 1990, in dem Jahr, als meine Eltern sich gerade kennengelernt hatten, hatte Old Niall sogar versucht, sich das Leben zu nehmen. Auch das hatte Leek uns erzählt.

Es gibt ein Bild aus der Zeit, welches er gemalt hatte, nach seinem Besuch in der Belfaster Klinik. *Old Niall – fast tot* heißt es und hängt in unserer Küche. Es ist ein trauriges, schwermütiges Bild und Rosie liebt es sehr.

»Nicht für eine Million Dollar würde ich es hergeben«, sagt sie oft. »Es ist Leeks bestes Bild. Wenn ich es ansehe, erfüllt es mich mit Stolz, seine Frau und Mutter seiner Kinder zu sein.«

Und sie sah es sich dauernd an.

Ich habe, wie schon gesagt, Old Nialls Augenfarbe geerbt. Wieder ein Beweis mehr, dass ich mit niemandem vertauscht sein konnte, dieses Grün.

»Schön, dass wir uns kennengelernt haben«, sagte Gershon in diesem Moment. Und dann machten wir uns zusammen auf die Suche nach Kendra und Moon. Die *Prom-Night* war zu Ende.

Was wir dann taten? Wir fuhren nach Hollywood, kauften zwischendurch in einem *McDonald's* eine Riesentüte Fast Food und schlichen uns damit in unseren Garten.

Nacht, Grillen, Sterne am Himmel, Moons Baum. Irgendwie waren wir sehr aufgekratzt plötzlich, obwohl Kendras und mein Outfit schon ein bisschen aus der Form waren. Vielleicht auch gerade deshalb.

Gershon nahm in der Dunkelheit meine Hand. Um nicht komplett zu verhungern, hatte er sich in einem koscheren 24-Stunden-Shop ein paar Bagels mit Cream Cheese und einen Grape Jelly Bagel gekauft, eine Leidenschaft aus seiner Kinderzeit, wie er mir anvertraute. Schließlich war er schon beim Ballbüfett leer ausgegangen.

»Psst, passt auf, dass wir Rosie nicht wecken«, flüsterte Moon besorgt und wies auf ihr Schlafzimmerfenster, aber das hätte er sich sparen können, denn Rosie lag, eingewickelt in eine Wolldecke, schlafend unter Moons Baum.

Ihr Gesicht war halb verdeckt, aber trotzdem sahen wir sofort die zerlaufene Wimperntusche, die auf einen stressigen Abend schließen ließ. Sie schien weinend eingeschlafen zu sein.

Sie wachte auf, obwohl wir so leise wie möglich waren. Erschrocken fuhr sie hoch. Sie trug Leeks schwarzen Kaftan und an den Füßen hatte sie seine alten bunten Mokassins, die er mal in einem Indianerreservat in Oregon gekauft hatte, als er dort eine Frau kennengelernt, gemalt und gevögelt hatte.

»War's schön?« Sie gähnte verschlafen.

»So lala«, sagte ich.

»Und jetzt?«, fügte sie fragend hinzu und klopfte einladend auf die Decke, auf der sie bis eben geschlafen hatte.

»Jetzt Hunger«, antwortete Moon. »Willst du auch was? Falls

dir zufällig jüdisch zumute ist . . .« Er lachte leise und wies auf Gershon. »Wir haben auch Koscheres dabei.«

Gershon sah eine Spur verlegen aus, aber es verging schnell wieder.

»Störe ich euch auch nicht?«, erkundigte sich Rosie in der Zwischenzeit besorgt.

»Natürlich nicht«, sagte Kendra sofort und ließ sich dicht neben ihr nieder. Sie ist eben wirklich ein treuer Rosie-Fan. Wir anderen setzten uns ebenfalls.

»Meine Mom würde *nie* im Garten schlafen. Und beim Gedanken an ein Mitten-in-der-Nacht-Fast-Food-Mahl im Freien würde sie wahrscheinlich der Schlag treffen«, erklärte sie achselzuckend. »Himmel, wie *gut,* dass ich hier und nicht zu Hause bin. Bei uns herrscht dauerhafte Ödnis!«

Wir lachten.

»Und was ist mit dir, Rosie? Was ist mit Hamburg? War's schlimm?«, fragte Moon, während er unsere Chicken McNuggets und die Cheeseburger auspackte.

Rosie seufzte. »Frag besser gar nicht«, sagte sie. »Es war die Hölle. Zuerst haben sie mir das Leben erklärt, dann haben sie mir die Ehe und die Männer erklärt, dann haben sie sich auf Ehebrecher und unterwürfige Ehefrauen eingeschossen, dann wollten sie mich zwingen, nach Deutschland zurückzukommen, dann haben wir uns angeschrien und ich musste weinen, dann kamen wir noch mal auf diesen irren Anrufer vom Abend zu sprechen und sie behaupteten stur, dem müsse man nachgehen, es könnte schließlich etwas Wahres daran sein . . .«

»So ein Blödsinn!«, sagte Moon ärgerlich.

Rosie nickte niedergeschlagen, knabberte an einem goldbraun panierten McNugget und schenkte sich ein Glas Wein ein. Wir anderen tranken Cola.

»Ist Cola denn koscher?«, erkundigte sich Moon, vielleicht um das Thema zu wechseln, vielleicht aber auch, weil es ihn wirklich interessierte.

Gershon nickte. »Laut einer brandneuen Koscherliste sind es alle Colasorten außer Light Zitrone«, erklärte er. »Zitrone kann Weinsäure enthalten. Und die wäre dann nicht koscher.«

»Klingt insgesamt kompliziert«, sagte Kendra. »Da lobe ich mir ausnahmsweise mal die bescheuerten Baptisten. Die essen alles und machen sich keinen Kopf.«

»So schwierig ist es nicht«, sagte Gershon. »Und ich kenne es ja nicht anders.«

Später in der Nacht sagten wir dann nichts mehr. Wir lagen alle im Gras und schauten in den Himmel. Ich fühlte Gershons Nähe und für einen Moment war meine Welt vollkommen in Ordnung.

Am anderen Morgen klingelte in aller Herrgottsfrühe unser Telefon. Der Anrufbeantworter sprang an und am anderen Ende der Leitung war Old Niall.

»Leek? Leek? Bist du da? – Oder Rosie?«, sagte er mit trauriger Stimme. Ich hörte, wie Rosie aufstand. »Das Leben, meine beiden Guten, ist ein Jammertal . . .«, erklärte mein Urgroßvater leise. Und ehe meine Mom das schnurlose Telefon auch nur gefunden hatte, war die Leitung schon wieder unterbrochen. Es tutete gedämpft. Rosie drückte sofort die Nummer sechs, unter der Old Nialls Anschluss in Nordirland gespeichert ist.

Vergeblich. Old Niall nahm nicht ab.

Und ein paar Minuten später fand Rosie dann im Briefkasten ein formell aussehendes, längliches Kuvert des Howard-Spencer-Memorial-Hospitals. Aber das bekam ich zuerst gar nicht mit.

16. HANNAH

Wie konntest du das tun, Moshe?«, schrie meine Ima außer sich. »Das ist es, was ich nicht verstehe, was nicht in meinen Kopf will . . .«

»Es tut mir leid, Delia«, sagte mein Abba leise. »Das habe ich doch jetzt schon tausend Mal gesagt. Es war – ein Fehler von mir.«

Meine Mutter schlug die Hände vors Gesicht. »Du hast damit – vielleicht – alles verdorben!«

David und ich sahen uns an. Unsere Eltern stritten selten, aber heute schon den ganzen Tag.

Lori, ein Angestellter meines Vaters, schaute zur Tür herein. »Mo, hast du einen Augenblick – Zeit?«, fragte er vorsichtig. »Es geht um das Cello von Frederick Santore . . .«

»Jetzt nicht, Lori!«, sagte mein Vater ungehalten.

»Aber . . .«, wandte Lori ein, doch mein Vater winkte derart brüsk ab, dass er es aufgab. »Ich werde Mr Goldblum fragen«, murmelte er und schloss die Tür wieder.

Mr Goldblum war der andere Mitarbeiter meines Vaters, er war deutlich älter als er und eine schwierige Persönlichkeit. Laut ärztlichem Befund war er autistisch und nicht arbeitsfähig, aber mein Vater, der ihn vor vielen Jahren bei einer Fortbildung in Europa kennengelernt hatte, beschäftigte ihn trotzdem. Mr Goldblum sprach praktisch nicht, aber er war jähzornig, hatte blutunterlaufene Augen, und wenn er in Wut geriet, war mit ihm nicht gut Kirschen essen. Dennoch war er ein hervorragender Geigenbauer.

»Du hast dir also ihren Namen gemerkt und ihre Anschrift«, begann meine Mutter von Neuem. »Und dann hast du dir im Internet ihre Telefonnummer herausgesucht und sie einfach so angerufen!«

Mein Vater schwieg. Was sollte er auch sagen? Dieser Streit drehte sich seit Stunden im Kreis.

»Eine *Deutsche* . . .«, murmelte David, auch zum wiederholten Male. Ich fühlte mich elend. Ausgegrenzt. Alleine. Wie mit Aussatz behaftet.

»Rosa Luise Lovell . . .«, flüsterte meine Mutter, schlug die Hände vor ihr müdes Gesicht und begann wieder zu weinen. ». . . und das – Mädchen heißt tatsächlich *Sky?«*

Sky Lovell. Das Mädchen. Sie war eigentlich Hannah Greenberg. Sie war ich.

Und ich war sie. *Ich* war Sky Lovell.

Das machte doch alles keinen Sinn.

»Was, wenn sie nicht auf den Brief der Klinik reagieren? Wenn sie so tun, als hätten sie ihn gar nicht erhalten? Wenn sie das, was vorgefallen ist, einfach ignorieren?«

Die Stimme meiner Mutter klang dünn. Sie nahm die Hände aus dem Gesicht. »Moshe, was dann?«

Ging es hier nur im Jonathan? Mein Herz klopfte mir bis zum Hals. *Du bist und bleibst meine Tochter, Hannah,* hatte sie gesagt. Aber hatte sie es auch so gemeint?

Ich war eine *Halbdeutsche.* Ich war nicht mehr ich.

Wer war mein Vater?

»Wo wohnen sie?«, fragte ich plötzlich.

Keiner gab mir eine Antwort.

»Bitte, *wo* wohnen sie?«, wiederholte ich meine Frage.

Esther war hereingekommen. Sie schenkte sich ein Glas Wein ein und setzte sich in ihren Schaukelstuhl.

»Wer ist bei Jonathan?«, fragte sie.

»Zvi«, murmelte mein Vater. Mein Onkel war Zauberer und

eigentlich das schwarze Schaf der Familie, er tingelte ziemlich viel herum, aber im Moment nahm er sich viel Zeit für Jonathan und meine Eltern waren ihm sehr dankbar dafür.

»Das ist gut. Er ist lustig und ein guter Mensch. – Habt ihr das Mädchen schon erreicht?«, fuhr Esther fort.

Das Mädchen . . . Ich schluckte.

»*Wo* wohnen sie? – Abba – bitte . . .«, drängte ich leise.

Mein Vater drehte sich langsam – und fast widerwillig – zu mir um und sagte es mir. Sein Gesicht war wie eine Maske. Unergründlich.

Guten Morgen, Augenstern . . . Tausendmal hatte er es gesagt, aber heute Morgen nicht. Denn heute Morgen hatte er bereits gestritten, als ich herunterkam – mit meiner Ima? Mit meiner Mutter? – Mit seiner Frau Delia, die fast siebzehn Jahre meine Mutter gewesen war.

»Willst du sehen, wo es ist?«, bot David leise an. »Wir können – *ihr* Haus per Google Earth suchen, wenn du willst.«

»Okay«, sagte ich. Wir standen auf und schlichen uns hinaus. Keiner hielt uns auf, keiner richtete ein Wort an uns. Unsere Eltern schauten in verschiedene Richtungen des Wohnzimmers. Esther hatte die Augen geschlossen, wiegte sich hin und her, ab und zu bewegten sich ihre Lippen. Ihr Weinglas balancierte sie in der Hand. Betete sie? Für Jonathan? Für mich? Für unsere Familie, die gerade zerbrach? Oder sprach sie nur mit sich selbst, wie sie es manchmal tat, wenn sie schon etwas getrunken hatte?

Und dann sahen wir es. David und ich saßen nebeneinander an seinem Arbeitstisch und starrten stumm auf das kleine graue Haus, das aus der Vogelperspektive wie ein winziges Kästchen in einer Ansammlung von anderen, unscheinbaren grauen Kästchen mit schmuddeligen Gärten dazwischen aussah.

»Keine tolle Gegend«, sagte ich. »Das ist ja im Grunde egal, aber . . .«

David nickte und mir schnürte sich die Kehle zusammen. Dort gehörte ich also hin.

Dabei hatte ich morgen ein Cellokonzert zu geben.

Dabei wollte nachher Sharoni kommen und mich zum Eisessen abholen.

Dabei wartete im Benjamin-Franklin-Krankenhaus mein kleiner Bruder auf mich.

Aber – eigentlich sollte Sky Lovell auf meinem Cello spielen. Und eigentlich wäre es an ihr, mit Sharoni ins jüdische Einkaufszentrum zu gehen. Und eigentlich sollte sie bei Jonathan sein. –

Und ich? Ich gehörte in dieses kleine Haus am Hillcrest Drive im südlichsten Distrikt von Hollywood.

Wieder starrte ich auf den grauen Fleck, von dem ich wusste, dass er mein eigentliches Zuhause war.

»Wie sie wohl ist?«, murmelte ich und fühlte mich benommen.

»Wer?«, fragte David, ohne mich anzusehen.

Ich keuchte leise. *»Sie«,* wiederholte ich tonlos. »Was glaubst du, von wem ich spreche? Ich meine *sie* – *meine* wirkliche Mutter.«

Lange, lange, lange gab David mir keine Antwort. Ich starrte immer noch auf den Bildschirm seines PCs, meine Augen brannten, während ich das Haus am Hillcrest Drive mit ihnen festhielt.

»Ima ist deine Mutter, Hannah«, sagte David irgendwann in diese schreckliche Stille hinein. »Egal, was ist. So sehe ich das.«

Ich sagte es Sharoni. Irgendwann musste ich es schließlich tun. Sie war meine beste Freundin.

Wir waren unterwegs zu Jonathan. Der Motor von Sharonis Lieferwagen dröhnte wie immer, es lief *Back to Earth,* eine alte CD von Cat Stevens. Obwohl er heute ein durchgeknallter Moslem ist und sich anders nennt, verehrt Sharoni seine alten Lieder, *Lady D'Arbanville, Wild World* und so weiter.

»Abgefahren«, sagte sie, als ich alles erzählt hatte.

»Findest du?«

»Irgendwie ja und irgendwie nein«, gestand Sharoni und fädelte sich in den Verkehr ein, der zur Klinik führte.

»Was würdest du – tun, wenn es dir passiert wäre?«, fragte ich leise und dann lauter, weil man mit leiser Stimme gegen Shars alten Morris-Kastenwagen keine Chance hatte.

»Ist es sicher? Ich meine, ist es wirklich ein Fakt, dass du – vertauscht bist?«, fragte Shar zurück.

Ich zuckte mit den Achseln. »Sie behaupten es. Meine Eltern und diese Leute vom Krankenhaus . . .«

»Mist«, sagte Sharoni nun doch. »Und sie heißt wirklich *Sky?* Wo wohnt sie noch mal, Han?«

Ich sagte es ihr.

»Also, ich würde vorbeifahren. Nur mal so«, sagte Sharoni schließlich, als wir die Klinik schon sahen. Sharoni verließ den Highway und wir bogen zu den Parkplätzen des Kinderkrankenhauses ab.

»Was soll ich dort?«, fragte ich ablehnend.

»Ich denke, deine Eltern wollen sowieso hin?«

Shar steuerte in eine Lücke zwischen zwei Autos. Zum Glück war der Parkplatz weitläufig, der alte Morris hatte nämlich einen Wendekreis wie ein Truck. Sie zog die knarzende Handbremse und nahm den Schlüssel aus dem Zündschloss. »Also, ich würde ihnen zuvorkommen, wenn ich du wäre. Nicht bloß als Anhängsel mitgehen, wenn du verstehst, was ich meine.«

Shar sprang aus dem Wagen, ihre Haare klingelten und sie warf ungeduldig ein paar Strähnen zurück.

Wir liefen nebeneinander den Fußweg entlang, der zum bunt bemalten Klinikeingang führte.

»Wie nehmen es deine Eltern überhaupt auf? Mann, Han, du warst drei volle Tage nicht in der Schule. Ich habe mir echt schon Sorgen gemacht, weil du so komplett untergetaucht warst. Dein Handy aus. Nicht bei *Facebook*. Und auch sonst nirgends zu erreichen. Ich dachte, es wäre *sonst was* passiert!«

Es *war* sonst was passiert! Mein Leben war auf den Kopf gestellt. Ich war auf einmal ganz alleine. Alleine auf mich gestellt. Nichts stimmte mehr.

»Ich musste nachdenken. Ich habe mich schlecht gefühlt. Und alleine«, erklärte ich schließlich leise. »Meine – Mutter – sie ist entweder bei Joni – oder sie weint die ganze Zeit. Und mein Vater spricht kaum ein Wort, seitdem *es* herausgekommen ist. Alle stehen irgendwie neben sich.«

»Und David?«, fragte Sharoni.

»Er gibt sich Mühe«, sagte ich rasch. »Aber er ist auch irgendwie schräg drauf. Vor allem, weil *sie* eine Deutsche ist, glaube ich.«

»Das ist allerdings ein Hammer«, sagte Sharoni kopfschüttelnd. »Wenn sie Deutsche ist, bist du ja eigentlich eine Halbdeutsche!«

»Was ist so schlimm daran?«, sagte ich heftiger, als ich es beabsichtigt hatte.

»*Slow down,* Channaleh«, grinste Shar und legte ihren Arm um meine Schulter. »Gar nichts ist schlimm daran . . .«

Ich schwieg und Sharoni schwieg ebenfalls, während wir durch die bunte Lobby gingen und in den Klinikaufzug stiegen.

Esther war früher auch Deutsche gewesen, ehe sie die amerikanische Staatsangehörigkeit annahm. Und Sharonis in Auschwitz gestorbene Urgroßeltern waren Deutsche gewesen, sie hatten in Norddeutschland gelebt. Unsere Mathematiklehrerin stammte aus Bayern. Das liegt im Süden von Deutschland. Mehrere Konzentrationslager hatte es in dieser Gegend gegeben. *Dachau* zum Beispiel. Das wusste ich von Esther.

Zvi zauberte gerade eine Dollarnote hinter Jonathans Ohr hervor, als Sharoni und ich hereinkamen.

»Ich habe lauter Geldscheine hinter den Ohren, Han!«, rief er mir entgegen. »Stell dir vor, schon sieben Stück!«

Er zeigte sie mir und Zvi winkte uns zu.

»He, das ist ja toll!«, sagte Shar zu meinem kleinen Bruder und zog sich die Jacke aus. Ich schlüpfte ebenfalls aus meiner Weste.

Zvi lächelte uns zu und hinter unseren Ohren verbarg sich, wer hätte das gedacht, ebenfalls jeweils ein knittriger Dollar. Hinter meinem linken und Shars rechtem.

»Krieg ich die?«, bettelte Jonathan. Und weil er klein, krank und rührend war, bekam er sie natürlich.

»Danke«, sagte er strahlend. »Ich spare nämlich. Für Disneyland, dann wenn wir wieder hingehen . . .«

Ich schluckte. *Lieber, armer, kleiner Kerl.* Wenn er nur bald gesund würde. Wenn. Wenn. Wenn.

»Ich weiß es übrigens schon«, sagte er da plötzlich und schaute mich unverwandt an, während er sprach. »Ich habe es *gehört.* Abba hat es gesagt. Zu Ima. Und zu dem Arzt mit der Brille. Du bist gar nicht meine *echte* Schwester. Sie haben dich vertauscht, als du gerade geboren warst, Hannah!«

Ich starrte erst ihn, dann Sharoni und zum Schluss meinen Onkel fassungslos an.

Selbst Jonathan, der Winzling, kannte die Neuigkeit schon?

Was hatten sie getan? Es der Zeitung mitgeteilt? Dem Fernsehen? Es in riesigen Lettern ans Portal des Krankenhauses geschrieben? *Hannah ist nicht Hannah!* Mir wurde schwindelig.

»Sorry, Han, dass er dich damit so überrumpelt«, sagte Zvi in diesem Moment vorsichtig. »Er hat es mir auch schon erzählt. Das Kind muss Ohren wie ein Luchs haben. Er hat es irgendwo aufgeschnappt.«

»Nicht irgendwo«, verbesserte Jonathan ihn und glättete liebevoll seine Dollarscheine dabei. »Gleich hier bei mir im Zimmer. Sie haben geglaubt, dass ich schlafe. Und dann haben sie darüber geredet. Über mich und mein Blut. Und auch über dieses *andere* Mädchen. Ima hat doll geweint. Sie hat immer gesagt: ›Aber Hannah ist meine Tochter! Sie ist meine Tochter!‹ – Sie hat gesagt, sie *fühlt* das! Es war aufregend!« Jonathan zuckte mit seinen kleinen, dünnen Schultern. »Ist mir aber alles ganz egal. Ich will keine andere Schwester haben. Hannah ist meine Schwester. Und sonst niemand.«

Als wir nach Hause kamen, war meine Mutter bereits wieder unterwegs zur Klinik. Zvi hatte heute am späten Nachmittag einen Termin in der Stadt und mein Vater bürdete Lori und Mr Goldblum gerade ein paar weitere Aufträge aus seinem überquellenden Auftragsbuch auf.

»Dabei habe ich schon Arbeit bis zum Abwinken«, murmelte Lori düster. Aber er notierte sich dennoch alles Nötige.

Mr Goldblum schaute finster, nickte knapp und machte sich ebenfalls Notizen. Er schrieb wie gewöhnlich in Steno. Als Kinder waren David und ich fasziniert von dieser Art des Schreibens gewesen.

Esther war nicht im Garten und nicht im Wohnzimmer.

»Wo steckt sie?«, fragte David unseren Vater, wusch sich die

Hände und machte sich auf den Weg in die Küche, um das Abendbrot zuzubereiten.

»Am Apple«, war die knappe Antwort. »Schreibt mit diesem Heinrich Müller aus Schottland hin und her. Es geht um ein geplantes Holocausttreffen im kommenden Jahr in Deutschland.«

In *Deutschland.* Konnte es sein, dass wir alle zusammenzuckten, nur weil Rosa Luise Lovell aus Hollywood, die keiner von uns je gesehen hatte, ebenfalls aus Deutschland stammte?

Leise ging ich zum Arbeitszimmer meiner Eltern. Es war auf unserem Stockwerk. Das geschäftliche Büro der Geigenwerkstatt war im Erdgeschoss wie die übrigen Werkstatträume. Dort roch es nach Holz, Leim, Staub und Sägespänen. Alle Greenbergkinder liebten diesen Duft. – Alle Greenbergkinder. Und ich. – Und dieses fremde Mädchen aus Hollywood? Sie hatte ihn tatsächlich noch nie gerochen, denn sie – sie gehörte hier nicht her.

So war es doch! So und nicht anders. *Ich* gehörte in dieses Haus. Dies war meine Familie: meine Eltern, meine Brüder, meine Großeltern in Ramat Aviv, meine Urgroßmutter.

Wer war diese Sky Lovell überhaupt? Wie sah sie aus? Ich versuchte, sie mir vorzustellen, aber ich schaffte es nicht. Alles, was ich sah, war ein verschwommenes, dunkelhaariges, schwerfälliges, dummes und dreistes Mädchen, das ich nicht sehen wollte. Niemals! Um keinen Preis!

Esther saß an dem Schreibtisch meines Vaters vor unserem alten Apple und war in sich zusammengesunken. Sie schnarchte leise. Das kleine Chatfenster des Holocaust-Chats war noch geöffnet, aber hinter Heinrichs Name stand jetzt *offline.*

Esther? Esther? Bist du noch da?, war sein letzter Kommentar gewesen. Ich überflog gedankenverloren den Kommentar, der darüber stand.

Hast du den Deinen in der Zwischenzeit von Annegret erzählt?, stand da. *Spätestens jetzt, wo das mit Hannah geschehen ist, wäre es an der Zeit, meine Teuerste. Nimm dir ein Herz und sprich darüber. In Gedanken bin ich – wie immer – bei dir!*

Na klar. Selbst Holocaust-Heinrich wusste es schon: Hannah ist nicht Hannah. Die Familie Greenberg hat ein fremdes Kind aufgezogen. Ein Kuckucksei. Einen Eindringling, einen Schmarotzer.

Aber was sollte das mit dieser sagenumwobenen Annegret? Was sollte uns Esther von ihr erzählen? Und was hatte es mit mir zu tun?

In diesem Moment wachte sie auf.

»Hannah . . .?«, sagte sie leise und richtete sich auf. Dann glitt ihr Blick über den Computermonitor.

»Du bist eingeschlafen. Er ist offline«, brachte ich sie auf den Stand der Dinge.

Esther nickte gedankenverloren und schaltete den Computer aus.

»Was sollst du uns von dieser Annegret erzählen?«, überrumpelte ich sie und aus irgendeinem Grund hatte ich Herzklopfen.

Esther schwieg und stand schwerfällig auf.

»War sie eine alte Freundin von dir?«, hakte ich nach. »Gibt es sie wirklich?«

Diesmal seufzte Esther, aber auf eine Antwort wartete ich weiter vergeblich.

»Bubbe, sag doch«, bat ich. »War sie vielleicht mit dir in – Auschwitz? Warum erzählst du es dem Holocaust-Heinrich, aber uns nicht?«

»Nenn mich nicht Bubbe, Channaleh«, murmelte Esther schließlich fahrig und etwas unwillig. »Deine Großeltern in Ramat Aviv sind Bubbe und Sejde. Sie mögen solche Worte. Solche Bezeichnungen. – Ich bin einfach Esther. Für euch alle. – Und jetzt stör mich nicht länger, mein Täubchen, ich habe zu tun.«

»Was musst du tun?«, fragte ich und erinnerte mich daran, dass sie mich früher oft so genannt hatte, *Täubchen.* Schön klang das. Schön und vertraut und beruhigend. Wie aus einem anderen Leben.

»Ich muss nachdenken«, sagte Esther leise. »Nachdenken, was das Beste für alle ist.«

17. SKY

Leek blinzelte in die grelle Morgensonne, während er mit fünf Einkaufstüten im Arm vom Wagen zur Haustür wankte. Godot raste ihm entgegen und bellte in bester Wachhundmanier.

»Mistvieh, ich bringe dir *Futter*«, sagte mein Dad ärgerlich.

»Da bist du also«, begrüßte ihn meine Großmutter mit einem maliziösen Lächeln auf den Lippen. Hamburg war früh auf an diesem Morgen und der Grund waren unerwartete Flöhe im teuren Pensionsbett.

»Leek!«, rief Rosie erleichtert, kam mit einem ungeöffneten Brief in der Hand ins Freie und drängte sich an ihrer Mutter vorbei.

»Morgen, meine Schöne«, sagte Leek und küsste meine Mutter auf den Mund. »Bin letzte Nacht aus Phoenix zurückgekommen. Erfolg auf ganzer Linie. Werde dort im Dezember eine Ausstellung haben. Habe dir Soul-Food vom Feinsten mitgebracht, Darling. Alles, was du liebst: Banana Nut Bread, Coconut Cream Pie, Honey Chicken und Mascarpone Brownies. Und dazu das Übliche. Und neue Futtervorräte für diesen degenerierten Wachhund.«

Er lachte leise und in Moon-Art.

Gershon war in der Nacht noch nach Hause gefahren, ungeküsst von mir, genau wie ich es vermutet hatte, aber mit dem Versprechen, heute im Laufe des Tages noch einmal vorbeizukommen.

»Schön war's«, hatte er zum Abschied gesagt. »Danke, Sky, dass du mich mitgenommen hast.«

Wir lächelten uns an.

»Sorry wegen dieser Idioten an meiner Schule«, sagte ich zum Schluss.

Gershon winkte ab.

»Lass mal, Antisemiten gibt es überall. – Deine Mutter ist übrigens prima. Nett. Lustig. Und hübsch.«

Dazu sagte ich nichts. Ich kannte das schon zu Genüge. Fast alle, die mal zu mir gekommen waren, fanden Rosie auf den ersten Blick prima. Der Unterschied war nur, dass sie nicht mit ihr leben mussten.

Kendra schlief noch oben in meinem Zimmer. Sie schläft immer mit batikbunten Ohrstöpseln, angeblich eine Angewohnheit, um der Stimme ihrer Mutter morgens so lange wie möglich zu entkommen. Manchmal frühstückt sie zu Hause sogar auf diese Weise und einmal, als ihre Mutter deswegen die Nerven verlor und über Kendra herfiel, um ihr die Stöpsel aus den Ohren zu zerren, gab es einen Unfall, weil Kendras Mutter derartig scharfe Fingernägel besitzt, dass sie ihre Tochter verletzte. Kendra zeigt noch heute allen gerne die daraus resultierende Narbe an ihrer Ohrmuschel.

Moon ließ sich erwartungsgemäß nicht blicken, als Leek auftauchte, und darum trug ich zusammen mit meinem Dad die Einkäufe ins Haus. Natürlich hatte er nicht nur Seelendelikatessen gekauft, sondern auch ganz normale Sachen, um unsere Speisekammer und den Kühlschrank wieder zu füllen.

Meine Mutter kam uns hinterher und riss dabei ein Briefkuvert auf. Ihre Stirn war gerunzelt.

»Wie war dein Ball, Prinzessin?«, fragte mein Dad und reichte mir meine Lieblingsschokolade.

»Soll ich auf der Terrasse decken?«, rief Oma Dorothea von draußen dazwischen, wo Godot und die beiden Nachbarshunde gerade ein Bellduell begonnen hatten.

»Was will das Weib?«, erkundigte Leek sich, der zwar Deutsch versteht, aber immer erst eine Anlaufphase braucht, und Godots Gebell trug auch nicht gerade zur Völkerverständigung bei.

»Frühstück machen . . .«, sagte ich und verdrehte die Augen, aber genau in diesem Moment fing Rosie laut an zu weinen.

»Leek! Leek! Leek!«, rief sie unartikuliert zwischen ihren heftigen Schluchzern.

»Rosie, um Himmels willen«, rief Leek und schlang eilig seine Arme um meine Mom, die in sich zusammensackte. »Was ist passiert? Ist etwas mit Old Niall?«

»Lies . . .«, flüsterte Rosie und reichte meinem Dad ein amtlich aussehendes Schreiben.

So war es also.

»Vertauscht«, sagte Kendra und betrachtete mich kopfschüttelnd.

»Was ist passiert?«, fragte meine deutsche Großmutter.

Rosie saß mit schreckensbleicher Miene da und starrte immer noch den Briefbogen in ihrer Hand an.

»Was ist los?«, rief Moon durch das halb hochgeschobene Fenster aus seinem Zimmer.

»Das wüssten wir auch zu gerne«, sagte Oma Dorothea gereizt und betrachtete wenig begeistert das Stück Brot auf ihrem Teller. Sie hat eine Aversion gegen jegliches amerikanische Brot.

Leek hatte Tee gekocht und frischen Kaffee aufgebrüht, gleichzeitig hatte er das Klinikschreiben studiert, Rosie beruhigt, den Terrassentisch gedeckt und Godot gefüttert.

»Familie Greenberg – aus Beverlywood«, murmelte er nachdenklich. »Greenberg . . . Eine jüdische Familie, nehme ich an.«

Die Treppe im Haus knarrte unter Moons Schritten, dann kam er in den Garten. »Große Versöhnung?«, fragte er in sarkastischem Tonfall, aber ich kannte ihn gut genug, um zu sehen, dass er sich nur zu schützen versuchte.

»Im Moment wohl eher großes Durcheinander«, murmelte Leek und starrte immer noch auf das unheimliche Schreiben in Rosies Hand. Sie studierten es Seite an Seite, ihre Schultern eng aneinandergeschmiegt.

»Wieso? Was ist los?«, fragte Moon misstrauisch und schob Godot, der ihn begrüßte, als habe er ihn seit Jahren nicht gesehen, zur Seite.

»Könntet ihr uns den Gefallen tun und ab und zu Deutsch sprechen?«, bat Dorothea nachdrücklich.

»Dann versteht Kendra nichts«, sagte Moon knapp auf Deutsch und setzte sich auf den letzten freien Stuhl.

»Der Anrufer von gestern Nachmittag«, sagte Kendra. »Doch kein Irrer, wie es scheint.«

»Sondern?«

Leek sagte es ihm, und so wie er es sagte, war es nicht die große Katastrophe, nach der Rosies geschwollene rote Augen aussahen. Ihre Hände flogen, während sie ihren Energietee mit Honig süßte und umrührte.

»Vertauscht?«, wiederholte Moon hinterher. »Ihr meint, Sky ist gar nicht Sky – sondern die geheimnisvolle Unbekannte?« Er starrte mich an.

»Es ist *nicht* witzig«, sagte ich leise.

»Nein, das ist es nicht«, stimmte Moon zu und schob seinen Teller zurück. »Mir hat es jedenfalls den Appetit verdorben. Puh. – Vielleicht war es aber auch der gigantische McDonald's-Fraß von heute Nacht«, fügte er der Ehrlichkeit halber hinzu.

»Ich denke, wir müssen übersetzen«, sagte Leek mit einem

Seitenblick auf seine Schwiegereltern. »Hochwürden Dorothy flippt sonst in Kürze aus, schätze ich.« Er nickte Rosie zu. »Übersetze, Darling«, bat er.

Meine Mutter schüttelte den Kopf. »Ich kann nicht«, flüsterte sie. »Ich kann einfach nicht.«

»Ich könnte nur spanisch oder japanisch«, erklärte Kendra achselzuckend. Leek lächelte ihr zu.

»Und ich habe keinen Bock, diesen Despoten diese Neuigkeit, wenn sie denn wahr ist, weiterzuleiten«, murmelte Moon.

»Soll ich?«, bot ich leise an. *Wie* sollte ich je wieder in den Spiegel sehen können? *Wer* war ich? Mein Herz pochte wild von innen gegen meinen Brustkorb.

Da hob Rosie den Kopf und legte ihre Hand auf meine. »Nein, Baby, das musst du nicht!«, sagte sie heftig. »Du vor allen Dingen nicht.«

»Rosie! Es ist keiner *gestorben!«*, sagte Leek streng. »Es ist nicht der Weltuntergang . . . Sky bleibt Sky, alles andere wird sich finden.«

»Es ist . . . aber scheußlich«, flüsterte meine Mom. Halt – meine Mom? Sie war – wenn dieser Brief die Wahrheit sagte – gar nicht meine *wirkliche* Mom! Ich war nicht in ihr gewesen. Ich war nicht aus ihren Eizellen und Leeks Samen entstanden.

Meine dunklen Haare, mein dunkler Teint . . . Ich war, wie Moon es formuliert hatte, eine geheimnisvolle Unbekannte. Ich kam aus dem Nichts, ich war ein Buch mit leeren Seiten – sozusagen. Meine DNA – über Erbstrukturen, genetische Fingerabdrücke und Genom-Analysen hatte ich mal ein Biologiereferat gehalten – stammte nicht von hier, sondern, wie es schien, aus Beverlywood. Dort irgendwo war ich entstanden, dort irgendwo waren meine Wurzeln.

Ich gab mir einen Ruck. »Die Klinik, in der ich geboren wurde, hat uns geschrieben«, sagte ich rasch auf Deutsch zu Dorothea und Herrmann.

»Und?«, fragte Hamburg/weiblich irritiert. Sie saß wie auf Kohlen. Was vermutete sie jetzt? Dass ich mit HIV infiziert war und sie Gefahr lief, sich an ihrer einzigen Enkeltochter zu infizieren?

»Es gab damals wohl eine – Verwechslung«, fuhr ich fort, konnte aber nicht verhindern, dass meine Stimme etwas wackelte.

»Sky, sei still«, bat Rosie eindringlich. »Bitte.«

»Lass nur, Mom«, sagte ich schnell und lächelte ihr zu.

»Sie schreiben, dass ich mit einem – anderen Neugeborenen verwechselt wurde. Einem Mädchen aus Beverlywood. Wir sollen uns mit der Klinik in Verbindung setzen. In der Familie dort gibt es ein krankes Kind. Sie wollen überprüfen, ob ich als ... – als *was,* Leek?«, unterbrach ich mich.

». . . als Knochenmarkspenderin«, sagte mein Dad auf Englisch.

»Keine Ahnung, wie das auf Deutsch heißt«, murmelte ich achselzuckend. ». . . ob ich diesem Kind – irgendwie helfen kann«, beendete ich meinen deutschen Satz.

»Du lieber Himmel«, flüsterte Dorothea.

Kein HIV. Kein Aids. Nur das *falsche Enkelkind?*

»Ein Skandal«, schimpfte Herrmann. »Typisch Amerika! Ist denn das die Möglichkeit? In Deutschland wäre so etwas unmöglich! Dort werden alle Neugeborenen unmittelbar nach der Geburt gekennzeichnet! Irrtümer ausgeschlossen.«

Dorothea war aufgestanden. »Kind ... Oh, Kind«, sagte sie zu mir und nahm mich, ehe ich es verhindern konnte, in die Arme.

So schlimm stand es um mich? Hastig machte ich mich frei. Seit Jahren hatte Hamburg mich nicht berührt.

Und auf einmal sahen mich alle an. Sogar Godot hob von seinem Platz im Gras aus den Kopf.

»Deshalb das Aussehen«, sagte Dorothea schließlich. »Ich habe mich – immer gewundert. So gar nichts von dir, Rosa.«

»Aber Old Nialls grüne Kaleidoskopaugen«, stellte Moon fest und sah mich an. Seine azurblauen Rosieaugen trafen meinen Blick.

Und da musste ich weinen. Ich hatte auf einmal das Gefühl, als sei meine Haut zwei Nummern zu klein für mich. Es fühlte sich so an, als würde ich mittendurch gerissen.

»Sky!«, rief Rosie.

»Prinzessin!«, setzte Leek hinzu.

Aber ich stürzte davon und rannte ins Haus. Laut krachend ließ ich die sowieso schon marode Terrassentür hinter mir ins Schloss fallen.

In meinem Zimmer waren die Jalousien noch heruntergelassen von der vergangenen Nacht, schmale Sonnenstreifen flimmerten an den Wänden. Ein stilles Dämmerlicht. Draußen sengte die Vormittagssonne. Ich stand da wie erstarrt.

Ich war nicht mehr länger ich. Ich war ein vertauschtes Neugeborenes aus dem Howard-Spencer-Memorial-Hospital. Ansonsten war ich ein Niemand.

Dieses Zimmer war nicht mein Zimmer. Dieses Zimmer gehörte einem anderen Mädchen. Diesem jüdischen Mädchen aus Beverlywood. Eine reiche Gegend. Nobel. Große Villen gab es dort.

»Sky?«

Kendras Stimme vor meiner Tür. Nein, nicht vor meiner Tür. Vor der Tür dieses Mädchens aus Beverlywood. Allerdings war sie sicher Besseres gewöhnt als *das hier.*

Kendra kam herein.

»Sky, beruhige dich«, sagte sie leise und streichelte meine Schulter. »Vielleicht ist ja alles nur ein Irrtum. Ich finde, du siehst Leek ähnlich.«

Ich schüttelte den Kopf. »Nein, das sehe ich nicht«, sagte ich und meine Stimme klang hohl und tonlos und seltsam fremd.

»Doch«, sagte Kendra. »Und außerdem sehe ich meinen idiotischen Eltern auch nicht ähnlich.«

Aber das stimmte nicht. Kendra ähnelte ihrer Mutter, so wie ihre Namen sich ähnelten. Kendra und Brenda Flayderman. Aber das durfte man Kendra nicht sagen, wenn man nicht wollte, dass sie auf der Stelle in die Luft ging.

Ich riss die Tür von meinem Kleiderschrank auf.

»Was tust du da?«, fragte Kendra irritiert.

»Ich ziehe ins Schimmelzimmer«, sagte ich und hatte wieder dieses Zerreißgefühl in mir drin.

»Warum denn das?«

Kendra setzte sich auf mein Futonbett, in dem wir vor ein paar Stunden noch gemütlich nebeneinander geschlafen hatten.

»Weil es das einzig freie Zimmer in diesem Haus ist«, sagte ich und stopfte wahllos Klamotten, DVDs, Schminksachen und CDs in den alten Army-Rucksack, den ich mal auf einem Kriegsveteranenflohmarkt gekauft hatte.

»Sky, jetzt dreh nicht durch«, sagte Kendra leise.

Aber so fühlte es sich an. Genauso fühlte es sich an. Es fühlte sich an, als drehte ich durch.

»Sky, komm runter!«, rief Moon drei Tage später. Er war im Garten unter seinem Olivenbaum. Es war Sonnenuntergangszeit. Seit gestern konnte er tatsächlich den ganzen Text des Buches *Schlachthof 5* auswendig. Dauernd sprach er ihn vor sich hin, ganz wie in der letzten Szene von *Fahrenheit 451*. Jetzt hatte er wieder einen neuen Dichter am Wickel, diesmal Edgar Allen Poe.

»Seine Texte knallen mir direkt in die Seele, Sky«, hatte er mir heute früh mitgeteilt, als wir uns beim Ins-Bad-Gehen und Das-Bad-Verlassen begegnet waren. »Ich brauche so was jetzt. Diese Angehaltene-Atem-Stimmung im Haus macht mich fertig! Leek klebt hier fest, als wollte er nie mehr gehen, und Rosie betreibt ihre berühmte Vogel-Strauß-Politik. Es ist zum Kotzen, wirklich.« Moon seufzte und lehnte sich gegen den Badezimmertürrahmen. »Wenigstens vögeln sie nicht wie sonst«, sagte er dann. »Das ist doch schon mal was. Man muss auch mit Kleinigkeiten zufrieden sein! Wahrscheinlich ist das der Hamburger Einfluss. Oder es ist deinetwegen. Wer weiß. Irgendwas hat ihnen jedenfalls schwer auf die Libido geschlagen.« Er musterte mich. Sein T-Shirt war vorne komplett mit düsteren Poe-Texten bekritzelt.

»Das mit deinen Haaren war übrigens eine Kurzschlussreaktion, Sky«, sagte er missbilligend. »Du hattest schon bessere Ideen.«

Kendra war heute mit ihrem Bruder Desmond unterwegs, der zu Besuch gekommen war.

Gershon war vor drei Tagen vergeblich bei mir vorbeigekommen. Ich hatte mich geweigert, ihn oder irgendjemand anderen – außer Kendra – zu sehen.

»Was hat sie denn?«, hörte ich seine Stimme unten im Garten durch Godots Gebell hindurch. Die Hamburger schienen ihn seelisch aus dem Gleichgewicht zu bringen. Nachdem er sich in ihrer Gegenwart wenigstens nicht mehr übergeben musste, bellte er jetzt stattdessen dauernd wie ein Wilder.

»Sie ... sie fühlt sich nicht wohl«, sagte Kendra.

»Sie hat ihre Tage«, sagte Moon gnadenlos.

»Moon!«, rief Kendra entsetzt.

»Was ist dabei?«, fragte Moon.

»Es stimmt nicht, dass sie ihre Tage hat«, erklärte Kendra.

»Wie auch immer«, hörte ich Gershons Stimme und sie klang jetzt verlegen. »Grüßt sie von mir – und – hier sind ein paar Fotos, die wir beim Ball aus Spaß zusammen mit meiner Digitalkamera gemacht haben. Ich habe die besten ausgedruckt.«

»Danke«, sagte Kendra.

Gershon. Gershon Gold. Er war Jude. Wie diese Greenbergs.

Wie das Mädchen wohl mit Vornamen hieß?

Sie war von Rosie geboren. Sie war Leeks Tochter. Moons wahre Schwester. Die Enkelin von Dorothea und Herrmann Marsirske. Und die wirkliche Urenkelin von Old Niall aus Belfast.

Das Leben war zum Durchdrehen.

»Sky! Komm doch mal runter!«, rief Moon in dem Moment wieder. »Die Sonne ist schon fast weg. Endzeitstimmungslicht der Superlative.«

Aber Sky war in Beverlywood. Nur hatte sie bestimmt einen gesellschaftsfähigeren Namen.

Ich war eine Jüdin. Wie Gershon. Und was hatte er gesagt? Die Welt war voller Antisemiten.

Diese Welt war einfach nur Mist.

18. HANNAH

Jonathan ging es besser, wenigstens im Moment.

»Ich habe schon sechsundzwanzig Dollar verdient, Hannah«, berichtete er mir stolz.

»Sagen wir, du hattest sie hinter den Ohren«, antwortete ich seufzend und schaute auf meine Uhr. In einer halben Stunde würde mich Zvis Frau, Hayley, hier ablösen. Meine Eltern, immer noch zerstritten, waren heute Nachmittag unterwegs und David hatte ein Cellokonzert.

Jonathan bekam starke Medikamente und sein sonst schmales Gesicht war unnatürlich rund geworden. Ich hatte ihn, als ich kam, von der Dialyse-Station abgeholt. Seit seine Nieren nicht mehr richtig arbeiteten, wurde einmal in der Woche sein Blut gereinigt.

Im Moment ließ er sein neues Spielzeugauto über sein Bett rasen.

»Wann kommt das andere Mädchen?«, fragte er plötzlich.

Ich schwieg.

»Han? Sag doch!«

»Was?«

»Wann das andere Mädchen kommt.«

»Ich weiß es nicht, Joni.«

»Sie soll mir Knochenmark spenden, wenn sie das richtige Puzzlestück ist.«

»Ja, ich weiß.«

»Ich finde das ein bisschen eklig, Han. Ich kenne sie doch gar nicht.«

Wieder schwieg ich.

»Han?«, fuhr mein kleiner Bruder unbarmherzig fort.

»Was?«

»Schwester Betsy sagt immer zu mir: ›Pass auf, Honey, bald kommt deine richtige Schwester und hilft dir.‹«

Ich schluckte.

»Wie sie wohl aussieht? Glaubst du, sie ist nett?«

Ich biss mir auf die Lippen und schwieg und schwieg und schwieg.

»Sie war in Imas Bauch. Nach David und vor mir. Sie könnte nett sein! *Sie* war der Kaiserschnitt. Nicht du.«

Es war zum Verrücktwerden und ich war froh, als Hayley mich ablöste.

»Wie kommst du nach Hause, Hannah?«, fragte sie mich.

»Sharoni holt mich ab«, sagte ich und packte meine Sachen.

»Du sollst nicht gehen«, jammerte Jonathan.

»Ich komme übermorgen wieder«, antwortete ich mechanisch. Wir hatten seit ein paar Tagen einen Wer-ist-wann-bei-Joni-Plan im Wohnzimmer hängen.

»Und was machst du mit Shar?«, fragte Jonathan.

»Geschichte lernen«, antwortete ich. Wir würden in ein paar Tagen eine Geschichtsklausur zum Thema Holocaust und Judenverfolgung in Europa schreiben. Das hatte mir gerade noch gefehlt. Ich wollte nicht über Deutschland und seine Gräueltaten während des Zweiten Weltkriegs nachdenken. Ich wollte überhaupt nicht an Deutschland und deutsche Menschen denken müssen. Deutschland war Esthers Geschichte. Nicht meine. Ich hatte nichts damit zu tun. Ich wollte nichts damit zu tun haben.

Eine deutsche Mutter? Nein! Niemals.

»Ihr lernt bestimmt nicht«, beschwerte sich Jonathan. »Ihr sagt immer, ihr würdet lernen. Und dann esst ihr Pizza oder geht ins Einkaufszentrum oder guckt Fernsehen.«

Hayley lachte.

»Nein, Joni, wir lernen ganz sicher«, versprach ich ihm und fuhr ihm durch die dauerzerzausten, lockigen Haare. Seine Haare. Davids Haare. *Nicht* meine Haare.

»Ich will auch nach Hause.«

Jetzt fing er an zu weinen und Hayley nahm ihn in die Arme. »*Wann* kann ich nach Hause, Han?«

»Ich muss jetzt wirklich gehen, Joni. Shar wartet bestimmt schon«, entwand ich mich einer Antwort. Es war immer noch nicht klar, wann Jonathan wieder nach Hause durfte. Vor der Knochenmarkspende? Oder erst danach? Wann immer ein passender Spender gefunden werden würde . . .

Im Moment waren sich auch die Ärzte nicht schlüssig. Es gab gute Tage und es gab schlechte Tage.

Sharoni wartete wirklich bereits, sie lehnte an ihrem alten Morris und flirtete mit dem Kerl, der den Parkplatz bewachte.

»Du bist unmöglich«, sagte ich, als ich in den Lieferwagen stieg.

»Wieso? Er war süß. Sam. Einundzwanzig. Automechaniker«, erklärte Sharoni und startete den Motor. Zum Abschied winkte sie Sam, dem Süßen, vergnügt zu. So ist sie eben.

»Und jetzt habe ich eine Überraschung für dich«, sagte sie dann. »Weißt du, was wir jetzt machen?«

Ich hob den Kopf. »Geschichte lernen?«

Dann musste ich an Jonathans Worte denken. »Pizza essen? *Arrested Development* gucken?«, fügte ich darum hinzu. *Arrested Development* war Shars neue Lieblingsserie. Sie hatte sich sämtliche Folgen heruntergeladen und war mental verrückt nach Michael Bluth, dem Protagonisten der Geschichte.

Sharoni schüttelte entsagend den Kopf und deutete stattdessen auf das altmodische Klappfach unter der Beifahrerkonsole.

»Guck mal da rein«, forderte sie mich mit einem kryptischen Lächeln auf und fuhr auf den Highway.

»Warum?«

»Frag nicht so viel. Mach schon, Hannah-Sky.«

Ich zuckte zusammen. »Lass den Blödsinn, Shar!«, murmelte ich ärgerlich, öffnete aber dennoch die knarrende Klappe. Sofort fiel mir eine Million Dinge entgegen. CDs, ein alter iPod, ein wirres Kabelknäuel, ein paar Tampons, Lippenstifte, Shars kleine pinke Digitalkamera, beschriebene und unbeschriebene Postkarten, benutzte und unbenutzte Taschentücher, ein alter, zerknautschter LA-Stadtplan, schlichter Müll – und ein Navigationsgerät.

»Tadam!«, sagte Sharoni stolz und grinste mir zu. »Ganz neu, Hannah Greenberg, wenn dir das lieber ist. – Es gehört meiner Mom, ich habe es ausgeliehen und den Hillcrest Drive schon eingespeichert. Ist gar nicht so schrecklich weit von hier.«

»Du hast – was?«, fragte ich perplex und mein Herz schlug mir bis zum Hals.

»Los, schalt mal ein«, sagte Shar.

»Nein«, antwortete ich.

»Wir schauen uns nur mal die Gegend an, okay?«

»Wozu soll das gut sein?«

Shar warf mir einen Blick zu. »Bist du gar nicht neugierig?«

Ich schwieg.

»*Ich* wäre neugierig, Han«, sagte Sharoni nachdrücklich. »Echt.«

Obwohl ich mich innerlich sperrte, knipsten meine kalten Fingerspitzen nur Sekunden später das brandneue *TomTom* an.

»Also los . . .«, murmelte Sharoni und lenkte den Morris auf den Highway. »Packen wir es an.«

»Ich . . . habe Angst«, sagte ich irgendwann. »Wirklich, Shar.«

»Ich bin bei dir, Hannah«, beruhigte mich meine beste Freundin und legte ihre warme Hand auf mein Bein. Wie gut, dass sie vor anderthalb Jahren nach LA gezogen war. Wäre sie in New York geblieben und ich hätte sie nie kennengelernt, ich schwöre, ich hätte all das hier nicht überstehen können.

Kurz darauf waren wir da.

»Hollywood wird von Jahr zu Jahr hässlicher – und schmuddeliger«, sagte Shar kopfschüttelnd. »Baustellen, Dreck – kaum zu glauben, dass die Touristen immer noch in Massen hierher strömen. Da, siehst du den Trupp, bewaffnet mit Fotoapparaten?«

Sie fuhr zügig den Boulevard entlang.

»Jetzt haben wir es gleich«, murmelte sie gedankenverloren und schaute zwischen ihrem Navigationsgerät und der voll befahrenen Straße hin und her.

»Stopp, Shar! Stopp!«, flüsterte ich voller Panik und machte mich so klein wie möglich. Überall hier konnte *sie* sein. Jederzeit. Sie konnte aus jedem Geschäft kommen, auf dem Gehweg an uns vorübergehen, uns in einem Auto überholen, es gab massenweise Möglichkeiten – zu viele, um sie mir alle auszumalen, mir wurde schwindelig vor Angst.

»Hannah, diese Straße ist mehrere Meilen lang! Hier sind bisher nur ein paar Geschäfte und Autohändler – ich fürchte, ein bisschen weiter müssen wir noch«, sagte Sharoni und drosselte das Tempo.

Wir fuhren an einer Imbissbude namens *Sam's Famous* vorbei, in der amerikanische Hotdogs mit einer speziellen Auswahl an Beilagen verkauft wurden. Eine im Wind schwankende Ampel zwang uns anzuhalten.

American Hotdog with Pickles, Relishes, Yellow Mustard, Ketchup and more . . . stand in einer schnörkeligen Schrift auf einem Schild, das an der Bude befestigt war. Das Schild kämpfte ebenfalls mit dem eher ungewöhnlich heftigen Sommerwind, es knarrte unruhig. *Also with Sauerkraut!*, stand in einer weiteren Zeile.

Die Ampel sprang auf Grün und wir fuhren weiter.

»Schweinefleisch«, sagte ich leise.

»Was?«, fragte Shar.

»Schweinefleisch«, wiederholte ich. »Sie essen *natürlich* Schweinefleisch.«

Sharoni zuckte mit den Schultern. »Und wennschon. Sollen sie doch. Du klingst schon wie David, Han. Schließlich sind sie keine Juden. Sollen sie Schuhsohlen oder Gullideckel essen, wenn es ihnen Spaß macht.«

Sie lachte.

Schließlich sind sie keine Juden. Der Satz klang in meinem Inneren nach. Nein, sie waren keine Juden. – Oder doch? Was war mit diesem Mädchen? Dieser Sky? Streng genommen . . .

Ich verbot mir weiterzudenken und plötzlich tat mir von Kopf bis Fuß alles weh. Ich war so verspannt, dass ich kaum noch atmen konnte.

»Im nächsten Block muss es sein«, sagte Shar in diesem Moment mit konzentriert zusammengekniffenen Augen.

»Fahr doch nicht so idiotisch langsam«, fauchte ich und klammerte mich an die Kanten des breiten, ausgesessenen Sitzes. Meine Hände schwitzten und brannten, alles andere an mir fühlte sich eigenartig taub an.

Shar achtete nicht auf mich. Sie betrachtete die Häuser.

»Da«, sagte sie plötzlich leise. »Da, Hannah. Das ist es.«

Wir fuhren vorbei, aber drei Häuser weiter lenkte Sharoni plötzlich unvermittelt in die Einfahrt eines Garage Sales und blieb stehen. Krachend zog sie die alte, schwergängige Handbremse ihres Morris'.

»Nicht so laut«, flüsterte ich zitternd. »Shar, wenn uns nun jemand sieht. Mir ist übel . . .«

»Hey, ganz witzig, das Haus«, sagte Sharoni anstelle einer Antwort. »Sieh mal – die rote Haustür. Irgendwie – irisch.« Sharoni hatte vor einer Weile mit ihren Eltern Urlaub in Irland gemacht und hinterher wochenlang vom Ring of Kerry, von Cork und Dingle und tausend anderen Plätzen geschwärmt.

Das Haus sah ziemlich heruntergekommen aus. Der Vorgarten war voller Unkraut, an den Fenstern hingen keine Vorhänge. Stattdessen waren dort eigenartige Batiktücher befestigt. Der obligatorische Baseballkorb fehlte, stattdessen war über der roten Eingangstür eine Regenbogenfahne befestigt, auf der in großen Lettern *PACE* stand. Ein großer Hund lag schlafend im ausgedörrten Gras. Ansonsten rührte sich nichts.

»Fahr weiter, Shar – bitte . . .«, flüsterte ich.

Zwei Wagen standen in der ungefegten Einfahrt. Ein alter roter Buick und ein moderner silberner Wagen mit dem Logo einer Autovermietungsgesellschaft.

Die rote Tür öffnete sich. »Shar . . .«

Eine Frau kam heraus. Ich hielt den Atem an und zitterte von Kopf bis Fuß. Es war eine idiotische Idee gewesen, hierher zu kommen. Was sollte ich hier?

»Shar, ich kann nicht . . . atmen . . .«, hauchte ich.

Wieder legte Shar ihre Hand auf mein Bein.

»Entspann dich. Sie kann es nicht sein«, sagte sie dabei leise. »Zu alt.«

Der braune Hund fing an zu bellen.

»Er scheint sie nicht besonders leiden zu können«, flüsterte Sharoni. »Wer sie wohl ist? Vielleicht – deine Großmutter . . .?«

Ich schloss die Augen und dachte an meine Großmutter in Ramat Aviv. Wie lange war es her, dass ich dort gewesen war?

Eine Ewigkeit, bestimmt zwei Jahre. Die Eltern meines Vaters lebten nicht mehr – konnte es wirklich sein, dass diese Frau dort draußen meine wahre *Großmutter* war?

»Bitte, Shar, lass uns nach Hause fahren«, sagte ich mit aller Kraft.

19. SKY

Wie lange wird – *er* noch bleiben?«, fragte Moon am Wochenende.

»*Er* ist dein Dad, Moon«, sagte Rosie, die schon die ganze Zeit versuchte, ihre Freundin Jilliam am Telefon zu erwischen. »Wo steckt dieses Weib nur?«, murmelte sie düster. »Bestimmt bei diesem Geoff, da verwette ich mein letztes Hemd drauf! Sie hat ihn letzte Woche bereits mit den Augen verschlungen . . .«

»Wer ist Geoff?«, fragte Kendra, die das Wochenende bei mir im Schimmelzimmer verbrachte, obwohl ich sie nicht darum gebeten hatte.

»Geoff leitet unsere Lachtherapiegruppe«, antwortete meine Mom.

»Was habt ihr schon wegen dieser – Verwechslung unternommen?«, platzte Hamburg/weiblich mitten in Kendras Bemühungen um Frieden und Eintracht.

Keiner antwortete. Leek war im Obergeschoss und reparierte etwas im Badezimmer. Moon lag mit geschlossenen Augen lang ausgestreckt auf Rosies Yogamatte und lauschte leiser Musik aus den Ohrstöpseln seines iPods.

»Rosie?« Dorotheas Stimme war messerscharf und verlangte nach Antwort, das war nicht zu überhören.

Meine Mutter tippte erneut die Wahlwiederholungstaste unseres schnurlosen Telefons.

»Rosie?«

Ich schwieg, weil meine Kehle zugeschnürt war. Wie fast immer in letzter Zeit.

Kendra schwieg, weil sie die Frage nicht verstanden hatte, obwohl ihr der bedrohliche Hamburger Unterton natürlich nicht entgangen war.

»Rosa Luise!«

»Bitte, Mutter . . .«, flüsterte meine Mom auf Deutsch und wählte wieder. Ihre Finger zitterten.

»Ihr *könnt* nicht einfach so tun, als sei nichts *geschehen,* Rosie!«, erklärte Dorothea unbarmherzig.

»Es *ist* nichts geschehen«, hauchte Rosie. »Die ganze Geschichte ist Unsinn. Ich möchte nicht mehr daran denken. Egal, was diese Klinik behauptet, für mich ist nichts geschehen . . . Vielleicht war es ein Joke. Versteckte Kamera. Etwas in der Art. Oder eben ein Systemfehler des Krankenhauses. Sky *ist* meine Tochter, alles andere ist mir egal . . .«

Hamburg/weiblich schüttelte den Kopf. »So warst du schon immer, Rosa«, sagte sie kühl. »Unrealistisch, naiv, labil. Sieh dich doch an: ohne Beruf, ohne Zukunft, ohne finanzielle Absicherung – mit einem Mann, der dich betrügt und alleine lässt, wann immer ihm danach ist, mit zwei Kindern, die ein besseres Leben verdient hätten als – dieses . . .«

Sie machte eine Geste, die dieses Haus, dieses Viertel, diese Stadt und das ganze Land einschloss, dieselbe Geste, wie Rosie sie vor nicht allzu langer Zeit einmal gemacht hatte. Allerdings in einem völlig anderen Zusammenhang.

». . . und jetzt diese Geschichte mit Sky!«, sagte Dorothea drohend. »Rosie, Kliniken irren sich in so etwas nicht! Wenn eine Klinik zugibt, einen derartigen Fehler gemacht zu haben, dann kannst du dir sicher sein, dass die Sache der Wahrheit entspricht! Die Klinik wird die Angelegenheit mehrfach geprüft haben, ehe sie dich und deinen – Mann informiert hat. Keine Klinik macht so etwas *zum Vergnügen!*«

Moon hatte die Stöpsel aus den Ohren genommen, Kendra lauschte stumm und Rosie begann zu weinen.

»Sie *ist* nicht eure leibliche Tochter, Rosie«, schloss Dorothea.

Herrmann, der hereingekommen war, nickte dazu. »Sieh der Tatsache ins Gesicht.«

»Ich – möchte – darüber – nicht – nachdenken!«, flüsterte Rosie. »Ist das so schwer zu verstehen?«

»Nein, das ist nicht schwer zu verstehen, Kind«, sagte Herrmann und setzte sich loyal neben Hamburg/weiblich.

»Aber du wirst dich verhalten müssen«, drängte Dorothea.

»Und was sollte ich denn eurer Meinung nach tun?«

»Einen Anwalt einschalten. Die Klinik anrufen. Diese Familie kontaktieren. Das Mädchen – anschauen. Immerhin ist sie unser Fleisch und Blut.«

»Leek . . .«, rief Rosie wie eine Ertrinkende, aber ich hörte das nur noch von oben. Ich war schon fast oben im Schimmelzimmer.

»Ich will niemanden von ihnen sehen!«, schrie ich an diesem Abend außer mir. »Keinen, versteht ihr?«

»Keiner von uns wird da hingehen«, erklärte Moon böse. »Was soll dieses ganze Theater überhaupt?«

Leek hatte in der Klinik angerufen.

»Sie wollen mit uns sprechen«, sagte er hinterher. »Sie waren – freundlich und sehr . . . kleinlaut. Sie haben sich immer wieder entschuldigt . . .«

»Ihr müsst die Klinik verklagen«, warf Herrmann ein. »Da sind Millionen drin. So was liest man immer wieder in der Presse. So ist das doch in Amerika. Da bekommt irgendeine dämliche Amerikanerin ein paar Millionen Dollar, bloß weil ihr der McDonald's-Kaffeebecher aus der Hand gerutscht ist und sie sich an dem Zeug verbrüht hat!«

»Ja, ihr solltet wirklich Klage einreichen«, bestätigte Dorothea. »Schließlich ist die Sache ein Skandal und um ein Vielfaches schlimmer als ein Becher Kaffee!«

»Sky ist kein Skandal«, brüllte Moon.

»Das habe ich auch nicht gesagt«, entgegnete Hamburg/weiblich scharf.

Kendra und Rosie schwiegen. Kendra verwirrt und Rosie verstört. Leeks mobiles Telefon begann zu klingeln.

»Einen Moment«, sagte er und eilte hinaus. Wer ihn wohl anrief? Nessy Loomis mit ihrem Embryo, vielleicht?

»Die Galerie in Phoenix«, erklärte er hinterher, obwohl keiner gefragt hatte.

»Wer's glaubt«, brummte Hamburg/männlich.

»Es geht wohl in erster Linie um dieses kranke Kind der Familie Greenberg«, nahm Leek, ohne seinen despotischen Schwiegervater zu beachten, den Faden wieder dort auf, wo er verloren gegangen war. »Sie bitten uns um Hilfe. Sky soll . . .«

»Ich will sie nicht sehen!«, rief ich wieder und rannte verzweifelt die Treppe hoch.

Es war alles wie in einem Albtraum.

»Was soll der Unsinn mit diesem Schimmelzimmer, Sky?«, fragte Oma Dorothea mich am anderen Tag ärgerlich, als sie aus ihrer Pension kamen. »Du wirst dir sonst was holen. Schimmelsporen sind sehr schädlich für die Gesundheit.«

»Und sie ist sowieso nur ein Strich in der Landschaft«, fügte Opa Herrmann hinzu.

»Wann reisen sie eigentlich wieder ab?«, erkundigte sich Kendra, die heute nach Hause musste, da ihre Mutter mit Selbstmord gedroht hatte, sollte ihr einziges Kind sich nicht bis zum Abend zu Hause eingefunden haben.

»Ein großer Verlust für die Menschheit wäre es nicht«, sagte Kendra zwar seufzend zu mir, aber sie beschloss dennoch, sich vorübergehend im Fernando Valley sehen zu lassen.

»Noch zehn Tage«, gab ich ihr zur Antwort.

»Dann ist ja ein Ende in Sicht.« Kendra lächelte mir aufmunternd zu. »Und vergiss nicht, morgen ist schulfrei: Die Lehrer haben Lehrplankonferenz.«

»Ach ja«, murmelte ich.

»Soll ich vielleicht kommen? Wollen wir was machen? Morgen wird Brenda mich hoffentlich wieder entbehren können. Freitags hat sie ja immer ihr bescheuertes Aerobictreffen mit den Frauen aus der Nachbarschaft. *Desperate Housewives* in echt sind nur der Horror!«

»Mal sehen.« Ich zuckte mit den Schultern.

»Vielleicht verlängern wir unseren Aufenthalt«, sagte Hamburg/weiblich nur eine halbe Stunde später, als Kendra gerade winkend davongefahren war. »Ich glaube, Rosie braucht uns in dieser schwierigen Situation.«

Moon war nicht zu Hause.

»Wohin gehst du? Arbeiten?«, fragte ich ihn, als ich sah, wie er in seine Jacke schlüpfte. Moon ging selten ohne mich weg, außer zu Smart Foods, sonst war er meistens irgendwie um mich herum.

»Ihr seid wie siamesische Zwillinge«, sagte Kendra oft.

Weit gefehlt, wenn man dem Stand der Dinge glaubte.

»Nein, nicht arbeiten. Ich brauche nur Luft«, hatte Moon mir geantwortet. »Sonst werde ich verrückt. Und ich brauche eine Weile ohne Leek und Hamburg – und Rosie«, fügte er im nächsten Atemzug hinzu.

»Soll ich . . . mitkommen?«, fragte ich.

Moon schaute mich nachdenklich an, aber dann schüttelte er den Kopf. »Sorry, aber ich muss mal ganz alleine sein . . .«

»Okay . . .«, murmelte ich.

»Sky?«

»Was?«

»Das war jetzt nicht persönlich gemeint.«

Ich nickte.

»Und noch was, Sky . . .«

»Hm?«

»Deine Haare, so schlimm sieht es gar nicht aus. Warum hast du's gemacht? Wegen – dieser Geschichte?«

Ich hatte mir die Haare abgeschnitten, kürzer als kinnlang, und sie hinterher hellblond gefärbt. Keine Ahnung, warum ich es getan hatte. Es war einfach so über mich gekommen, eines Abends. Jetzt hatte ich wenigstens die richtige Haarfarbe. Eine Lovell-Haarfarbe.

Ich gab Moon keine Antwort. Ich blieb einfach an der Tür stehen und sah ihn weggehen und mein Herz tat mir weh.

Bei Old Niall ging immer noch keiner ans Telefon.

Leek hatte es probiert, Rosie sowieso. Und ich ebenfalls.

Die Welt ist ein Jammertal.

Rosie hatte Leek die Nachricht seines irischen Großvaters auf unserem Anrufbeantworter vorgespielt.

»Wer war das? Das klang ja fürchterlich. – War das etwa dieser Verrückte, der bei eurer Hochzeit war? Dein – Großvater, Lawrence? Trinkt er etwa?«, fragte Dorothea missbilligend und ließ ihr Tagebuch sinken, in das sie dauernd schrieb. Sie hielt ihr ganzes Leben auf diese Weise fest.

Weder Rosie noch Leek würdigten sie einer Antwort.

»Ob er – tot ist?«, fragte Rosie meinen Dad stattdessen leise und verzagt. Und dann weinte sie weiter, weil sie sowieso schon am Weinen war. »Wir müssen uns kümmern, Leek.«

Old Niall hatte dort oben eine Nachbarin, von der wir die

Nummer hatten, eine alt gewordene IRA-Kämpferin, aber auch die erreichten wir telefonisch nicht.

Ja, die Welt war wirklich ein Jammertal.

Und an diesem Nachmittag war ich alleine mit meinen Eltern und meinen Großeltern aus Deutschland. Godot lag im Garten unter dem Olivenbaum und wartete hechelnd auf Moons Rückkehr.

»Ihr seid da übrigens in der Pflicht«, sagte Herrmann, der eine Weile mit verbissener Miene an seinem Notebook im Internet recherchiert hatte. »Diese andere Familie hat ein Recht darauf, etwas über Sky . . .«

»Vater, ich will nichts davon hören«, bat Rosie mit erstickter Stimme. Auf dem Gästeklo, versteckt hinter einer wild wuchernden Wasserlilie im Topf, lag ihr Joint. Immer wieder verschwand sie zwischendurch auf der Toilette und nahm ein paar tiefe Züge. Yoga machte sie nicht in der Gegenwart ihrer Eltern. Und mit Jilliam hatte sie wegen dieses Lachtherapeuten Streit und darum ging sie nicht mehr zu den Stunden.

»Ich weiß, dass du da drin dein Marihuanazeug rauchst, Rosa«, sagte Dorothea kühl. »Warum tust du es im Geheimen? Warum siehst du deinem Vater und mir nicht ins Gesicht dabei? Wie lange rauchst du jetzt schon dieses Zeug? Schämst du dich eigentlich gar nicht vor deinen Kindern?«

Rosie schwieg und starrte vor sich hin. Moon hatte recht, unsere Mom ließ sich unterdrücken. Aber nicht nur von unserem Dad, sondern von der halben Welt, wie es schien. Und vor allen Dingen von ihren bornierten Eltern. Warum warf sie sie nicht endlich raus?

»Ich werde diese Greenbergs jetzt anrufen«, sagte Leek plötzlich, gerade als ich aufstehen und hochgehen wollte. »Rosiedarling, mach kein so erschrockenes Gesicht. Es wird nichts

Schlimmes geschehen, das verspreche ich dir. – Und du, Dorothy, lässt Rosie in der Zwischenzeit in Frieden . . .«

»Dad . . .«, begann ich, aber ich wusste nicht weiter.

»Alles wird gut, Prinzessin.«

Leek ging mit dem Telefon in den Garten zu Godot, der ihn schwanzwedelnd begrüßte.

Ich starrte wie gelähmt auf Leeks zweitbeste Staffelei, die er für den Zeitraum seines Aufenthalts in unserem Wohnzimmer aufgestellt hatte. Leeks beste Staffelei stand in Venice.

Mein Dad hatte gestern angefangen, mich zu malen. Nur mein Gesicht. Ich betrachtete mich stumm und lauschte dabei nach draußen.

20. HANNAH

»Heute wäre mein kleiner Bruder fünfundsiebzig Jahre alt geworden«, sagte Esther und trank Sherry, in großen, ärgerlichen Schlucken. »Unglaublich. Er war so ein Winzling. So zart, so gebeugt, so von seiner Knochenkrankheit gezeichnet.«

Esther starrte vor sich hin. »Und ich habe nichts von ihm zurückbehalten. Die Nazis haben ihn einfach so zertreten wie ein Insekt.«

Shar und ich schwiegen.

»Dabei war er ein lustiges Kerlchen, trotz seiner Malessen. Jakob und ich hatten viel Spaß mit ihm. – Fünfundsiebzig! Ist das zu fassen! Und dabei ist er nur neun Jahre alt geworden. Und jetzt wäre er also ein alter Mann . . .«

Esther trank Schluck um Schluck. »Doch, doch, ich habe etwas von ihm zurückbehalten«, murmelte sie irgendwann. »In meinem Herzen sind seine großen, klugen Augen. Und sein Lachen, wenn er sich freute, dabei hatte er nicht oft Grund dazu. Ach, Mendel . . .«

Wir saßen im Garten.

Meine Mutter war in der Klinik bei Jonathan, der heute keinen guten Tag hatte. Und mein Abba war bei Mr Goldblum und Lori in der Werkstatt, weil ein wichtiger Kunde mit einem sehr wertvollen Instrument erwartet wurde.

Im Haus klingelte unser Telefon. Ich ging hinein und nahm den Hörer ab. Vielleicht war es meine Mutter.

»Hallo?«

»Hallo. Hier spricht Leek Lovell . . .«, sagte eine freundliche Stimme.

Lovell. – Leek Lovell?

Er?

Leek? Was war das für ein Name? Leek – mein Vater?

Ich spürte, wie der Hörer in meiner Hand zu zittern anfing.

»Ja?«, fragte ich leise.

»Ich weiß nicht, ob ich – ungelegen anrufe . . .«, sagte die Stimme am anderen Ende der Leitung zögernd.

Ich schwieg.

»Ich weiß auch gar nicht genau, wie ich anfangen soll«, fuhr die Männerstimme fort. Sie klang jung und – eigentlich sympathisch.

Meine Kehle war wie zugeschnürt.

»Eigentlich ist es doch nur, als ob du adoptiert wärst«, hatte Sharoni vor ein paar Tagen gesagt. »Nicht dramatischer. Und adoptiert sind massenweise Leute, Han. – Ich kenne alleine schon total viele: meine beiden Cousinen. Die Tochter meiner Kieferorthopädin. Eine Freundin meiner Mutter. Sie ist ein Findelkind aus Äthiopien. Und dann noch die drei Kinder vom besten Freund meines Vaters. Sie kommen alle aus Indien.«

Ich hatte dazu geschwiegen. Hatte Sharoni recht?

Ich kannte natürlich auch adoptierte Kinder. Die Kinder meiner ersten Lehrerin an der Grammar School stammten aus Korea, süß waren sie. Und dann war da noch Arik – Jonathans kleiner, penetranter Freund. Er war, wie wir alle wussten, ein Samenspendekind, weil sein Dad als Kind irgendeine Krankheit durchgemacht hatte, die ihn zeugungsunfähig gemacht hatte.

Aber sogar Arik kannte seine Herkunft.

»Ich habe *eine* Mom«, erklärte er gerne selbstgefällig zu allen passenden und unpassenden Zeiten. ». . . und *zwei* Dads. Einen *biologischen* Dad – und meinen *normalen* Dad! Bei ihm wohnen Mom und ich.«

Aber bei mir war das alles über Nacht gekommen. Über mich

hereingebrochen. Ich war mir immer sicher gewesen, dass meine Ima und mein Abba meine wirklichen Eltern waren. Das war mein Terrain gewesen: Sicherheit.

Und jetzt hatte ich irgendwie einfach plötzlich den Boden unter den Füßen verloren.

»Hallo?«, wiederholte die Stimme am anderen Ende der Leitung. »Sind Sie noch dran?«

»Ja . . .«, flüsterte ich und versuchte, mich zusammenzureißen. Was Arik, die kleine Nervensäge, konnte, musste ich doch auch schaffen.

»Wollen Sie – mit meinen Eltern sprechen?«, sagte ich daher schnell, aber ich konnte es nicht verhindern, dass meine Stimme wackelte.

»Ja, das wäre bestimmt das Beste«, überlegte der Mann.

Er *musste* mein biologischer Vater sein. Wer sollte er sonst sein?

»Sie sind leider nicht zu Hause«, fuhr ich fort und diesmal klang meine Stimme schon etwas fester. »Soll ich Ihnen vielleicht ihre Mobilrufnummern geben?«

Der Mann schien einen Moment zu überlegen. »Ja. – Oder nein«, sagte er dann und lachte ein leises, jungenhaftes Lachen. Wie alt er wohl war? Er klang ungefähr tausend Jahre jünger als Moshe – als mein *normaler* Vater, wie Arik es formuliert hätte.

»Sie wissen – worum es geht?«, fragte er schließlich zögernd.

Ich schluckte.

»Ja«, sagte ich mühsam.

»Okay, das erleichtert die Sache – nicht sehr, aber wenigstens ein bisschen . . .«

Wieder dieses leise Lachen.

Ich gab mir einen Ruck. »Hören Sie, meine Eltern warten wirklich dringend auf Ihren Anruf. Es geht um meinen kleinen – Bruder . . . Wissen Sie darüber Bescheid?«

Diesmal lachte er nicht. »Ja, ich habe einen groben Überblick«, sagte er. »Er ist krank und er benötigt eine Knochenmarkspende. Und es könnte sein, dass unsere Tochter . . . - also . . .«

Er sprach nicht weiter, aber es half mir zu fühlen, dass er fast genauso nervös war wie ich.

Shar war in der Zwischenzeit ebenfalls ins Haus gekommen.

Sie stand dicht neben mir, während ich die beiden Handynummern diktierte.

»Meine Mutter können Sie gleich anrufen«, sagte ich zum Schluss. »Mein Vater hat einen wichtigen Termin. Bei ihm müssten Sie noch ein Weilchen warten. In etwa einer Stunde ist er wieder erreichbar.«

Der Mann bedankte sich und dann wollte er, wie es schien, noch etwas sagen, aber ich hatte für den Moment genug.

»Ich muss jetzt leider Schluss machen«, sagte ich darum hastig und legte den Hörer auf, ohne eine Antwort abzuwarten.

»Wer war das?«, erkundigte sich Shar. »Du bist weiß wie die Wand, Han.«

»Ich nehme an, mein – biologischer Vater«, sagte ich leise. Mehr nicht.

»Hallo, Palindrom«, sagte David am anderen Morgen. Es war Samstag, *Schabbat.* »Hallo, Shar.«

Ich saß wie auf Kohlen. Meine Mutter war die Nacht über bei Jonathan geblieben. Mein Vater war eben nach draußen gegangen, um Onkel Zvi und Tante Hayley zu begrüßen, die uns heute besuchen kamen. Esther war noch in ihrem Zimmer.

Die Miene meines Vaters hatte mir, als wir uns begegnet waren, nicht verraten, ob er schon einen Anruf von den Lovells bekommen hatte oder nicht. Und ich hatte mich nicht getraut nachzufragen. Einmal war da das Problem, dass ich nicht wusste, wie ich es formulieren sollte.

Haben Lovells angerufen?

Hat mein leiblicher Vater dich schon erreicht, Abba?

Alles klang falsch.

Und dann war da sein trauriges Gesicht. Ich wollte ihm nicht noch mehr Kummer machen – und das Thema Lovell machte ihm Kummer. Dabei war die andauernde Sorge um Jonathan schon fast zu viel für ihn. Wie für uns alle. Der Anblick von Jonis Shalom-Bild über dem Esstisch war manchmal kaum auszuhalten. Und trotzdem stand mein Vater dauernd davor.

»Hi«, begrüßte Sharoni David, der zum morgendlichen *Schabbat*gebet heruntergekommen war. David betete oft in unserer Gegenwart, er hatte mir erklärt, er wolle seinen Glauben so offen wie möglich ausleben und nicht nur im verborgenen Kämmerlein.

Er legte *Siddur* und *Machsor,* sein Gebetbuch für den Alltag und das für Festtage, nebeneinander auf den Tisch. In unserem Wohnzimmer hängt ein großer, alter Spiegel an der Wand, aber Gebete vor einem Spiegel waren verboten. Darum drehte David sich in unsere Richtung. Er war in seinen *Tallith,* den langen, gefransten Gebetsschal, gehüllt. Auch die Gebetsriemen, den *Tephillin,* hatte er schon angelegt. Das eine Paar war längs um seinen rechten Arm gewunden, das andere um den Kopf und die Enden hingen ihm über die Schulter. Sie dienten dazu, die zwei schwarzen Lederkapseln mit den Gebeten zu befestigen – die eine an der Stirn, die andere am Oberarm.

»Verrückte Sitte«, flüsterte Sharoni.

»Ein uraltes Ritual, weiter nichts«, erklärte David achselzuckend.

»Schon gut, Mr Luchsohr.« Shar lachte.

»Die Kapsel an der Stirn soll den Menschen daran erinnern, dass Gott ihm Verstand geschenkt hat, die Kapsel am Arm ist Mahnung, Muskelkraft durch Geisteskraft zu bändigen«, fuhr David fort. Dann begann er, auf Hebräisch zu beten.

Wir lauschten ihm schweigend. Ich mochte es, meinem älteren Bruder beim Beten zuzusehen. Wir saßen einfach da und taten gar nichts. Mein Rücken und mein Nacken fühlten sich steinhart an und ich versuchte, mich zu entspannen. Das Ergebnis war kläglich.

Hinterher frühstückten wir alle zusammen. Die beiden *Schabbat*kerzen brannten und es war schön, dass Zvi und Hayley heute da waren, wenn wir schon auf meine Mutter und Jonathan verzichten mussten.

Esther saß stumm und gereizt zwischen meinem Vater und meinem Onkel und sprach kein Wort. Es schien einer ihrer besonders düsteren Tage zu sein.

»Stellt euch vor, sie haben sich endlich gemeldet«, sagte mein Vater plötzlich. Auf seinem Teller lag ein unberührter Zimtbagel und seine Stimme klang erleichtert und angespannt zur gleichen Zeit.

»Wer?«, fragte David, der nach dem Beten immer noch eine Weile etwas weggetreten wirkt.

»Die . . . Lovells – Genauer gesagt, *er* hat sich gemeldet . . .«, sagte mein Vater. »Er hat – eure Ima im Krankenhaus angerufen. Auf ihrem Mobiltelefon . . .«

Ob er fragen würde, woher die Lovells diese Nummern überhaupt hatten? Ich hielt einen Moment den Atem an. – Nein, er fragte nicht. Vielleicht war das nicht so wichtig für ihn. Oder er hatte einfach noch keine Zeit gehabt, darüber nachzudenken. Aber für mich war es wichtig, denn ich hatte mit *ihm* gesprochen. Ich hatte den Anfang gemacht. Ich dachte an dieses kleine, schäbige Haus am Hillcrest Drive im Süden Hollywoods, wo ich eigentlich hingehörte, wo meine Wurzeln, mein eigentliches Zuhause war.

Es war eine einfache Gegend, daran war nicht zu rütteln. Wir dagegen waren – wohlhabend, wenn man es so wollte. Und die Lovells waren eben nicht sehr wohlhabend. Natürlich war das egal, aber . . .

»Dann haben sie dir deinen verrückten, überstürzten Anruf in der Zwischenzeit verziehen?«, fragte Zvi.

Mein Vater hob die Schultern. »Delia sagte, er sei jedenfalls sehr freundlich gewesen. Entgegenkommend. Aber auch besorgt. Um – seine Tochter. Wie sie das alles aufnimmt . . .«

Shar warf mir einen Blick zu.

Sie . . . *S*ie – die eigentliche Hannah Greenberg?

Und was war mit mir?

»Und wie geht es jetzt weiter?«, fragte Hayley. Ich starrte auf meinen Teller, auf meinen eigenen unberührten Bagel. Ich dachte daran, dass Hayley und Zvi überlegten, ein Kind zu adoptieren. Hayley hatte eine Menge Fehlgeburten hinter sich und jetzt erwogen sie und Zvi, es stattdessen mit einer Adoption zu versuchen.

»Wir . . . wir werden uns treffen«, sagte Mo leise.

»Wer – wir?«, entfuhr es mir erschrocken.

Mein Vater schaute mich an. Seine dunklen, sanften Augen lagen in tiefen Höhlen.

»Keine Angst, Augenstern«, sagte er. »Nur – wir Eltern. Wir werden – in erster Linie über Jonathan sprechen. Alles andere kommt später.«

Was war *alles andere*? Was würde später kommen?

»Ich finde das alles so beschissen, Shar«, tippte ich in den *Facebook*-Chat.

21. SKY

Wann sehen wir uns mal wieder, Sky Lovell?, lautete Gershon Golds SMS, gerade als meine Großeltern verkündet hatten, dass sie länger bleiben würden.

»Nein, nein, nein«, murmelte Rosie entsetzt.

»Ist alles schon geklärt«, sagte Dorothea und fächerte sich mit der *Los Angeles Times* von gestern die obligatorische Luft zu. »Wir tun das für dich. Und natürlich für Sky. In dieser schwierigen Situation können wir euch nicht alleine lassen. Dein Vater ist außerdem dafür, einen Anwalt einzuschalten. – Die Flüge sind bereits umgebucht.«

Weiß noch nicht, schrieb ich zurück und schickte die SMS ab.

Herrmann las in einem Buch über Logik, Spieltheorie und Wahrscheinlichkeitsrechnung.

»Es ist alles eine Sache der Übung. Und des Wortschatzes«, sagte er plötzlich zusammenhanglos. Zu wem? Zu mir? Ich schaute von meinem Handydisplay zu Moon, der auf der Terrasse saß und las. Seine Klamotten waren immer noch voll von Poe-Texten, aber heute las er mit zusammengekniffenen Augen *Licht im August* von William Faulkner. Irgendjemand hatte es ihm gestern geschenkt, ich hatte nicht mitbekommen, wer. Irgendjemand, den er getroffen hatte, als er alleine unterwegs war.

»Wovon redest du, Herrmann?«, fragte Leek, der gerade zur Tür hereinkam. Er hatte Farben gekauft.

»Sie bleiben länger, Leek«, sagte Rosie leise.

»*Scrabble*«, sagte Herrmann. »Euretwegen verpasse ich ein wichtiges Turnier in Bremen. Norddeutsche Meisterschaft. Aber sei's drum. Diese Angelegenheit geht vor.«

Hier läuft gerade alles schief. Sorry. Sonst hätte ich mich längst gemeldet!, schrieb ich in einer zweiten SMS an Gershon, weil die erste irgendwie misslungen war.

»Ich schlage vor, Rosie geht zusammen mit Herrmann zu diesem – Treffen«, sagte Hamburg/weiblich in diesem Moment. »Herrmann ist wunderbar in solchen Dingen. Er wird keine Fehler machen und sich nicht verzetteln. Er behält den Überblick.«

Rosie schüttelte den Kopf. »Nein, ich kann da nicht hingehen«, sagte sie leise. »Leek soll das tun.«

»Keiner von uns wird da hingehen«, fuhr Moon auf und sah von seinem Buch auf. »Das ist doch alles Unsinn!«

»Das ist alles andere als Unsinn«, sagte Dorothea. »Es nützt nichts, die Augen vor dieser Angelegenheit zu verschließen.«

»Mit welchem Sinn?«, sagte Moon wütend. »Wollt ihr Sky umtauschen oder was? Den Fehler im System beheben? Ordnung schaffen? Das richtige Kind wiederhaben?«

Ich starrte vor mich hin. Was war los mit mir? Wo war meine Power? Moon hatte mir gestern über Google Earth das Haus der Greenbergs in Beverlywood gezeigt.

»Bonzengegend, Sky. Zieht es dich dahin?«

Nein, das tat es nicht.

Hinterher sahen wir uns unser eigenes Haus auf Google an. Ich starrte minutenlang auf den kleinen grauen Fleck, der mein Zuhause war. Sogar Moons Olivenbaum war zu sehen.

Noch zwei Stunden. Sie würden sich bei *Yamashiro* treffen, einem edlen asiatischen Restaurant am östlichen Rand der Hollywood Hills. Von dort hatte man einen beeindruckenden Blick über Los Angeles.

Manchmal, wenn Leek gerade gut verdiente, gingen wir dorthin. Aber das letzte Mal war bestimmt schon gut zwei Jahre her. Das Essen dort war gigantisch, Moon und ich liebten die Schweinesteaks, Rosie favorisierte Sushi, während Leek als Vegetarier immer zum großen Salatbüfett strebte.

»Rosie und Leek werden zusammen hingehen, ganz die sich liebenden, besorgten Eltern«, erzählte ich Kendra bedrückt am Telefon. Kendra hatte gestern zwei Weisheitszähne entfernt bekommen und lag mit geschwollener Backe bei sich zu Hause in ihrem Zimmer und fühlte sich hundeelend.

»Okay«, murmelte sie darum auch nur matt.

»Irgendwie reißen sich plötzlich alle drum hinzugehen«, fügte ich heftiger als beabsichtigt hinzu. »Außer Moon und mir, natürlich.«

»Und was für einen Zweck soll dieses Treffen haben?«, nuschelte Kendra.

»Keine Ahnung«, murmelte ich. »Leek hat das telefonisch mit dieser – Mrs Greenberg vereinbart.«

Mrs Greenberg – wie das klang. Sie war immerhin meine Mutter. Ich war in ihrem Bauch gewesen. Sie hatte sich auf mich gefreut, wenigstens nahm ich das an. Und dann hatte sie mich geboren . . .

»*Ich* will mit diesem ganzen Theater nichts zu tun haben, Kendra«, sagte ich fest. »Was bringt es mir, sie zu sehen? Oder – dieses Mädchen . . .«

»Sie ist – Moons Schwester«, sagte Kendra. »Ein merkwürdiger Gedanke. Wie sie wohl aussieht?«

»Ist mir völlig egal«, antwortete ich vielleicht eine Spur zu schnell. »Meine idiotische Großmutter will übrigens, dass nicht Leek, sondern mein idiotischer Großvater mit Rosie zu *Yamashiro* geht. Oder eben sie selbst.«

»Wieso denn das?«

»Keine Ahnung. Sie kann meinen Dad einfach nicht leiden, das ist es wohl. Konnte sie noch nie . . . Sie glaubt, er wird – Fehler machen. Etwas in der Art.«

»Was für Fehler?«

»Was weiß ich. Vielleicht glaubt sie, er macht sich an Mrs Greenberg heran – oder so was. – Sie ist, denke ich, auch ganz scharf drauf, dieses . . . andere Mädchen zu Gesicht zu bekommen . . .«

Plötzlich wurden unten Stimmen laut.

»Ich ruf dich gleich wieder an, Kendra«, sagte ich, legte den Hörer auf und lauschte ins Erdgeschoss hinunter.

»So kannst du nicht gehen, Rosie! Unmöglich! Du machst dich ja zum *Gespött!* Was sollen diese – Leute von dir denken? Sie werden Reißaus nehmen . . .«

Rosie hatte heute Morgen ein großes Tamtam um ihr Äußeres veranstaltet. Mit Papilloten hatte sie ihre hellen Haare gelockt. Sie war noch viel länger als sonst unter der Dusche gewesen, hatte ihre Finger- und Fußnägel auf Vordermann gebracht. Beim Frühstück, als Hamburg noch abwesend war, hatte sie zwischen allen Fußzehen ein Tampon klemmen gehabt, damit ihre frisch lackierten Fußzehen nicht aneinanderstießen.

»Rubinrote Fußnägel, fliederlila Fingernägel, nicht schlecht«, hatte Moon gemurmelt und sich *Fruit Loops* in eine Frühstücksschüssel gekippt.

»Zu bunt? Soll ich es wieder wegmachen?«, fragte Rosie verunsichert. Sie hatte Schatten unter den Augen und sah elend aus. So elend, wie ich mich fühlte.

»Du bist wunderschön, Darling«, beruhigte Leek sie von seiner Staffelei aus. Er arbeitete immer noch an meinem Gesicht, aber ich musste ihm nicht mehr sitzen, er war bereits bei der Feinarbeit.

»Warum malst du sie so bunt?«, hatte Hamburg/weiblich ihn vor ein paar Tagen kritisiert. »Du malst doch sonst nicht in Pop-Art? Es gefällt mir nicht besonders. – Herrmann, dir?«

Mein Großvater hatte von seinem Notebook hochgesehen, er war dabei, online *Scrabble* zu spielen. »Lass ihn, Doro. Misch dich nicht ein«, sagte er, mehr nicht.

Am Nachmittag, Hamburg war längst eingetroffen, begann Rosie aufgeregt, sich für das bevorstehende Treffen anzuziehen. Sie telefonierte dazu mit ihrer Freundin Jilliam, um sie um Rat zu fragen. Die Affäre mit Geoff, dem Lachtherapeuten, vergab sie ihr dafür. Auch Leek sollte Rosie beraten. Und Moon, den sie immer bei allem Wichtigen zurate zog, aber Moon verweigerte sich heute.

»Der Affenzirkus geht mich nichts an. Zieh an, was du willst, Rosie. Oder geh nackt. Dann wollen sie vielleicht nichts mit uns zu tun haben und machen die Biege . . .«

Er schaute wieder zurück in sein Buch.

Als ich nach oben gegangen war, um mit Kendra zu telefonieren, trug Rosie jedenfalls einen schwarzen, weich fallenden Rock und eine helle Batikbluse, die man in der Taille locker zusammenknotete. Ihre frisch gelockten blonden Haare hatte sie mit einer indianischen Haarspange, die ich ihr mal von *Folks in the Garden* mitgebracht hatte, hochgesteckt. Um die Stirn hatte sie sich ein dünnes regenbogenfarbenes Seidentuch gewickelt. An ihren Ohrläppchen steckten kleine, dezent glitzernde Brillantstecker anstelle der bunten Ohrringe, die sie sonst trug. Ihre schmalen Füße steckten in weichen Biosandalen.

Selbst für Hamburg-Verhältnisse war nichts an ihr auszusetzen gewesen. Sie roch nach *Hot Couture* von *Givenchy,* ein Parfum, das Leek ihr manchmal schenkte.

Ich ging langsam nach unten. Besorgt sah ich, dass Stufe vier halb offen lag. Mit dem Fuß schob ich die defekte Stufe zu, aber mir schwante nichts Gutes dabei.

Und ich hatte mich nicht getäuscht. Rosie sah immer noch schön aus, aber sie saß an die Wand gelehnt da und starrte vor sich hin. Sie weinte nicht, ihre Wimperntusche und ihr Kajallidstrich waren in Ordnung, aber ihre Augen waren rot und geschwollen, wie sie es immer waren, wenn Rosie zu schnell und zu viel geraucht hatte.

Der Cannabisvorrat aus der Treppenstufe. Hatte ich es doch geahnt.

»Es tut mir leid, es tut mir leid«, murmelte sie, und als sie mich sah, begann sie doch zu weinen.

»Rosie, nicht«, warnte ich sie routinemäßig. »Dein Mascara verläuft sonst.«

»Das ist egal, mein Baby«, murmelte sie. »Weil ich sowieso nicht gehen werde.«

»Natürlich gehen wir«, sagte Leek und runzelte die Stirn. Er war angezogen wie immer. Kendra fand, dass mein Vater gut aussah, und zum ersten Mal verstand ich, was sie meinte. Leek war groß und dünn, aber er hatte breite Schultern, ein markantes Kinn und weit auseinanderstehende grünblaue Augen. Seine roten Haare fielen wie immer, etwas lockig und etwas wirr, aber sehr gepflegt. Und er sah wirklich noch jung aus. Dabei wurde er in diesem Winter vierzig.

»Das ist jung«, hatte Kendra erst neulich gesagt. »Sky, mein Dad wird nächstes Jahr sechzig!«

»Nein, nein, nein«, sagte meine Mom und schüttelte dazu den Kopf. »Ich kann das nicht. Wirklich nicht. Es tut mir so leid, Sky. Ich wollte mich von meiner besten Seite zeigen. Wollte – ihnen von dir erzählen. Wollte wirklich . . .« Sie schwieg und schlug die Hände vors Gesicht.

Es gab ein langes Hin und Her.

»Rosie, bitte«, sagte Leek immer wieder. »Reiß dich doch zusammen.«

»Mom, du schaffst das«, murmelte sogar Moon, der extra nach unten gekommen war, unter dem Arm *Licht im August.*

»Sagt doch einfach ab und macht was anderes«, schlug ich leise vor, weil mir gerade aufgefallen war, dass es eine Ewigkeit her sein musste, dass meine Eltern zusammen ausgegangen waren.

»Das ist unmöglich!«, rief Hamburg/weiblich aufgebracht, die mich anscheinend in groben Zügen verstanden hatte, obwohl wir nicht einmal besonders langsames Englisch sprachen. Je länger sie blieben, desto schlimmer wurden sie.

»Ihr habt eine Verabredung«, rief Dorothea mit schriller, lauter hamburgerischer Stimme. »Was soll der Zirkus? Aber ich habe es ja gleich gesagt . . .«

»Ich werde jetzt jedenfalls Marshmallows grillen«, erklärte Moon mitten in dieses Drama hinein. »Gegrillte Marshmallows sind gut für meine Nerven. Weiß jemand, ob noch welche da sind, oder muss ich noch mal los, welche kaufen?«

Weil ihm niemand antwortete, durchsuchte Moon die Speisekammer und wurde fündig. »Okay, ich mache ein Feuer im Garten. Wenn jemand mitgrillen will . . .?«

»Moon, nerv nicht«, murmelte ich erschöpft und schlug ebenfalls die Hände vors Gesicht.

»Gut, Rosie, dann gehe ich eben erst mal alleine«, sagte Leek seufzend. »Und prüfe das Terrain, sozusagen . . .«

Rosie hob den Kopf. Ihr Gesicht war jetzt ein Meer aus verlaufener Schminke. »Danke, Leek«, sagte sie leise und schluchzte auf. »Ja. Mach das. Und sag ihnen . . .«

Sie suchte nach Worten. »Sag ihnen, dass Sky . . . dass sie . . .

einfach wunderbar ist. Das schönste und beste Mädchen der Welt . . . und . . .«

Hamburg/weiblich schaute misstrauisch zwischen meinen Eltern hin und her. »Was habt ihr gesagt? Was willst du tun, Lawrence?«, fragte sie irritiert.

Leek sagte es ihr, aber da funkelte sie ihn böse an.

»Niemals«, sagte sie mit eisiger Stimme. »Niemals wirst du alleine dorthin fahren, Lawrence! Diese *Sache* geht uns alle an! Rosie ist *meine* Tochter. Sky ist *meine* Enkelin! Schon vor Jahren hätten sie nach Deutschland zurückkommen sollen, statt in diesem – Loch zu hausen!«

»He, spinnst du jetzt komplett, Dorothea?«, schrie Moon vom Garten aus.

»Nein, denn das ist die Wahrheit«, schrie unsere deutsche Großmutter zurück und ballte die Hände zu Fäusten.

»Die Nachbarn . . .«, flüsterte Rosie matt, aber keiner beachtete sie.

»Dorothy, ich werde jetzt gehen und – diese Leute treffen«, sagte Leek mit fester Stimme in dieses Geschrei hinein. »Und ihr beide, Herrmann und du, werdet in eure Pension fahren – oder sonst wohin, jedenfalls werdet ihr dieses Haus verlassen und meine Familie nicht länger verrückt machen, okay?«

»Herrmann, hast du *das* gehört?«, schrie Hamburg/weiblich in heller Aufregung. »Was nimmt er sich heraus? Wie spricht er mit uns? – In seiner Situation . . .«

»Dorothea, ich weiß nicht . . .«, murmelte Herrmann unschlüssig. Immer wenn seine irre Frau derart ausflippte, schaltete er einen Gang zurück und zog diese ratlose Masche ab. Aber wenn Hamburg/weiblich sich irgendwann wieder im Griff hatte, begann er erneut, aus der Hinterhand leise zu stänkern und zu giften. Rosie hatte mich über diese Masche schon vor Jahren aufgeklärt.

»Ihnen ist nicht beizukommen, Sky«, hatte meine Mom damals niedergeschlagen gesagt. »Das war einer der Gründe, warum ich vor ihnen geflüchtet bin.«

»Also, Rosie – Sky – Moon . . .«, sagte Leek in diesem Moment, aber da riss ihn meine deutsche Großmutter, die ja streng genommen nicht länger meine Großmutter war, plötzlich wie eine Furie am Jackenärmel.

»Du wirst da *nicht* alleine hingehen, Lawrence!«, schrie sie außer sich. »Herrmann wird das erledigen – und ich werde ihn begleiten, wenn es sein muss! Herrmann hat gestern schon mit unserem Rechtsanwalt in Hamburg telefoniert und sich beraten lassen . . .«

Ich sah, dass mein Dad den Faden verloren hatte und nicht mehr alles verstand, was Rosies irre Mutter da auf Deutsch schrie, aber den Grundton hatte er natürlich kapiert.

»Dorothy, bitte . . .«, sagte er in seinem holperigen Deutsch, das ich mag und das Moon peinlich findet.

»Das Foto – dieses Ultraschallbild, Herrmann!«, rief Hamburg/weiblich böse und wedelte auffordernd mit ihrer schon etwas altersfleckigen, markanten Hand. Sie ist eine große, grobknochige Frau, ganz anders als Rosie, die weich und weiblich ist. »Was glaubst du, wer du bist? Und wie weit du es noch treiben kannst?«

Plötzlich war es ganz still.

»Dorothea, ich weiß wirklich nicht . . .«, sagte mein deutscher Großvater wieder in seiner *Slow-down*-Manier.

»Rosie, es tut mir leid, aber ich habe das Bild gestern ganz zufällig entdeckt und . . .«

Mit bebenden Händen holte sie das kleine Foto nun selbst aus ihrer Handtasche und reichte es meiner Mutter weiter.

»Wusstest du *davon?*«, fragte sie kalt. »*Unsere kleine Tochter* steht darauf. Und darunter *Love, Nessy.*«

Leek seufzte tief und schüttelte resigniert den Kopf.

»Es war in meiner Jackentasche«, sagte er leise zu Rosie. »Deine Mutter hat mal wieder – geschnüffelt. Erfolgreich geschnüffelt, in diesem Fall.«

»Was sagt er?«, fragte Dorothea mich.

Ich schwieg.

»Ein Ultraschallbild«, flüsterte Rosie und starrte auf das Bild. Eine neue Träne rollte über ihr völlig verschmiertes Gesicht.

Mein Dad, beziehungsweise Moons Dad, sank neben Rosie auf den Holzboden.

»Hat sie es dir gegeben, Leek?«, fragte Rosie. »Und es wird ein – Mädchen?«

Leek nickte, während Rosie immer noch das irgendwie bräunliche Bild betrachtete.

»Sie machen bessere Aufnahmen als früher«, murmelte sie. »Ist das eine 3-D-Aufnahme? Bei Jilliams Baby wurden auch solche Aufnahmen gemacht. Man kann richtig die kleinen Gesichter erkennen . . .«

»Was sagt sie?«, fragte Dorothea mich wieder.

»Warum fliegt ihr nicht nach Hause?«, fragte ich erschöpft zurück.

»Weil Rosie uns braucht«, antwortete Dorothea prompt. Es war nicht zu fassen.

Ich sah, dass Rosie und Leek einen Blick wechselten. Leeks Lippen formten ein tonloses »Ich liebe dich«, aber Rosie lächelte nicht, wie sie es sonst nach diesen stummen Liebeserklärungen von Leek tat.

»Du musst los«, sagte sie stattdessen. »Sonst kommst du zu spät.«

Leek nickte und stand auf.

»Grüß sie von mir«, flüsterte Rosie.

Leek nickte wieder.

Und dann ging er, nachdem er Rosie zum Abschied zart auf den Mund geküsst hatte. Ich hörte Dorothea scharf einatmen und begleitete Leek zur Tür.

»Sky?«

»Was?«

»Alles wird gut, Prinzessin.«

Ich schwieg, weil ich mir da nicht sicher war.

»Ich liebe euch, Sky. Dich und Rosie – und Moon natürlich auch.«

Das klang schön und auf einmal hatte ich das Bedürfnis, doch etwas zu sagen.

»Moon braucht dich, Dad«, sagte ich leise. »Tut er wirklich, auch wenn es oft nicht so scheint.«

»Ich weiß«, sagte Leek, der Ehebrecher, der Alltagslügner, der in ein paar Monaten ein neues Baby bekommen würde, nachdenklich. Aber ich war trotzdem froh, dass er war, wie er war. Und dass er da war. Wenn auch nur manchmal. In der Not war auf ihn Verlass. So viel stand fest.

»Bis später, Tochter«, sagte er und stieg winkend in seinen Buick.

Gleich darauf fuhr Hamburg mit zweifach zusammengekniffenen Lippen in seine Pension.

»Ihr werdet sehen, Lawrence wird alles ins Chaos stürzen«, sagte Dorothea zum Abschied mit kalter Stimme. »Dieser Mann ist dein Sargnagel, Rosie. Sieh nur, was er bereits aus dir gemacht hat ... – Und jetzt noch dieses Kind von einer anderen Frau! Warum lässt du dich nicht endlich scheiden und kommst mit *deinen* Kindern nach Hause nach Deutschland? – Allerdings, Sky wirst du ja nun vielleicht gar nicht mehr mitnehmen können, wenn die andere Familie da nicht zustimmt, wer weiß . . .«

Rosie fuhr kurz darauf mit ihren verweinten Augen zu Jilliam. »Schafft ihr den Abend ohne mich?«, fragte sie vorher besorgt.

Ich nickte, aber Moon reagierte nicht. Seit der Sache mit dem Ultraschallbild hatte er keinen Ton mehr von sich gegeben.

»Geh ruhig, Mom«, sagte ich und lächelte ihr aufmunternd zu, dabei war mir schrecklich elend zumute.

Als sie gegangen war, stand ich einen Augenblick vor meinem halb fertigen Pop-Art-Gesicht auf Leeks Staffelei, dann ging ich in den Garten zu Moon und seinen Marshmallows.

22. LEEK

Leek betrachtete die Greenbergs.

Mo und Delia Greenberg betrachteten Leek Lovell.

»Alles nicht ganz leicht«, sagte Moshe Greenberg schließlich.

Leek nickte.

»Ihre Frau?«

»Sie wollte mitkommen«, erklärte Leek und bestellte Wein für alle. »Aber sie war sehr aufgeregt. Sie hat es einfach nicht geschafft. Vielleicht beim nächsten Mal. Sie schickt Grüße.« Er lächelte Mo und Delia an.

»Ich war auch sehr aufgeregt«, sagte Delia.

Leek fand sie hübsch. Ihr offenes, ovales Gesicht, ihre haselnussbraunen, schokoladengesprenkelten Augen. Auf dem Nasenrücken hatte sie ein paar Sommersprossen und ihre langen Haare waren mit einer Spange hochgesteckt. Sie trug einen schlichten Pullover und dazu einen engen Rock.

Mo Greenberg sah älter und müder aus als sie. Seine weit auseinanderstehenden Augen erinnerten ihn – an Sky, da gab es keinen Zweifel.

Leek kannte sich mit Gesichtern aus. Auch das gelegentliche Blitzen in seinen müden, besorgten Augen erinnerte ihn an Sky. Er war dünn, schlaksig, riesig – größer als Leek – und schon etwas gebeugt. Vielleicht vor Sorge um sein krankes Kind?

Geigenbaumeister stand auf der goldgeränderten Visitenkarte, die er Leek in die Hand gedrückt hatte. Ein Künstler. Es hätte schlimmer kommen können.

Leek dachte an den typischen Amerikaner, dick, behäbig, konservativ, Barbecuefan. Nein, es hätte wirklich schlimmer kommen können.

»Wir haben ein Foto von – unserer Hannah dabei«, sagte Delia da und griff nach ihrer Tasche. »Falls Sie es gerne sehen möchten?«

Leek schluckte. Töchter in rauen Mengen. Plötzlich hatte er Töchter in rauen Mengen. Sky. Die unbekannte Hannah Greenberg. Und seine noch ungeborene Tochter, die Nessy *Hazel* nennen wollte.

»Gerne«, sagte er.

»Hier«, sagte Delia und schob ihm eine Fotografie zu.

Himmel, sie sah Moon ähnlich. Und Rosie. – Und ihm. Das alles war verrückt, verrückt, verrückt. Dieses Mädchen war ihm völlig fremd, aber allein ihr Anblick war unheimlich vertraut.

»In Wirklichkeit sieht sie munterer aus, fröhlicher«, sagte Delia. »Sie lässt sich nur nicht so gerne fotografieren. – Oder, Mo?«

Ganz anders als Sky.

»Haben Sie auch ein Bild von – Ihrer Tochter dabei?«

Delia schaute ihn an.

Er schüttelte den Kopf. Darauf war er gar nicht gekommen.

»Ich male sie gerade. Ich bin Maler«, erzählte er und schrieb seinen Namen, seine beiden Adressen, dazu seine E-Mail-Adresse und Handynummer auf eine Restaurantserviette. Statt einer Visitenkarte, die er ebenfalls vergessen hatte. Was war nur los mit ihm? Sonst vergaß er selten etwas.

Dann kam ihm eine Idee.

»Soll ich sie Ihnen skizzieren?«, fragte er.

Delia und Moshe schauten einen Moment perplex, aber dann nickten sie. Und Leek malte Sky mit einem schwarzen Feinliner auf eine zweite Serviette.

»Sie hat sich gerade die Haare geschnitten und gefärbt«, erzählte er, währenddessen. »In Wirklichkeit hat sie – dunkle Haare . . .«

Er hob den Kopf. »Wie Sie beide. Wir haben uns immer gefragt, woher sie diese dunklen Haare hat. Leicht lockig. Schön. – Wir anderen Lovells sind alle hellhaarig.«

»Sie hat sich die Haare gefärbt?«, wiederholte Delia. »Wie?«

Leek lächelte ein kleines, fast entschuldigendes Lächeln. »Blond«, sagte er dann.

»Ich verstehe.« Delia nickte. »Es fällt ihr auch alles nicht leicht, nehme ich an. – Hannah geht es nicht anders.«

Mo betrachtete das fertige Bild. »Sie können beeindruckend gut malen«, sagte er leise und anerkennend. »Ich sehe sie jetzt genau vor mir. – Dürfen wir es behalten?« Er deutete auf die Serviette.

Leek nickte. »Natürlich.«

Stille trat ein. Irgendwann griff Delia erneut nach ihrer Tasche und zog ein kleines rosa Armbändchen heraus.

»Ich kann es immer noch nicht verstehen«, murmelte sie. »Ich meine, *wie* es geschehen konnte . . .«

Sie deutete auf das Armbändchen. Howard-Spencer-Memorial-Hospital war auf der Innenseite eingraviert. Das kleine, eingeschobene Namensschildchen dagegen war handgeschrieben.

»Da steht es: ›Hannah Deborah Greenberg, 1,67 ft, 6,13 lb.‹ – Unsere Tochter . . .«

Leek nickte langsam. »Wir haben praktisch das gleiche Bändchen. ›Sky Lovell, 1,64 ft‹ – das genaue Gewicht weiß ich nicht mehr.«

»Von Anfang an vertauscht«, sagte Moshe kopfschüttelnd. »Dabei erinnere ich mich praktisch an jede Sekunde. Hannah . . . Sie war so winzig, so zart, federleicht . . .«

Diesmal dauerte die Stille länger. Der Kellner kam und ging wieder, diesmal tranken alle alkoholfrei.

Dann redeten sie eine Weile hin und her. Verrückt, dass es

möglich war, in dieser irren Situation über dies und das zu reden, aber es war möglich. Judentum, Barak Obama, die Qualität der unterschiedlichen Schulen in LA, Leeks geplante Vernissage in Phoenix im kommenden Winter, der Smog im Los-Angeles-Sommer.

»Was meinen Sie, wird – Sky uns kennenlernen wollen?«, fragte Delia irgendwann, mitten hinein in dieses nervöse Hin und Her. »Und – wird sie sich untersuchen lassen, um Jonathan zu helfen, wenn sie kann?«

Leek hob die Schultern.

»Ich weiß es nicht«, sagte er ehrlich. »Wir werden sehen . . .«

23. SKY

. . . my child arrived just the other day, came to the world in a usual way, but there were planes to catch and bills to pay, he learned to walk while I was away . . .

Moon hielt einen dezent krummen Ast in den Händen, auf den er gleich sechs Marshmallows gespießt hatte. Er saß reglos wie eine Statue.

»Ein schöner Song, Moon«, sagte ich, nachdem ich eine Weile gelauscht hatte. »Wie heißt er?«

»Cats in the cradle«, murmelte Moon. »Krasser Text, könnte glatt von Leek und mir handeln . . .«

Wieder schwiegen wir.

»Krebs«, sagte ich irgendwann.

»Was?«, fragte Moon zerstreut.

Ich deutete auf seine Marshmallows.

»Wenn du sie so verkohlen lässt. Wenn Rosie das sehen würde, würde sie mal wieder durchdrehen.«

»Ich mag sie aber nur so«, entgegnete Moon knapp. Godot hielt Sicherheitsabstand zum Feuer, ließ uns dabei aber nicht aus den Augen. Er fürchtet sich schrecklich vor der Hitze und den Geräuschen, die ein Lagerfeuer so mit sich bringt, aber ich denke, er würde seinen inneren Schweinehund überwinden und sich in die glühenden Flammen stürzen, wenn es darum ginge, einen von uns vor dem sicheren Feuertod zu bewahren. Guter, alter Godot.

»Jetzt hockt Leek also gerade mit diesen – Greenbergs zusammen . . . Was sie wohl so reden?«

Ich gab keine Antwort, weil ich nicht an dieses unheimliche Meeting denken wollte.

»Hoppla, da haben wir also versehentlich unsere Babys vertauscht . . .«, sagte Moon in sarkastischem Tonfall. »Wie konnte das nur passieren?«

Ich ließ mich erschöpft ins Gras fallen. Die Luft roch nach Moons Feuer. Grillen zirpten, Godot hechelte, irgendwo auf der Hauptstraße fuhr ein Wagen mit Martinshorn vorbei. Der Himmel war indigoblau.

»Sky, was meinst du? Wie lange wird es Leek wohl noch bei uns aushalten?«, fragte Moon plötzlich wie nebenbei. »Er ist jetzt schon über zwei Wochen da. Das ist rekordverdächtig.«

Ich nickte.

»Und dann dieses Kind von dieser Stewardess. Wie will er das auch noch durchfüttern? Wo es hier doch schon oft genug eng mit Futter ist . . .«

Ich nahm an, dass diese Nessy Loomis vermutlich ebenfalls über eigenes Geld verfügte, sie war ziemlich teuer angezogen gewesen bei ihrem Auftritt bei uns, aber ich sagte es nicht. Ich hatte keine Lust, über Leeks Fehltritt und seine Folgen zu reden.

And the cat's in the cradle and the silver spoon, little boy blue and the man on the moon. When you're coming home? – Son, I don't know when. Well get together then. You know we'll have a good time then . . .

Ich schluckte.

»Alles ziemlicher Mist, hab ich recht?«, fragte Moon leise.

Ich zuckte mit den Schultern, weil ich nicht nicken wollte. Ich wusste ja, dass es nicht allzu gut um Leeks und Moons Verhältnis stand, aber ich hatte die Hoffnung noch nicht aufgegeben.

»Cool war allerdings, wie er heute Abend die aufsässigen Hamburger hinauskomplimentiert hat. Das hätte ich ihm gar nicht zugetraut«, fuhr Moon nachdenklich fort. »Und auch, dass er sich alleine diesen Greenbergs stellt, während Rosie mal wieder einen Rückzieher macht, wie üblich.«

Ich nickte matt.

»Ob sie euch jetzt miteinander vergleichen? So nach dem Motto ›Unsere ist rund und gesund – wie ist eure? Unsere hat die und die Noten. Welche Noten hat eure‹?« Moon hatte ein angespanntes Halblächeln im Gesicht.

Ich fühlte mich schwer wie Blei und spürte, wie ich Kopfschmerzen bekam.

»Lass uns von etwas anderem sprechen, ja?«, bat ich ihn leise.

»Okay«, sagte Moon und nickte. Eine Weile schwiegen wir einfach und hingen unseren Gedanken nach – zumindest nahm ich an, dass Moon das tat. Mein Kopf war einfach nur leer. Schmerzhaft leer.

»Erinnerst du dich übrigens noch an Chrippa?«, fragte Moon dann irgendwann.

»Diese – Verrückte mit dem merkwürdigen Namen aus deiner Abschlussklasse? Die, die durchgefallen ist?«, fragte ich zurück und dachte vage an dieses magere Punkmädchen mit den grün gefärbten Haaren, den vielen Piercings und dem immer etwas abwesenden Blick, der – laut Moon – daher rührte, dass sie extrem kurzsichtig war, sich aber weigerte, eine Brille zu tragen, und ihre Augen auf Kontaktlinsen allergisch reagierten. Sie war früher mit Moon in die Schule gegangen und hatte ganz in unserer Nähe gewohnt.

»Sie ist nicht verrückt – und sie ist auch nicht *durchgefallen!*«, sagte Moon nachdrücklicher, als ich es erwartet hätte. »Sie hatte nur keine Lust mehr auf diesen Schulblödsinn. Sie hat das amerikanische Idiotenalltagsleben satt. Sie strebt nach Höherem.«

Ich verdrehte die Augen, aber das sah Moon nicht.

»Ich habe sie neulich getroffen, als ich alleine herumgezogen bin . . .«

Ich schwieg.

»Und – sorry, Sky, aber ich habe ihr von diesem Verwechslungsmist zwischen dir und Hannah Greenberg erzählt.«

Ich starrte Moon an.

»Warum? Verdammt, warum tust du das? Es ist allein *meine* Sache. Erzähl sie nicht herum, bitte.«

»Ist es eben nicht«, sagte Moon.

»Sondern?«

»He, Sky, es geht uns alle an, oder?«

»Idiotisch«, murmelte ich. Ich war selten sauer auf meinen Bruder, aber jetzt war ich es.

»Sky, ich wollte es nicht erzählen, aber dann ist es mir so rausgerutscht, als Chrippa – nach dir fragte.«

In diesem Moment begannen irgendwo meine Wale zu singen.

»Dein Handy, Sky . . .«

Ich zuckte mit den Schultern. »Keine Ahnung, wo es ist . . .«

Moon schaute sich suchend um und entdeckte es auf einem unserer Terrassenstühle. Er sprang auf, holte es und reichte es mir.

Ich warf einen Blick auf das Display.

»Gershon . . .«, murmelte ich.

»Gehst du nicht ran?«, fragte Moon und knabberte an einem seiner Marshmallows. Für mich hatte er einen zweiten Ast aktiviert.

»Jetzt nicht«, murmelte ich unwillig. Ich hatte die *Prom-Night* noch nicht vergessen. Diese unverhohlene Ablehnung allem Jüdischen gegenüber. Gershon sagte, das sei normaler Alltag für ihn und kein Grund zur Aufregung. Damals hatte ich diese

Beruhigungspille geschluckt – aber jetzt dachte ich anders darüber.

Die Greenbergs waren jüdisch ... – War ich es jetzt auch?

Ich hatte es gegoogelt. Wer einen jüdischen Vater hatte, wurde dadurch nicht automatisch jüdisch, aber wer mütterlicherseits jüdische Vorfahren hatte, war es.

Das passte ja hervorragend.

Also – ich?

Oder nicht? Und diese Hannah Greenberg, von der ich jetzt wenigstens den Namen wusste. Was war mit ihr? War sie immer noch jüdisch wie der Rest ihrer Familie? Oder war sie es nicht und nie gewesen, weil sie von – Rosie und Leek abstammte? Diese Gedanken taten alle weh.

Irgendwie war die Tür zwischen Gershon und mir seit dieser Sache zugefallen.

»Komisch, dass es mich so aus der Bahn wirft, Moon«, sagte ich und nahm mir meinen ersten Marshmallow. »Ich meine, *warum* wirft es mich so aus der Bahn?«

Moon starrte mich über das flackernde Feuer hinweg an.

»Ich habe ihren Namen bei *Facebo*ok eingegeben, Sky«, sagte er und sein Feuer tanzte in seinen Augen.

»Und?«

»Ich denke, ich habe sie gefunden. *Hannah D. Greenberg, Menachem Yakkov High School, Los Angeles.* Aber sie hat kein Foto hochgeladen. Nur so ein lächelndes Smiley.«

Ich schluckte. Was – wenn sie nun ebenfalls nach mir geschaut hatte? Ich hatte ein Foto als Profilbild. Ein Bild mit Moon. Das musste ich so schnell wie möglich ändern. Ich wollte nicht, dass sie mich sah.

Und Moon ebenfalls nicht.

»Sky, um noch mal auf Chrippa zurückzukommen. Sie hat

mich gefragt, ob ich inzwischen endlich eigene Freunde hätte. Oder ob ich immer noch dein – Schatten sei . . .«

Wir sahen uns an.

»Bin ich das, Sky? Dein Schatten?« Moons Stimme klang merkwürdig eindringlich.

»Nein«, sagte ich ärgerlich, obwohl mir ein Gespräch mit Kendra einfiel, das wir vor nicht allzu langer Zeit geführt hatten.

»Moon hat gar keine eigenen Leute, oder?«, hatte sie gefragt. »Er existiert irgendwie nur durch dich. Kann das sein? Er hängt immer nur mit dir ab.«

»Nein. Ja. Ich weiß nicht«, hatte ich geantwortet. »Moon ist eben eigen. Er kapselt sich oft ab, ist deprimiert und so. Aber mit mir zusammen ist er lockerer und lustiger. Was ist schlimm daran?«

Mein Handy piepste und teilte mir mit, dass ich eine SMS erhalten hatte.

Bist du in den Untergrund gegangen, Sky? Oder vielleicht irgendwie sauer auf mich?, hatte Gershon geschrieben.

»Wie dem auch sei, sie hat mir dieses Buch empfohlen. – Chrippa, meine ich.«

Moon deutete auf *Licht im August* im Gras neben ihm.

»Es macht mich echt high, es zu lesen. Faulkner muss sich gesagt haben, warum in einem Satz nur ein Adjektiv nehmen, wenn's auch zwanzig sein können.« Moon lachte leise. »Er war ein Südstaatenautor. Dieses Buch ist Atmosphäre pur, Sky! Wenn ich ihn lese, muss ich jedes Mal sofort selbst schreiben . . .«

Ich werde dir alles erklären – versprochen! Sky, tippte ich rasch in mein Sony Ericsson. Irgendwie war ich Gershon das schuldig.

»Chrippa hast mich übrigens gefragt, ob ich so down bin, weil ich dich vielleicht liebe«, sagte Moon in diesem Moment unvermittelt.

Ich hob den Kopf.

Moon starrte an mir vorbei. »Sie meinte nur, weil ich so auf dich fixiert sei. Und du mich dominieren würdest. Und ich dich in jedem zweiten Satz erwähne.«

»So ein Quatsch«, sagte ich und wurde schon wieder wütend. Auf Moon, auf Chrippa, diese Idiotin, auf die ganze Welt.

Moon zuckte mit den Achseln. »Klar liebe ich dich«, sagte er dann. »Dich und Rosie. Und sonst keinen. Bisher jedenfalls nicht . . .«

Er warf mir einen Blick zu. »Und jetzt . . . bist du auf einmal nicht mehr – meine Schwester. Das macht alles – eigenartig. Ich . . . ich meine, verliere ich dich jetzt? Sind wir jetzt weniger? Oder – mehr?«

»Moon! Moon! Bitte, hör auf«, sagte ich und sprang auf.

»Das alles geht mir durch den Kopf, Sky«, verteidigte sich Moon und blieb sitzen. Sein letzter Marshmallow war verboten schwarz, aber er biss dennoch hinein.

»Du wirst dich umbringen«, warnte ich ihn.

»Und wennschon«, murmelte Moon und seine Stimme klang jetzt ebenfalls gereizt. »Verdammt, Sky, ich habe das alles hier so satt . . .«

»Wie Chrippa?«, fragte ich mit hochgezogenen Augenbrauen.

»Ja, könnte sein«, war Moons Antwort.

»Ich gehe rein. Ich habe genug«, murmelte ich und lief hinauf ins Schimmelzimmer. Kendra hatte die hartnäckigen Schimmelflecken an der Wand neben dem Fenster vor ein paar Tagen mit bunter Acrylfarbe in ein skurriles, abstraktes Gemälde verwandelt.

»Bunte Periode«, hatte sie gemurmelt und mit Goldlack einen goldenen Rahmen darum gezogen.

»Bunte Periode, goldgerahmt.« Sie lächelte mir zu. »Schimmelzimmer war einmal. Jetzt ist es das bunte Picassozimmer.«

Mit meinen Büchern, meinen Schulsachen, meinen CDs und DVDs, meinem Laptop und meinem kleinen, selbst gezogenen Ginkgo war das Schimmelzimmer zu ertragen.

»Das Picassozimmer«, hatte Kendra mich verbessert.

Mein altes Zimmer stand immer noch leer. Rosie saß in der letzten Zeit manchmal darin und sah sich Kinderbilder von Moon und mir an. Bei Kerzenschein und mit Tee.

»Und ihr seht euch doch ähnlich«, hatte sie einmal gesagt, als ich an der geöffneten Zimmertür vorüberging. »Ich denke immer noch, dass diese Klinik sich irrt.«

»Bronchitis, Atemnot, Muskelschmerzen, Magen-Darm-Beschwerden«, unkte Hamburg/weiblich immer wieder und hielt sich ein Tuch vor Nase und Mund, so oft sie meinte, mich im Schimmelzimmer besuchen kommen zu müssen. Und Hamburg/männlich hatte mir einen Artikel *Krank durch Schimmelpilze?* aus dem Internet ausgedruckt.

Ich schaltete mein Laptop ein, schob *Some like it hot* ins DVD-Lauffach und legte mich ins Schimmelzimmergästebett.

Abschalten. Nicht nachdenken. Überhaupt nicht denken.

Unten im Garten wurde Moons Feuer kleiner, unruhig flackernde Schatten wanderten über Kendras buntes Schimmelbild.

24. HANNAH

Alle zwei Jahre verbringen wir *Rosch ha-Schana,* das jüdische Neujahrsfest, bei unseren Großeltern in Israel. Den Versöhnungstag, *Jom Kippur*, feiern wir dann immer mit all unseren israelischen Verwandten in Ramat Aviv im großen Haus meiner Großeltern. Unser Großvater ist der Rabbi einer großen Gemeinde dort und meine Großmutter, die insgesamt vierundzwanzig Enkelkinder hat, freut sich immer sehr, wenn David, Jonathan und ich – ihre einzigen Enkel aus Amerika – endlich wieder im Heiligen Land sind.

»Bleibt, bleibt, bleibt«, sagte sie bei all unseren Besuchen sehnsüchtig. Manchmal stritt sie sich mit unseren Eltern, weil sie uns immer wieder so lange entbehren musste.

»Ima, du hast einundzwanzig Enkel, die dauernd um dich sind«, sagte unsere Mutter dann. »Uns gefällt unser Leben in Amerika. Und Moshe hat seine Arbeit dort, vergiss das nicht.«

»Er kann auch hier arbeiten. Musiziert wird überall«, schimpfte meine Großmutter dann auf Hebräisch. »Ihr seid Juden, ihr gehört hierher!«

Dieses Jahr würden wir Jonathans wegen nicht fliegen können.

»Wie sollen wir das nur eurer Bubbe beibringen?«, überlegte meine Mutter. Wir waren im Krankenhaus bei Jonathan. Arik war ebenfalls zu Besuch.

»Ich habe Obi-Wan Kenobi, Darth Vader, Chewbacca, Anakin Skywalker, Ewok Paploo, Yoda und . . .«

Arik überlegte und wühlte prüfend in dem Beutel voller Star-Wars-Figuren, die er zum Spielen mitgebracht hatte.

»Hast du auch R2-D2 und C3PO?«, erkundigte sich Jonathan,

der im Schneidersitz in seinem Bett saß und darauf wartete, dass die Infusionslösung, die in seinem Arm steckte, endlich durchgelaufen war. Dann würde er aufstehen und spielen gehen können, zumindest für eine Weile.

»Klar«, antwortete Arik achselzuckend. Er hatte eben immer alles.

»Und Prinzessin Leia?«

»Nee, die ist doch öde«, erklärte Arik abfällig. »Dafür habe ich einen Klonkrieger als Spardose. Der ist cool. Aber den habe ich nicht mitgebracht. Der steht zu Hause auf meinem Schreibtisch.«

Jonathan griff in seinen Nachttisch. »Das hat mir mein Cousin Chajm geschickt. Aus Israel.« Er zeigte stolz seinen Star-Wars-Turbo-Tank vor, den er wie seinen Augapfel hütete.

Ich musste lächeln. Chajm war von all meinen Cousins mein Lieblingscousin. Er spielte Geige und Cello wie ich, aber er war dennoch das schwarze Schaf unter seinen Geschwistern. Seine Mutter ist nur ein Jahr älter als meine Mutter und oft rief sie bei uns an, um über Chajm ihr Herz auszuschütten.

»Er ist widerspenstig, Delia. Er will nicht beten. Er will nicht die *Thora* studieren. Er trägt seine *Kippa*h nicht mehr. – Und stell dir vor, er will nicht zu seinem Militärdienst gehen . . .«

In Israel musste jeder Junge und jedes Mädchen nach der Schule zum Militär.

»Puh, wenn du mich fragst, er sieht aus wie Franz Kafka«, hatte Sharoni einmal gesagt, als ich ihr sein Bild bei *Facebook* zeigte. »Tragisch. Und irgendwie lebensuntüchtig. Was für Augen, was für Wimpern. Und dann dieser ernste Blick . . . – David sieht viel besser aus, Han.«

Aber das stimmte nicht.

Ganz sicher nicht.

Im Chat hatte ich Chajm einmal gefragt, wie er es anstellen wollte, um seinen Militärdienst herumzukommen.

»Ich könnte mich zum Beispiel als chassidischer Jude ausgeben«, hatte Chajm zurückgeschrieben. »Aber da käme ich vom Regen in die Traufe. Religion ist einfach absolut nicht mein Ding.«

Dann hatte er geschrieben, er könne ja versuchen, sich als Schwuler auszugeben.

». . . die wollen sie manchmal auch nicht. Aber sicher ist dieser Tipp leider nicht – siehe Alon.«

Alon war ein anderer Cousin von mir. Er war homosexuell, das wusste die ganze Familie, aber er hatte dennoch seine drei Jahre Militärdienst geleistet.

»Bleibt nur eins«, schrieb Chajm zum Schluss.

»Was?«, hatte ich zurückgeschrieben.

»Abhauen«, las ich ein paar Sekunden später. Aber als ich darauf antworten wollte, sah ich, dass Chajm offline gegangen war.

Ich hatte Chajm vor zwei Jahren zum letzten Mal gesehen. Damals war ich fünfzehn gewesen. Und er siebzehn.

»Schade, dass ihr schon wieder abreist«, hatte er am Tag nach *Jom Kippur* gesagt. »Ich wünschte, ich könnte mit euch kommen. Ich habe den Laden hier gründlich satt.«

Ich lächelte ihn an. Shar sagt immer, dass ich bei Jungen zu schüchtern und zurückhaltend bin, aber mit meinen Cousins war es anders. Vielleicht, weil sie zur Familie gehörten. Vielleicht, weil ich mich bei ihnen so geben kann, wie ich bin.

Chajm und seine Brüder nannten mich *Blondie*.

»Ist nicht böse gemeint«, sagte Chajm und zupfte an einer meiner hellen Haarsträhnen und ich dachte daran, dass es schade war, dass er mein Cousin war.

Ich starrte ihn an diesem Abschiedstag an, sah seine fast schwarzen Augen, seine schön geschwungenen Augenbrauen, seine langen Wimpern, die schmale Nase, den Mund mit den oft zusammengepressten Lippen. Seine Ohrläppchen waren angewachsen.

»Die Ohrläppchen aller Egoisten sind angewachsen«, erklärte mir Chajm, der mich gefragt hatte, warum ich ihn so anstarrte. Verlegen hatte ich das über seine Ohrläppchen gesagt.

»Jedenfalls behauptet meine Ima das. Vielleicht ist es auch nur Quatsch. Die Lady redet eine Menge Quatsch.«

»Wie sind meine Ohrläppchen?«, fragte ich ihn, weil ich es wirklich nicht wusste.

»Schön«, antwortete Chajm knapp.

»Chajm, reiß dich von Blondie los«, rief einer seiner Brüder und lachte laut. »Greenbergs müssen zum Airport.«

»Idioten«, murmelte Chajm. »Hannah, meinst du – deine Eltern würden was dagegen haben, wenn ich eines Tages mal – sagen wir – unverhofft vor eurer Tür stehe?«

Ich schaute ihn an. Oh, ja – komm, dachte ich.

»Nein, sie hätten bestimmt nichts dagegen«, sagte ich.

»Okay«, nickte Chajm. »Gut zu wissen. – Kennst du *Facebook?«*, fragte er dann. Damals war *Facebo*ok noch völlig neu.

Ich schüttelte den Kopf.

»Ich schicke dir einen Link«, erklärte Chajm. Damit drehte er sich um und ging davon.

Inzwischen war Chajm neunzehn, wie David. Also kein Junge mehr. Und nicht mehr mein Cousin. Wir waren nicht verwandt.

Er war er. Und ich war ich.

». . . außerdem habe ich sieben Lichtschwerter. Wie viele hast du, Joni?«, fragte Arik gerade.

»Fünf«, antwortete mein kleiner Bruder und zuckte mit den Achseln.

»Aber dafür hast du Commander Deviss und Captain Rex«, sagte Arik tröstend. »Die fehlen mir noch. – Wann kommst du endlich hier raus?«

»Keine Ahnung«, sagte Jonathan und ließ seinen Star-Wars-Turbo-Tank über die Bettdecke rasen.

Ich stand auf und schlüpfte in meine Jacke. Dabei kam mir ein Gedanke.

»Holt Sharoni dich ab, Hannah?«, fragte meine Mutter.

Ich nickte.

»Grüß sie von mir«, sagte meine Mutter.

Ich nickte wieder.

»Und – Hannah?«

»Was?«

Sie seufzte. »Du bist so still in der letzten Zeit.«

»Kann sein.«

»Ich weiß, dass diese ganze Angelegenheit dich belastet.«

Ich verzog das Gesicht. »Ima, Shar wartet bestimmt schon ...«

»Ich meine ja nur«, sagte meine Mutter. »Wenn du willst, erzähle ich dir von dem Treffen mit – Mr Lovell. Er ist nett, Hannah. Und er ist Maler. Ich würde dir gerne alles erzählen, wenn du mich nur lassen würdest.«

»Ma, ich möchte nicht!«, sagte ich heftig und floh aus dem Krankenzimmer. In meiner Eile hatte ich vergessen, mich von Jonathan und Arik, der Nervensäge, zu verabschieden.

Aber sei's drum. Übermorgen würde ich sowieso wieder hier sein. – Auch wenn ich nicht mehr wirklich dazugehörte, kein echter Teil der Familie mehr war.

Ich stand jetzt für mich alleine. Viel langsamer als beabsichtigt, lief ich den grau-weiß gemusterten Gang entlang, nahm das grau-weiße Treppenhaus anstelle des Aufzuges und verließ die Klinik.

Mr Lovell – mein Vater – war Maler?

Sie würden stattdessen zu uns kommen. Und zwar schon nächste Woche, da mein Großvater seine Gemeinde an *Rosch ha-Schana* nicht alleine lassen konnte. Und schon gar nicht zu *Jom Kippur*. Aber jetzt – mitten im Sommer – war er abkömmlich, wie unsere Großmutter unserem Anrufbeantworter über eine Distanz von über siebentausend Meilen hinweg erzählt hatte. Die Verbindung rauschte wie der Ozean, der zwischen uns lag.

»Wer hätte das gedacht?«, sagte meine Mutter und ein kleines Lächeln huschte über ihr müdes, mitgenommenes Gesicht. Es würde das erste Mal in ihrem Leben sein, dass ihre Mutter und sie gemeinsam in den Staaten waren.

»Sie tun es für Jonathan«, fügte sie hinzu. Unser Vater war bei meinem Bruder in der Klinik. »Und sie sind natürlich ebenfalls erschrocken über diese – Verwechslungsgeschichte. Sie wollen darüber reden, sie haben bestimmt eine Menge Fragen, aber vor allen Dingen wollen sie Hannah in den Arm nehmen – trösten, ihr sagen, wie lieb sie sie haben . . .«

Ich schwieg und Davids Blick suchte mich.

»Weiß unsere Bubbe denn schon die Details?«, fragte er plötzlich zögernd.

»Welche Details?«, fragte unsere Mutter zurück.

»Die – deutschen Details«, setzte David nach und steckte seine *Kippah* fester. Ich hatte das dumpfe Gefühl, dass er das jedes Mal tat, wenn von meinen deutschen – *Wurzeln* die Rede war.

»Nein, aber . . .«, fing unsere Mutter an, doch mein Bruder fiel ihr ins Wort.

». . . na, das wird ja ein böses Erwachen werden«, sagte er.

»Wie meinst du das, David?«

Meine Mutter öffnete ein Fenster, es war ein stickiger Tag und wir besaßen im Gegensatz zu vielen anderen Haushalten in unserem Viertel keine Hausklimaanlage. Unsere Eltern waren aus ökologischen Gründen dagegen.

Die graue Wolkendecke, die den Himmel den ganzen Tag über bedeckt hatte, riss gerade auf.

»Ich tippe eins zu tausend, dass unsere Großmutter zusammenklappt, wenn sie von Hannahs deutschen Wurzeln erfährt. – Bei ihrer Einstellung zu Deutschland wäre das kein Wunder, oder?«

»David!«, sagte unsere Mutter entsetzt.

»Wovon sprecht ihr?«, erkundigte sich Esther und kam zu uns herein. Sie schaute von einem zum anderen.

»Stell dir vor, Esther, altes Haus, deine Tochter und dein Schwiegersohn werden Hannah zu Ehren Feindesland betreten!« David lachte ein bisschen, aber wirklich vergnügt sah er nicht aus.

»Sie kommen wegen Jonathan«, verbesserte ihn meine Mutter verbissen.

»Sarah und Yitchak kommen?«, wiederholte Esther.

»Ist das nicht wunderbar? Freust du dich?« Delia lächelte ihre alte Großmutter an. »Nach so vielen Jahren. Wie schön für dich, nicht wahr?«

Aber Esther gab keine Antwort. Stattdessen ging sie in den nach Regen dürstenden Garten und blieb dort, bis es wirklich zu regnen begann. Und auch dann noch eine ganze Weile. Ihre Silhouette sah klein und zerbrechlich aus.

»Geht sie holen, David – Hannah«, sagte unsere Mutter besorgt und sah aus dem Fenster. »Was sie nur schon wieder hat? Ich dachte wirklich, sie würde sich freuen.«

»Hannah, geh du«, sagte David. »Ich muss in die *Jeschiwa*. – Und auf dich hört sie sowieso eher als auf mich. Weiberklüngel . . .«

Aber sie hörte auch nicht auf mich, Weiberklüngel hin oder her.

»Lasst mich in Ruhe. Ich muss nachdenken«, sagte sie nur und wedelte ungeduldig mit der Hand. Ich hatte die vage Erinnerung, dass sie so etwas Ähnliches vor nicht allzu langer Zeit schon einmal gesagt hatte.

25. SKY

Leek hatte es geschafft, Hamburg/männlich und weiblich ungefähr zwölf Stunden von unserem Haus fernzuhalten. Am anderen Morgen waren sie wieder da. Der silberne Mietwagen parkte bereits früh knirschend auf dem Kiesbelag unserer Einfahrt.

»Wir haben Mohn- und Sesambagels mitgebracht«, verkündete Dorothea seelenruhig und kam zur Terrassentür herein, die offen stand. Sie legte die braune Papiertüte auf den nicht abgeräumten Tisch vom Vortag. Rosie saß auf dem Holzboden und war dabei, sich ein großes Tarot zu legen. Leek war gegen Mitternacht nach Hause gekommen, ich hatte ihn kommen hören. Kurz nach ihm kam Rosie von Jilliam zurück und die beiden redeten leise unter Moons Baum miteinander.

Jetzt war Leek wieder mit meinem Bild beschäftigt. Ans Frühstückmachen hatte bisher noch keiner gedacht.

»Sie waren sehr nett, Sky«, sagte Leek, während er malte. »Hallo, Dorothy, hallo Herrmann.«

Meine Großeltern verzogen keine Miene.

»Ich mache Kaffee«, sagte Hamburg/weiblich bloß. *»Deutschen* Kaffee.«

Die Betonung der Kaffeenationalität ließ keinen Zweifel darüber offen, was sie von amerikanischem Kaffee hielt.

Sie brachten immer Sachen aus Deutschland mit, wenn sie kamen. Eine neue elektrische Zahnbürste, *Made in Germany,* deutsche Bücher, deutsche Tampons, Haribo-Gummibärchen – und Kaffee. Die Lebensmittel schmuggelten sie, aber sie waren noch nie aufgeflogen.

»Und dann möchte ich genau wissen, was gestern Abend besprochen wurde«, sagte Dorothea scharf. Ihr Gesicht war ohne sichtbare Regung, aber ich sah dennoch ihre Wut, dass sie sich am gestrigen Abend nicht durchgesetzt hatte.

»Er ist Geigenbauer und hat ein freundliches, ernstes Gesicht mit tiefen Augen«, sagte Leek zu mir und lächelte mir aufmunternd zu. »Und sie ist hübsch. Ruhig, ausgeglichen.«

»Also ganz anders als ich«, sagte Rosie und betrachtete düster ihr Tarot-Blatt. »Der Eremit, Das Rad des Schicksals, Zehn der Stäbe . . . Du lieber Himmel . . .«

»Sie sind etwas älter als wir, aber aufgeschlossen. Es hätte viel schlimmer kommen können.«

»Und wie seid ihr verblieben?«, fragte Dorothea. »Wann werdet ihr das Mädchen treffen?«

»Der Eremit sagt: ›Ziehen Sie sich zurück. Schweigen Sie und erfahren Sie, was Ihnen die Stille offenbart.‹ Und die Stäbe? ›Auf Sie wartet eine Last, die Sie an Ihre Grenzen bringt . . .‹«, murmelte Rosie und tippte auf die Stäbekarte, als liege darin der Schlüssel zu ihren mannigfaltigen Problemen.

»Rosie, bitte . . .«, sagte Dorothea gereizt.

»Mutter, das hier ist mein Leben«, antwortete Rosie ungewohnt heftig und sammelte im nächsten Atemzug die Karten ein.

»Das Leben hat man nie für sich alleine. Man teilt es«, konterte Dorothea. »Und dieses Mädchen geht uns alle an. Auch mich und Herrmann. Sie ist auch ein Teil von *uns,* vergiss das nicht. – Was ist übrigens überhaupt mit diesem unehelichen Kind, das Lawrence da bei seinen Sexstreifzügen gezeugt hat? Willst du dich immer noch nicht scheiden lassen, Rosie? Was muss er noch tun, ehe du reagierst?«

Sie redete, als sei Leek nicht da.

Das alles drehte sich im Kreis. Es war nicht zum Aushalten. Moon war noch nicht aus seinem Zimmer gekommen.

Rosie fing an zu weinen, Leek nahm sie in den Arm, mein Großvater goss sich seinen deutschen Kaffee ein und meine Großmutter scheuchte Godot in den Garten, weil er frühstückshungrig auf den Holzboden sabberte.

Ich schnappte mir das Telefon und wählte Kendras Nummer.

»Kannst du mich abholen?«, bat ich. »Ich muss hier raus, sonst drehe ich durch.«

»Okay«, sagte Kendra. Morgen war meine Fahrprüfung. Nur schade, dass ich kein Geld für ein eigenes Auto hatte.

»Ich schenke dir die Hälfte von meinem«, sagte Kendra achselzuckend, als wir den Hillcrest Drive hinter uns ließen und Richtung Meer fuhren. Die Luft roch nach den vielen hohen Eukalyptusbäumen, die den Boulevard zu beiden Seiten säumten.

»Danke«, murmelte ich, lehnte mich zurück und lächelte ihr, so gut es ging, zu.

Knapp vierundzwanzig Stunden später hielt ich meinen Führerschein in der Hand. Ich starrte ihn immer wieder an. Ein goldener Tag.

»Gratuliere«, sagte Kendra und umarmte mich.

»Und was machen wir jetzt?«, fragte ich.

»Kontrolltermin beim Zahnarzt, leider«, sagte Kendra. »Aber ich kann das Auto meiner irren Mutter nehmen. Sie hat Hexenschuss und sitzt frustriert zu Hause. – Du kannst mit dem Honda ein paar Highways abfahren, wenn du willst. Nimm doch Moon mit. Dem fällt bestimmt schon wieder die Decke auf den Kopf, wie ich ihn kenne . . .«

»Danke, du bist ein Schatz«, sagte ich.

»Weiß ich doch«, antwortete Kendra. »Aber sag das mal Brenda Flayderman, der Frustrierten. Die sieht das ganz anders, fürchte ich. Gestern hat sie mir an den Kopf geworfen, dass sie den Sohn von ihrer bescheuerten Freundin Marge praktisch angefleht hat, mich um ein Date zu bitten, aber der Knabe hat entsetzt abgelehnt und gesagt, er geht nicht mit Emanzen aus.«

Kendra lachte schallend und überließ mir den Honda und den dazugehörigen Autoschlüssel. »Fahr ruhig Beulen rein, die Karre ist auf meinen Dad versichert. Der stinkt vor Kohle.«

Ich holte Moon nicht ab. Was hatte dieses Punkmädchen doch gesagt? Ich würde ihn dominieren? Er sei mein Schatten?

»Wenn sie meint. Wenn er meint«, murmelte ich achselzuckend und startete behutsam den Motor. Egal, was Kendra gesagt hatte, ich wollte, wenn möglich, keine Beulen in ihren Wagen fahren. Zuerst kurvte ich ziellos eine Weile herum und genoss meine neue Freiheit, dann parkte ich kurz entschlossen beim La-China-Restaurant und aß dort eine Portion vegetarische Wontons.

Moon liebte Wontons und ich dachte, während ich aß, über ihn und das, was er gestern Abend am Feuer gesagt hatte, nach.

Er war nicht mein Bruder, war es nie gewesen. Warum hatte er das so betont? *Ich liebe nur dich und Rosie.*

Klar liebten wir uns, aber was war jetzt, nach diesem Verwechslungsdesaster, anders für ihn?

Theoretisch konnten wir jetzt, da nicht länger blutsverwandt, ein Paar werden. Es gab massenhaft Soaps dieses Inhalts.

Aber – Moon und ich – ein Paar?

Ich schüttelte verwirrt den Kopf.

»Schmeckt es nicht? Soll ich etwas anderes bringen?«, fragte der Kellner besorgt und eilte an meinen Minitisch neben der schmalen Tür zur Küche.

»Nein, alles okay«, beruhigte ich ihn hastig und ertränkte meine Wontons in Sojasoße.

Und plötzlich wusste ich, was ich als Nächstes tun würde.

Zu Hause, zwischen Rosies Zu-erledigen-Kram, lag seit Tagen dieses Infoblatt des Benjamin-Franklin-Transplantations-Zentrums, das wir bekommen hatten. Ein paar allgemeine Informationen bezüglich der Klinik standen darauf, außerdem der Name dieses kleinen Greenbergkindes – des Bruders von Hannah Greenberg, die eigentlich ich war.

»Jonathan Greenberg . . .«, murmelte ich vor mich hin, bezahlte meine Rechnung, verließ das kleine Lokal, stieg ins Auto, gab das Krankenhaus in Kendras *TomTom* ein und startete den Motor.

Das war sie. Das musste sie sein. Ich spürte, dass ich zitterte, aber ich machte mich stocksteif.

»Ja, bitte?«, sagte die dunkelhaarige Frau, die sich zu mir umgedreht hatte. Der kleine Junge saß in seinem Krankenhausbett in einem Meer aus Plastikspielzeug.

Leek und Rosie hätten solche Mengen an Plastikkram niemals erlaubt. Moon und ich hatten als Kind mit allem gespielt, was es in unserem praktisch plastikfreien Haus gab. Rosies Edelsteine, Schminksachen, Halsketten und Ringe, Nagellacke, ihre Tarotkarten, ihre bunten Yogakissen in Sonnen- und Sternenform, dazu Leeks alte Blechspielzeugsammlung und seinen heiligen Mr Snowwhite – und natürlich seine schier unendlichen Vorräte an Kohle- und Buntstiften. Mit ihnen malten wir Millionen von Bildern, die Rosie untypisch akribisch mit Namen und Erstellungsdaten beschriftete und die Wände des Hauses mit ihnen pflasterte. Außerdem sammelten wir jahrelang Malsteine und Besondere-Form-Steine und bastelten aus Kleiderbügeln und Pappschachteln und den Innereien eines alten Telefons eine gigantische Zeitmaschine, in der wir viele Jahre lang durch sämtliche Galaxien geflogen waren.

Die dünne Frau, die am Bett des Jungen sah, starrte mich an. Und ich starrte sie an.

»Du lieber Himmel«, sagte sie und ihre Stimme klang furchtbar rau. Sie war eindeutig älter als Rosie, aber bestimmt nicht viel – und sie sah hübsch aus. Ihre Haare waren sehr dunkel, mit Silberfäden durchzogen, und hochgesteckt. Ihr Gesicht war schmal und völlig ungeschminkt, aber sie hatte kleine goldene Ohrstecker in den Ohrläppchen. Sie trug eine schlichte Jeans und ein helles T-Shirt.

»Wer ist das, Ima?«, fragte der kleine Junge und zerrte seine Mutter am Arm.

»Das ist . . . das muss – Sky sein«, sagte die Frau mit angespannter Stimme und stand auf.

Ich nickte.

»Wer?«, quengelte der kleine Junge. »Ima – wer?«

Die Frau rang mit den Händen und schien nicht zu wissen, was sie tun sollte.

»Um Himmels willen«, sagte sie dann, lächelte, hörte auf zu lächeln, lächelte wieder und kam unentschlossen auf mich zu. Plötzlich waren ihre Augen voller Tränen.

»Hallo . . .«, sagte ich so fest wie möglich.

Wir starrten uns erneut an.

»Dein . . . dein Vater hat dich für mich – für meinen Mann und mich, meine ich, ein Bild von – dir gemalt. Ich . . . ich habe es seitdem immer bei mir. Willst du es sehen?«

»Ima, Ima, Ima«, rief der Kleine ungehalten.

»Joni, bitte schrei nicht so«, sagte die Frau nervös und rang wieder die Hände.

»Wer ist das? Warum weinst du? Warum bist du so komisch?«, bohrte der Kleine hartnäckig, während seine Mutter in ihrer Handtasche kramte. Ich stand immer noch in der Nähe der Tür.

»Hier ist es«, sagte sie dann und zog vorsichtig eine leicht zerknitterte Papierserviette aus dem Inneren der Tasche hervor.

Es war eine von Leeks typischen kleinen Skizzen, nichts Besonderes. Er hat Moon und mich bestimmt tausend Mal auf diese Weise zu Papier gebracht.

Ich versuchte ein Lächeln.

»Wenn du nur ahnen könntest, was diese Zeichnung mir bedeutet«, sagte die Frau, die mich vor siebzehn Jahren – wie es schien – geboren und dann nie wiedergesehen hatte. Bis heute, bis jetzt. Bis zu diesem Moment.

»Ima – ist sie das vertauschte Mädchen?«, rief Jonathan in diesem Moment der Erkenntnis und sprang weiter in seinem Bett herum, dass es quietschte und ächzte. Hieß es nicht, er sei schwer krank? Er wirkte nicht so.

»Ist sie das, Ima? Die, die mit Hannah vertauscht ist? Sag doch mal, Mommy! Ist das meine Schwester? Ich glaube, ich mag trotzdem Hannah lieber. Und du?«

Plötzlich konnte ich durchatmen. Ich hatte es mir schlimmer vorgestellt – alles. Aber es war nicht wirklich schlimm.

»Ich bin – seinetwegen gekommen«, sagte ich und deutete auf das laute, zappelnde Kind in seinem Spielzeugbergbett.

Delia Greenberg nickte, blinzelte mit tränennassen Augen und presste eine Hand vor den Mund. In diesem Moment ging die Tür hinter mir auf und eine Schwester kam herein.

»Wir bräuchten den kleinen Mann hier für eine Ultraschallaufnahme«, sagte sie munter, ohne mich weiter zu beachten.

Und da entschied Mrs Greenberg von einem Moment auf den nächsten, dass ihr Sohn diese eine harmlose Untersuchung auch ohne sie überstehen würde.

»Nein, das tue ich nicht«, erklärte er wütend und kniff die Lippen fest zusammen.

»Doch, Joni, das tust du«, erwiderte seine Mom streng und kniff ebenfalls die Lippen fest zusammen.

Und dann waren wir auf einmal alleine.

»Wollen wir . . . wollen wir vielleicht für einen Moment hinunter in den Klinikgarten gehen?«, schlug Mrs Greenberg zögernd vor. Ich nickte und starrte, obwohl ich es nicht wollte, sekundenlang auf ihren flachen Bauch, der unter dem cremefarbenen T-Shirt verborgen war. Darin war ich gewesen, neun lange Monate lang. Und sie . . . – sie hatte mich ernährt, gewärmt, beschützt, ihre Hand auf mich unter ihrer Bauchdecke gelegt und sich über meine Babytritte gefreut. Ich hatte dafür von dort drinnen dem Klang ihrer Stimme gelauscht und dem rhythmischen Klopfen ihres Herzens.

»Durchatmen«, sagte sie wie befreit, als wir endlich unten waren, und atmete durch. Im Aufzug hatten wir kein Wort gesprochen, erschrocken über die aufgezwungene räumliche Nähe zwischen uns.

»Die Klinikluft macht mich verrückt. Immer diese Klimaanlage, man wird ganz elend davon.«

Ich nickte. Der kleine Klinikgarten vermittelte irgendwie die Illusion von Abgeschiedenheit. Wir erreichten ein paar Obstbäume und blieben stehen.

Die Luft war mit Blütenduft erfüllt. Ich setzte mich ins grüne, anscheinend täglich bewässerte Gras, während Mrs Greenberg stehen blieb, sich an den Baumstamm lehnte und nervös kleine Rindenstücke abbrach.

Hier war es schattig, noch ein Pluspunkt für den Rasen, der in Südkalifornien im Sommer fast immer und überall ums Überleben kämpfen muss.

Sie sieht nicht sehr jüdisch aus, dachte ich plötzlich. Allerdings – was hieß schon jüdisch aussehen?

Mrs Greenbergs Gesicht lag ebenfalls im Schatten und sah ein bisschen wie mit Holzkohle skizziert aus. Immer noch stand sie. Rosie hätte sich längst neben mir ins Gras fallen lassen. Sich gerekelt, die nackten Arme hinter dem Kopf verschränkt, ihr Gesicht aus dem Schatten in die Sonne geschoben.

»Ich bin ganz verwirrt«, gestand Mrs Greenberg in diesem Moment und setzte sich nun doch. Allerdings würde Rosie viel schlimmer reagieren als Mrs Greenberg, stünde diese Hannah Greenberg plötzlich unerwartet vor der Tür. Wahrscheinlich würde sie völlig zusammenklappen, weinen oder erstarren, wie eine Ertrinkende nach Leek rufen – und sich keineswegs entspannt in der Sonne rekeln.

»So im Gras habe ich schon eine Ewigkeit nicht mehr gesessen.« Mrs Greenberg schüttelte den Kopf. »Ich habe ziemliche Probleme mit meinen Knien, weißt du. Mit meinen Gelenken insgesamt. Mit jedem – Kind wurde es schlimmer . . .«

Sie hob erschrocken den Kopf. »Das klang jetzt ganz falsch«, verbesserte sie sich. »Ich meine, eigentlich wurde es erst nach Jonathans Geburt so. Arthritis, es kommt in der ganzen Familie vor, meine Mutter und meine Großmutter haben ebenfalls . . .«

Wieder stockte sie.

»Ich rede nur Unsinn«, nahm sie dann einen neuen Anlauf.

Ich schüttelte den Kopf.

»Doch, doch«, beharrte sie und schob sich eine verschwitzte Haarsträhne aus der Stirn. »Ich bin nur so durcheinander, so aufgeregt.« Sie lächelte mir zu. »Du . . . bist ein sehr hübsches Mädchen, Sky«, sagte sie dann. »Tausendmal habe ich mir in den letzten Tagen unser Zusammentreffen vorgestellt, wenn es denn je dazu kommen sollte. Ich war mir nicht sicher, ob du es überhaupt wolltest. Und mit – Hannah kann ich auch nicht darüber sprechen. Sie hat sich in ihr Schneckenhaus zurückgezogen, wenn du verstehst, was ich meine.«

Wir hatten nicht viel Zeit. Aber wir schafften es, über eine Menge zu sprechen. Delia sagte, ich solle sie doch beim Vornamen nennen. Und sie fragte nach Moon. Und was ich gerne machte.

»Ich spiele seit Jahren Klavier auf dem Schulklavier«, sagte ich. »Wir haben – zu Hause nicht genug Platz für ein eigenes Klavier. Unser Haus ist nicht sehr groß. Im ersten Stock – im Schimmelz. . . – ich meine, im Gästezimmer, wäre Platz, aber die Treppe nach oben ist wiederum zu eng für ein Klavier.«

Delia lächelte mir zu. Sie erzählte, dass sie als Kind in Israel auch Klavier spielen gelernt habe und es auch heute noch oft tue.

»Mein ganzer Kopf ist voller Fragen und Fragezeichen«, gestand sie dann mit einer hilflosen Geste.

Wir lächelten uns an und anschließend musste Delia wieder nach oben.

»Willst du . . . noch mal mitkommen?« Ihre Stimme klang scheu.

Ich stand ebenfalls auf und nickte. Sie war so völlig anders als Rosie! Wie konnte es sein, dass ich . . .?

»Er ist nicht immer so eine Nervensäge wie vorhin«, versprach Delia, als wir wieder in den Aufzug stiegen. »Dieser lange Krankenhausaufenthalt, die vielen Untersuchungen – und dann diese . . . Geschichte mit dir und Hannah!« Sie lächelte mir entschuldigend zu. »Wie das klingt«, sagte sie kopfschüttelnd.

Als wir wieder in Jonathans Zimmer traten, schlief er. Im kleinen Klinikfernseher liefen Cartoons, das Zimmer flimmerte davon in bunten Farben.

»Ich mach's«, sagte ich leise zu Delia. »Ich meine, ich lasse mich testen.«

Delia schaute mich an, ich sah Tränen in ihren Augen und dann umarmte sie mich.

»Nicht nur deshalb«, flüsterte sie. »Ich wollte dich sowieso schrecklich gerne in den Arm nehmen . . .«

Sie hauchte mir einen sehr vorsichtigen Kuss auf die Wange. Ich schluckte. Delia roch nach einem zarten, blumigen Parfum und ich bekam schreckliches Herzklopfen, als ich ihre Ohren aus der Nähe sah. – Es waren meine Ohren, hundertprozentig.

26. HANNAH

Sie war in der Klinik, Shar«, sagte ich nachdenklich zu Sharonis Rücken. Ich hatte bei ihr übernachtet, ebenso Imogen, ein anderes Mädchen aus unserer Klasse. Während Sharoni duschte, hatte meine Mutter mich auf dem Handy angerufen.

»Wer war in welcher Klinik?«, fragte Imogen und setzte sich an den Küchentisch.

Ich seufzte. Was sollte es? Irgendwann würde die Geschichte ja sowieso ans Tageslicht kommen. Warum nicht gleich?

»Was wollt ihr? *Fruit Loops*? *Coco Pops?«,* fragte Shar, den Kopf immer noch im Vorratsschrank.

»Was gibt's außerdem?«, erkundigte sich Imogen, die immer furchtbar viel isst und trotzdem klapperdürr ist. Sie vergaß für einen Moment unser angefangenes Gespräch.

»Sponge Bob – und Apple Jacks«, verkündete Sharoni. »Mann, ob meine Eltern Aktien bei Kellogs haben?« Sie drehte sich um. »Tatsächlich, Han – sie war in der Klinik? Wann? Und – wird sie sich testen lassen? Und wie war es für deine Mutter? Wie ist diese – Sky?«

Shar belud den Küchentisch, an dem wir saßen, mit sämtlichen Kellogsschachteln. Ich holte Frühstücksschüsseln und den Kanister mit Milch aus dem Kühlschrank. Auf der Milch war eine dieser schrecklichen Vermisstenanzeigen bezüglich eines kleinen asiatischen Mädchens, das vor ein paar Wochen aus Boston verschwunden war. Entführt aus dem eigenen Kinderzimmer, mitten in der Nacht. Die Welt war voller Perverser, da gab es keinen Zweifel.

»Meine Mutter sagt, sie war nett. Und lieb zu Joni. Und ich – würde mich bestimmt gut mit ihr verstehen. Sie spielt Klavier und hat Sonnenblumenohrringe und ein – hübsches Lächeln. Sie sei sehr offen – und natürlich . . .«

All das hatte meine Mutter gesagt.

»Wow!«, murmelte Shar. »Das klingt ja oscarpreisverdächtig! Die Schöne, Unbekannte aus Hollywood. Ohne Fehl und Tadel.«

»Hallo? Könntet ihr mich vielleicht mal aufklären?«, sagte Imogen eine Spur pikiert.

»Und was ist mit Joni?«, erkundigte sich Sharoni weiter, ohne Imo zu beachten. Ich sagte es ihr.

»Das ist gut«, sagte Shar erleichtert. »Das ist richtig gut. Stell dir vor, sie passt. Dann wird Joni vielleicht bald wieder gesund.«

Ich nickte. Und dann klärten wir Imogen auf.

»Krass«, sagte sie hinterher, während unsere Apple Jacks aufgeweicht und vergessen in drei Milchseen schwammen.

»Ich wünschte, mir würde dasselbe passieren«, fuhr sie nachdenklich fort. Shar und ich wussten sofort, was sie meinte. Imogens Eltern waren der blanke Horror. Knallharte Workaholics, Chefärzte in einer privaten Schönheitsklinik. Sie hatten praktisch niemals Zeit für Imogen, die von einem Meer aus Angestellten umgeben war. Es war schon vorgekommen, dass sie ihre Eltern über drei Wochen nicht zu Gesicht bekommen hatte, obwohl die im selben Haus wie sie lebten, aßen und schliefen. Und im vergangenen Frühling hatten sie glatt und gnadenlos Imogens siebzehnten Geburtstag vergessen.

Nachmittags fuhren wir zu mir nach Hause. Shars Lieferwagen machte den üblichen Riesenkrach. Wir brachten zuerst Imogen heim, dann wendeten wir und fuhren zu mir.

In der Einfahrt stand ein fremdes Auto.

»Habt ihr Besuch? Ja, ihr habt Besuch«, sagte Shar und parkte geräuschvoll ein.

»Ein Mietwagen?«, überlegte ich verwundert. Das Auto meines Vaters stand in der offenen Garage, aber das bedeutete nichts, weil er oft Carsharing mit Lori machte, der ein Auto mit Hybridantrieb fuhr. Der Wagen meiner Mutter und Davids Auto waren nicht da.

Neugierig gingen wir ins Haus.

»Abba?«, rief ich probeweise. Erst Richtung Werkstatt, dann Richtung Wohnzimmer. Aus der Werkstatt hörte ich Mr Goldblums Gebrumme. Er brummte immer beim Arbeiten, teilweise richtig laut, es war ein Teil seiner Krankheit und wir hatten uns längst daran gewöhnt.

Aus dem Wohnzimmer hörten wir Esthers Stimme, vermischt mit anderen, unbekannten Stimmen.

»Esther hat Besuch«, sagte Shar.

Ich hob die Augenbrauen. Esther hatte sonst nie Besuch, sie ist kein sehr gesellschaftlicher Mensch. Die Familie – und Heinrich Müller im fernen Schottland – sind gerade genug für sie.

»Wie reden sie? Ist das *Jiddisch?*«, erkundigte sich Sharoni verwundert. Wir lernen an unserer Schule Hebräisch und Spanisch.

»Ich glaube – Deutsch . . .«, sagte ich alarmiert. Deutsch und *Jiddisch* klingen ziemlich ähnlich. Mein Herz klopfte plötzlich wie verrückt.

Wir schauten zur Tür herein. Esther saß stocksteif auf dem Sofa und ihre Besucher auf den beiden alten, schon ziemlich durchgesessenen Sesseln. Auf dem Wohnzimmertisch lagen ein großer Strauß Sonnenblumen und daneben ein kleines, silbern eingepacktes Päckchen.

»Esther?«, fragte ich vorsichtig.

Die beiden Fremden drehten sich gleichzeitig zu mir um.

Der Mann war grauhaarig, trug Cordhosen und einen Wollpulli, obwohl es draußen warm war. Die Frau – die ich schon mal gesehen hatte – hatte blonde Haare mit silbrigen Strähnen, kinnlang und ordentlich geföhnt. Sie war schwarz und weiß gekleidet, elegant und schlank, aber ebenfalls nicht mehr jung. Ihre grauen Augen waren hell und streng und sie war sorgfältig geschminkt. Sie schaute mich an und legte plötzlich die Hände auf den Mund. Auch der fremde Mann musterte mich.

Shar stand dicht neben mir. »Achtung, Augenausdemkopffallgefahr . . .«, murmelte sie und ihre bunten Zöpfe in den schwarzen Haaren klimperten alarmiert.

Die fremde Besucherin sagte etwas. Sie war – ganz klar – die Frau, die Shar und ich in Hollywood aus dem Haus der Familie Lovell hatten kommen sehen. Der braune Hund hatte sie angebellt.

Die Frau sagte etwas zu Esther.

»Das sind Mr und Mrs . . .« Meine Urgroßmutter hielt inne und wandte sich an die fremde Frau.

»Marsirske«, sagte die Frau laut und deutlich. »Dorothea.«

Sie wies auf sich. »Herrmann.« Sie deutete auf den Mann.

»Sie sagt, sie sind deine – Großeltern aus Deutschland«, fuhr Esther fort und ihr Gesicht war ernst und nachdenklich und besorgt. Wenigstens kam es mir so vor.

». . . die Eltern von Rosie Lovell, Hannahle.« Esther nickte knapp, dann verfiel sie in Schweigen.

Die Fremden nickten ebenfalls und die Frau sagte wieder etwas.

»Was – was sagt sie?«, fragte ich.

Esther starrte auf einen imaginären Fleck in der Ferne.

»Nur, dass du aussähest wie ihre – Tochter als junges Mädchen.«

Ich schluckte.

»Verrückte Sache«, sagte Shar neben mir.

»Hallo, Hannah«, sagte die Frau plötzlich in gebrochenem Englisch zu mir und reichte mir ihre beringte Hand. Man hörte meilenweit, dass sie Deutsche war. Hoffentlich kam David nicht ausgerechnet jetzt nach Hause!

»Schön, dich zu sehen. Dich zu treffen. Ich bin deine Großmutter. Ich komme aus Deutschland. Die Blumen sind für dich. Und – auch das ...«

Sie drückte mir das silberne Päckchen in die Hand und lächelte auffordernd.

»Du sollst es aufmachen«, übersetzte Shar die Geste überflüssigerweise.

Esther starrte immer noch ins Nirvana.

Ich musste an meine Großeltern in Israel denken, während ich langsam das Päckchen öffnete. Mein Großvater Yitzchak hatte fast genauso helle Haare wie diese fremde Frau aus Deutschland. Schließlich hatte ich jahrelang angenommen, meine Haare von ihm geerbt zu haben. Er war dick und fröhlich und roch immer intensiv nach seinem Pfeifentabak, weil er dauernd rauchte. Obwohl er so dick war, fuhr er gerne auf seinem Rennrad durch die Gegend. Das graue Haar meiner Großmutter Sarah war fast immer zu einem dicken Pferdeschwanz zurückgebunden. Und sie trug eigentlich immer Pullover und Jeans, außer an den großen Festtagen in der Synagoge.

Das Geschenk war eine Halskette mit einem Mondstein als Anhänger.

»Danke ...«, murmelte ich.

Die Frau nickte mir zu und sagte wieder etwas in deutscher Sprache, wieder in Esthers Richtung.

»Jaja, sie wollen mit dir in Kontakt bleiben. Sie sind sehr ...«

Esther suchte nach dem passenden Wort. ». . . verwirrt, erschrocken über diese ganze Sache . . .«

Esther biss sich auf die Lippen und wirkte ebenfalls verwirrt.

In dem Moment kam David zur Tür herein. »Abba? – Abba, bist du da? Wem gehört denn der Leihwagen in unserer Einfahrt? Er versperrt mir die Zufahrt zur Garage . . .«

Mr Goldblum brummte in der Werkstatt laut und ärgerlich auf und Shar rief, ehe ich sie aufhalten konnte: »Wir sind im Wohnzimmer, David!«

Und dann war er da.

Und noch nie war er jüdischer gewesen.

»Hallo«, sagte er kühl. Hatte er sofort begriffen, was hier vor sich ging? Sein Blick wanderte über die Fremden, die Blumen, Esthers steife Gestalt, mein nervöses Gesicht, die Halskette in meiner Hand.

»Ihren Nachnamen habe ich vergessen, David. Sie sind – die Eltern von . . .«

»Rosie Lovell«, nahm mir David die Worte aus dem Mund. »Soso.« Er musterte die beiden misstrauisch.

Einen Moment war es ganz still. David steckte sich mit nachdrücklicher Geste seine *Jarmulke* fest in die schwarzen, widerspenstigen Locken und betrachtete dabei weiter die beiden Deutschen.

»Hey, Dave, sie sind wahrscheinlich keine Nazis«, sagte Shar leise. »Hör auf, sie so böse anzustarren. Sie sind nur – Deutsche, weiter nichts.«

Bei dem Wort Nazis zuckten die beiden Fremden zusammen.

»Nur – Deutsche?«, fragte David zurück.

Himmel, dachte ich.

»Wollen Sie vielleicht etwas – trinken?«, fragte ich schließlich, nur um etwas zu sagen.

Es war kein komplizierter Satz und ich hatte langsam gesprochen, aber die beiden schauten dennoch fragend in Esthers Richtung.

»Esther . . .«, bat ich.

Sie übersetzte es und Shar holte Gläser, Saft und Wasser für alle. Da stand Esther auf und holte eine israelische Rotweinflasche. Sie machte ein fragendes Gesicht und die deutsche Frau nickte, während der Mann den Kopf schüttelte und eine Geste machte, die Autofahren darstellte.

Esther holte zwei von den feinen Weingläsern. Ihre Miene hatte sich etwas aufgehellt. Beruhigungspille Alkohol.

»Ich weiß ja nicht, wie es euch geht, aber ich habe jedenfalls einen Bärenhunger«, sagte David plötzlich, ging in die Küche und schob gleich darauf ein paar streng koschere Lebensmittel durch die Durchreiche in der Wand.

Rosie Lovells Mutter war aufgestanden und stellte die Sachen für David auf den Tisch. Er dankte es ihr mit einem weiteren misstrauischen Blick.

»David!«, entfuhr es Shar.

Dabei fiel der Blick der deutschen Frau auf Jonathans Shalom-Bild, um das ich jetzt immer einen emotionalen Bogen mit den Augen machte.

»Shalom . . .«, las sie leise und betrachtete das Bild genau. Dann drehte sie sich um. »Schön«, sagte sie.

»Danke«, murmelte ich. »Mein kleiner Bruder hat es gemalt.« Diesmal verstand sie mich, wie es schien.

Währenddessen packte David Brot aus einer braunen Papiertüte. Und aus einer anderen Roastbeefscheiben. Aber bevor er Brot aß, musste er sich rituell die Hände waschen. Er tat es und sprach laut die *Brachot Birkot ha-Nehenin.* Esther hatte es, bevor sie ihren ersten Wein des Tages trank, ebenfalls gesprochen, aber fast tonlos, nur an ihren Lippenbewegungen hatte ich es erkannt und an der Tatsache, dass Esther mit ihren Gebeten sehr sorgfältig war. Wenn sie auch nur selten in die Synagoge ging und fluchte wie ein Seemann, auf ihre burschikose Weise war sie sehr gläubig.

»Wir sind aus Hamburg. Norddeutschland«, sagte Mrs Lovells Mutter gerade in ihrem holperigen Englisch.

Ich nickte, weil ich fand, das gehörte sich. Esther trank ihr Glas aus und nur ein paar Augenblicke später wurden ihre Augenlider schwer.

Esther lag oft nachts wach. Dann geisterte sie durchs Haus oder den Garten oder chattete mit Holocaust-Heinrich.

Gleich darauf schlief sie ein.

»Jetzt werden sie wohl gehen«, sagte David kauend. Er aß von unserem dunklen Geschirr, das für fleischige Gerichte da war. Milchige Gerichte aßen wir von unserem hellen Geschirr.

»Die Übersetzerin ist betrunken und schnarcht. Die Show ist damit zu Ende.«

Aber sie gingen nicht.

»Wir haben Freunde in Hamburg, die sind jüdisch auch«, sagten sie stattdessen mühsam.

»Soso«, antwortete David.

»Ein schönes Haus«, sagte meine – deutsche Großmutter als Nächstes und schaute sich um.

Ich nickte.

»Ihr spielen – kennen – *Scrabble?*«, erkundigte sich mein deutscher Großvater. Niemals würde ich ihn so nennen können. Lieber, guter Sejde Yitzchak in Israel!

»Scrabble?«, wiederholte David.

Der alte Mann nickte.

»Ja. Am Computer.« David nickte.

»Und hier«, fügte ich hinzu und deutete auf die schon recht mitgenommene *Scrabble*schachtel in unserem Spieleregal, halb verborgen hinter einem bunten Wandvorhang, der das vollgestopfte Regal vom Esstisch trennte.

»Gutes Spiel«, sagte der Cordhosenmann.

Esther schnarchte laut auf.

»Bruder und Schwester von dir?«, fragte die graublonde Deutsche und deutete auf David, den Kauenden, und Shar.

»Er ist mein Bruder. Sie meine Freundin«, sagte ich und deutete ebenfalls auf die beiden. Wenn ich nicht so nervös gewesen wäre, wäre es ein bisschen wie in der Sesamstraße gewesen. *Wer-ist-wer* zum Mitraten.

»In Realität – dein Bruder heißt Moon«, sagte die Frau da plötzlich eindringlich. »Verrückter Name. – Meine Tochter ist so. Ein bisschen verrückt, schwierig. Du siehst aus wie sie. Du besser, denke ich. Nicht verrückt.«

»Okay, sie mag ihre Tochter anscheinend nicht besonders«, murmelte Shar. »Komplizierte Lady.«

Ich schwieg – was sollte ich sagen?

Als Nächstes blieb der Blick von Mrs Lovells deutscher Mutter an den vielen gerahmten Fotografien auf der Lieblingskommode meiner Mutter hängen. Wie magnetisch davon angezogen, ging sie darauf zu und nahm vorsichtig eine Babyaufnahme von mir in ihre beringte, sommersprossige Hand.

»Du«, sagte sie und es war eindeutig keine Frage.

Ich nickte beklommen.

Sie sagte etwas auf Deutsch, zeigte das Bild ihrem Mann und starrte wieder darauf.

»Waren Sie schon mal in einem Vernichtungslager?«, fragte David da plötzlich. Wir sagten nie Konzentrationslager, Esther hätte uns sofort korrigiert. »Auschwitz? Dachau? Buchenwald? Haben Sie das je gesehen? Die Gräueltaten der Deutschen?«

Sie verstanden anscheinend nur die drei Lagernamen, aber sie zuckten zusammen und die Frau stellte rasch das Bild zurück.

»Konzentrationslager?«, fragten sie. »KZ?«

David nickte und sah ihr fest in die Augen.

»Was ist mit Konzentrationslager? Tust du meinen, ob ich war dort schon?«

David nickte wieder.

»Bergen-Belsen bei Celle, Niedersachsen. – Und Neuengamme bei Hamburg. Da war ich oft, häufig. Mit Schülern. Ich war Lehrerin«, sagte die Frau und lächelte ein dünnes Lächeln. Vielleicht fand sie, diese Art Lächeln passte gut, wenn man über die Vernichtungslager der Deutschen sprach. – Oder es war einfach das Lächeln, über das sie verfügte.

»Okay«, sagte David. Dann wies er auf unsere schlafende Urgroßmutter.

»Sie war in Auschwitz. Meine Großmutter wurde dort geboren.«

Die beiden Deutschen nickten mit eigenartigen Mienen. Betreten? Verwirrt? Oder nervte David sie mit seinen Fragen?

»Esther ist Alkoholikerin«, fuhr David fort. »Sie hat Auschwitz nie wirklich überwinden können. In ihrer Gefühlswelt ist sie immer noch dort, teilweise wenigstens. Verstehen Sie?«

Aber das taten sie offenbar nicht.

»Wir sind geboren nach dem Krieg«, sagte der Cordhosenmann nämlich bloß, sich selbst verteidigend, und wedelte dazu mit seinen Händen, als wolle er eine düstere Wolke imaginärer Fliegen fortwedeln.

»Das ist keine Entschuldigung«, murmelte David ärgerlich.

»He«, sagte Shar und stieß ihn sanft in die Seite. »Du kannst auch nichts für das Dahinmetzeln der Indianer, das unsere Vorfahren veranstaltet haben . . .«

»Wir wollen dich gerne sehen wieder, Hannah«, sagte Mrs Lovells Mutter in diesem Moment. Sie holte eine Visitenkarte aus ihrer Tasche. »Du bist Familie. Du bist uns willkommen, jederzeit.«

Und damit gingen sie endlich. Als Shar erleichtert die Tür hinter ihnen schloss, brach ich in Tränen aus.

»So sehe ich das auch«, knurrte David aufgebracht. »Diese Klinik sollte man verklagen! Die haben, wenn ihr mich fragt, damals vor fast achtzehn Jahren einen ganz schönen Scheiß verzapft. Unmöglich stammst du von solchen Hohlrollern ab, Han!«

Am Abend klingelte unser Telefon. Mein Vater hob den Hörer ab. Meine Mutter war bei Jonathan. Esther saß vor dem Fernseher und sah sich eine neue Dokumentation über deutsche und österreichische Konzentrationslager auf BBC an. Neu entdecktes Bildmaterial, grausame, furchtbare Bilder, die einem fast das Blut in den Adern erstarren ließen. Sie saß kerzengerade, mit zusammengekniffenen Lippen, ohne Regung im Gesicht. Sie hatte sich einen Scotch eingeschenkt, das Glas zitterte leicht in ihrer Hand.

David war mit Gabriel in seinem Zimmer. Sie studierten dort zusammen die *Gemara,* den schwierigeren Teil der *Thora.*

»Mr Lovell? – Leek, natürlich . . . – Himmel, guten Abend . . .«, sagte mein Vater, ein Ruck ging durch seinen Körper und er legte die Klinikunterlagen, die er gerade studiert hatte, zur Seite. »Wir können Ihnen gar nicht sagen, wie dankbar wir Ihrer Tochter . . .«

Er schwieg einen Moment, anscheinend hatte Mr Lovell – der Maler – ihn unterbrochen.

»Ich verstehe nicht . . .«, sagte er dann und setzte sich in den Sessel, in dem heute Nachmittag Mrs Lovells Mutter gesessen hatte.

Ich hob den Kopf. Durch den Hörer hindurch hörte ich leise seine Stimme. Ich war nur runtergekommen, um nach meinen Cellonoten zu suchen, die irgendwie wie vom Erdboden verschwunden waren. Vielleicht hatte sie jemand in das Regal hinter dem bunten Wandvorhang gelegt.

»Wie bitte? Ich verstehe nicht . . .«, fuhr mein Vater verwirrt fort und fuhr sich mit der Zunge über die Lippen. »Die Eltern Ihrer Frau? Bei uns? Heute?«

Er schaute mich fragend an.

Ich hob die Schultern – ich hatte es ihm gleich erzählen wollen, als er nach Hause gekommen war. Aber dann war der Anruf aus der Klinik gekommen, dass Sky Lovell sich dort gemeldet hatte. Morgen würde ihr Blut untersucht werden.

Mein Vater hatte so hoffnungsvoll ausgesehen, da wollte ich ihn nicht gleich wieder durcheinanderbringen, indem ich ihm von diesem Überraschungsbesuch berichtete. Und außerdem hatte mich der Gedanke an Sky Lovell abgelenkt. Aus irgendeinem Grund hatte ich dauernd das vage Gefühl, sie sei meine wiedergefundene Schwester. Dabei war das doch Blödsinn. Sie hatte mit mir im Grunde gar nichts zu tun. Sie war Davids Schwester. Und Jonathans.

Ich war der Niemand. Ich hatte mit ihr nichts zu tun. Sie war die Tochter meiner Eltern.

»Nein, ich hatte keine Ahnung«, sagte Mo verwirrt und verstimmt, wie es schien. Wieder sprach Mr Lovell. Mo warf mir einen Blick zu.

»Wie sie waren? Ich weiß es nicht ... Was genau meinen Sie, Leek?« Er kratzte sich am Kopf, als es irgendwo hinter Mr Lovell am anderen Ende der Leitung laut wurde.

»Sie schreien sich an. – Nicht Mr Lovell, Hannah – es sind Frauenstimmen ...«, sagte mein Vater leise zu mir. Der leichte Ärger in seiner Stimme war verschwunden. Vielleicht hatte ich sie mir auch nur eingebildet.

»Es tut mir leid, dass ich es dir noch nicht erzählt habe, Abba«, antwortete ich gepresst, aber da sprach schon wieder Mr Lovell, wie es schien. Und gleich darauf wandte mein Vater sich an mich.

»Hannah, Mr Lovell bittet dich in seinem und im Namen seiner Frau um Entschuldigung für diesen Überfallbesuch, wie er es nennt.«

Ich lächelte vage.

»Er sagt ... das war so nicht abgemacht. Mrs Lovells Eltern haben sich unsere Adresse eigenmächtig aus den Klinikpapieren herausgesucht – und sind aus eigenen Stücken hergekommen.«

Ich nickte und dachte an die Blumen und die Kette, die sie mir mitgebracht hatten.

»Hannah?«, fuhr mein Vater fort und sein Gesicht war auf einmal voller Nervosität. »Mrs Lovell ... sie würde dich gerne kurz sprechen, wenn es für dich – in Ordnung ist ...«

Ich schloss die Augen. Jetzt war also ich an der Reihe.

Sky Lovell hatte meine Mom getroffen.

Jetzt musste ich mit ihrer Mom sprechen.

»Okay«, sagte ich leise.

»Mr Lovell betont ausdrücklich, du sollst nur den Hörer nehmen, wenn es für dich in Ordnung ist – und du dich nicht überrumpelt fühlst ...«

Ich fühlte mich überrumpelt, schon zum zweiten Mal an diesem Tag, aber ich griff dennoch nach dem Telefonhörer.

»Hallo?«, fragte ich leise und mit Herzklopfen, aber ich sprach ins Leere. Ich hörte nur Schritte und leises Flüstern, aber im Hintergrund waren lautere Stimmen und irgendwo krachte eine Tür in ein Schloss.

»Hallo?«, fragte ich ein zweites Mal und kam mir blöd vor.

Mein Vater stand immer noch neben mir.

»Alles in Ordnung?«, erkundigte er sich besorgt.

Ich schwieg und starrte auf die Babyfotografie, die Mrs Lovells Mutter heute Nachmittag so schnell als meine wiedererkannt hatte.

Meine Mutter hatte dort nicht nur Aufnahmen von meinen Brüdern und mir aufgereiht, sondern auch Bilder von meinen Cousins und Cousinen: Chajm, Alon, Ilan, Joel, Rebekka und die anderen aus Ramat Aviv, Haifa und Jerusalem.

Wie hatte diese Frau mich so schnell gefunden? Ich war in dieser Galerie ein Baby unter einer Masse von Babys und Kleinkindern.

»Hallo? Hannah?«, riss mich plötzlich eine helle, aufgeregte Stimme aus meinen Gedanken. War sie das? Natürlich war sie das. Wer sollte es sonst sein?

»Hannah, Darling . . .«

Stille.

»Hallo, Mrs – Lovell«, sagte ich und floh mit dem Telefon in den Garten. Dort setzte ich mich so weit wie möglich vom Haus entfernt ins Gras. Immer noch Stille.

»Rosie. – Nicht Mrs Lovell«, sagte sie plötzlich mit starkem deutschem Akzent. Lebte sie nicht schon jahrelang in den Staaten? Ich wurde in einem Monat immerhin siebzehn – und ihr Sohn war, wie ich gehört hatte, sogar noch älter als ich.

Nach und nach drangen die Alltagsgeräusche zurück in mein Bewusstsein. Grillen, Kinderstimmen, ein bellender Hund, Autos.

»Darling, die Sache mit – meinen Eltern tut mir so leid«, sagte Sky Lovells Mutter hastig. Weinte sie? Ihre Stimme klang wie die Stimme eines jungen Mädchens. ». . . sie – sie hätten das nicht tun dürfen . . . Aber so sind sie. Ich habe nicht gewusst, dass sie . . . das vorhatten . . . Das musst du mir glauben, bitte!«

Mir schwirrte der Kopf. Wie alt war sie überhaupt?

»Ist schon in Ordnung«, versuchte ich, sie zu beruhigen, aber es gelang mir nicht wirklich, wie es schien.

»Es kommt nicht wieder vor«, versprach sie piepsig. Im Hintergrund fand immer noch ein Streit statt.

»Ich bin so verwirrt, Hannah«, gestand Rosie Lovell und jetzt weinte sie wirklich. Ich hörte sie schniefen und einmal putzte sie sich unter Entschuldigungen die Nase. »Zuerst konnte ich das alles nicht glauben. Dann hatte ich Angst davor. – Aber jetzt bin ich mir sicher: Du musst unbedingt herkommen, mein Mädchen, und – Sky kennenlernen. Und natürlich Leek, meinen Mann. Und Moon. Er ist mein Sohn. Du wirst ihn mögen, da bin ich sicher . . . Wir werden ein Picknick in unserem Garten machen, Darling. Wir alle. Deine Familie und unsere Familie. Was ist dabei? Wir werden uns alle anfreunden. Und alles wird wunderbar sein, meinst du nicht auch? Ich freue mich wirklich darauf, dich – kennenzulernen . . .«

Ich stimmte ihr zu, murmelte einen Abschied, legte auf und war hinterher völlig verwirrt. Es kam mir fast so vor, als hätte ich mit einem – Kind gesprochen.

Wie sie wohl aussah?

In meiner Vorstellung hatte ich auf einmal ein dünnes blasses

Teenagermädchen mit verweinten Augen und einer ängstlichen Miene vor mir.

Aber das konnte ja nicht sein. Ihre Stimme musste trügen. Sie war meine Mutter. Es war fast achtzehn Jahre her, dass sie mich geboren hatte. Sie war eine erwachsene Frau. Sie musste – mindestens siebenunddreißig oder achtunddreißig sein, wenn sie mich nicht als Teenager bekommen hatte. Aber davon war bisher nicht die Rede gewesen.

Wieder drängte sich mir das schniefende, trotzige Teenagermädchen auf.

Sie war damals auch nicht mitgekommen zu diesem Treffen bei *Yamashiro*. Mr Lovell war alleine dort erschienen.

Stimmte vielleicht etwas nicht mit ihr?

Am Abend steckte in unserem Briefkasten überraschend ein dicker, großer Briefumschlag, adressiert an mich. Ich zog ihn heraus und starrte ihn lange an, ehe ich ihn öffnete. Schließlich gab ich mir einen Ruck und riss das gefütterte Kuvert auf.

Darin war ein Brief der deutschen Eltern von Rosie Lovell. Die beiden schienen ihr ganzes Leben auf ihrem Notebook gespeichert zu haben. Jedenfalls bekam ich eine Menge Fotografien von ihnen, kombiniert mit kurzen Schreiben.

Liebe Hannah, dies ist deine Familie in Deutschland, schrieb diese Mrs Marsirske. Dorothea und Herrmann Marsirske. – Klein Rosie in unserem Garten in Hamburg. – Gertrude und Walter Marsirske, meine Eltern aus Lübeck. – Und Hans und Erika Müller, Opa Herrmanns Eltern, ebenfalls aus Lübeck.

Ich besaß jetzt also ein Foto von ihnen. Und ein Kleinkinderbild von Rosie. Und Fotos – meiner deutschen Urgroßeltern!

Noch nie hatte ich größere Sehnsucht nach meinen lieben, sanften Großeltern in Israel gehabt als an diesem Abend. Ich riss den Brief und die Bilder in kleine Fetzen und stopfte sie tief in meinen Mülleimer. Nicht auszudenken, wenn David sie in die Finger bekommen würde. So viele Deutsche ...

Nur das Babybild von Rosie Lovell hob ich auf.

Sie sah mir wahnsinnig ähnlich. Und sie war ein niedliches, kleines blondes Mädchen gewesen. Ich war erleichtert darüber.

27. SKY

Wo kommt ihr denn her? Schwänzt ihr etwa euren SAT-Test?«, fragte Moon, als Kendra und ich hintereinander in unserer Einfahrt parkten. Ich in Kendras Honda und Kendra im neongrünen Saturn ihrer Mutter.

Godot bellte uns an.

»Aus Plastikwelt«, sagte Kendra und stieg aus. Es war noch früh am Vormittag und eigentlich ein normaler Schultag.

»Aus der Klinik«, sagte ich und rieb mir den Arm. Ich hatte mir heute Morgen Blut abnehmen lassen. Leek war am Abend vorher dort gewesen und hatte seine schriftliche Einwilligung gegeben.

Unsere SATs, die Eignungstests fürs College, hatten noch gar nicht begonnen. Jetzt waren erst einmal Ferien.

»Sie sind also Jonathans Schwester«, hatte die Schwester gesagt, die mir die Druckmanschette anlegte. Sie warf mir einen prüfenden Blick zu. Wussten hier eigentlich alle Bescheid?

Ich schwieg.

»Na, dann toi, toi, toi«, seufzte sie, als sie mein Blut in einem dieser winzigen Blutabnahmeschläuche auffing. »Der kleine Kerl ist ja so tapfer«, fuhr sie in dieser Plauderart fort und wechselte rasch das Blutröhrchen. Insgesamt füllte sie sieben Stück.

»Das war's schon«, sagte sie hinterher. »War's schlimm?«

Ich schüttelte den Kopf und sah zu, wie die Schwester die Röhrchen beschriftete. Mir war etwas schwindelig, aber ich sagte nichts.

Greenberg schrieb sie mit einem schwarzen Folienstift, dann schaute sie hoch. »Wie ist denn Ihr Vorname?«

»Ich heiße Sky Lovell«, sagte ich.

»Ach ja, richtig«, sagte sie, setzte hinter Greenberg einen Schrägstrich und schrieb *Lovell* dahinter.

Ich runzelte die Stirn.

»Das war es für heute«, erklärte die Schwester dann und lächelte mir zu. »Die Klinik wird sich bei Ihnen melden, so oder so.«

»Okay.«

Ich nickte und fuhr mit dem Aufzug in den dritten Stock, wo das Greenbergkind sein Zimmer hatte. Sollte ich? Oder besser doch nicht? Wer würde mich dort drin erwarten? Schließlich gab ich mir einen Ruck und klopfte an die Tür.

»Hallo«, begrüßte mich ein noch ziemlich junger, gut aussehender Mann. – Konnte das . . .? Nein, das konnte unmöglich Mr Greenberg sein. Dazu war er viel zu jung. Er war bestimmt noch ein ganzes Stück jünger als Leek und der war schließlich schon jung.

»Das ist sie, Onkel Zvi«, flüsterte Jonathan durchdringend und warf dem Mann einen verschwörerischen Blick zu.

»Hey, schön, dich zu sehen«, sagte der Mann lächelnd, kam auf mich zu und schüttelte meine Hand. »Du bist – Sky, hab ich recht? Mein Name ist Joshua Greenberg. Familienintern nennt man mich Zvi. Ich bin das schwarze Schaf der Familie Greenberg und außerdem Moshe Greenbergs jüngerer Bruder. – Freut mich, dich kennenzulernen.«

»Du bist doch kein schwarzes Schaf. Du bist ein Zauberer«, verbesserte ihn das Greenbergkind, dessen dünner Arm an einer Infusionslösung hing.

Ich nickte stumm und starrte den Fremden wie gebannt an. Okay, das war unhöflich, aber er hatte meine Augen. Dieselbe Farbe, dieselbe Form, dieselben gebogenen Wimpern. Sogar denselben Schwung in den Augenbrauen.

»Danke, dass du Jonathan helfen willst«, sagte er gerade, fuhr sich durch die wirren dunklen Locken und blinzelte mit meinen Augen. »Das ist wirklich toll von dir.«

»Zaubere ein Ei hinter ihrem Ohr vor«, schlug das Greenbergkind vor.

Kendra würde ihn toll finden. Er war genau der Typ, auf den sie abfuhr.

»Ein andermal«, sagte Joshua Greenberg eine Spur verlegen, wie es schien.

»Er kann auch Geld. Und Kaninchen. Und so Sachen«, erklärte Jonathan mir. »Er ist berühmt!«

Zvi Greenberg lachte. »Nicht wirklich«, sagte er zu mir. »Eigentlich tingele ich nur so rum und verdiene gerade genug, um nicht zu verhungern.«

»Das stimmt nicht«, rief Jonathan wütend.

»Schrei nicht, mein Kleiner«, bat Zvi. »Das ist mit Sicherheit schlecht für deine Nieren.«

»Da, das ist für dich«, sagte ich zu dem lauten Kind, um es abzulenken, und drückte ihm rasch ein kleines goldenes Kästchen in die Hand. Ich hatte es vor ein paar Tagen bei *Folks in the Garden* entdeckt. Es war ein tibetisches Glücksdöschen aus Holz.

»Mal was anderes für dieses Plastikspielzeugkind«, hatte ich an diesem Abend zu Kendra gesagt. »Und schließlich kann er Glück brauchen. Eimerweise.«

»Toll! Was ist da drin?«, fragte er neugierig.

»Glück«, sagte ich.

Jonathan starrte mich verblüfft an. Dann öffnete er gespannt das schnörkelige Döschen.

»Gar nichts ist drin«, sagte er hinterher enttäuscht und schüttelte es, um seinen Worten mehr Nachdruck zu verleihen, ein paar Mal aus.

»Doch, Joni, du hast es doch gehört: Glück ist drin«, bestätigte Zvi meine Worte. »Vorsicht, du Kummerkind, jetzt hast du es ausgeschüttet. Warte, ich helfe dir.«

Das Greenbergkind und ich sahen beide zu, wie Joshua Greenberg, der Zauberer, das Glück vorsichtig vom Rand der Klinikbettdecke zupfte und zurück in die kleine Dose rieseln ließ.

»Puh, das ging gerade noch mal gut«, sagte Zvi hinterher und lächelte erst Jonathan und dann mir zu.

»Pass auf, nachts leuchtet es.« Ich weiß nicht, wieso ich das sagte, es kam mir einfach über die Lippen.

»Wirklich?«, fragte das laute Kind misstrauisch.

Ich hatte genickt und Zvi ebenso.

»Du hast es also tatsächlich gemacht?«, fragte Moon jetzt und ließ Godot von der LA-zwangsverordneten Hundeleine.

»Ja«, sagte ich.

»Oh Mann«, murmelte Moon.

»He, Moon, das ist edel von ihr«, erklärte Kendra streng, während wir zum Haus gingen. »Stell dir vor, du wärst krank und bräuchtest – Hannah Greenbergs Hilfe.«

Moon schüttelte den Kopf. »Ich würde so einen Knochenmarkzirkus sowieso nicht mitmachen«, sagte er kurz angebunden.

»Das sagst du jetzt«, murmelte ich und dachte an das blasse, krank aussehende Greenbergkind. Ein schrecklicher Gedanke, dass jetzt so viel Hoffnung an mir hing.

»Womit bist du heute überhaupt beschriftet?«, erkundigte sich Kendra. »Das sieht mir nicht mehr nach William Faulkner aus, oder?«

»Charles Bukowski«, sagte Moon. »Er hat in LA gelebt und ist exakt an meinem dritten Geburtstag hier gestorben. Tragisch.

War ein toller Autor. Bevor er anfing zu schreiben, war er unter anderem Leichenwäscher, Hafenarbeiter, Zuhälter und Postbote.«

»Lass mich raten«, sagte ich und zog die Augenbrauen hoch. »Chrippa hat dich drauf gebracht?«

»Wer ist Chrippa?«, fragte Kendra.

»Und wenn?«, fragte Moon knapp. Wir gingen in die Küche und ich steckte ein paar gefrorene Pizzataschen in den Toaster. Auf dem Tisch lag das passende Buch zu den Zitaten auf Moons Sweatshirt und Unterarmen.

Den Göttern kommt das große Kotzen.

»Mann, Mann, Mann«, murmelte ich. Moon war sowieso schon so schwermütig. Warum las er zur Abwechslung nicht mal was Heiteres?

Rosie war im Garten und ließ sich von Leek malen.

»Wo ist Hamburg?«, rief Moon hinaus und schnappte sich das Buch.

»Heute noch nicht da gewesen«, rief Leek zurück.

»Die erste gute Nachricht des Tages«, murmelte Moon. Die Pizzataschen schnellten hoch und landeten ein ganzes Stück vom Toaster entfernt auf dem Tisch. Moon hob vorsichtig eines der heißen Dinger auf, wickelte es in ein herumliegendes Geschirrtuch und biss hinein.

»War doch eins für mich, oder?«, fragte er.

In dem Moment hupte Hamburg.

»Puh«, murmelte Moon und warf einen Blick aus dem vorderen Fenster. »Okay, Stau vor dem Haus. Leeks Karre, deine Karre, Kendra – und dazu die Edelkarre von Frustbrendaflayderman. Das ist zu viel für Hamburg/männlich . . .« Er grinste diabolisch. »Ich gehe dann mal besser.«

Und damit verschwand er mit seiner Pizzatasche und seinem

Frustbuch im Obergeschoss. Da war es wieder, Rosies Vogel-Strauß-Erbe.

»Wo sollen wir parken?«, rief Dorothea gleich darauf ärgerlich. »Wem gehört denn dieser aufgedonnerte, hässlich grüne Amischlitten?«

Sie kamen ins Haus, den Leihwagen hatten sie schräg vor der Zufahrt geparkt.

»Keiner hat euch gebeten zu kommen«, sagte meine Mom und zog sich rasch etwas an.

»Nackt im Garten«, sagte Dorothea. »In einem Land, das voller Perverser und Gewaltverbrecher ist. Du legst es doch darauf an, dass ein Unglück geschieht, Rosie. Was ist – willst du vergewaltigt werden?«

Und los ging es wieder mit dem ewigen Streit.

Eins kam zum anderen.

»Fliegt nach Hause«, rief Rosie irgendwann.

»Das kann man doch alles in Ruhe klären«, rief Leek und wusch Pinsel aus.

»Sie ist ein sehr nettes Mädchen und wir haben auch Rechte«, rief Dorothea.

»Es ist unsere Sache, Mutter, hörst du?«, rief Rosie und zündete sich mit zitternden Händen eine Zigarette an.

»Nun sag doch auch mal was, Herrmann«, rief Dorothea und fuhr herum.

»Was regst du dich auf, Thea? Sie ist eben so. So war sie doch schon immer. – Lass uns nach Hause reisen. Wir sind hier nicht erwünscht«, brummte Herrmann.

»Ich verstehe kein Wort«, sagte Kendra.

»Sei froh«, sagte ich.

»Ihr hättet uns doch nie die Adresse dieses Mädchens gegeben«, schrie Dorothea.

»Weil es unsere Angelegenheit ist«, schrie meine Mutter.

»Du bist dieser Sache nicht im Entferntesten gewachsen, Rosie«, schrie Dorothea zurück. »Schau dich doch mal an: arbeitslos, perspektivlos, drogensüchtig, mittags um zwölf nackt im Garten . . . Hannah wird entsetzt sein, wenn sie dich je zu Gesicht bekommt . . .«

»Es reicht!«, rief Leek, aber da fingen sie natürlich augenblicklich im Duett mit Leeks Seitensprungkind an. Dass er eine Schande sei. Dass er Rosie nichts als Unglück gebracht habe. Dass seine Bilder ein Haufen Mist seien.

Godot bellte und Jilliams und Gershons Stimmen, die auf unseren Anrufbeantworter sprachen, klangen in dem Gebrüll wie ein Flüstern. Niemand beachtete sie.

Und dann war plötzlich Moon wieder da.

»Raus!«, brüllte er mit sich überschlagender Stimme. »Raus hier! Sofort! – Habt ihr verstanden? Raus – Hamburg!«

Er hatte die Augen weit aufgerissen und ich sah, dass er litt. Ob die anderen es sahen, weiß ich nicht. Aber Moon, der der Vogel-Strauß-Politik, wie es schien, den Kampf angesagt hatte, war völlig außer sich. Sein Blick sprühte Funken.

Und anscheinend hatte er das getan, was wirklich notwendig war.

Da weder Rosie noch Leek oder ich zum Brüllen wirklich taugten, hatte es Moon tun müssen. Und er hatte Erfolg damit. Sie gingen tatsächlich. Mehr oder weniger hysterisch, mehr oder weniger geschlagen, mehr oder weniger hoch erhobenen Hauptes – aber sie gingen.

»Na also«, sagte Moon hinterher leise und kehrte zurück in sein Zimmer, ohne sich auch nur nach einem von uns umzuschauen. Laut ließ er die Tür hinter sich ins Schloss fallen.

Am übernächsten Tag riefen sie an. Die Klinik und die Greenbergs. Wir hatten es zweifach auf dem Anrufbeantworter und Leek hörte es dreifach persönlich. Zweimal von Ärzten und einmal von Mr Greenberg.

Ich passte. Nicht hundertprozentig, aber beinahe. Alle waren aus dem Häuschen.

Um Himmels willen, warum passte ausgerechnet ich, wo doch sonst keiner gepasst hatte?

»Liebe Sky. – Liebe, liebe Sky . . .«, sagte Delia Greenberg leise auf unseren AB. Rosie hörte es sich wieder und wieder an. Im Hintergrund lief Bob Marley, einer von Rosies Kriseninterpreten, und meine Mutter rauchte an diesem Nachmittag ihren gesamten Cannabisvorrat auf.

Ramirez, mein Arbeitgeber, war gleichzeitig auch Rosies Marihuanalieferant. Er würde ihr dringend Nachschub bringen müssen.

»He Leute, man wird high, wenn man nur euer Wohnzimmer betritt«, sagte Chrippa, die auf einmal vor der Tür stand, warum auch immer. Ihre Haare waren noch genauso grün wie früher. Aber ihr Blick war nicht mehr so abwesend. Vielleicht hatte sie in der Zwischenzeit Kontaktlinsen gefunden, die ihr keine Probleme machten.

»Was willst du?«, fragte ich nicht sehr freundlich, weil ich so aufgewühlt wegen der Untersuchungsergebnisse war und weil Leek gerade ein Beruhigungsbad für Rosie eingelassen hatte und ich jederzeit damit rechnete, die beiden irgendwo beim Sex zu überraschen. Wenn Rosie derart high war, war sie anfällig für spontanen Sex. Das hatte ich tausendmal erlebt.

»Zu Moon will ich. Was sonst?«, antwortete Chrippa knapp und ging an mir vorbei nach oben, als ob sie gestern zum letzten Mal hier gewesen wäre. Und vielleicht war sie das gewesen.

Ich hatte mich lange genug im Schimmelzimmer eingeschlossen.

Kendra war heute in Plastikwelt, weil ihre Eltern ihr überraschend eine Austauschschülerin aus Paris verpasst hatten, die heute ankommen würde.

»Was denken sich diese Ärsche eigentlich?«, hatte Kendra sich am Telefon aufgeregt, als sie mir die Hiobsbotschaft mitteilte.

»Vielleicht ist sie ja nett«, hatte ich gemurmelt.

»Wenn Brenda sie ausgesucht hat, wird sie nicht nett, sondern ein Monster sein«, prophezeite Kendra düster.

»Hi«, hörte ich Moon zu Chrippa sagen, dann ging seine Tür wieder zu.

Verdammt, meine ganze Welt stand kopf.

Blutabnahme.

»Sky Greenberg?«

»Sky Lovell«, korrigierte Leek.

»Ach ja, natürlich.«

Größe, Gewicht, Allgemeinzustand.

»Ich habe Angst, Dad.«

»Alles wird gut, Prinzessin. Ich bin stolz auf dich.«

Dabei war Leek weiß wie die Wand hinter ihm.

»Wo ist Mom?«

»Sie wartet zu Hause und lässt dich grüßen. Ich soll dir ausrichten, dass sie dich über alles liebt.«

»Habt ihr was von Dorothea und Herrmann gehört?«

»Eine Mail. Sie fahren die Küste entlang bis nach Mexiko. Starr vor Wut. Wenn Rosie Glück hat, setzen sie sich danach in den Flieger zurück nach Good-old-Germany.«

Ich nickte.

Und plötzlich waren sie da – meine leiblichen Eltern.

»Danke, Sky«, flüsterte Delia. »Danke, dass du das für uns tust . . .«

Zum ersten Mal sah ich ihn. Er hatte Augen wie sein Bruder, Augen wie ich. Ansonsten war er vor allen Dingen dünn, blass, aufgeregt.

»Ich freue mich, dich endlich zu treffen, kennenzulernen – Sky . . .«, sagte er dennoch und drückte meine Hand. »Besser wäre natürlich ein anderer Anlass gewesen. Und ein besserer Ort. Und überhaupt. Ich wünschte, wir hätten uns wenigstens schon vor ein paar Tagen getroffen. Nicht erst jetzt, nicht erst hier. Ich . . .«

Er fing an zu weinen und Delia nahm ihn in den Arm.

»Bitte entschuldige«, sagte er zu mir.

»Ist schon gut«, sagte ich nervös und lehnte mich an Leek.

Danach ging alles ganz schnell. Alle mussten gehen und mich steckten sie in einen OP-Kittel. Mehr weiß ich nicht.

Als ich wieder aufwachte, war es dämmrig um mich herum und Moon saß neben mir. Düster starrte er vor sich hin. Eine dünne, schwermütige Brudersilhouette, beziehungsweise Exbrudersilhouette. Das Klinikfenster stand offen, ein paar Vögel schwebten träge über den milchig aussehenden Himmel. Ich hörte sie zwitschern. Über meinem Kopf, an der grauen Zimmerdecke, summten ein paar Fliegen, die das letzte Sonnenlicht zu nutzen schienen. Bald würde es dunkel werden.

»Hey, Sky«, sagte Moon.

»Hey, Moon«, sagte ich.

Er fuhr sich über das angespannte Gesicht.

»Wir haben uns praktisch darum duelliert, wer hier sitzen darf, bis du aufwachst. Ich habe gewonnen, wie du siehst.«

Ich lächelte schwach.

»Wer hat sich praktisch duelliert?«

Moon zuckte mit den Schultern. »Alle. Leek. Rosie. Diese – Mrs Greenberg. Kendra. Und ich . . .«

Moon streichelte für einen Moment mit seinem Zeigefinger meinen Zeigefinger. In meinem Arm steckte, wie beim Greenbergkind, ein Infusionsschlauch. In dem Moment öffnete sich die Zimmertür und eine Schwester kam herein.

»Alles in Ordnung?«, fragte sie mich. Ich sollte zur Kontrolle über Nacht in der Klinik bleiben.

»Sie warten alle unten«, warnte Moon mich, als er nach den Untersuchungen, zu denen sie ihn hinausgeschickt hatten, wieder an mein Bett trat.

»Du hast sie gesehen?«, fragte ich und nahm einen Schluck aus der Teetasse, die neben mir auf dem Nachttisch stand. Ich hatte einen ganz trockenen Mund und mir war noch ein bisschen flau zumute.

Moon nickte.

»Und?«

Moon zuckte mit den Schultern. »Irgendwie hat mich keiner wirklich beachtet. Alle waren schrecklich nervös.«

»Hast du – auch Hannah gesehen?«

Hannah, seine Schwester.

Moon schüttelte den Kopf. »Sie und irgendwelche Großeltern aus Israel und der Geigenbauer sind bei dem Kind . . .«

Ach natürlich, Jonathan. Ihn hatte ich in der Aufregung fast vergessen.

»Wie geht es ihm?«

»Keine Ahnung, Sky«, sagte Moon müde. »Sag mal, hast du nicht auch das Gefühl, dass alles zerfällt, irgendwie?«

Ich schüttelte den Kopf. »He, Moon, du hast es geschafft, Hamburg rauszuschmeißen. Das hatten wir noch nie!«

Moon gab keine Antwort. Er starrte nur stumm aus dem immer noch offenen Fenster. Die Vögel waren in der Zwischenzeit allerdings verschwunden. Woran er wohl dachte? Sein T-Shirt und seine Arme waren ungewohnt unbeschriftet, er saß nur da, das Kinn in die Hände gestützt, und rührte sich nicht.

Irgendwann stand er auf, lächelte mir vage zu, hob grüßend die Hand und ging.

Später kamen Rosie und Mrs Greenberg. Delia. Verlegen sahen wir uns in dieser Konstellation an.

»Danke, Sky«, sagte Delia leise.

»Ich liebe dich, Darling«, sagte Rosie etwas lauter.

Delia trug wieder eine einfache Jeans und dazu eine weiße Bluse und Rosie trug ihr apfelgrünes Strickkleid, das ich so mochte. Und dazu ihre rosa Clogs.

Sie sah bunt, rührend, aufgeregt und erschöpft aus. Zwischen ihren Augen war eine kleine, angespannte senkrechte Falte.

»Wie geht es dir? Hast du – Schmerzen, Sky?«, erkundigte sich Delia besorgt.

Ich schüttelte den Kopf.

»Alles in Ordnung«, beruhigte ich sie. »Wie geht es Jonathan?«

Das Greenbergkind wurde noch behandelt. Er bekam mein gesundes Knochenmark, damit sein Körper in Zukunft dieses fehlende Körperenzym würde produzieren können.

Delia und Rosie behandelten mich beide wie ein rohes Ei.

Rosie, unendlich vertraut, roch nach Cannabis und Patschuli, Delia roch, soweit ich es riechen konnte, nach sich selbst.

Ob meine Mutter Hannah schon getroffen hatte? Ich traute mich nicht, diese Frage zu stellen. Mein Rücken begann zu schmerzen. Das waren die Nachwirkungen der Operation, wie eine Ärztin mir erklärt hatte.

»Ich würde gerne so viel über dich wissen, Sky«, sagte Delia seufzend. »Ich weiß – so wenig. – Hast du einen Wunsch? Können wir dir irgendeinen Wunsch erfüllen? Du tust so viel für uns. Du bist so selbstlos. Du nimmst Schmerzen in Kauf . . .«

»Ich würde nur gerne ein bisschen schlafen«, sagte ich verlegen, mehr nicht.

Rosie streichelte mein Gesicht und Delia schüttelte vorsichtig mein Kissen auf. Anschließend küssten mich beide und ich sah, dass es schwer war für Rosie.

Am anderen Morgen fühlte ich mich eigentlich wie immer und durfte nach Hause. Leek holte mich ab. Als Leek die Einfahrt hochfuhr und seinen Buick parkte, sah ich, dass ein funkelnagelneuer sonnengelber Toyota Yaris vor unserem Haus stand.

»Wem gehört der denn?«, fragte ich Moon, der vor dem Haus im Gras saß und mir entgegensah. Godot lag, alle viere von sich gestreckt, neben ihm.

»Dir«, sagte Moon mit gerunzelter Stirn.

»Mir?«, wiederholte ich verwirrt.

»Yep«, nickte Moon.

Rosie kam mir entgegengelaufen und umarmte mich vorsichtig.

»Er ist von – Greenbergs«, erklärte sie seufzend. »Ich konnte sie nicht davon abhalten.«

»Cash für ein bisschen Knochenmark«, murmelte Moon gereizt.

»Moon!«, rief Rosie.

Ich starrte immer noch das Auto an. Greenbergs hatten es für mich gekauft? Ein eigenes Auto? Und ein fabrikneues dazu? Warum hatten sie das getan? Aus schlechtem Gewissen? Oder war es so, wie Moon es gesagt hatte?

»Es ist eine Geste«, sagte Leek achselzuckend. »Nett. Aufmerksam. Nichts weiter. Du hast jetzt einen Führerschein, also schenken sie dir, weil sie es sich leisten können, einen eigenen Wagen als Dankeschön für deine Hilfe.«

»Ich finde, sie sollten sich ihre Kohle an den Hut stecken!«, rief Moon und ging wütend davon. »Sky ist unverkäuflich! – Hoffe ich wenigstens! Mann, Bonzen sind so was von zum Kotzen!«

Godot wartete nicht auf mich. Stattdessen trottete er mit hängendem Schwanz Moon hinterher.

Ich rief sie von meinem Handy aus an.

»Delia?«

»Sky! Wie geht es dir? Bist du schon zu Hause? *Haschem* sei Dank!«

»Ich wollte mich für ... den tollen Wagen bedanken. Das wäre doch nicht nötig gewesen ...«

»Doch, doch, das war das Mindeste.«

Ihre Stimme klang bewegt, dennoch musste ich an Moons Worte denken, ob ich es wollte oder nicht. Cash für ein bisschen Knochenmark.

»Jonathan hat sich so über das Glücksdöschen gefreut, Sky«, fuhr Delia fort. Das war allerdings beschönigend ausgedrückt. Ich erinnerte mich an seine Miene, als er die kleine, vermeintlich leere Dose geöffnet hatte.

»Glück«, sagte Delia in meine Gedanken hinein. »Wir haben großes Glück gehabt, indem wir dich kennenlernen durften, endlich. Wir wollen dich nicht mehr – verlieren ...«

Stille breitete sich zwischen uns aus. – Ich musste an Hannah denken, die ich nicht kannte. Wie ging es ihr wohl? Was hielt sie von alldem?

Am Nachmittag kam Kendra in Begleitung der französischen Austauschschülerin aus Plastikwelt.

Ich hatte wieder Rückenschmerzen bekommen und saß untätig im Garten herum. Rosie hatte Pancakes für mich gebacken und Leek neuen Ahornsirup gekauft, weil der alte alle war.

»Hallo, Bleichgesicht«, sagte Kendra und umarmte mich. »Das ist Noelle. Bekloppt, aber ich forme sie schon noch. Brenda Flayderman scheint zu hoffen, dass Noelles steife, schwer französische Umgangsformen mich ummodeln werden, aber da hat sie sich natürlich geirrt. Im Gegenteil, ich werde einen anarchistischen Vamp aus der heiligen Noelle machen . . .«

Noelle lächelte mir zu. Sie schien noch kaum etwas zu verstehen.

»Irre, der Wagen!«, fuhr Kendra fort, warf sich neben mir ins Gras und biss von meinem Pancake ab. »Wie war es im Krankenhaus? Erzähle! Hast du es gut überlebt? Wie geht es dem Plastikgreenbergnachwuchs? Hast du endlich einen Blick auf Hannah Greenberg werfen können? Kann sie dir das Wasser reichen? Und wo ist Moon?«

Zwei Tage später packte Leek seine Koffer.

»Zurück nach Venice Beach?«, fragte ich und überlegte, ob Rosie es schon wusste. Sie war an diesem Mittag bei Jilliam, die heute Morgen voller Panik angerufen hatte, weil sie fürchtete, schwanger von Geoff, dem Lachtherapeuten, zu sein.

»Mal nach dem Rechten sehen, Prinzessin«, sagte Leek vage. »Ich war seit Wochen nicht da.«

Ich nickte und musste an die ebenfalls schwangere Stewardess denken. Warum pflanzten sich die Leute bloß dauernd fort? War das so erfüllend?

»Ich habe eingekauft, Sky«, sagte Leek und schloss mühsam

den Koffer. »Es ist alles da, was ihr in der nächsten Zeit braucht.«

Ich nickte wieder. Natürlich, Hamburg war weg, ich war wieder zu Hause, die gröbsten Probleme waren beseitigt, Leek würde seiner Wege gehen, wie er es immer tat.

Besorgt dachte ich an Moon.

28. HANNAH

Palindrom, du bist schon fast so schlimm wie Esther«, sagte David kopfschüttelnd. »Dauernd diese Filme.«

Ich saß im Schneidersitz auf dem Holzboden und schaute *Schindlers Liste*. Ich hatte auch *Casablanca*, *Sein oder Nichtsein* von Ernst Lubitsch, *Der Untergang*, *Holocaust. Die Geschichte der Familie Weiss* und *Hitler. Die letzten zehn Tage* mit Alec Guiness als Adolf Hitler gesehen. In meinem Kopf drehte sich ein Gefühlskarussell.

Ich wollte, wollte, wollte keine Deutsche sein.

Ich wollte keine deutsche Mutter, keine deutschen Vorfahren haben.

Warum ich? Warum ausgerechnet ich?

Ich hatte sie, was bisher keiner wusste, in der Klinik von Weitem gesehen, als ich zufällig mit meinen Großeltern aus einem der Flurfenster in die Lobby der Klinik hinuntergeschaut hatte. Dort, neben einem künstlichen, laut rauschenden Wasserfall, hatte sie gestanden.

Ihre blonden Haare, ihre schmale Gestalt. Sie hatte ein grünes Strickkleid getragen und dazu verrückte rosa Clogs. An einem Handgelenk ein dünnes Kupferarmband in der Form einer Schlange. An den Ohren lange Ohrringe. Die blonden Haare waren mit einer Spange hochgesteckt gewesen. Ein Boheme-Typ. In einem Film hätte ich sie vielleicht ansprechend gefunden. Aber ich wollte sie nicht in meinem wirklichen Leben haben.

Mit brennenden Augen starrte ich auf den Bildschirm. Die Deutschen hatten das jüdische Volk fast ausgerottet, es wie Vieh behandelt oder schlimmer, Gaskammern und Brennöfen für die Juden konstruiert, sie akribisch abgeschlachtet.

Warum war das alles passiert? Warum raubte mir diese Verwechslungsgeschichte meine Existenz?

David war jüdisch. Jonathan war jüdisch. Genauso Sharoni. Und Chajm und seine Brüder, die mich Blondie nannten. Ich hasste meine hellen Haare jetzt. Alle meine Cousinen und Cousins in Israel, alle waren sie jüdisch – bis auf mich. Ich war jetzt gojisch, nichtjüdisch. Meine Cousins in Ramat Aviv benutzten dieses Wort abfällig für alle Leute, die sie kannten, die nicht den jüdischen Glauben hatten.

In ein paar Tagen würde Jonathan nach Hause kommen. Es ging ihm deutlich besser, allerdings musste er starke Medikamente nehmen, die gewährleisten sollten, dass sein Körper das fremde Knochenmark nicht abstieß.

»Sie ist nett. Sie hat mir dieses Döschen mit Glück drin geschenkt. Sie und Onkel Zvi haben gelacht. Sie ist hübsch«, hatte Jonathan mir erzählt. Es klang wie eine Drohung. Und gestern hatte meine Mutter eine neue Zeichnung von ihm mit aus der Klinik gebracht, ein neues Shalom-Bild, auf dem Sky Lovell neben ihm stand und einen Berg Glück in der Hand hielt.

»Wenn sie so aussieht, wie dein kleiner Bruder sie malt, ist sie keine ernsthafte Konkurrenz für dich, Han«, hatte Sharoni gesagt und das Bild genau betrachtet. »Eine Knubbelnase, dezent schiefe Augen, maisgelbe Schnittlauchhaare, verschieden lange Arme . . .«

Sie lachte, aber ich lachte nicht.

Meine Großmutter, die mit meinem Großvater zwei Tage vor der Transplantation eingetroffen war, kochte in der Zwischenzeit für den *Schabbat,* der in ein paar Stunden beginnen würde. Vertraute israelische Düfte erfüllten das Haus. Aus den Augenwinkeln sah ich, wie meine Bubbe den *Kugel,* den sie wohl gerade aus dem Backofen geholt hatte, zum Abkühlen auf die

Terrasse trug. Dort standen bereits sechs dick mit Mohn bestreute *Challahs,* die hoch aufgegangen waren, viel höher, als wenn meine Mutter, ich oder David sie zubereiteten. Aus der Küche duftete es außerdem nach Brathuhn und Gemüse.

Für Jonathan hatte meine Großmutter zusätzlich ein paar kleine süße Vanille*challahs* gebacken, die meine Mutter ihm heute Abend in die Klinik mitbringen würde.

»Mutter, wie schaffst du es nur, dass deine *Kugel* immer so gut gelingen?«, fragte meine Mutter gerade.

»Gute Kartoffeln, genau die richtige Menge Öl, grad so viel, dass der Teig feucht genug ist und noch ein bisschen in die Form läuft«, sagte Sarah und wischte sich die Hände an ihrer Schürze ab, ehe sie sich neben mich setzte. Meine Mutter war schon wieder hinausgeeilt. Seit sie so viel Zeit im Krankenhaus verbrachte, hatte sie kaum noch Zeit für alles andere. Immerzu war sie in Eile.

»Augenstern, warum schaust du so traurig?«, fragte meine Großmutter und lächelte mir zu. Shar und David waren im Garten, wo sich David, in Schale geworfen, fotografieren ließ. Das Bild war für Rivki bestimmt, seine neue Liebe, nachdem er seine Schwärmerei für Sharoni endgültig abgelegt hatte.

Er hatte Rivki in einem jüdisch-orthodoxen Sommercamp in Sacramento kennengelernt, sie war ebenso gläubig wie er. Sie lebte mit ihrer Familie in der Nähe von San Francisco und David war, zum jetzigen Zeitpunkt, wild entschlossen, sie in ein paar Jahren zu heiraten.

»Hannah?«, wiederholte meine Großmutter, die nicht mehr meine Großmutter war. Ich starrte auf den eingeschalteten Fernseher. Dort lief *Family Guy,* eine idiotische Zeichentrickserie, die ich normalerweise verachtete.

»Es ist diese Verwechslung, die dir zu schaffen macht, hab ich recht?«, fragte sie leise und beugte sich zu mir vor. Sie roch nach Küchengewürzen, Bratfett und Knoblauch, vermischt mit ihrem blumigen israelischen Parfum. Ihre schwarzgrauen Haare waren im üblichen Pferdeschwanz zurückgebunden. Ihre dunklen Augen musterten mich besorgt, wie es mir schien.

Ich hob die Schultern, schwieg und schaute wieder zum Fernsehbildschirm hinüber.

»Das ganze Leben ist ein verschlungener Stolperpfad, Channaleh«, sagte sie schließlich, weil ich immer weiter schwieg. »Sieh mal, deine Urgroßmutter steckt in ihrer Vergangenheit fest und erstickt ihren Kummer in zu viel Alkohol. Ich selbst denke immer wieder traurig an meine eigene Geburt im Vernichtungslager Auschwitz zurück – was für ein Lebensbeginn. Und dein Großvater Yitzchak ist im letzten Jahr in Tel Aviv nur knapp einem Bombenattentat entkommen – Chas Wachalilah! –, als er in der Weißen Stadt den Rabin Square überqueren wollte ... – Und dein Cousin Chajm ...« Sie seufzte tief und schob sich eine widerspenstige Haarsträhne aus der hohen Stirn. »Oh, er macht uns große Sorgen. Verweigert den Militärdienst, beleidigt die Behörden, kränkt die Familie ...«

Sie sprach wie immer hebräisch und ich lauschte wie abwesend.

Shar und David waren in der Zwischenzeit hereingekommen und David eilte zurück an seinen PC, um seine unterbrochene Kommunikation mit Rivki, der Wunderbaren, wieder aufzunehmen, und ihr schnellstmöglich den besten von Shars Schnappschüssen zuzumailen. Was war er doch für ein eitler Knabe. Seine schwarzen, widerspenstigen Locken, die hohe Stirn, die weit auseinanderstehenden dunkelbraunen Augen, das eckige, markante Kinn – warum war mir nur früher nie aufgefallen, dass ich völlig anders aussah als der Rest der Familie?

Sharoni verstand nur unser Schulhebräisch, dem schnell gesprochenen Tel-Aviv-Hebräisch meiner Großmutter konnte sie kaum folgen. Bei ihr zu Hause sprach keiner hebräisch, außer den für die Lesungen in der Synagoge nötigen *Thora*abschnitten, die ihr Vater und ihr Bruder sprechen konnten.

»Aber das Leben ist auch bunt und schön«, sagte meine Großmutter gerade. »Mach die Augen auf, Augenstern: Deine Urgroßmutter ist trotz ihres hohen Alters immer noch gesund, ich selbst bin mit vielen wunderbaren und begabten Kindern und Enkelkindern gesegnet, dein Großvater ist ein sehr beliebter und geachteter Rabbiner – und deine Cousine Rebekka erwartet im Winter, *Haschem* sei Dank, gleich Zwillingsbabys . . .«

Peter Griffin, das Familienoberhaupt aus *Family Guy,* ein dicker, fernsehsüchtiger und geistig zurückgebliebener Schwachkopf, attackierte gerade lautstark und in schwachsinniger Weise seine hässlichen, ebenfalls idiotischen Cartoonkinder und ich fühlte mich schwer wie ein Stein, während ich immer noch wie gebannt dieser geballten Ladung Blödsinn auf dem Bildschirm folgte wie eine Ertrinkende.

»Und, Hannah, diese Verwechslungsgeschichte verändert doch dich als Mensch nicht. Du bleibst die, die du bist, die du immer warst . . .«

Tat ich das? Ich hatte in der letzten Zeit eher das Gefühl, mich komplett aufzulösen. Nicht ich – sondern Sky Lovell half Jonathan. Nicht ich, sondern Sky Lovell war Gesprächsthema meiner Eltern. Nicht ich, sondern Sky Lovell bekam Aufmerksamkeit und Geschenke.

». . . und nur darauf kommt es doch letztendlich an. Du bist du, Hannah.«

Meine Großmutter drückte meine Hand, ich schluckte und musste an Rosie Lovells blonde, deutsche Mutter denken, die meine wirkliche, meine leibliche Großmutter war. Sie hatte eine merkwürdig kühle Ausstrahlung gehabt. Bestimmt roch sie nie nach Küche, nach Bratfett, nach Knoblauch. Sie sah eher so aus, als äße sie ununterbrochen in eleganten Restaurants. Sie hatte überhaupt nichts Großmütterliches an sich. Wie es wohl für Sky Lovell war, so eine Großmutter zu haben? Ich schob den Gedanken rasch wieder zur Seite. Ich wollte ihn nicht denken.

»Willst du diese – Sky denn gar nicht sehen, Bubbe? Sie ist schließlich – Imas wirkliche Tochter . . .«, fragte ich dennoch.

»Doch, ich möchte sie natürlich sehen, wenn es sich ergibt. Aber meine Enkelin bist du! Und so wird es immer bleiben, Augenstern. Immer.«

Ich schüttelte den Kopf und fühlte mich trostlos, aber ich stellte wenigstens *Family Guy* endlich tonlos.

»Hast du von dem Auto gehört, das Ima und Abba ihr gekauft haben?«, fragte ich und hätte die Frage anschließend am liebsten in kleine Fetzen gerissen.

Meine Großmutter nickte.

»Ich habe noch nicht mal meinen Führerschein«, erklärte ich leise. »Warum haben sie ihr so ein teures Geschenk gemacht?«

»Das war ein bisschen unüberlegt, vielleicht«, gab meine Großmutter seufzend zu. »Ein sehr großes Geschenk. Hoffentlich fühlen sich – ihre Eltern nicht beschämt von dieser Gabe . . .«

»Meine Eltern, meinst du wohl?«

In dem Moment kamen die anderen. Mein Vater, mein Großvater Yitzchak, Esther, David, außerdem Onkel Zvi und Tante Hayley. Dazu Mr Goldblum und Lori, die heute Abend den *Schabbat* mit uns verbringen wollten.

»Delia ist schon losgefahren, damit es nicht zu spät für Jonathan wird«, erklärte mein Vater, der sich für den *Schabbat* umgezogen, geduscht und rasiert hatte. Meine Großmutter nickte verstehend, drückte noch einmal meine Hand und eilte dann in die Küche zurück. Er sprach Englisch, sie antwortete hebräisch. So verständigten sie sich.

»Guck nicht wie ein deprimiertes Schaf, Han«, flüsterte Shar mir streng zu. »Die Welt geht nicht unter.«

Der Esstisch im Wohnzimmer war festlich gedeckt. Das beste Silber meiner Eltern funkelte im warmen Licht unserer *Schabbat*kerzen. Das Essen war noch leckerer als sonst. Es wurde gesungen und erzählt, als gäbe es die Sache mit Sky Lovell gar nicht. David erzählte ein paar lustige Anekdoten aus seiner *Jeschiwa* und mein Großvater, beziehungsweise Davids Großvater, gab eine kurze *Talmud*lektion.

Nach dem Essen und den Gebeten wurde, wie an jedem normalen *Schabbat*, geredet und gesungen und gespielt bis gegen Mitternacht. Für meine Familie war es der erste fröhliche *Schabbat* seit dem Tag in Disneyland.

»Diesen *Schabbat* feiern wir euch zu Ehren – Sarah, Yitzchak«, sagte mein Vater feierlich zu seinen Schwiegereltern und in seinem Lächeln lagen Erschöpfung, Sorge und Müdigkeit. Aber auch eine neue Hoffnung, die es dank Sky Lovell gab, wie wir alle wussten.

»Und . . .« Mein israelischer Großvater, der neben mir saß, legte dabei seine warme, schwere Hand auf meine und schien das Gleiche zu denken wie ich, denn er fuhr fort: ». . . nimm mir diese Worte bitte nicht übel, Hannahle, aber diesen *Schabbat* feiern wir auch eurer verlorenen und wiedergefundenen Tochter zu Ehren, die den eigenwilligen Namen Sky trägt – ein schöner Name, wenn ihr mich fragt . . . Sie hat Großes getan für Menschen, die sie im Grunde doch gar nicht kennt . . .«

Für einen Moment war es ganz still, aber dann hielt ich es nicht mehr aus. Ich sprang auf, mein Stuhl kippte polternd nach hinten, als ich blind vor Verzweiflung davonstürzte.

Mr Goldblum brummte laut und erschrocken und missbilligend, wie es schien, auf.

»Han, spinn nicht und mach auf!«, rief Sharoni ungeduldig vor meiner Tür. Sie klopfte wieder und wieder. Auch mein Vater, David und meine israelischen Großeltern machten meiner verschlossenen Tür nacheinander die Aufwartung. Aber ich konnte mich nicht rühren, ich war wie versteinert.

Mr Goldblum hatte sich brummend in der Werkstatt eingeschlossen. Ich konnte ihn im Stockwerk unter mir werkeln hören.

»Hannah, wenn Hayley und ich eines Tages tatsächlich ein Baby adoptieren, wird es auch andere – genetische Wurzeln haben als wir«, rief Zvi behutsam in das Mr-Goldblum-Gebrumme. »Aber es wird dennoch ganz und gar unser Kind sein, so wie du Mos und Delias Kind bist. Das weißt du doch im Grunde auch, Kummerkind, oder?«

Aber dieses Kind würde seine Geschichte von Anfang an kennen, das war der Unterschied. Es würde nicht eines Tages – völlig unverhofft – in ein tiefes Loch aus Einsamkeit fallen wie ich. Und auch Zvi und Hayley würde es nicht so unvorbereitet treffen. Sie wussten, was sie taten. Und es gab nicht plötzlich irgendwo ein anderes Kind, das ihrem adoptierten Baby den Rang ablaufen konnte.

Ich schwieg und biss die Zähne zusammen. Vielleicht war ich überempfindlich und verrückt, aber wenn es so war, konnte ich es eben nicht ändern.

»Han, Esther ist irgendwie erstarrt oder eingefroren«, informierte David mich etwa eine halbe Stunde später. Es war schon fast eins und allmählich gaben es die anderen auf, wie es schien. Es wurde eindeutig immer stiller im Haus. Shar hatte es sich nebenan in unserem Gästezimmer bequem gemacht. Dort war es sehr gemütlich. Wir übernachteten manchmal zusammen dort drin. Auch Mr Goldblums Brummen war verklungen.

»Wieso? Was tut sie?«, fragte ich leise durch die Tür.

»Sie sitzt immer noch im Wohnzimmer rum und rührt sich nicht von der Stelle.«

Davids Stimme klang besorgt, aber ich öffnete ihm nicht. Stattdessen rappelte ich mich auf und schaltete den PC ein, obwohl uns das am *Schabbat* verboten war. Aber mir war das heute egal. Ich war ja nicht mal mehr wirklich jüdisch.

»Esther sagt, sie muss eine Entscheidung treffen«, fuhr David ratlos fort. »Allerdings sieht es eher so aus, als würde sie demnächst der Schlag treffen, Han! Ich mache mir wirklich Sorgen. Sie sieht heute Nacht so klapprig und mitgenommen und aus der Zeit gefallen aus wie noch nie.«

»Hat sie viel getrunken?«, erkundigte ich mich und öffnete *Facebook*.

»Nicht mal das«, antwortete David. »Han, sag mal, hast du etwa deinen Computer eingeschaltet? Ich sehe da ein diffuses Licht durch deinen Türspalt.«

»Und wenn?«, sagte ich gereizt und tippte Sky Lovell in die *Facebook*-Suchspalte. Warum war ich da nicht viel früher drauf gekommen?

»Es ist *Schabbat*, Hannah!«, sagte David und jetzt war seine Stimme eindeutig wütend.

»Nicht für mich, Rabbi David!«, entgegnete ich ebenso wütend und betrachtete Sky Lovells Profilbild. Kein Foto, sondern das bunte, selbst gemalte andywarholartige Porträt eines blonden Mädchens mit großen grünen Augen.

Eindeutig kein Joni-Shalom-Bild, keine Knubbelnase, keine gelben Schnittlauchhaare, wie Shar es genannt hatte. Eher ein echtes Profibild. Ob ihr – beziehungsweise mein – Vater es wohl gemalt hatte? Ich musste an diese Serviettenskizze aus dem *Yamashiro* denken, die meine Mutter seit ihrem Treffen mit Skys Vater immer mit sich herumschleppte.

»Hannah, was soll das?«, regte David sich auf.

»Lass mich in Ruhe, verdammt!« Ich klickte auf den Button, der eine diffuse, völlig aus der Luft gegriffene Freundschaftsanfrage an Sky Lovell beinhaltete. *Send a friend request.*

Was tat ich hier nur, um Himmels willen? War ich denn völlig übergeschnappt?

29. SKY

Ich hatte jetzt ein eigenes Auto. Und eben waren mit der Post die ersten Unterlagen für meinen SAT-Test gekommen. Der Test sollte die Eignung für das College überprüfen und die Ergebnisse waren extrem wichtig, wenn man vorhatte, nach der Highschool zu studieren.

Kendra und ich waren jetzt in der Abschlussklasse der Highschool. Viel Zeit blieb also nicht mehr. Wenn wir etwas erreichen wollten, war jetzt viel Paukerei angesagt.

Moon hatte, ohne zu lernen, über tausendfünfhundert Punkte in seinem Test geschafft. Aber weder Kendra noch ich waren er.

»Moon?«, rief ich und verschloss mit einem Klick meinen sonnengelben Wagen. Ich ging in den Garten, aber dort war Moon nicht. Stattdessen war dort jemand anders und las in einem Spiderman-Comic aus unserer Bücherkiste, die auf der Terrasse in einer Ecke stand.

Es war Gershon.

»Hi«, sagte er und schaute mir direkt in die Augen.

»Hi«, antwortete ich verlegen. »Einen Moment . . . – Mom?«

Ich rief halblaut und warf gleichzeitig einen prüfenden Blick durch die offene Terrassentür in unser unaufgeräumtes Haus.

»Keiner da, wie es scheint«, informierte mich Gershon. »Nicht mal euer Hund. Ich sitze hier schon eine ganze Weile.«

Ich gab es auf, hockte mich zu ihm ins Gras und seufzte. Ich wusste nicht, wo ich anfangen sollte.

»Ich hätte mich längst melden sollen. Es tut mir leid«, sagte ich schließlich kleinlaut.

»Stimmt.« Mein ehemaliger Abschlussballpartner nickte.

»Es ging . . . mir nicht so gut«, sagte ich lahm.

Gershon nickte wieder.

»Moon und Kendra haben es mir ausgerichtet. Mehrmals.« Er lächelte und sofort lächelten seine karamellfarbenen Augen mit.

Er zählte es an den Fingern ab.

»Tage. Allgemeines Unwohlsein. Stress. Deine Großeltern. – Habe ich was vergessen?«

»Nein, so in etwa war es das.« Meine Stimme war nicht viel mehr als ein Murmeln.

»Übrigens lustig, deine blonden Haare. Obwohl sie dunkel noch schöner sind . . .«

Ach ja, er kannte mich ja noch gar nicht mit meiner neuen Lovell-Haarfarbe.

»Hm«, machte ich. Dann gab ich mir einen Ruck. »Willst du – vielleicht was trinken?«

»Gerne.«

Wieder ein Augenlächeln.

Ich stand auf und holte zwei Gläser und zwei Dr. Pepper Root Beer aus der Küche. Auf dem Rückweg sah ich, dass unser Anrufbeantworter blinkte. Automatisch drückte ich den Abspielknopf.

Anrufer Nummer eins war Jilliam, die Rosie mitteilen wollte, dass sie nun doch nicht schwanger sei.

Anrufer zwei war eine Versicherungsagentur, die sich noch einmal melden wollte.

Anrufer drei waren meine deutschen Großeltern, die nach dem Signalton, ohne sich zu melden, wieder aufgelegt hatten. Lediglich anhand ihrer Nummer im Display konnte ich sie als Anrufer Nummer drei identifizieren.

Anrufer vier war – Delia Greenberg. Wie angewurzelt stand ich im Raum und lauschte ihrer sanften Stimme. Sie teilte mir glücklich mit, dass es dem Greenbergkind schon viel besser ging und er nach dem Wochenende nach Hause dürfte.

»Sky, das alles verdanken wir dir«, sagte sie und ihre Stimme klang sehr emotional. »Du hast etwas unendlich Großes vollbracht und wir sind unsagbar glücklich darüber, dass es dich gibt! Und nicht nur Jonathans wegen, natürlich. – Wann dürfen wir dich wiedersehen? Wann kommst du uns endlich besuchen? Wir wollen euch alle kennenlernen. Dich – deine Eltern, deinen Bruder. Wir wollen alles nachholen, was wir bisher versäumt haben . . .«

Ich biss mir auf die Lippen. Wie mein Leben wohl verlaufen wäre, wenn diese Verwechslung nie geschehen wäre? Wäre ich heute dieselbe, wenn Delia Greenberg mich großgezogen hätte? Sanft und ausgeglichen, wie sie war?

Der Anrufbeantworter war bereits zu Anrufer Nummer fünf gesprungen, ohne sich um meine Gedanken zu scheren.

»Das bin ich. Old Niall«, sagte mein Urgroßvater in Irland, durch eine rauschende Verbindung hindurch, unruhig. »Keiner da, verflixt?«

Es klickte in der Leitung, als er auflegte.

»Sky? Lebst du noch?«, rief Gershon in diesem Moment aus dem Garten.

»Einen Moment noch . . .«, antwortete ich hastig und warf einen raschen Blick auf das AB-Display. Noch drei weitere Anrufe warteten darauf, abgehört zu werden.

Acht Anrufe in der einen Stunde, die ich unterwegs gewesen war? Was war denn nur los?

Und wo steckten, verdammt noch mal, Rosie und Moon?

Ich lauschte den letzten drei Anrufen, die alle aus Irland kamen.

»Leek? Verdammt, Leek? Wo steckst du, mein Junge?«

Knack, Gespräch zu Ende.

»Rosie? Sky? Moon? Hört mich denn keiner? Kerle, macht mich nicht wütend. Ich werde heute sterben und muss noch was loswerden, zum Teufel . . .«

Wieder hatte Old Niall aufgelegt.

Mein Herz schlug mir bis in den Hals und ich lauschte besorgt dem letzten Anruf entgegen.

»Es ist mein Ernst, ihr Stinktiere! Ich muss einen von euch an diesen blödsinnigen Apparat bekommen. Ich muss eine verdammte Beichte loswerden. Hallo? Das könnt ihr einem alten, versoffenen Sünder wie mir nicht antun, dass er derart seelisch versaut vor seinen Herrgott treten muss. Sky! Moon! Wenigstens einer von euch zwei Rabauken! Ran an den Hörer . . .«

In meinem Kopf drehte sich alles. Was ging da vor sich? Starb mein Urgroßvater tatsächlich? Oder hatte er nur einen besonders schlechten Tag? War er betrunken? Er war ein Quartalssäufer, das wussten wir alle.

Ich zuckte zusammen, als Gershon plötzlich neben mich trat.

»Okay, ich akzeptiere, du willst mich verdursten lassen«, sagte er lächelnd und kam auf mich zu. »He, Sky, alles in Ordnung mit dir?«

In Ermangelung von Leek lehnte ich mich für einen Moment an ihn. Er roch nach Sommer und irgendeinem Deo und dann noch ein bisschen so wie Moon. Vielleicht rochen alle einigermaßen gut gepflegten Jungen, die im selben Alter waren, irgendwie ähnlich.

Ich versuchte, mich zu beruhigen.

»Ich weiß nicht, ob alles okay ist«, sagte ich zögernd und fühlte mich wirr. »Mein Urgroßvater . . . Er . . .« Ich suchte nach Worten, aber ich fand so schnell keine passenden.

»Ich erkläre es dir später, Gershon. Versprochen.«

Er nickte und öffnete eine der beiden Root-Beer-Dosen, die ich auf dem Wohnzimmertisch abgestellt und dort vergessen hatte.

»Da, trink einen Schluck«, sagte er und hielt mir auffordernd die rote Dose entgegen. »Damit du nicht versehentlich dehydrierst. – Bei dir scheint ja immer eine Menge los zu sein. Du siehst ziemlich mitgenommen aus.«

Ich trank einen kleinen Schluck, stellte die Dose zurück und bediente anschließend gleichzeitig mein Handy und das schnurlose Festnetztelefon. Über das Festnetz drückte ich die Kurzwahlnummer, die zu Old Niall führte, und über mein Sony Ericsson versuchte ich, Moon zu erreichen.

»Na toll«, murmelte ich, weil Old Niall nicht an seinen Apparat ging und Moons mobiles Telefon abgestellt war. – Wieso war es abgestellt? Moon lebte praktisch durch sein iPhone. Er stellte es im Normalfall niemals aus. Was war da los?

Ich probierte es ersatzweise bei Rosie und ließ es sehr lange klingeln, aber sie hielt es wie Old Niall. Sie nahm den Hörer nicht ab.

Auch Leek war nicht zu erreichen. Genervt würgte ich seinen Anrufbeantworter in Venice ab. Auf ABs hatte ich jetzt keinen Nerv mehr. Sprach denn hier niemand mehr persönlich mit mir?

»Na, dann eben nicht«, murmelte ich ärgerlich. Plötzlich hatte ich das Gefühl, als rückten die Wände unseres Haues, die ohnehin schon eng genug waren, näher. Dieses Haus war definitiv zu klein, wenn man in Panik geriet. Und irgendwie geriet ich allmählich in Panik. War das vielleicht ein Anfall von Klaustrophobie?

»Gershon, wollen wir an den Strand fahren?«, fragte ich und tastete bereits in meiner Jeanstasche nach meinem Hausschlüssel. Ich war nicht Rosie, ich würde das Haus jedenfalls nicht völlig unverschlossen alleine lassen.

»Definitiv zu heiß für den Strand«, sagte Gershon.

»Vielleicht in die Mall?«

»Sorry, Sky, aber ich hasse Einkaufszentren. Ich weiß, jetzt oute ich mich als die komplette Spaßbremse, aber . . .«

»Nein, ist schon okay«, unterbrach ich ihn hastig. »Dann – zu dir? Wäre das in Ordnung? Ich muss hier mal raus, verstehst du?«

Gershon nickte und legte leicht seinen Arm um meine Schulter. »Dann mal los, Sky Lovell. – Ein Novum. Du bist das erste nichtjüdische Mädchen, das ich mit nach Hause bringe . . .«

Diese Worte drehten sich wie ein Kreisel in meinem Kopf, während ich zu ihm ins Auto stieg.

In diesem Moment begannen meine Wale zu singen.

»Was ist das, verdammt?«, erkundigte sich Gershon verwundert und warf mir einen Blick zu, während er den Hillcrest Drive entlangfuhr. Ich zog mein summendes Handy aus der Tasche.

»Lass mich raten. Dein Klingelton sind ein paar bekiffte, singende tibetische Mönche?«

Ich schüttelte den Kopf und sah auf das Display. In was für einer schönen neuen Welt lebten wir eigentlich mittlerweile? Ich hatte das unheimliche Gefühl, nur noch mit Telefonen und Displays und elektrischen Anrufbeantwortern zu kommunizieren. Ich war froh darüber, dass wenigstens Gershon, offenbar der letzte Homo sapiens außer mir, an meiner Seite saß.

»Wale«, sagte ich erklärend und nahm das Gespräch an.

Smart Foods stand als Anrufernummer auf meinem Handydisplay. Das musste Moon sein, der von der Arbeit aus anrief.

Aber es war nicht Moon. Es war Kimberley, seine Barbiechefin. Und sie wünschte ebenso wie ich zu erfahren, wo Moon sich herumtrieb.

»Ich warte schon über eine Stunde auf ihn«, erklärte sie mir wütend. »Hier brummt der Laden und der Herr zieht es anscheinend vor, sich irgendwo gemütlich in der Sonne zu aalen. Verdammt, das war doch bisher nicht seine Art, Sky! Was ist bloß in ihn gefahren in der letzten Zeit? Dauernd diese Leichenbittermiene – und jetzt das!«

Nach diesem Telefonat war mir noch unwohler zumute als vorher. Wo Moon wohl steckte? Sogar Kimberly war anscheinend aufgefallen, dass er sich in den vergangenen Wochen verändert hatte. Plötzlich kam mir ein Gedanke. Vielleicht war er bei dieser Chrippa, dem Punkmädchen mit den grünen Haaren.

Gershon war unterdessen auf den Hollywood Freeway Richtung Burbank und Sepulveda abgebogen. Er wohnte in Fernando Valley, dort wo auch Kendras Familie ihr Anwesen hatte.

Wenig später waren wir da. Ich betrachtete Gershons Zuhause, eine noble viktorianische Villa inmitten eines großen, mit eindrucksvollen Bäumen bestandenen Gartens.

»Sieht nur von außen pompös aus«, erklärte Gershon eine Spur entschuldigend und schloss die zweiflügelige Haustür auf. Sie knarrte in den Angeln. »Ist alles nur Schein.«

Wir betraten eine Halle, die über drei Stockwerke reichte. Ich sah mich beeindruckt um. Ein Treppenaufgang mit schmiedeeisernem Geländer wand sich in den ersten Stock.

»Das ist ja riesig«, sagte ich zu Gershon, der beim Eintreten ein kleines Kästchen, das am Türpfosten befestigt war, mit den Fingerspitzen berührte, um sie anschließend an seine Lippen zu führen.

Ich musste schlucken. Das war eine jüdische Geste, das wusste ich von Rosies Freundin Jilliam, die ebenfalls Jüdin war. Sie hatte eine *Mesusa,* wie dieses kleine Kästchen hieß, geerbt und halb zum Spaß an ihre Apartmenttür genagelt. Allerdings innen statt außen und sie benutzte sie nicht im religiösen Sinn, sondern bewahrte dort, à la Rosie, ihre Cannabisvorräte auf.

»Ich hause im obersten Stock«, erklärte Gershon, deutete nach oben und nahm meine Hand. Ich war einen Tick nervös, es war das erste Mal, dass ich Hand in Hand mit einem Jungen irgendwohin ging. Und dann auch noch in sein Zimmer. Unterwegs erklärte mir Gershon, wer außer ihm und seinen Eltern und Brüdern noch in dem Haus wohnte. Er hatte, wie es schien, eine recht große Familie, dennoch wirkte das Haus an diesem Nachmittag wie ausgestorben.

Beim Hinaufgehen verstand ich, was Gershon mit seinem Es-ist-alles-nur-Schein-Satz gemeint hatte. Dieses Haus war zwar ein riesiger und beeindruckender Kasten, aber er hatte schon bessere Tage gesehen. Die Tapeten blätterten überall ab, der Fußboden war ausgetreten und zerkratzt, im Stuck an der Decke waren Sprünge.

»Dieser Kasten ist von heruntergekommener Pracht«, sagte Gershon, als wir endlich sein Zimmer erreichten. »Meine Eltern arbeiten am Orpheum-Theater. Kennst du es? Mein Dad ist Cellist und meine Mom Tänzerin. Das Orpheum-Theater ist ebenfalls von heruntergekommener Pracht. Kohlemäßig ist da nicht viel zu holen. Aber egal, wir hungern nicht.« Er lachte und öffnete seine Zimmertür.

Seine Eltern mochten Musiker sein, Gershon war eher Sportler, wie es schien. Er hatte seine Zimmerwände mit Fotos von sich behängt – mit seinem Mountainbike in den Bergen, beim Skilaufen auf einer steilen Piste, in Wanderausrüstung im Urwald, beim Floßfahren in schäumenden Stromschnellen, beim Freeclimbing in den Bergen. Ansonsten sah sein Zimmer ganz normal aus: CD-Spieler, PC, eine Playstation, ein kleiner, nicht mehr ganz neuer Fernseher, ein Bett auf einer Art selbst gezimmerter Empore, eine gebeugte, riesige Yuccapalme, ein Schreibtisch, ein aus Backsteinen selbst arrangiertes Bücherregal und ein Teleskop unter dem Fenster.

Ich war nervös, und das nicht nur wegen Old Niall und seinen vielen Nachrichten auf unserem Anrufbeantworter.

Kaum, dass wir uns gesetzt hatten, begannen meine Wale wieder zu singen. Rosie? Oder Moon, der von irgendwo abgeholt werden wollte? Seit ich das Auto der Greenbergs hatte, war ich zu Moons Frustchauffeur auf Abruf degradiert.

Natürlich konnte es auch Kendra sein, genervt von Plastikwelt oder Noelle, die sich bisher standhaft weigerte, ein kontraproduktiver Anarchist zu werden, und – laut Kendra – stattdessen heftig mit dem Gärtnergehilfen der Familie Flayderman herumflirtete.

»Sorry«, sagte ich entschuldigend zu Gershon und zog, wie schon auf der Fahrt hierher, mein Handy aus der Tasche. Ich warf einen prüfenden Blick auf die erleuchtete Anrufernummer und erschrak. Nicht Rosie. Nicht Moon. Nicht Kendra.

Es war ohne jeden Zweifel Old Nialls Nummer, die mir da entgegenflimmerte. Ich erkannte sie auf den ersten Blick, obwohl bei uns zu Hause immer nur sein gespeicherter Name aufblinkte, wenn er anrief. Noch nie hatte er mich auf meinem Handy angerufen. Ich hatte nicht einmal gewusst, dass er diese Nummer überhaupt kannte.

»Hallo?«, sagte ich mit Herzklopfen, nachdem ich das Gespräch angenommen hatte.

»Sky?«, schrie Old Nialls Stimme aufgebracht. »Endlich. Gott sei Dank. Ich habe einen von euch erwischt.«

»Glaub mir, wir haben in der letzten Zeit dauernd versucht,

dich zu erreichen, Grandpa«, verteidigte ich mich und den Rest der Familie Lovell hastig.

»Das würde ich jetzt auch behaupten«, schnaubte mein Urgroßvater, aber ich hörte, dass er mir im Grunde seines Herzens doch glaubte. »Sky – verflixt, wo steckt dein Hornochse von einem Vater? Ich bekomme ihn nirgends an die Strippe . . .«

Ich sagte, dass ich das auch nicht genau wüsste, und erinnerte ihn etwas hilflos an Leeks Anschluss in Venice Beach.

»Habe es schon tausendmal dort in seinem Sündenbabel versucht«, schimpfte Leeks alter, schrulliger Großvater, der dieselbe Augenfarbe hatte wie ich, allerdings anscheinend nur rein zufällig. Ich schluckte.

»Sky, warum ich anrufe«, unterbrach er meine düsteren Gedankengänge. »Ich sterbe. Heute. Morgen. Spätestens übermorgen.«

»Nein, du . . .«, sagte ich erschrocken, aber er ließ mich nicht aussprechen.

»Kindchen, ich weiß, wovon ich spreche«, unterbrach er mich würdevoll. »Und da ist noch etwas, was ich vorher loswerden muss. Und ich will nicht Nat, diesen Trottel, damit behelligen.«

Nat war Nathan Lovell, Old Nialls Sohn – Leeks Vater in Berkeley. Old Niall und er hatten kein sehr gutes Verhältnis zueinander. Old Niall nahm es seinem einzigen Sohn immer noch übel, dass er Nordirland vor mehr als vierzig Jahren zugunsten der Vereinigten Staaten den Rücken gekehrt hatte.

»Also, eigentlich sollte es dein Vater erfahren, aber da er verschollen ist, wie es scheint, musst du dir nun anhören, was ich zu sagen habe.«

Seine Stimme klang eigenartig. Ich fand kein Wort dafür, aber ich fröstelte mit einem Mal. Gershon fing meinen Blick ein und lächelte mir fragend zu. Und warum auch immer, plötzlich rückte ich näher an ihn heran und ließ ihn mithören, was Old Niall so dringend zu sagen hatte. Nebeneinander lagen wir schließlich auf Gershons erhöhter Matratze und lauschten Old Nialls bedrückter und entrückter Stimme. Noch nie hatte ich ihn in dieser Stimmlage sprechen hören. Normalerweise polterte und schnauzte er herum, heute klang er tieftraurig und merkwürdig beunruhigt.

»Sky, du musst wissen, wie wütend ich damals war. Mary war gestorben, dein Großvater war noch nicht lange nach Amerika gegangen.« Ich nickte. Meine Urgroßmutter war in den Siebzigerjahren bei den Straßenkämpfen in Belfast ums Leben gekommen. Sie hatte als Journalistin gearbeitet und war in einen Hinterhalt gekommen. »Die verdammten britischen Soldaten! Sie war die Liebe meines Lebens und ohne sie war es nicht mehr das Gleiche. Ich war von Hass nur so zerfressen . . .«

»Wer ist das?«, flüsterte Gershon und schob seinen Arm unter meinen Nacken. Seine Wange berührte jetzt meine.

»Mein Urgroßvater«, flüsterte ich zurück. Für mehr war jetzt keine Zeit.

». . . Sky, hörst du?«, schrie Old Niall, so laut, als müsse er mich von seinem kleinen Haus in Belfast schlicht mit seiner Stimme erreichen und nicht über einen riesigen, gigantischen Telefonsatelliten, der ihm diese Arbeit abnahm.

»Ja, ich höre dich, Old Niall«, sagte ich und spürte dabei Gershons warmen, beruhigenden Atem neben mir.

»Ich tat es wegen Mary. Aber ich tat das Falsche. Ich trat der IRA bei. Wir waren nur eine kleine Gruppe und doch bauten wir diese Bombe. Ich fuhr Colm und die anderen. Hier in Belfast gab es damals eine große protestantische Bibliothek. Verstehst du, ich war der Fahrer der Gruppe! Ich hab sie gefahren. Colm deponierte die Bombe in einem Luftschacht hinter ein paar Bücherregalen. Ich hatte den Plan gesehen. Es war kinderleicht. Erschreckend leicht.«

Plötzlich schwieg Old Niall. Er schwieg so lange, dass ich dachte, die Leitung sei eventuell zusammengebrochen, weil sogar das typische Rauschen in der Leitung aussetzte.

»Grandpa?«, fragte ich leise.

»Ja«, antwortete er nach einem langen Seufzer. »Ja, ich bin noch da, mein Skymädchen. Wenn auch nicht mehr lange . . .«

»Wie – wie ging es weiter?«, fragte ich unruhig. Diesen Old Niall kannte ich nicht. Er war völlig verändert.

»Sie ging hoch. Die Bombe. Zerriss alles. Und alle.«

Jetzt weinte Old Niall. »Sky, es waren Kinder an dem Morgen in der Bibliothek. Eine Schulklasse. Acht, neun Jahre alt. Verstehst du, Sky? Es waren Kinder.«

»Oh nein . . .«, flüsterte Gershon.

»Oh, Grandpa«, sagte ich.

»Sky, sei so gut und sag Nat und Leek, dass ich sie liebe. Und bitte sie, mir zu verzeihen. – Alle meine verdammten Fehler. Ich habe eine Menge davon«, sagte Old Niall heiser. Mehr sagte er nicht.

»Du konntest es nicht wissen, Grandpa«, rief ich. »Du konntest es nicht wissen.«

Stille.

»Grandpa? – Grandpa? Old Niall?«

Aber er sagte nichts mehr, obwohl die Leitung, wie es schien, immer noch hielt. Ich hielt die Luft an und dann spürte ich irgendwie, dass er jetzt – in diesem Moment – gestorben war. Zweiundneunzig Jahre alt war er geworden.

Und da fing ich an zu weinen und Gershon hielt mich im Arm.

Irgendwann, viel später, erzählte ich ihm dann auch noch die Geschichte meiner Verwechslung.

»Da siehst du es, Sky«, sagte Gershon hinterher leise.

»Was meinst du?«, fragte ich.

»Es gibt große Katastrophen. Und kleine. – Und die Geschichte deines Urgroßvaters ist eine große Katastrophe. Deine Geschichte ist höchstens eine kleine. Wenn überhaupt.«

Das klang gut.

Armer, armer Old Niall. Sein Name bedeutete wolkig, feurig, vehement. Das wusste ich von Leek, der einmal gesagt hatte, wenn man dem irischen Namen meines Urgroßvaters glauben durfte, war er ein Gewittersturm auf zwei Beinen.

Und das war er gewesen. Jetzt verstand ich sein ganzes Unglück, seine Wut, seine Alkoholexzesse. Und den Selbstmordversuch vor vielen Jahren. Diese schreckliche Bombengeschichte hatte ihn immer begleitet. *Old Niall – fast tot –*, der Titel von Leeks Bild in unserer Küche. Jetzt war er also ganz tot.

Mein Urgroßvater. Hannah Greenbergs Urgroßvater. Wie auch immer.

»Schlaf mit mir«, sagte ich leise zu Gershon.

30. HANNAH

Jonathan kam nach Hause. Shar und ich schmückten unsere Eingangstür, das Wohnzimmer und sein Spielzimmer für ihn.

»Gut, dass du dich wieder eingekriegt hast«, sagte Shar. »Ich dachte schon, du würdest vielleicht bis *Jom Kippur* in deinem Zimmer bleiben und schmollen.«

Arik brachte Joni einen riesigen Yoda mit, den man fernsteuern konnte. Außerdem schnarrte er auf Knopfdruck mit Yodas Stimme eine Menge weise Yodasprüche. *Du darfst niemals vergessen: Deine Wahrnehmung bestimmt deine Realität!* und solche Sachen.

»Da, hör dem alten Kerl zu. Er weiß, wovon er spricht. Schließlich ist er, wenn ich mich nicht irre und die Story durcheinanderschmeiße, schon fast neunhundert Jahre alt und somit der älteste Jediritter überhaupt«, sagte Shar und deutete auf den herumstapfenden Plastikjedimeister. »Mach's, wie er es sagt! Dann ist alles halb so schlimm. – Sky Lovell gehört also zu deinem heiß geliebten Greenberg-Clan? Was soll's? Du gehörst schon über siebzehn Jahre dazu. Sie wird dich nicht vom Thron stoßen, glaub mir . . .«

Schwer zu sehen, in ständiger Bewegung die Zukunft ist . . ., erklärte Yoda gerade schnarrend. Seine grünen Ohren leuchteten auf. Ich lächelte ihm zu.

»Cool, Dave, was?«, rief Jonathan stolz und warf sich in die Arme seines großen Bruders.

»Ja, cool . . .«, murmelte David gerührt und drückte Joni vorsichtig an sich.

Esther war immer noch still und stumm und äußerst gereizt, wie seit Tagen.

»Mutter, was hast du nur?«, fragte meine Großmutter immer wieder besorgt. In der Küche hatte sie am Morgen meine Mutter gefragt, ob man nicht allmählich einen Arzt konsultieren solle.

»Vielleicht ist es ja ein Schlaganfall, Delia«, hatte sie geflüstert. »Diese Starre könnte ein Symptom sein.«

Aber ich glaubte nicht, dass Esther etwas Körperliches fehlte. Ein bisschen erinnerte sie mich an mich selbst. An die Erstarrung tief in mir, die ich jeden Moment des Tages fühlte.

An diesem Abend, kurz nachdem Shar in ihren lauten Lieferwagen zu sich nach Hause gefahren war, nahm Sky Lovell dann meine *Facebook*freundschaftsanfrage an.

Wie benommen saß ich davor und starrte auf ihr Profil, das ich nun vollständig sehen konnte.

Sky Lovell. Dasselbe Geburtsdatum wie ich. Tücke des Schicksals.

Geschlecht: weiblich. Geschwister: ein Bruder. Eltern: ein schlichtes Ja. Mehr verriet sie nicht über ihre Eltern.

Politische Einstellung: links. Religiöse Richtung: keine.

Mehr Infos gab es nicht. Und in ihrer Freundschaftsliste standen außer meinem neu hinzugefügten Namen nur Moon Lovell, Kendra Flayderman und ein Gershon Gold. – Gershon Gold? Ein jüdischer Name, der mir etwas sagte, aber ich konnte mich nicht daran erinnern, was.

Plötzlich öffnete sich das kleine *Facebook*chatfenster.

Hi, schrieb Sky Lovell unvermittelt. Ich starrte erschrocken auf diese beiden kleinen Buchstaben.

Hallo . . ., schrieb ich schließlich mit zitternden Fingern zurück.

Danke für die Freundschaftsanfrage!

Bitte. Ich dachte allerdings schon, du nimmst sie nicht an . . .

Sorry, aber bei uns steht alles kopf.

Was ist passiert? Ich meine, außer der Sache mit uns . . .

Es dauerte einen Moment, dann schrieb sie: *Mein Urgroßvater ist vor drei Tagen gestorben. Und mein Bruder ist verschwunden.*

Erschrocken saß ich da.

Was?, tippte ich schließlich nervös in mein Notebook. *Das mit deinem Urgroßvater tut mir sehr leid! War er krank? Wie alt ist er geworden? Meiner Urgroßmutter geht es zurzeit auch nicht gut. – Aber was ist mit deinem Bruder?*

Wieder dauerte es einen kurzen Augenblick.

Wir wissen es nicht. Er war einfach plötzlich verschwunden. Meine Mutter hat ihn am ersten Tag stundenlang gesucht! Überall! Aber sie hat ihn nicht gefunden.

Oje . . ., schrieb ich erschrocken.

Ja, alles ist ziemlich merkwürdig, kam Skys diesmal sehr schnelle Antwort. *Er hat, bevor er verschwunden ist, sein Zimmer KOMPLETT aufgeräumt! Das alleine ist besorgniserregend! Und er hat sein Handy ausgeschaltet und auf den leer geräumten Schreibtisch gelegt . . .*

Das klang alles nicht gut.

Hat er Probleme?, schrieb ich vorsichtig.

Ja. Tausende!, war Sky Lovells kryptische Antwort.

Aber dann schickte sie eine erklärende Nachricht hinterher. *Er nimmt das Leben furchtbar schwer. Er ist irgendwie außer sich wegen uns beiden. Er hat dauernd Zoff mit unserem Vater. Er ist ein Einzelgänger der speziellen Art . . .*

Er war mein Bruder. Das alles war wie in einem Film. Ihr Bruder, mein Bruder. Meine Brüder, ihre Brüder.

Aus irgendeinem Grund schrieb Sky nicht mehr weiter. Ihre letzte Nachricht stand still im geöffneten Chatfenster und ich starrte eine Ewigkeit darauf. Dabei hatte ich ihr geantwortet:

Das klingt ja alles ziemlich verworren, hatte ich geschrieben. *Ich würde gerne helfen, aber ich weiß nicht, wie. DU HAST MEINEM KLEINEN BRUDER SO WAHNSINNIG GEHOLFEN! Danke!*

Es war über eine halbe Stunde vergangen, als sie plötzlich weiterschrieb.

Sorry, aber mein Vater kam gerade. Meine Mutter ist völlig außer sich vor Sorge wegen Moons Verschwinden. In solchen Momenten kommt Leek immer heim! Und eben hat er entdeckt, dass Moons Reisepass und sein Sparbuch verschwunden sind! Wenn das kein Zeichen ist . . .

Was bedeutete das, dass Mr Lovell immer nach Hause kam, wenn Mrs Lovell sich Sorgen machte? Wo war er sonst? Lebten Skys – Eltern etwa getrennt?

Außerdem hat mein Dad einen zusammengeknüllten Zettel im Küchenmüll entdeckt. Nicht sehr appetitlich, aber dafür aussagekräftig . . . – Sorry, ich muss aufhören! Ich melde mich später wieder!

Okay, schrieb ich zurück und saß hinterher noch fast eine Stunde stumm vor dem Bildschirm, ohne mich zu rühren.

31. SKY

Der zusammengeknüllte Zettel war von Chrippa unterschrieben.

»Wer ist das noch mal?«, fragte Leek ratlos und las die handgeschriebene Nachricht wieder und wieder.

»Chrippa Chesapeake«, sagte Rosie zu unserer aller Überraschung leise. »Weißt du nicht mehr, Leek, dieses Punkmädchen mit den erzkonservativen Eltern? Sie war vor ein paar Jahren eine Weile in Moons Klasse.«

»Ruby. Ruby Chesapeake«, sagte Leek plötzlich. »Jetzt erinnere ich mich. So eine Kleine, Wilde. Chrippa hat sie sich selbst genannt.«

Rosie saß auf ihrer Yogamatte und knetete ihre Fußzehen, um so ihren verspannten Rücken zu entlasten. An dem Tag, als ich zu Gershon gefahren war, hatte sie wie eine Wahnsinnige nach Moon gesucht. Sie schien eine Menge von seinen Lieblingsaufenthaltsorten zu kennen, aber genützt hatte es ihr nichts. Sie war zu spät gekommen.

»Als ich von meiner Therapiestunde nach Hause kam und sein Zimmer so unheimlich aufgeräumt vorfand, hatte ich gleich eine schlechte Vorahnung«, hatte sie an Leeks Brust geschluchzt, kaum dass er, drei Tage später, zur Tür hereingeeilt war. Zum Zeitpunkt von Moons Verschwinden war Leek nämlich in den Bergen gewesen, um dort in Ruhe zu malen. Jedenfalls hatte er uns so seine Abwesenheit und Handylosigkeit während der ersten zweiundsiebzig moonlosen Stunden erklärt.

»Ob es stimmt, wissen die Götter«, sagte ich zu Kendra am Telefon. »Aber im Grunde ist es ja egal. Vielleicht war er bei seiner

Stewardess, vielleicht hat er ja auch schon wieder etwas Neues aufgetan.«

Nachdem Rosie jedenfalls Moons hotelsuiteartig aufgeräumtes Zimmer gesehen hatte, war sie argwöhnisch im leeren Haus herumgetappt und hatte als Nächstes seine Botschaft auf dem Küchentisch gefunden.

Muss mich suchen gehen! Moon, hatte er in ungewohnt schlecht leserlichen Buchstaben auf einen nicht sehr ordentlichen Zettel geschmiert. Das alles war sehr moonuntypisch.

Und dann hatte sich Rosie mit Godot auf die Suche nach Moon gemacht.

»Hat sie ihn etwa an einem alten Socken von Moon schnuppern lassen und ihn dann als Spürhund benutzt?«, fragte Gershon, den ich am Tag nach Dem-ersten-Mal-Sex-in-meinem-Leben ebenfalls in die laufenden Geschehnisse einweihte.

»Ihr hattet – was?«, schrie Kendra, als ich ihr wiederum während eines anderen Telefongesprächs eine Andeutung in diese Richtung machte.

»Nein, sie hat Godot mitgenommen, weil es sie beruhigte, etwas Vertrautes bei sich zu haben, glaube ich«, sagte ich zu Gershon und ließ mich von ihm in den Arm nehmen.

»Ich erzähle es dir ein andermal«, sagte ich zu Kendra. »Eigentlich war es ein furchtbarer Tag. Ich habe praktisch am Telefon miterlebt, wie Old Niall starb.«

»Was wollte der alte Mistkerl eigentlich so Dringendes?«, erkundigte sich Leek eine Weile später. Wir, das waren Kendra, Rosie, Leek und ich, hatten uns in unserer kleinen Küche versammelt und er kochte mal wieder Tee für alle. »Er hat exakt zweiunddreißig Mal bei mir angerufen und eine Masse wütende Nachrichten auf meinem Anrufbeantworter hinterlassen, während ich in den Bergen war.«

Er wischte sich über die Augen. Er hatte Old Niall sehr geliebt, das wussten wir alle.

»Er wollte – sich vermutlich verabschieden«, sagte ich und starrte auf den schmutzigen Fußboden.

Ich brauchte noch eine Weile, bis ich es erzählen konnte. Und ich wollte auf Moon warten. Er mochte Old Niall sehr. Es würde ihn ganz schön aus der Bahn werfen, dass er tot war. Und dann noch diese IRA-Story dazu . . .

»Was hat diese Chrippa denn nun eigentlich an Moon geschrieben?«, fragte Kendra und meinte den zusammengeknüllten Zettel, den Leek in unserem Küchenmüll entdeckt hatte.

Wir gingen ins Wohnzimmer und ließen Rosie und Leek in der Küche zurück.

Ich schob Kendra wortlos das geglättete Stück Papier zu, das auf dem Wohnzimmertisch lag.

Der Außenseiter macht sich gut in Romanen, Moon!, hatte Chrippa geschrieben. *Im realen Leben ist das eine blöde Rolle! Gruß, Chrippa!*

»Was soll das?«, fragte Kendra.

»Ich schätze mal, so ist sie«, sagte ich. »Sagt, was sie denkt.«

»Mist«, sagte Kendra und starrte immer noch auf Chrippas warnende Worte. »Glaubst du . . .?« Sie schien nach Worten zu suchen. Dann nahm sie einen neuen Anlauf. ». . . glaubst du, er – könnte sich was angetan haben?«

Ich schüttelte schnell den Kopf. »Nein, das glaube ich nicht«, sagte ich leise und beschwörend. »So ist er nicht, denke ich. Er ist jetzt aufgewühlt. Und sauer. Und trotzig. Und so was. – Aber er ist nicht – lebensmüde.« Ich schaute Kendra in die Augen. »Zumindest hoffe ich das.«

Kendra nickte. »Diese Chrippa hat sie doch nicht alle. Warum muss sie Moon so fertigmachen? Will sie was von ihm? Ist es das?«

Ich hob die Schultern.

»Aber was sie schreibt, ist wahr«, sagte ich dann noch leiser, als ich davor gesprochen hatte.

Später saßen Kendra und ich eingewickelt in Decken unter Moons Olivenbaum und sahen uns an seiner Stelle den Sonnenuntergang an. »Es ist aber nicht nur dieser blöde Brief von dieser bescheuerten Tussi, der ihn aus der Bahn geworfen hat«, sagte Kendra irgendwann nachdenklich. »Sky, es ist auch, weil er dich wie verrückt liebt und jetzt – wo du nicht mehr seine Schwester bist – völlig neben sich steht. Er weiß nicht mehr, wie er seine Gefühle einordnen soll, verstehst du?«

Ich hob verwirrt den Kopf. »Wie kommst du denn auf diesen Mist?«, fragte ich misstrauisch.

»Mann, Sky, denk nach! – Er hat es mir gesagt, verdammt!«, antwortete Kendra heftig.

»Wann und wieso denn das?«, erkundigte ich mich perplex.

»Irgendwann. Letzte Woche. Weil es die Wahrheit ist, Sky«, sagte Kendra und dann fing sie an zu weinen. Die Sorge um Moon machte uns alle mürbe.

Okay, alles war ein einziger Mist. Ich war das Opfer einer Neugeborenenverwechslung, Moon war aus mannigfaltigen Gründen verschwunden, Old Niall war ein toter Problemfall der besonderen Art – kurz, mein Leben war völlig aus den Angeln gehoben. Aber wenigstens kam endlich ein Lebenszeichen von Moon.

Es kam am selben Tag, an dem Leek es schaffte, Chrippa Chesapeake aufzuspüren. »Sie wohnt schon seit über einem Jahr nicht mehr bei ihren Eltern und ich kann es ihr nicht verdenken«, berichtete er uns. »Sie lebt mal hier und mal da«, fuhr er fort und hockte sich auf die sonnengelbe Yogamatte, auf der Rosie lag. Leek setzte sich so hin, dass seine Knie ein schützendes Dach über ihren angewinkelten Beinen bildete. Er begann, sachte ihren Oberschenkel zu streicheln.

»Wie auch immer, ich habe sie aufgetrieben«, fuhr er fort. »Zurzeit jobbt sie in einem ziemlich heruntergekommenen Motorradstore in einem Außenbezirk.«

»Und?«, fragte Rosie leise. »Weiß sie, wo Moon steckt? Oder was er vorhat? Hat sie eine Idee?«

Leek seufzte. »Nein, nicht direkt. Aber sie glaubt, dass er eine Reise macht.«

Klar, der verschwundene Reisepass, das mitgenommene Banksparbuch mit der Hamburgkohle. Andere gesparte Kohle hatten wir ja nicht. – War das etwa schon alles, was Leek aus Chrippa herausgelockt hatte?

»Eine Reise?«, wiederholte Rosie. »Warum? Wohin?«

Leek zuckte mit den Schultern. »Das wusste Chrippa nicht, aber sie erzählte mir, dass Moon jedenfalls sehr niedergeschlagen bei ihr auftauchte, nachdem sie ihm dieses Außenseiterschreiben nachts als Flieger gefaltet in sein Zimmer geworfen hatte.«

»Diese Idiotin«, murmelte Kendra, die genervt war, weil Noelle ihr gerade eine SMS geschickt hatte, sie umgehend auf dem Alameda Boulevard abzuholen, wo sie gerade ihre gesamten Travellerschecks gegen Anziehsachen eingetauscht hatte.

»Dieses Weib schwimmt in Daddy-und-Mummy-Kohle, Sky«, hatte Kendra mir vor ein paar Tagen berichtet. »Im Ernst, gegen sie bin ich praktisch ein Bettelkind! – Meine Mom liebt sie. Genau diese Art von Destruktivität hat sie gerne: schicke, nichtssagende Klamotten kaufen und ansonsten das Hirn ausschalten.«

Ich musste allerdings gerade an Rosie und nicht an Brenda

Flayderman denken, denn als Rosie ihr Zuhause in Hamburg verlassen hatte, um sich erst in Frankreich und dann in Amerika selbst zu finden, war sie genau in Moons Alter gewesen. Irgendwie beruhigte mich dieser Gedanke ein wenig. Hauptsache, Moon war am Leben und drehte nicht durch.

In diesem Moment summte mein Handy. Seit ich damit Old Nialls Lebensbeichte gelauscht und seinem Sterben zugehört hatte, war es mir ein bisschen unheimlich geworden. Trotzdem stand ich auf, schaute mich suchend um, fand das Handy auf der Kommode vor Rosies Yogabüchern und warf einen Blick auf das Display, um zu sehen, wer mir da eine Nachricht schickte. Ich sah auf eine mir unbekannte, ziemlich lange Nummer und klickte die Nachricht an.

»Von Moon . . .«, sagte ich leise, aber alle hatten es gehört. Rosie richtete sich mit einem Ruck auf.

»Was – was schreibt er? Wo ist er? Wie geht es ihm?«, rief sie mit schon wieder tränenerstickter Stimme.

»Bin unterwegs, mein Leben zu begreifen«, las ich Moons knappe Botschaft vor.

»Und?«, drängte Rosie.

»Und: *Macht euch keine Sorgen um mich! Moon«,* offenbarte ich den Rest.

»Das ist alles?«, rief Rosie anklagend.

»Es ist die Hauptsache, oder?«, fuhr Leek sie an. »Er ist am Leben, Rosie! Er hat wieder ein Handy, wie es scheint, er hat begriffen, dass wir uns Sorgen machen – er hat ein Lebenszeichen geschickt.«

Rosie nickte. »Okay«, murmelte sie matt und fuhr sich durch die Haare, während Leek ihr vorschlug, duschen zu gehen und sich anzuziehen, während er beim Mexikaner etwas zu essen organisieren würde.

»Ich habe später noch einen Termin, Rosie«, sagte er mit dieser Stimme, die er immer hatte, wenn klar war, dass er mal wieder nach Venice abhauen würde, um sich dort seinem anderen Leben zu widmen. Und wenn nur für eine Weile.

»Okay«, murmelte Rosie wieder.

Kendra verabschiedete sich ebenfalls, allerdings nur, um Noelle, die Führerscheinlose, zurück nach Plastikwelt zu bringen.

»Dann komme ich wieder, versprochen«, sagte sie, bevor sie ging. »Und ich werde meine Eltern noch heute zwingen, Noelle den Führerschein machen zu lassen. Ich bin schließlich nicht ihr gottverdammter Chauffeur!«, fügte sie mit einem drohenden Unterton hinzu.

Als Leek eine halbe Stunde später mit einer großen Tüte Enchiladas, Quesadillas und Tacos zurückkam, legte er außerdem einen bunten Flyer auf den Küchentisch.

»Klangschalenseminare«, sagte er mit einem Lächeln zu mir. »Ein neuer Shop, nur ein paar Blöcke weiter. Vielleicht mag Rosie so was. Darum hab ich es für sie eingesteckt. Ich habe gehört, diese Klangschalenbehandlungen sind gut für Leute, die nervlich etwas angeschlagen sind . . .«

Ich zuckte nur mit den Schultern und bürstete weiter Godots Fell, das schon wieder verfilzt war.

Ich dachte für einen Moment an Delia Greenberg. Ein Leben in Beverlywood wäre mit Sicherheit weniger nervenaufreibend gewesen. Zumindest nahm ich das an.

32. HANNAH

Und – habt ihr noch mal gechattet?«, erkundigte sich Shar. Nachdem die Sonne den ganzen Tag durch alle Fenster geschienen hatte, war das Haus erstaunlich kühl geblieben.

»Ich war noch nicht wieder bei *Facebook*«, gestand ich.

»Warum nicht?«, fragte Shar und zupfte an den Seiten meines Cello.

»Lass, bitte«, sagte ich nervös.

»Okay.«

Shar seufzte und setzte sich an meinen unaufgeräumten Schreibtisch. Überhaupt sah mein Zimmer ungewöhnlich chaotisch aus, dasselbe Chaos, das in mir drin herrschte. Diese Sache mit Sky Lovell, dann Jonis Krankheit und Esther, die so sonderbar war, mir wurde alles zu viel. Sharoni schaltete meinen PC ein und öffnete *Facebook*. Dann drehte sie sich zu mir um.

»Wie war noch mal dein Passwort?«, fragte sie.

Ich sagte es ihr achselzuckend und Shar gab es ein.

»Wie kann man nur so ein bescheuertes Passwort haben?«, murmelte sie dabei.

»Wieso, *Die Schuldigkeit des ersten Gebots* ist ein Singspiel von Mozart«, erklärte ich immer noch geistesabwesend.

»Eben«, antwortete Shar und schaute sich meine Profilseite an. »Kein normaler Mensch nimmt so was als *Facebook*passwort, Han! – Sieh mal, Chajm hat dich fünfmal gepoked! Und Sky Lovell hat dir eine Nachricht geschickt. – Soll ich sie öffnen?«

Sie tat es bereits.

»Danke noch mal für die Freundschafsanfrage, schreibt sie«,

las Shar vor. »*Wir sollten uns – Mut zur Tat – bald mal treffen! Was meinst du? Viele Grüße, Sky*

P.S. Moon hat sich per Handy gemeldet. Wir wissen also, dass er lebt und (halbwegs) wohlauf ist. Nur wo er steckt, weiß keiner . . .«

Shar drehte sich zu mir um.

»Verrückt, dass er im Grunde dein Bruder ist, was?«

Ich nickte schwach.

»Gibt es übrigens heute bei euch kein Abendessen?«, erkundigte sie sich gleich darauf, wie üblich immer hungrig.

»Könnte passieren«, sagte ich. »Seit Joni wieder da ist, ist meine Mutter pausenlos mit ihm beschäftigt. Und mein Vater hat eine Menge Aufträge nachzuarbeiten. Sarah und Yitzchak sind heute im Holocaust Center. Mein Großvater will irgendwelche alten Dokumente einsehen. Und Esther fällt in der letzten Zeit ja sowieso aus. Sie rührt zwar keinen Schluck mehr an, aber besser geht es ihr nicht. Sie hat etwas auf dem Herzen, wenn du mich fragst, aber sie rückt nicht damit raus.«

Ich griff nach der Hülle meines Cellos und packte mein Instrument ein. »Wenigstens ein Gutes hat die Sache.«

»Was?«

»Dass ich praktisch machen kann, was ich will in der letzten Zeit. David und ich haben Narrenfreiheit. – Vielleicht sollte ich die Gunst des Augenblicks nutzen und meinen Führerschein machen.«

»Gute Idee.« Shar nickte zustimmend.

Irgendwann holten wir uns ein paar *Schabbat*essensreste aus der Küche. Vorher hatte Shar vorgeschlagen, zu Imogens Geburtstagsparty zu fahren, aber ich wollte nicht. Stattdessen schauten wir ein paar gute, alte Folgen *Bill Cosby Show* und den Schluss von *Betty Blue, 37,2° am Morgen* und es war schon weit nach Mitternacht, als Shar, immer noch oder wieder hungrig, sagte: »Ich wollte schon immer mal wissen, wer eigentlich nachts um drei so einkaufen geht . . .«

Ganz in unserer Nähe gab es einen neuen, koscheren Drugstore, der vierundzwanzig Stunden geöffnet war.

»Wollen wir?«

»Okay«, sagte ich und wir schlüpften in unsere Jacken und schlichen aus dem Haus.

»Diese ganze Schleicherei ist sowieso für die Katz, wenn du dieses mörderisch laute Auto startest«, sagte ich eine Spur vorwurfsvoll, als wir einen Moment später die Einfahrt hinunterdröhnten.

»Sorry, Babe«, murmelte Shar. »Ich könnte ja deine Eltern fragen, ob sie mir auch so einen smarten Toyota schenken, wie Sky Lovell einen bekommen hat.«

Das saß – und ich schwieg.

»Oh, bist du jetzt böse?«, erkundigte sich Shar sofort zerknirscht.

Ich schüttelte den Kopf und schüttelte gleichzeitig, so gut es ging, diese Autogeschenkgeschichte ab. Für den Moment ging es ganz gut. Ich war froh darüber.

Unser Viertel war, für Los-Angeles-Verhältnisse, still und dunkel, der Parkplatz des Drugstores war fast leer.

»Wie in einem Geistersupermarkt hier drin«, sagte Shar leise, als wir den Laden betraten. Ich nickte und wir gingen die langen, leeren, hell erleuchteten Gänge entlang. Ein paar Neonröhren über unseren Köpfen summten.

Vor einem Regal mit rezeptfreien Medikamenten stand eine übermüdet aussehende Frau, die jüdisch-orthodox ihre Haare bedeckt hatte, und nahm sich gähnend eine Packung Fieberzäpfchen für Kinder heraus. Ein vor sich hin murmelnder *Je-*

*schiwa*student mit Schläfenlocken, *Kaftan* und *Jarmulke* kaufte Wein und ungesäuertes Brot. Ansonsten war der Laden bis auf Shar und mich leer. Shar packte großzügig Hamburger für die Mikrowelle, ein paar ebenfalls mikrowellentaugliche gefüllte Wraps und außerdem zwei Packungen Chickenwings in unseren Wagen.

In dem Moment fiel mir wieder ein, woher ich den Namen Gershon Gold kannte. Ich hatte ihn einmal bei einem Cellovorspiel getroffen. Er war wahnsinnig gut gewesen und dazu ziemlich nett. Ich erinnerte mich daran, dass er gläubig war und, wie David, eine *Kippah* trug. – Woher er wohl ausgerechnet Sky Lovell kannte? Es war doch erstaunlich, dass wir bei weit über vier Millionen Einwohnern, die diese Stadt hatte, einen gemeinsamen Bekannten zu haben schienen.

Vorsorglich parkte Shar diesmal unten auf der Straße und wir schlichen uns zu Fuß zu unserem Haus. Aber als wir näher kamen, sahen wir, dass jemand auf unserer Türschwelle saß.

»Sieh mal, Han, da sitzt einer«, flüsterte Shar warnend und hielt mich am Arm fest. »Vielleicht ein Perverser, der uns aufschlitzen will oder so. Was sollen wir machen? Alarm schlagen?«

Aber es war kein Perverser. Es war mein Cousin Chajm aus Tel Aviv.

»Hi«, sagte er matt und erhob sich mit hochgezogenen Schultern.

33. SKY

Warum tut er das?«, murmelte Rosie erschöpft und tippte wieder und wieder diese unbekannte Mobilnetznummer in unser Telefon, unter der Moons SMS gekommen war. Aber die Nummer war und blieb ausgeschaltet, so oft es Rosie auch versuchte.

Trotzdem kam noch am selben Abend eine weitere SMS von Moon.

Bin in Deutschland. Berlin. Macht euch keine Sorgen um mich.

»In Deutschland?«, murmelte Rosie verblüfft.

Erstaunte sie das tatsächlich? Der Pass, das Geld, das er mitgenommen hatte? Kendra und ich hatten so etwas schon vermutet.

Hastig versuchte Rosie ein weiteres Mal, Moon auf diesem neuen Handy zu erreichen. Aber es war bereits wieder abgestellt.

»Warum regst du dich so auf?«, fragte ich verwundert. »Du bist damals in die Staaten gegangen. Er geht nach Deutschland. Was ist daran so schlimm?«

Meine Mutter fuhr herum. »Ich bin damals vor meinen entsetzlichen Eltern geflohen«, sagte sie mit zitternder Stimme. »Wovor flieht er?«

Ich überlegte gerade, ob das eine ernst gemeinte Frage gewesen war und sie darauf eine Antwort ertragen würde, ohne zusammenzubrechen, als durch einen Windstoß dieser verrückte, immer noch herumliegende Klangschalenflyer vom Esstisch wehte.

»Was ist das?«, fragte Rosie und hob ihn auf, ehe Godot ihn besabbern konnte.

Ich sagte es ihr.

»Lieb von Leek, aber Bob sagt, ich soll mich nicht verzetteln«, murmelte Rosie, während sie immer noch das regenbogenfarbene Blatt betrachtete.

»Wieso verzetteln?«, fragte ich.

»Die Lachtherapie. Bob hält nichts von diesem New-Age-Kram.«

»Aber es hat dir doch geholfen«, sagte ich ärgerlich.

»Aber Bob meint . . .«

»Mom!«, rief ich genervt. »Warum hörst du immer auf andere? Bob Bellamy ist nur ein stinknormaler Typ mit einer Therapeutenzulassung, mehr nicht. Er ist nicht Gott. Oder dein Guru. Oder etwas in der Art. Du kannst alleine über dich entscheiden. Du kannst machen, was du willst!«

Wir schauten uns an und zwischen uns lagen Welten. Ich musste, obwohl ich es nicht wollte, wieder an Delia Greenberg denken. Und Rosie anscheinend ebenfalls. Ihr traten Tränen in die Augen. »Sag nichts, Mom«, sagte ich schnell. »Ich bin froh, dass ich bei dir aufgewachsen bin. Ich liebe dich. Und Leek. Und Moon. – Und das – alles hier . . .«

Aus irgendeinem Grund umarmten wir uns plötzlich. Und etwas später, als ich schon auf Gershon wartete, mit dem ich heute ins Kino wollte, sagte Rosie plötzlich: »Ich schreibe Moon eine SMS, Sky. Ich schreibe ihm, dass es hier – anders wird, wenn er nur wieder nach Hause kommt . . .«

Ich drehte mich zu ihr um und nickte. »Mach das, Mom«, sagte ich leise. »Aber krach nicht zusammen, wenn er nicht direkt drauf antwortet. Er wird es lesen. Da bin ich mir sicher.«

Ich war froh, als Gershon draußen hupte und ich dieses Miniaturirrenhaus verlassen konnte, wenigstens für eine Weile.

»Sky?«, rief mir Rosie hinterher, als ich schon in der Tür stand.

»Ja?« Ich blieb zögernd stehen. Was kam jetzt wieder? Würde sie mich bitten, heute zu Hause zu bleiben? Oder würde sie wollen, dass ich Kontakt zu Ramirez aufnahm, damit er ihr Cannabisnachschub vorbeibringen würde?

»Kann ich – vielleicht . . . heute Abend mal – deinen Wagen nehmen?«, fragte sie stattdessen. »Ich würde gerne etwas erledigen.«

Ich lächelte ihr zu.

»Klar, Mom.«

34. HANNAH

Chajm war die Sensation der Nacht. Dabei versuchten Shar und ich, ihn möglichst unauffällig und behutsam ins Haus zu schmuggeln, aber Sharonis Lieferwagen hatte uns bereits im Vorfeld verraten. Meine Mutter war aufgewacht, als wir vor knapp einer Stunde losgefahren waren, und hatte seitdem auf unsere Rückkehr gewartet.

Ich warf Shar einen vorwurfsvollen Blick zu und meiner Mutter einen entschuldigenden. Aber sie achtete kaum auf mich.

»Chajm! – Um Himmels willen, Chajm!«, rief sie stattdessen auf Hebräisch.

»Hi, Tante Delia«, murmelte mein Cousin und ließ seinen Sportrucksack von der Schulter rutschen. Er massierte für einen Moment mit der linken Hand seine rechte Schulter und verzog das Gesicht.

»Er sieht aus wie Kafka«, flüsterte Shar mir beeindruckt zu.

»Unsinn«, erwiderte ich eine Spur gereizt. »Willst du was trinken, Chajm?«

Er nickte dankbar und ich holte ihm leise eine Cola aus der Küche.

»Junge, wo kommst du her? Wie ist das möglich? Warum hast du nicht …? Wissen deine Eltern, dass du …?« Vor Aufregung mischte meine Mutter ihr Englisch und ihr Hebräisch zu einem wirren Kauderwelsch.

»Alon!«, rief in diesem Moment Jonathan jubelnd von der Treppe. Er sah verschlafen und zerstrubbelt aus, aber das hinderte ihn nicht, begeistert die Treppe hinunterzustürmen, um seinen Lieblingscousin zu begrüßen. Es war zwei Jahre her, seit er ihn zum letzten Mal getroffen hatte, da war es kein Wunder, dass er Chajm und Alon verwechselte. Die beiden sahen sich ziemlich ähnlich, obwohl sie nur Cousins waren.

»Hey, Kleiner«, sagte Chajm matt und strubbelte Jonathan durch die Haare. »Ich wünschte, ich wäre Alon, glaub mir. Dann hätte ich den Blödsinn schon hinter mir. – Aber ich bin's – Chajm, Joni! – Aber was ist mit dir? Ich dachte, du wärst ein armes, krankes Häschen? Stattdessen tobst du hier mitten in der Nacht durchs Haus wie ein Wilder?«

Jonathan gluckste zufrieden, dabei war er immer noch schrecklich blass und dünn und mickrig. Außerdem machten ihm die Medikamente zu schaffen, die er nehmen musste. Aber im Augenblick war das anscheinend egal.

»Sky war das!«, erklärte er triumphierend. »Meine andere Schwester.« Er warf mir einen Blick zu. »Du musst sie mal sehen, Chajm. Sie ist nett. Und lustig. Und . . .«

Ging das schon wieder los? Gleich würde er wieder ihr Aussehen preisen, ich wartete nur darauf.

Aber so weit kam es nicht, denn Jonathans durchdringende Stimme hatte den Rest der Familie geweckt.

»Was machst du denn hier?«, fragte David gähnend und streckte sich. »Ich dachte, du wärst seit dieser Woche beim Militär?«

»Bubele! Chas Wachalilah!«, rief unsere israelische Großmutter aufgeregt und hellwach. Im Herunterhasten knotete sie hastig ihren Morgenmantel über ihrem knöchellangen Nachthemd zu. Unser Großvater warf nur einen flüchtigen Blick über das Treppengeländer. Dazu gähnte er ausgiebig.

»Na – geflohen vor der lästigen Pflicht?«, fragte er und drohte Chajm mit dem Zeigefinger, allerdings lächelte er dabei.

Chajm schwieg, aber seine Augen verengten sich, das sah ich.

»Delia, ruf deine Schwester Rahel an und sag ihr, dass ihr

Sohn hier ist, damit sie sich beruhigt. Wie ich sie kenne, schreit sie bereits ganz Ramat Aviv zusammen. Das Militär wird sie mit Sicherheit schon informiert haben, nehme ich an«, war alles, was er noch sagte, ehe er sich wieder schlafen legte.

»Und so was nennt sich Rabbi«, murmelte David.

»Ich verstehe von allem nur die Hälfte«, flüsterte Shar mir zu. »Und dabei hatte ich im letzten Zeugnis in Hebräisch ein B+. Ist das zu glauben?«

»Drei aus meiner Abschlussklasse müssen nicht hin, verdammt«, erklärte Chajm in diesem Moment niemandem bestimmten. Es sah so aus, als spräche er einfach so vor sich hin. »Sie behaupten, sie würden Gewissensgründe in der Zwischenzeit ebenfalls akzeptieren – so wie andere Staaten auch! Aber mich wollen sie dennoch zwingen, diese Militärhurensöhne.«

»Du solltest dich nicht drücken, Chajm«, erklärte David leise. »Und nicht fluchen. – Was ist nur los mit dir?«

Er ging kopfschüttelnd für einen Moment in die Küche, wusch sich dort die Hände, kam mit einem unbenutzten Glas zurück ins Wohnzimmer, in dem wir uns in der Zwischenzeit alle versammelt hatten, und sprach das dazugehörige Gebet *al netilas jodojim*. Dann goss er sich ein Glas Orangensaft ein und leerte es in einem Zug. »Ich habe mich freiwillig gemeldet und werde, wie es aussieht, im Winter nach Tel Aviv gehen.«

Kendra und ich warfen uns einen Blick zu. Das waren allerdings wirklich Neuigkeiten. Ob Davids Freundin Rivki dahintersteckte? Sie war ein großer Fan des israelischen Militärs, wie David uns berichtet hatte, und würde ebenfalls in naher Zukunft den israelischen Militärdienst absolvieren.

»Danke, dass du uns auch was anbietest, Dave«, sagte Shar in diesem Moment spitz und deutete auf Davids Glas. Er entschuldigte sich sofort und sorgte für weitere Gläser. Ich stellte Chajm unterdessen Sharoni vor.

Im Hintergrund hörten wir, wie meine Mutter ihre Schwester in Israel anrief. »Alles wird gut, Rahel«, sagte sie beschwichtigend. »Weine nicht mehr. Beruhige dich. Ja, er ist wohlauf, wie es scheint.«

»Das kannst du doch nicht tun, Chajm! Davonlaufen! Dich drücken! Dein Land im Stich lassen!«, schimpfte unsere Großmutter inzwischen ungehalten mit ihrem sechsten Enkel, der als Kleinkind ihr Lieblingsenkel gewesen war.

»Nun schrei ihn doch nicht so an, Sarah«, sagte Esther, die schon im Wohnzimmer gewesen war, bevor wir hereingekommen waren. Dort hatte sie in ihrem Sessel sitzend uns blass und schweigend und ärgerlich zugehört.

»Ach, jetzt sprichst du also wieder, Mutter?«, regte sich meine Großmutter auf und fuchtelte mit den Händen.

Esther lächelte Chajm zu. »Schön, dass du gekommen bist«, sagte sie.

»Danke, Esther«, sagte Chajm und lächelte ebenfalls zum ersten Mal.

»Manchmal muss man sprechen«, sagte Esther nachdenklich zu ihrer einzigen Tochter und bedachte sie mit einem langen, eigenartigen Blick. Und damit schwieg sie wieder.

»Haben sie dir beim Militär derart zugesetzt?«, fragte mein Vater unterdessen und tischte Chajm etwas zu essen auf. Draußen schwand bereits die Nacht. Der Himmel wurde silbrig grau und erste Vögel begannen, sich zu regen.

Chajm zuckte mit den Achseln. »Ich habe Schlimmes gehört über das, was sie mit Verweigerern tun, aber bei mir waren sie eigentlich ganz human. Aber das ändert nichts daran, dass ich keine Waffe in die Hand nehmen werde.«

Sein Blick hatte sich beim Sprechen wieder verfinstert.

»Was hast du also vor?«, erkundigte sich mein Vater und setzte sich Chajm gegenüber.

»Ich gehe erst zurück, wenn sie mich mit diesem Militärscheiß in Ruhe lassen«, antwortete er prompt und würgte seinen angefangenen Bissen herunter, als habe er plötzlich einen Kloß im Hals. »Und wenn das nie ist, gehe ich nie zurück.«

Mein Vater nickte und ich liebte ihn für dieses Nicken. Es war ein echtes, mitfühlendes, aufrichtiges Nicken.

Außerdem freute ich mich schrecklich, Chajm zu sehen. Ich konnte es immer noch nicht glauben, dass er wirklich gekommen war.

Es war schon fast sechs, als wir alle ins Bett gingen. Nur Jonathan schlief schon eine Weile auf dem alten Sofa, zugedeckt mit Esthers Wolldecke. Der Himmel war von einem sanften, milchigen Rosa. Ich brachte Chajm, der vor Müdigkeit schwankte, in unser Gästezimmer, während Shar im Bad war. Er war ja zum ersten Mal in unserem Haus, zum ersten Mal in den Staaten, zum ersten Mal außerhalb Israels.

»Sorry, aber ich bin seit über fünfzig Stunden auf den Beinen«, sagte er, als wir nebeneinander die Treppe hinaufgingen und er ein paar Mal gegen mich taumelte. »Aber es ist schön, dich zu sehen, Blondie«, fügte er leise hinzu, als wir das Zimmer erreichten. »Ich habe ein paar Mal versucht, dich bei *Facebook* im Chat zu erreichen, aber du warst nie da. Ich wollte dir so viel schreiben. Über das Militär. Über meine Wut. Meine Angst. Und über meinen Plan, Israel zu verlassen.«

Ich nickte stumm. Chajm war die erste positive Veränderung, die diese Verwechslungsgeschichte mit sich brachte. Obwohl ich nicht genau wusste, was anders war, spürte ich, dass etwas anders war.

»Rahel hat mich übrigens auf dem Laufenden gehalten über das, was hier bei dir passiert ist«, sagte Chajm plötzlich wieder auf Hebräisch.

»Ich weiß«, antwortete ich. »Ich habe gehört, wie Delia mit ihr telefoniert hat.«

»Die Geschichte hat einen Riesenwirbel bei uns verursacht«, erzählte Chajm. Er legte seinen Rucksack auf den Stuhl im Gästezimmer, blieb vor mir stehen und wickelte kurz eine meiner Haarsträhnen um seinen Zeigefinger.

Ich schwieg zu dieser Aussage, aber ich hatte plötzlich Herzklopfen.

»Jochanan und Hadassa haben beide deinetwegen geweint«, erzählte Chajm und jetzt lächelte er wieder. Er ließ meine Haare los und sank auf das Gästebett.

»Blöd, dass ich nur so wenig mitnehmen konnte«, murmelte er dabei und öffnete die Schnürsenkel seiner Turnschuhe. »Nicht mal meine Bücher konnte ich einstecken. Alles musste ganz schnell gehen. Und so unauffällig wie möglich.«

Jochanan und Hadassa waren ebenfalls Geschwister unserer Mütter und beide sehr gläubig. Ich setzte mich auf die Kante des zweiten Stuhles, weil ich mich auf einmal ganz wackelig fühlte.

»Hadassa war außer sich, dass du nun im Grunde gar nicht wirklich jüdisch seist . . .«

Chajm tippte sich an die Stirn. »Du kennst sie ja, Blondie. Religiös bis in die Knochen. Idiotisch durch und durch. Du hättest mal sehen sollen, wie sie abging, als ich sagte, dass ich das Militär verweigern würde.«

Ich schwieg. Das wackelige Gefühl in meinen Beinen war verschwunden, doch nun spürte ich einen Kloß im Hals.

»Aber Jochanan regte sich vor allem über deine deutschen

Wurzeln auf. Alles Deutsche ist für ihn wie ein rotes Tuch, aber das weißt du ja selbst, oder? Er würde vermutlich eher draufgehen, als in eine deutsche Bockwurst zu beißen, selbst wenn er kurz vor dem Hungertod stünde.«

Am liebsten hätte ich das alles nicht gehört. Am liebsten hätte ich mir die Ohren zugehalten. Ich mochte Hadassa und Jochanan. Und Hadassas Mann. Und Jochanans Frau. Und alle ihre Kinder. Eins davon war mein schwuler Cousin Alon.

Wie sollte das bloß weitergehen?

»Mann, fühle ich mich zerschlagen«, stöhnte Chajm und fuhr sich mit beiden Händen übers Gesicht. »Als ich in Los Angeles gelandet bin, konnte ich zuerst gar nicht glauben, dass ich es wirklich geschafft hatte.«

Er schüttelte den Kopf. »Tel Aviv. Jaffa. London. New York. Montana. – Los Angeles«, zählte er an den Fingern ab und zog sich anschließend mit einem Ruck seinen Pulli über den Kopf.

»Du solltest jetzt wirklich schlafen«, sagte ich leise und stand zögernd auf.

Chajm nickte und erhob sich ebenfalls. Zuerst schüttelte er sich nur seine Turnschuhe von den Füßen, aber dann legte er plötzlich unvermittelt seine Hände um mein Gesicht und küsste mich. Seine warmen Lippen lagen fest auf meinen und es fühlte sich wunderschön an.

»Jüdisch oder nicht, deutsch oder nicht, Cousine oder nicht«, sagte er hinterher leise. »Mir ist das alles völlig egal, Hannah. Für mich bist du einfach eine der besten Erfindungen auf diesem verrückten Planeten. Und du kannst gar nicht ermessen, wie glücklich ich bin, dass du die bist, die du bist.«

35. SKY

Gershon spielte auf Leeks alter Gitarre alte Tracy-Chapman-Songs. Leek war vor ein paar Tagen zusammen mit seinem Vater nach Irland geflogen, um sich um Old Nialls sterbliche Überreste und seinen zurückgeblieben Hausstand zu kümmern. In der winzigen Küche meines Urgroßvaters war eine letzte Verfügung bezüglich seiner weltlichen Besitztümer gefunden worden. Er hatte sie offenbar unmittelbar vor seinem Tod aufgesetzt.

Für Nat meine Bücher und Tagebücher und allen anderen privaten Plunder. Nicht einfach wegwerfen, mein lieber, eiliger Sohn. Es könnten hier und da ein paar Geldscheine zwischen den Seiten stecken. Vor ein paar Jahren habe ich mal der neuen Bankangestellten meiner Bankfiliale misstraut: Das Weibsstück hatte so gierige Augen.

Für Leek mein altes Schachspiel, meine Schallplattensammlung und meine verbliebenen Biervorräte. Hab Spaß mit dem Krempel, mein Lieber. Und sei gut zu Rosie. Sie braucht dich.

Für Rosie mein restliches Haus. Achtung: Das Dach ist an manchen Stellen undicht. Ich helfe mir immer mit fünf Eimern, wenn es regnet. Und es regnet oft! Niste dich nur häuslich ein und lass das Leben krachen. Du hast es verdient, mein Mädchen.

Für Moon meinen alten Ford Mustang. Fahr vorsichtig, mein lieber Junge – und trinke nie, wenn du vorhast, dich ans Steuer zu setzen! Zum Starten dreimal mit dem Hammer (liegt unter dem Sitz) gegen den Anlasser schlagen – dann schnurrt er wie ein Kätzchen!

Für Sky, weil sonst nichts bleibt, meinen Baum im irischen

Baumpark von Ardnagashel in West Cork. Ich bin sein höchstpersönlicher Baumpate und er ist ein sehr imposanter, beeindruckender alter Kerl, du wirst schon sehen! Sein Wurzelgeflecht ist fast komplett mit einem Felsen verwachsen. Er hat es gerne, wenn man ihn besucht und ihm so dies und das erzählt. – Danke noch mal, dass du mir zugehört hast, als es nötig war, Skymädchen.

Außerdem schrieb Old Niall, er verbitte sich in seinem Namen eine Trauerfeier und dergleichen Unfug mehr. Seine Asche möge man gelegentlich in die Irische See streuen. Ohne viel Aufhebens.

Zuletzt bat er sämtliche Lovells, sich von nun an in seinem Namen um das Grab seiner geliebten Ehefrau Mary Ceallagh Lovell zu kümmern, gestorben an einem blutigen Maitag im Jahre 1976 in Belfast. Dort, in Belfast, war auch ihr Grab.

»Ein Baum«, sagte Gershon und lächelte mir zu, während ich Moon gerade schrieb, dass er Old Nialls altes Auto geerbt hatte.

Er spielte einen letzten Akkord zu *Remember the tinman* und ließ den Ton lange verhallen.

Und weil ich schon dabei war, schrieb ich Moon auch noch, was Old Niall mir kurz vor seinem Tod anvertraut hatte. Es wurde eine lange, traurige SMS.

Ein paar Minuten später erreichte mich bereits seine Antwort.

Bin gestern in Hamburg angekommen, Sky. Vermisse dich schrecklich. Und bin traurig wegen Old Niall. Was für eine üble Geschichte ist das denn? Hast du Rosie und Leek schon davon erzählt?

»Ob er eure Großeltern besucht?«, fragte Gershon, der neben mir saß und mitlas, die Gitarre immer noch in den Händen.

Ehe ich antworten konnte, kam eine weitere SMS.

Old Nialls alten Ford Mustang? Abgefahren! Wie auch immer

ich das altersschwache Teil von Belfast nach LA bekommen soll. Das heißt, wenn ich zurückkomme . . . – Keinen Schreck bekommen, Sky, aber Hamburg ist gar nicht so übel. Habe bereits zwölf nette Hamburger getroffen. Ich zähle mit! Zugschaffner, Bäckereifachverkäuferin, Taxifahrer, Eisverkäufer usw. – Und ein Mädchen namens Klara. Sie sitzt gerade neben mir und wir warten zusammen auf den Sonnenuntergang an der Elbe. – Um Dorotheas und Herrmanns Viertel mache ich allerdings einen lebenserhaltenden Bogen!

Rosie, die jetzt ein Haus in Irland besaß, wenn auch nur ein sehr kleines, war schon wieder mit meinem Greenbergauto unterwegs.

»Wohin fährst du eigentlich in den letzten Tagen dauernd, Rosie?«, hatte ich sie etwas verwirrt gefragt, bevor sie aufgebrochen war, aber sie war mir ganz klar ausgewichen.

»Ich habe dies und das zu erledigen«, murmelte sie vage und schlüpfte in ihre beste Jacke. »Auf dem Rückweg könnte ich Burritos mitbringen. Soll ich?«

Ich nickte und war immer noch verwirrt. Rosies neuer, entschlossener, leicht verbissener Gesichtsausdruck war beunruhigend.

»Warum? Freu dich doch drüber«, sagte Gershon achselzuckend und fing wieder an zu spielen. Diesmal *Baby can I hold you.*

Rosie blieb ewig weg und irgendwann aßen Gershon und ich anstelle der mit ihr ausbleibenden Burritos eine komplette Packung klebriger Apple Jacks leer. Und noch etwas später rauchten wir im Garten, nur so zum Spaß, eine Wasserpfeife zusammen.

»Ich wusste gar nicht, dass du ein Kiffer bist«, sagte ich vorher mit gerunzelter Stirn, als Gershon über unsere Stufe vier gestolpert war und so Rosies Haschisch und ein paar von Moons Gedichten entdeckt hatte.

»Nur ein Hier-und-da-Kiffer«, schränkte Gershon ein.

Hinterher waren wir brutal aufgedreht. Ich spürte, wie der Stress, der mir in den letzten Wochen so zugesetzt hatte, eine berauschende Auszeit nahm. Wieder runzelte ich kurz die Stirn. War ich etwa dabei, in Rosies und Moons Fußstapfen zu treten, gerade jetzt, wo Rosie sich zusammenriss und Moon ebenfalls versuchte, neue, produktivere Wege zu gehen?

Ach – Blödsinn. Rosies und Moons Fußstapfen gehörten schließlich überhaupt nicht zu mir. Vor ihnen musste, wenn überhaupt, sich Hannah Greenberg fürchten. Oder etwa nicht? Ich war ein Spross der anständigen Familie Greenberg.

»Glaubst du an Vererbung?«, fragte ich Gershon, während wir *Cherry 7Up* tranken und *Baby-Ruth-Riegel* und Peanut-Butterfinger futterten. Aus unserem Wohnzimmer sang Alicia Keys für uns. Gershon gab meinen Fingern zarte Fingerspitzenküsse.

Neben uns lagen im Gras ein paar von Moons Gedichten aus dem Stufenversteck. Wir hatten eine Weile hin und her überlegt, ob Moon wohl etwas dagegen haben würde, wenn ich Gershon seine Texte zeigte, und irgendwann beschlossen, dass es okay war. Schließlich war Moon Dichter. Und Dichter schrieben normalerweise für ein lesendes Publikum. Wir durchforsteten schließlich nicht seine privaten Tagebücher. Gershon fand, dass Moon ziemlich tragische Sachen schrieb.

»Zu deiner Vererbungsfrage«, sagte er jetzt. »Fünfzig, fünfzig.« Er lächelte mir zu und seine karamellfarbenen Augen blitzten eine Spur belustigt. »Demnach bist du zur Hälfte eine Greenberg und zur Hälfte eine Lovell.«

Ich ließ diesen Satz in mir nachklingen, während ich an

Moons Baum lehnte und Godots sonnenwarmen Schädel streichelte. Das klang doch im Grunde gar nicht so schlecht.

»Ich kenne den Greenbergclan übrigens vage«, fuhr Gershon fort.

»Was? Woher?«, fragte ich verblüfft.

Gershon winkte ab. »Keine große Sache, Sky«, sagte er. »Ist mir nur wieder eingefallen. Ich habe mein Cello bei *Greenberg & Company* gekauft. Und außerdem diese Hannah Greenberg mal auf einem Cellovorspiel getroffen.«

Ich konnte es kaum glauben.

»Und?«, fragte ich und spürte meinen Herzschlag im ganzen Körper.

»Und – was?«, fragte Gershon zurück. »Meinst du das Cello? Ein gutes Instrument. Kein Grund zu klagen. – Oder meinst du Hannah Greenberg?«

Er grinste mir zu. »Hübsch. Nett. Und so weiter. Tolle Cellistin. Ein bisschen zugeknöpft, vielleicht. Ernst. Still. Aber wer weiß? Stille Wasser sind ja bekanntlich tief.«

Er lachte, während ich das erst einmal verdauen musste.

Still? Ernst? Zugeknöpft? – Rosies und Leeks Tochter? Rosies und Leeks Gene?

»Wie Moon halt«, sagte Gershon dann gnadenlos.

Ich hob den Kopf und hatte auf einmal ein hohles Gefühl im Bauch. Tatsächlich – Gershons Wesensbeschreibung passte geradezu puzzleartig zu Moon. Ich schluckte und kämpfte für einen Moment mit den Tränen.

Dreimal hatte Delia Greenberg in der Zwischenzeit auf unseren AB gesprochen und mich gebeten zurückzurufen. Sie wollte mich gerne wiedersehen, sagte sie. Genau wie der Rest ihrer Familie. Aber ich hatte noch nicht zurückgerufen. Moons Abwesenheit, Old Nialls Tod, Rosies verändertes Wesen, all das verwirrte mich so, dass ich mich innerlich sträubte, mir noch mehr Aufregung zuzumuten.

An diesem Abend schickte ich meinem dreizehn Monate älteren Bruder eine SMS.

Habe dich wahnsinnig lieb, Moon! Komm bald zurück!

Aber Moon antwortete nicht.

Rosie kam und ging.

»Mom, was machst du?«, fragte ich sie am Wochenende höchst beunruhigt.

Rosie, die dabei war, ihre Fingernägel auf Vordermann zu bringen, druckste herum.

»Nur so eine Art Kurs«, murmelte sie schließlich. »Einen achttägigen Basiskurs in Klangschalentherapie. Draußen im nördlichen Valley.«

Ich erinnerte mich an den regenbogenfarbenen Flyer, den Leek vor einer Weile mitgebracht hatte.

Meine Mutter suchte derweil erneut nach Worten. »Es gibt einen Basis- und einen Aufbaukurs«, erklärte sie etwas fahrig. »Ich habe schon eine Menge gelernt, Sky. Wirklich.«

Ihre Stimme wurde lebhafter, während sie über Klangschalen, Klangmuster, Sinneswahrnehmung und das Sehen der menschlichen Aura sprach.

Ich war nur froh, dass Hamburg wieder weit weg war.

»Toll, Mom«, sagte ich hinterher und lächelte ihr zu. Ihr erstes Zertifikat würde sie, wenn alles gut ging, schon Mitte der kommenden Woche erhalten.

»Es ist vor allem wegen Moon und dir«, gab Rosie seufzend zu. »Ich will selbstständiger werden. Damit Moon zurückkommt. Und damit du dich nicht für mich schämst und dir eines Tages doch noch wünschst, du wärst bei Greenbergs aufgewachsen ...«

»Mom!«, unterbrach ich sie.

»Doch, doch«, beharrte Rosie und Tränen stiegen ihr in die Augen.

Und dann bat sie mich, zurück in mein altes Zimmer zu ziehen, damit sie das Schimmelzimmer neu streichen und eventuell in einen Therapieraum verwandeln könnte.

»Es geschehen noch Zeichen und Wunder«, sagte Kendra an diesem Abend beeindruckt, als sie zum Übernachten zu mir kam und mich und Rosie beim Ausmisten des Schimmelzimmers überraschte.

36. HANNAH

Okay, er ist nicht so kafkaesk wie Kafka, er hat eben nur seine Augen und diesen schwermütigen Kafkablick«, lenkte Shar ein, als sie Chajm besser kennenlernte. »Ansonsten ist er ganz umgänglich. Ziemlich witzig, sogar. Und er hat einen guten Musikgeschmack. Außerdem ist er eine wahre Herausforderung für unseren gestrengen Rabbi!«

Das stimmte allerdings. David verfolgte Chajm mit Argusaugen. Er verdächtigte ihn, seine Religion zu verleugnen, den Staat Israel zu kompromittieren, sogar Schweinefleisch zu essen. In dieser Reihenfolge.

»David, hör auf damit!«, fuhr ich ihn gereizt an, als es ums Schweinefleisch ging. »Lass ihn in Ruhe. Was soll das?«

»Ist okay, Hannah«, sagte Chajm leise.

»Halt dich da raus, Han. Das ist eine Sache zwischen ihm und mir«, fauchte David wütend zurück und bedachte seinen Cousin – nicht meinen – mit einem bösen Blick.

»Bleib auf dem Teppich, Dave«, schlug Shar vor und lächelte ihm zu, um ihn zu beruhigen, aber es funktionierte nicht wirklich.

Vielleicht benahm sich David auch nur so, weil heute Rivki kommen sollte. Zum ersten Mal würde sie David hier bei uns zu Hause besuchen. Schließlich wohnten die beiden auch ziemlich weit auseinander.

»Hi«, sagte sie zu Sharoni, Chajm und mir, als David sie am Nachmittag hereinführte. Wir waren alle im Garten. Esther saß ein wenig abseits von uns und schaute nachdenklich und statuenhaft in Richtung unseres Johannisbrotbaumes. Die alte Schaukel bewegte sich hin und wieder leicht in ihren Angeln, obwohl eigentlich kein Wind zu spüren war. Los Angeles lag unter der gewohnten Smogdecke. Der ebenfalls gewohnte morgendliche Küstennebel hatte sich an diesem Tag nicht aufgelöst, der Himmel war milchig grau, als leide er an Sauerstoffmangel. Alles wirkte irgendwie verwaschen.

Jonathan spielte mit Nervensäge Arik und unsere israelische Großmutter war dazu abkommandiert, ihn in die Schranken zu weisen, wenn er zu wild wurde. Vom Herumtoben bekam er immer noch leicht Fieber und Fieber war das Letzte, was sein angegriffener Organismus zurzeit gebrauchen konnte.

Unser Vater war mit Lori in Sachen Geigenbau unterwegs und unsere Mutter versuchte zusammen mit unserem Großvater, bei den Ausländerbehörden ein Aufenthaltsvisum für Chajm zu beschaffen.

Zuerst sprachen wir über Religion.

»Ich denke, ich werde nach der Hochzeit mein Haar bedecken«, erklärte Rivki und trank einen Schluck Cola, nachdem sie sich noch einmal bei David versichert hatte, dass die Lebensmittel in unserem Haus auch wirklich koscher seien.

»Schade bei deinen schönen Haaren«, sagte Chajm mit seinem holperigen Akzent bedauernd. Sofort funkelte David ihn warnend an.

»Meine Mutter trägt ebenfalls einen *Scheitel,* wenn sie aus dem Haus geht. Was ist dabei? Es gibt sehr schöne Perücken. – Ansonsten werde ich Mützen oder Kappen aufsetzen. Meine Freundin, die schon verheiratet ist, zieht immer eine lustige Baseballkappe auf. Natürlich werde ich nicht im Kopftuch gehen! – Ich dachte, wenigstens du, der du aus Israel kommst, würdest mich verstehen.«

Chajm machte ein nachdenkliches Gesicht, aber er schwieg.

Shar starrte Rivki an, als wäre sie eine Erscheinung.

»Was ist?«, fragte Davids Freundin, der das nicht entging.

Shar hob eine Spur verlegen die Schultern.

»Also – was?«, beharrte Rivki.

Shar warf mir einen Blick zu. »Das kommt mir alles so ...« Sie suchte nach Worten. »... so mittelalterlich vor«, sagte sie dann. »Ich meine, wir leben im einundzwanzigsten Jahrhundert. Ist dir das vielleicht irgendwie entgangen?«

»Shar, nicht jeder ist so ein Punk wie du«, schnauzte David in Sharonis Richtung.

Das sagte ausgerechnet David, der so lange in Shar verknallt gewesen war? Ich verbiss mir einen dementsprechenden Kommentar, um ihn nicht weiter zu reizen.

»Ich werde auch die *Mikwe* besuchen, sobald ich geheiratet habe«, erklärte Rivki kühl und meinte damit ein rituelles Badehaus.

Ich sah, dass unsere Großmutter uns zuhörte, aber sie mischte sich nicht ein. Die Gemeinde meines Großvaters war eine gemäßigt religiöse Gemeinde. Frauen, die ihr Haar bedeckten, gab es dort eher wenige.

Wir redeten noch eine Weile hin und her und irgendwann verlagerte sich das Gespräch auf Allgemeineres, bis Rivki von den neuen Nachbarn zu erzählen begann, die auf dem Nachbargrundstück ihres Elternhauses in der Nähe von San Francisco eingezogen waren.

»Deutsche«, sagte sie und verzog das Gesicht. »Zumindest die Frau. Er ist jüdisch. Und außerdem ein erfolgreicher Herzchirurg. Aber sie stammt aus Deutschland. Zwar kam sie schon als Kind nach Kalifornien – aber sie ist dennoch Deutsche! Auch wenn sie jedem, der es hören – oder auch nicht hören will – von ihrem amerikanischen Pass erzählt, so als wolle sie sich rechtfertigen ... Deutsche bleiben für mich immer Deutsche! Ich zumindest will nichts mit ihr und ihren Kindern zu schaffen haben!«

Ich spürte, wie mein Puls sich beschleunigte, und Chajm schien es ebenfalls zu spüren. Er drückte für einen Moment unauffällig meine Hand. David starrte vor sich hin auf einen imaginären Punkt irgendwo am Ende des Gartens.

»Ich bin übrigens auch zur Hälfte – Deutsche . . .«, hörte ich mich dann auf einmal sagen. Meine Stimme klang hohl, aber auch wütend. »Hat Dave dir nichts davon erzählt?«

Ich umriss ihr in wenigen Sätzen meine Herkunftsgeschichte.

Hinterher war es für einen Moment ganz still.

»Stimmt das, David?«, fragte Rivki dann. Sie bohrte ihren Blick in den meines Bruders.

David fuhr auf einmal herum. »Musste das sein, Hannah?«, blaffte er mich an.

»Was?«, fragte ich genauso wütend zurück.

Rivki schaute zwischen uns hin und her. »Hat – sie wirklich eine . . . deutsche Mutter?«, hakte sie unerbittlich nach. Ich fühlte mich in diesem Moment wie eine Aussätzige. Jonathan, Arik und meine Großmutter waren vor einer Weile zurück ins Haus gegangen. Am liebsten hätte ich mich ihnen angeschlossen und mich für die nächsten Stunden in meinem Zimmer eingeschlossen.

Esther war ebenfalls verschwunden, wohin auch immer.

»Nun hört doch auf mit diesem blöden Streit«, sagte Shar mit einem aufmunternden Blick in die Runde.

»Wenn sie wirklich eine deutsche Mutter hat, ist sie nicht jüdisch«, erklärte Rivki mit kühler Stimme.

»Das ist doch Unsinn«, entgegnete Shar und tippte sich an den Kopf.

»Das ist alles andere als Unsinn«, sagte Rivki und kniff die

Augen zusammen. »Nach der *Halacha,* den jüdischen Religionsvorschriften, gilt der Mensch als Jude, der eine jüdische Mutter hat.«

»Ich habe eine jüdische Mutter, Rivki«, sagte ich und ich glaube, ich kniff meine Augen genauso wütend zusammen wie sie.

»Meinst du – Davids Mutter?« Rivki maß mich mit abschätzenden Blicken.

»He, sie ist auch Hans Mutter«, verbesserte Shar ärgerlich. »Seit fast achtzehn Jahren. Das sollte doch wohl reichen, oder?«

»Aber sie hat sie nicht geboren. Und darauf kommt es an. Eine jüdische Mutter braucht nicht mal jüdisch zu leben, auch wenn das abscheulich und verdammenswert ist. Aber ihre Kinder werden dennoch jüdisch geboren! Denn Bedingung ist nur, dass die Mutter bei der Empfängnis Jüdin nach der *Halacha* gewesen ist . . .«

David knetete seine Finger und machte ein betretenes Gesicht, aber er schwieg. In meinem Kopf drehte sich alles und meine Augen fingen an zu brennen.

Sag etwas, Dave! Lass mich nicht so im Regen stehen, bitte.

Aber ich sprach es nicht aus.

»Wenn sie konvertieren würde, könnte sie Jüdin werden«, fuhr Rivki fort und sprach von mir in der dritten Person, als sei ich es nicht mehr wert, in dieses Gespräch miteinbezogen zu werden. »Trotzdem blieben ihre – deutschen Wurzeln.« Sie strich sich die dunklen Haare aus der Stirn.

»Das mit deinen hellen Haaren kam mir gleich komisch vor«, wandte sie sich nun doch wieder an mich. »David, meine Eltern werden bestimmt auch nicht gerade begeistert von der Geschichte sein. Ich weiß nicht, ob sie es dann noch gutheißen, dass wir miteinander befreundet sind.«

»Rivki . . .«, sagte David leise, aber sie überhörte es.

»Wie konntest du mir diese – Sache so lange verschweigen? Ich meine, wir kennen uns schon fast drei Monate.«

»He, David, nun sag doch auch mal was.« Shar funkelte ihn an.

»Ich weiß nicht, was«, stotterte David nervös. »Ich – ich bin mir unsicher . . .«

In diesem Moment ergriff Chajm das Wort. »Was Rivki sagt, trifft heute nur noch für streng orthodoxe Juden, aber nicht für das liberale Judentum zu«, sagte er mit gerunzelter Stirn. »Hannah ist jüdisch erzogen worden, ergo ist sie jüdisch. So wie wir – und wie auch alle von jüdischen Menschen adoptierten Kinder.« Er schaute in die Runde und sein Blick blieb an Rivki haften. »Wenn man dir zuhört, kann einem echt angst und bange werden.« Zum ersten Mal sprach er hebräisch. »Ich will ja keine heftigen Vergleiche ins Feld führen, aber so wie andere früher mal den Ariernachweis verlangt haben, trittst du heute anscheinend für den Judentumsnachweis ein.«

David biss sich auf die Lippen, während Rivki aufsprang. »Das muss ich mir ja wohl nicht gefallen lassen!«, rief sie aufgebracht. »David, du verbietest deinem Cousin sofort, so mit mir zu reden. Er tut, als wäre ich ein Nazi! Ich! – Dabei ist sie die Deutsche!« Sie deutete auf mich und genau in diesem Moment war Esther plötzlich wieder da. Klein, sehr alt und sehr müde aussehend, aber kerzengerade tauchte sie in der Terrassentür auf und sah wie ein alter schwarzer Rabe aus.

»Nun ist es aber genug!«, sagte sie ruppig und streng zur gleichen Zeit, während ich gegen lästige Tränen ankämpfte. »David, kümmere dich um deine Schwester! Und dann tu mir den Gefallen und schaff dieses stocksteife Mädchen aus dem Haus!«

David saß für einen Moment wie erstarrt da, aber dann gab er sich einen Ruck.

»Han«, sagte er leise und warf mir einen vorsichtigen Blick zu.

Rivkis Blick wich er aus. »Hannah. Es tut mir leid. Bitte entschuldige. Ich hätte es – nie so weit kommen lassen dürfen ...«

Rivki war rot vor Zorn geworden.

Und fünf Minuten später verließ sie so stocksteif, wie Esther sie genannt hatte, unser Haus. David fuhr sie zurück zu ihren Eltern, die in einem Vorort von Los Angeles in einer jüdisch-orthodoxen Gemeinde zu Besuch waren.

»David muss an akuter Geschmacksverirrung leiden«, sagte Shar kopfschüttelnd und streckte sich erleichtert, als die Tür hinter den beiden ins Schloss fiel. Wir waren alle ins Haus gegangen. »Ich hoffe, diese Irre kommt nie wieder!«

Chajm lächelte mir zu, während er mit schräg gelegtem Kopf Esthers Holocaustfilmesammlung durchsah. Ich hatte mich wieder etwas beruhigt, Chajms Worte hatten mir gutgetan.

Esther selbst saß nachdenklich am großen Esstisch und trank in kleinen Schlucken einen leuchtend roten Wodka-Cranberry.

»Mutter, ich dachte, du würdest das endlich lassen!«, sagte meine Großmutter, die plötzlich wieder im Raum stand. Jonathan und Arik waren in Jonathans Zimmer verstaut, wo sie sich Cartoons im Fernsehen ansahen.

»Wer hat dich auf diesen schmalen Pfad gebracht, Sarah?«, schnauzte Esther ihre einzige Tochter an. »Ich musste nachdenken und dazu brauchte ich einen schmerzhaft klaren Kopf. Das war alles.«

Sie trank, ganz große Dame, das Glas leer.

»Das Zeug wird dich noch umbringen«, prophezeite meine Großmutter düster.

»Keine große Tragödie, wenn man achtundachtzig ist«, murmelte Esther ungerührt. Dann wandte sie sich an mich.

»Hannah, sitz gerade oder willst du einen krummen Rücken?« Sie seufzte und schenkte sich ein zweites Glas ein.

»Der Holocaust-Heinrich wird allmählich drängend«, fuhr sie anschließend düster fort. »Diese Gedenkveranstaltung ist im September. Der Trottel bedrängt mich immer noch, dass ich an seiner Stelle fahren und seine Rede halten soll.«

»Wovon sprichst du? – Wovon spricht sie?«, fragte meine Großmutter und schaute verwirrt von Esther zu mir.

Ich erklärte es und Esther nickte.

»Aber Mutter«, sagte Sarah erschrocken. »Das kannst du dir doch nicht mehr zumuten! Dafür bist du viel zu alt. Die Reise. Der Flug. Die Aufregung. Und – Auschwitz wiedersehen, was für ein Gedanke!«

Wie immer stockte meine Großmutter, bevor sie den Namen des Lagers aussprach, in dem sie unter so menschenunwürdigen Verhältnissen zur Welt gekommen war.

Gleichzeitig schob sie so unauffällig wie möglich die Wodkaflasche ans andere Ende des Tisches.

Esthers Miene war unergründlich. Aber plötzlich sah sie mich an. »Hannah, ruf dieses Mädchen an«, sagte sie mit fester Stimme.

Ich starrte sie an und sah gleichzeitig aus den Augenwinkeln, wie meine Großmutter die Wodkaflasche à la David Copperfield vom Tisch verschwinden ließ.

»Du meinst – Sky Lovell?«

Esther nickte. »Sie soll herkommen. So schnell wie möglich. Ich will sie sehen. – Ich habe mit ihr zu reden. Und mit dir auch. Und mit David, ehe er sich eines Tages noch wirklich verrennt.«

»Mutter, ist dir nicht gut?«, fragte meine Großmutter besorgt und nahm auch die Flasche mit dem Preiselbeerlikör vom Tisch. »Du wirkst müde, erschöpft, verwirrt. – Willst du dich nicht ein bisschen hinlegen?«

»Unsinn«, erwiderte Esther unwirsch. »So klar wie heute habe ich schon lange nicht mehr gedacht.«

Spät an diesem Abend, als Shar nach Hause gefahren war, kam Chajm noch einmal in mein Zimmer. »Ich wollte dir nur Gute Nacht sagen«, sagte er und küsste mich.

»Hast du übrigens schon bei Sky angerufen?«, erkundigte er sich anschließend.

Ich schüttelte den Kopf.

»Tust du es morgen?«

Ich nickte.

David war in seinem Zimmer und hörte, obwohl es schon fast elf war, laut Musik. Wahrscheinlich, um seine Enttäuschung im Bezug auf Rivki zu verdauen.

37. SKY

Oh, hi«, sagte ich überrumpelt. Das Telefon hatte geklingelt, gerade als ich dabei war auszurechnen, wie viele freie Tage noch vor mir lagen, ehe mein letztes Highschooljahr beginnen würde.

Rosie war mit dem Greenbergauto zum Baumarkt gefahren, um gelbe Farbe für das leer geräumte Exschimmelzimmer zu besorgen. Leek und Grandpa Nat waren immer noch in Irland. Zumindest hatten wir nichts Gegenteiliges gehört.

Am anderen Ende der Leitung war Hannah Greenberg. Verdammt, wie viel leichter es doch war, bei *Facebook* zu kommunizieren, als am gewöhnlichen Telefon. Ich war wirklich erschrocken, so völlig unvorbereitet ihre Stimme zu hören. Es machte ihre Existenz so real. Rosies und Leeks leibliche Tochter, Moons Schwester.

»Hallo – Sky . . .«, sagte sie und es erleichterte mich zu hören, dass sie ebenfalls nervös war. Dabei war ich es doch, die geschrieben hatte, dass wir uns bald einmal – Mut zur Tat – treffen sollten.

Aber jetzt war sie es, die ein Treffen vorschlug.

»Es ist wegen meiner – Urgroßmutter«, erklärte sie eine Spur verlegen. »Oder sollte ich sagen, deiner Urgroßmutter? – Oder unserer Urgroßmutter?«

Plötzlich musste sie lachen.

Ich lächelte stumm und wünschte mir, Kendra wäre da. Aber Kendras alte Kinderzeitkatze Upsydaisy war gestern vergiftet worden und gestorben und Kendra, die – laut ihrer Mutter – die halbe Nacht geweint und gewütet hatte, lag jetzt mit Migränekopfschmerzen in Plastikwelt im Bett und verschlief den Tag.

»Wie auch immer«, fuhr Hannah fort. »Esther ist schon sehr alt – und in der letzten Zeit ist sie irgendwie bekümmert, traurig – so was in der Art. Und jetzt will sie dich gerne sehen. ›So schnell es geht‹, sagt sie. So ist sie eben. Sie ist in vielen Dingen anders als andere alte Leute. ›Verdreht‹, sagt mein Bruder David immer.«

Das erinnerte mich an Old Niall und der Gedanke, dass er tot war und nie mehr anrufen und sich über irgendetwas aufregen würde, versetzte mir einen schmerzhaften Stich.

»Wie ist es, hast du Zeit – und Lust, uns zu besuchen? Meine Eltern und meinen kleinen Bruder kennst du ja schon . . .«

In diesem Moment piepste mein Handy. Ein Lebenszeichen von Moon? Ich angelte mir vom Boden aus, wo ich im Schneidersitz auf Rosies Yogamatte saß, mit zitternden Fingern hoffnungsvoll mein Sony Ericsson von der Kommode.

Tatsächlich, ein Lebenszeichen von Moon! Ich atmete auf.

Habe dich auch wahnsinnig lieb!, schrieb er. *Das war ja Teil meines Problems. Komme aber allmählich wieder damit klar. Werde dich immer wahnsinnig lieben, und das ist okay so.*

»Bist du noch da, Sky?«, erkundigte sich Hannah.

»Oh, sorry. Ja, klar«, sagte ich schnell. »Mein Bruder, der zurzeit in Deutschland ist und sich ein paar Tage nicht gemeldet hat, hat gerade geschrieben. Da war ich abgelenkt.«

»Geht es ihm denn gut?«, fragte Hannah.

»Ich denke schon«, antwortete ich.

»Da bin ich aber froh«, sagte Hannah. »Wenn David so einfach verschwinden würde, wäre ich auch fix und fertig. – Also, kommst du?«

Wann würden eigentlich Rosie und Hannah sich zum ersten Mal begegnen, schoss es mir durch den Kopf, als ich sah, wie meine Mutter in unsere Einfahrt einbog.

»Mit wem sprichst du? Mit Kendra? Grüß sie und sag ihr, dass es mir wahnsinnig leidtut, was mit Upsydaisy passiert ist . . .«, keuchte Rosie, die mit zwei Farbeimern beladen durch die Diele stolperte.

Ich schüttelte den Kopf.

»Wer ist es dann? Gershon, der Gute?«

Ich seufzte. »Einen Moment bitte, Hannah«, sagte ich. »Es ist Hannah, Mom. Hannah Greenberg . . .«

Rosie ließ die Eimer sinken und wir sahen uns an.

»Oh«, sagte Rosie dann mit dünner Stimme. »Grüß sie von mir, Sky. Und lad sie ein. Wir können ein Picknick in den Bergen machen. Mit meinem Klangschalenkurs habe ich ein paar schöne Stellen entdeckt. Wir könnten Godot mitnehmen und Gemüsespieße grillen. Oder was sie will . . .«

»Sky?«, fragte Hannah, um sich in Erinnerung zu bringen.

»Ich komme, wann immer du willst«, sagte ich zu ihr.

Sie hat mich eingeladen, formte ich tonlos mit den Lippen in Rosies Richtung.

»Das . . . das freut mich«, sagte meine Mom und wischte sich die verschwitzen hellen Haare aus der ebenfalls verschwitzten Stirn.

Plötzlich wurde mir klar, dass dieses Zimmer das Erste sein würde, was Rosie selbstständig in unserem Haus veränderte. Ohne Leeks Hilfe, ohne seinen Einsatz, ohne seine Anleitung.

Und ich hatte ihr versprochen, dabei zu helfen.

»Heute geht es aber noch nicht«, sagte ich darum schnell. »Meine Mom und ich streichen ein Zimmer im Obergeschoss.« Das klang richtig gut, fand ich. »Aber morgen könnte ich kommen.«

»Prima«, sagte Hannah erfreut.

Dann legten wir auf.

Ich schaute wieder auf mein Handy.

Grüß Rosie und Leek von mir. Mit diesen Worten schloss Moons Handynachricht.

Moon ließ Leek grüßen? Das klang ebenfalls gut. Wirklich gut.

»Moon schickt dir Grüße, Mom«, sagte ich und deutete auf mein Handy. »Und Leek auch. Richtest du es ihm aus, falls ich es vergesse?«

Rosie nickte, aber sie war nicht ganz bei der Sache. Hannahs Anruf hatte sie wohl etwas aus dem Gleichgewicht gebracht. Ich schaute ihr dabei zu, wie sie Bob Marley auflegte und sich einen Joint drehte. Dennoch strichen wir bis zum Abend das Dachzimmer fertig.

»Biofarbe«, erklärte Rosie.

Ich lächelte ihr zu. »Sky, glaubst du – Hannah wird mich okay finden? Erträglich?« Ihre Stimme hatte wieder den dünnen Klang, der ihre innere Unruhe verriet. »Delia Greenberg hat mich in der Zwischenzeit ein paar Mal auf meinem Handy angerufen. Sie klingt schrecklich nett. Und weltgewandt. Und intelligent . . .« Rosies Stimme war mit jedem Wort dünner geworden.

»Klar wird – Hannah dich – mögen, Mom«, sagte ich mit so viel Festigkeit in der Stimme wie nur möglich. Und anschließend schauten wir eine ganze Weile zusammen aus dem weit geöffneten Fenster des ehemaligen Schimmelzimmers, das jetzt kaum mehr wiederzuerkennen war. Unten im Garten rauschte Moons Olivenbaum sachte im minimalistischen Abendwind, der schwach, aber unverkennbar Los-Angeles-artig nach Autoabgasen roch wie immer. Kendra hatte mir neulich vorgeschlagen, bei Gelegenheit ein paar Eukalyptusbäume zu setzen, als geruchlichen Gegenpol, sozusagen. Für einen Moment musste ich auch an den alten Baum im irischen Baumpark von Ardnagashel denken, den Old Niall mir vererbt hatte.

Der Gedanke war ein schöner Gedanke. Vielleicht würde ich ihn in nächster Zeit einmal besuchen gehen. Mit Kendra. Oder Moon. Oder mit Gershon. Oder mit wem auch immer. Vielleicht würde ich auch alleine hinreisen. Zum ersten Mal bewunderte ich Moon für seinen mutigen, einsamen Trip nach Deutschland. Manchmal galt es einfach, etwas zu wagen.

»Jilliam hat übrigens Babykätzchen«, sagte Rosie irgendwann zwischendurch. »Nur falls Kendra vielleicht Interesse hat.«

38. HANNAH

Und dann war sie da – und sie hatte dieselben Augen wie meine Brüder und mein Vater. Und dasselbe Lächeln wie meine Mutter.

»Hallo«, sagte ich und starrte sie an.

»Schalom, ich bin David«, drängte David sich nervös vor und schüttelte ihr die Hand, nachdem er vorher noch rasch umständlich seine *Kippah* festgesteckt hatte. Man konnte fast das Gefühl bekommen, er wollte die Angelegenheit so schnell wie möglich hinter sich bringen. Und obwohl es völlig anders geplant war, waren natürlich alle da. Meine Eltern, meine Brüder, meine Großeltern, Chajm und Esther. Und außer ihnen sogar Mr Goldblum und Lori, die sonst höchstens mal zum *Schabbat* in unsere Wohn-Etage hinaufkamen. Und Shar, die einfach plötzlich am frühen Morgen vor der Tür gestanden hatte.

»Hallo, schön – euch alle zu sehen«, sagte Sky vorsichtig und lächelte in die Runde. Dann deutete sie auf ihr Auto und zum ersten Mal sah ich das goldgelbe Geschenk meiner Eltern. »Kann ich so stehen bleiben?«, fragte Sky. »Ich weiß, ich parke ziemlich schräg, aber es sind so viele Autos in der Einfahrt ...«

Sie wies auf Shars zerbeulten Lieferwagen und den Leihwagen meiner Großeltern. Die Autos meiner Eltern und Davids Wagen standen nebeneinander in der offenen Garage.

»Natürlich kannst du so stehen bleiben«, sagte meine Mutter sofort und lächelte sie mit einem spiegelbildlichen Lächeln an. Sah das etwa nur ich? Ich hielt die Luft an. Nein, anscheinend doch nicht nur ich.

»Yitzchak, siehst du es auch? Sie gleicht Delia. Und auch Rahel und Hadassa«, flüsterte meine Großmutter nämlich fast tonlos, aber dennoch unüberhörbar auf Hebräisch. Dabei waren Skys Haare hellblond gefärbt. Viel heller als meine. Ein paar Sekunden standen wir alle etwas hilflos herum.

»Danke. – Und gilt die Einladung auch für meinen Hund? Godot hat so schrecklich gewinselt, als ich ohne ihn losfahren wollte«, fügte Sky erklärend hinzu. »Meine Mom ist nämlich ebenfalls unterwegs – und mein Bruder Moon, dem Godot sonst auf Schritt und Tritt folgt, ist zurzeit in Deutschland . . .«

Wieder deutete sie auf ihren Wagen.

Mein Vater lachte, während David, der neben mir stand, hörbar eingeatmet hatte, als Sky das Reiseziel ihres Bruders so harmlos in einem Nebensatz erwähnt hatte.

»Natürlich gilt diese Einladung auch für deinen Hund. – Sky, du sollst dich hier wie . . .«

Mein Vater machte eine hilflose Geste und schien nach Worten zu suchen.

». . . wie zu Hause fühlen«, half ihm meine Mutter und versetzte meinem Herzen damit einen Stich.

Irgendwie schafften wir es ins Haus und nach und nach stellte ich Sky die ganze Familie vor, einschließlich der Angestellten meines Vaters, und natürlich Sharoni. Sie lächelte alle an und reichte allen die Hand.

»Soll ich dir mein Zimmer zeigen? Und die Medikamente, die ich jetzt nehmen muss? Und die Narbe an meinem Rücken, wo die Kanüle steckte, als ich dein Knochenmark bekommen habe? Und willst du außerdem meinen Yoda sehen? Arik hat ihn mir geschenkt, als ich aus dem Krankenhaus kam. Man kann ihn fernsteuern. Er ist lebensgroß und prima.«

Jonathan schaffte es mit seinem wasserfallartigen Geplapper, das sonst alle eher nervte, die Erstarrung zumindest ein bisschen zu lösen.

»Okay«, sagte Sky und fuhr ihm über die schwarzen, strubbeligen Haare. Godot, der Hund, rannte unruhig durch sämtliche Räume, meine Großmutter ging zurück in die Küche, um nach ihren süßen Bagels zu schauen, die noch im Backofen waren. Meine Eltern versuchten, sich locker und entspannt zu geben, was nicht wirklich gelang, und alle anderen traten sich irgendwie auf die Füße, aber alles war weniger schlimm, als ich befürchtet hatte.

Chajm, Shar und ich begleiteten Sky, die geduldig Jonathans Zimmer, seine Spielsachen, seine Medikamente und seine Wirbelsäulennarbe bewunderte.

Ab und zu trafen sich unsere Blicke.

»Alles in allem eine ziemlich verrückte Sache«, sagte Sky schließlich etwas hilflos und zuckte mit den Schultern, als Jonathan endlich von ihr abließ. Ich nickte zustimmend. »Du hast aber in jedem Fall eine – sehr nette Familie«, fügte sie hinzu.

». . . die ja streng genommen eigentlich deine ist«, sagte Shar. Ihre vielen bunten Zöpfe klimperten dabei und für einen Moment lachten wir, weil es irgendwie guttat, die Wahrheit in so einen harmlosen Satz gepackt zu hören.

»Alle . . . sind heute sehr aufgeregt«, erklärte ich dann. »Sonst sind sie normaler, entspannter . . .«

Chajm lächelte, beugte sich zu Godot hinunter und spielte mit ihm.

»Zu Hause in Israel habe ich auch einen Hund«, berichtete er und für einen Moment klang seine Stimme bedrückt. Die israelischen Behörden hatten ihn noch nicht vergessen und durch seine Flucht hatte sich die Situation nicht eben entspannt. Weder behördlich noch familiär. Aber wenigstens hatte er eine vorübergehende Aufenthaltserlaubnis für die Vereinigten Staaten erhalten. Das war immerhin ein Anfang.

Gleich darauf rief uns meine Mutter nach unten. »Es ist wegen Esther«, sagte sie leise und krauste die Stirn. »Sie hat nach euch gefragt. Mehrfach. Und sie ist schon wieder ziemlich unruhig und gereizt. – Sky, nimm es ihr nicht übel. Sie ist schon fast neunzig – und sie war als junge Frau in Auschwitz. Kurz zuvor wurde ihr kleiner Bruder, der noch ein Kind war, vor ihren Augen von deutschen Soldaten getötet. Und sie selbst hat in Auschwitz unter grauenhaften Umständen ihr eigenes Kind zur Welt bringen müssen, während mein fünfundzwanzigjähriger Großvater schon von den Nazis erschossen worden war. Das alles hat sie bis heute nicht wirklich verarbeitet.«

Sky nickte betroffen zu diesen Worten, die ich tausendfach kannte, tausendfach gehört hatte, die ein vertrautes Detail meines Lebens waren.

»Entschuldige, Sky, ich will dich natürlich nicht mit unserer Familiengeschichte überfahren und schon gar nicht mit dem traurigsten Teil davon«, fuhr meine Mutter nervös fort und streichelte für einen Moment Skys Schulter. »Es ist nur, damit du meine Großmutter ein bisschen besser verstehst. Sie . . . sie ist oft ruppig und gereizt und nicht immer sehr höflich.«

Sky nickte. »Ist schon in Ordnung – Delia«, sagte sie. »Ich – hatte einen Urgroßvater, mit dem es ähnlich war.«

Meine Mutter lächelte Sky erleichtert an. »Das klingt gut«, sagte sie dazu. »Ich würde mich freuen, wenn du mir eines Tages auch von ihm erzählst. – Wirst du das tun?«

»Ja«, antwortete Sky, allerdings erst nach einem kurzen Zögern.

Esthers Augenlider flatterten wie Kolibriflügel, als wir nach unten kamen.

»Da seid ihr ja endlich«, begrüßte sie uns und räusperte sich dann. »Du bist also Sky«, fuhr sie fort und musterte ihre neu entdeckte leibliche Urenkelin von Kopf bis Fuß. Dabei hatte sie sie doch vorhin an der Tür bereits gesehen. Ob sie nun ebenfalls damit anfangen würde, wie ähnlich Sky meinen Eltern und Brüdern sein würde? Ich spürte, wie ich Kopfschmerzen bekam.

»Schön, dass du gekommen bist«, sagte Esther allerdings nur. »Hat Hannah dir also ausgerichtet, dass ich dich sehen wollte?«

Sky nickte, während meine Großmutter lecker duftende Bagels hereinbrachte und mein Großvater Tee, Kaffee, Cola und Traubensaft.

»Ich hatte einen bestimmten Grund, dich herzubitten«, sagte Esther, als wir uns alle gesetzt hatten. Nur Jonathan war, versehen mit Bagels und Saft, zurück in sein Zimmer komplimentiert worden, wo er sich *Die Rückkehr der Jedi-Ritter* ansah und auf Arik wartete, der zum Übernachten kommen würde.

»Ich . . . ich habe etwas zu berichten – zu berichtigen, ehe ich vorher versehentlich ins Gras beiße . . .«, fing Esther mit starrer Miene an.

»Mutter!«, rief Sarah erschrocken. »Was sagst du denn da?«

»Doch, doch, ich bin ein wandelnder Anachronismus, wie David immer sagt. Ein Urgestein, allmählich wird es Zeit für mich zu gehen.«

Und dann folgte Esthers Geschichte.

1944 war Esther nach Auschwitz gekommen. Als sogenannter Neuzugang musste sie ihre letzten verbliebenen Privatsachen abgeben. Sie wurde inmitten einer Masse anderer Menschen geduscht, geschoren, fotografiert und registriert. Zwei Aufseher, die für die Neuzugänge zuständig waren, vergewaltigten sie unter Johlen, als sie sahen, dass Esther schwanger war. Wie alle anderen bekam sie anschließend eine Nummernserie auf den linken Unterarm eintätowiert. Hinterher erhielt sie dreckige, abgetragene Zivilkleidung, da es an KZ-Häftlingskleidung längst mangelte.

»Es war eine zerschlissene Männerhose und ein weites, zerrissenes Hemd. Unterwäsche und Schuhe bekam ich keine«, sagte Esther mit unbewegter Miene.

Wo war heute ihre Wut? Ihr Zorn? David und ich tauschten einen besorgten Blick.

»Das . . . Baby in meinem Bauch wurde dennoch mit jedem Tag munterer«, fuhr Esther fort. Ich hörte meine Großmutter nervös atmen. Eine Träne lief ihr über das Gesicht und ich sah, wie mein Großvater den Arm um sie legte.

»Eine junge Frau, die ausgemergelt von Durchfall und Fleckfieber war, erklärte mir, sie sei in der normalen Welt Hebamme gewesen, und befühlte meinen unruhigen Bauch«, fuhr Esther mit zusammengekniffenen Augen fort. ›Es tanzt‹, sagte sie. ›Sicher ein Mädchen.‹ Sie lächelte mir zu. ›Tanzen ist gehüpftes Glück‹, flüsterte sie mir zu und es kam mir verrückt vor, dass sie hier, an diesem Ort, von Glück reden konnte. – Und obwohl wir beide sicher waren, dass wir sterben würden, gab sie mir Ratschläge für die Geburt.

›Wer weiß?‹, sagte sie. ›Ich meine zu spüren, dass du überleben wirst . . .‹ Sie selbst war die Frau eines Widerstandskämpfers gewesen, und das war ihr Verhängnis.«

Sky saß lauschend neben mir.

Ob diese Frau vielleicht Annegret gewesen war? So wie heute hatte Esther uns noch nie an ihrer Zeit in Auschwitz teilhaben lassen. – Warum tat sie es ausgerechnet jetzt? Was wollte sie berichtigen, wie sie es genannt hatte?

»Ein paar Tage später war die Frau tatsächlich tot«, fuhr Esther fort. »Ihr – Körper lag eine ganze Woche lang weiter bei uns in der Baracke, ehe wir die Erlaubnis erhielten, die Baracke zu verlassen und ihn fortzuschaffen. Hätten wir es dennoch getan, wären wir sofort erschossen worden. Der Gestank war kaum auszuhalten und das Ungeziefer, das sowieso überall war, vermehrte sich explosionsartig. Die Kakerlaken krabbelten unermüdlich über uns. Und es gab Flöhe und Maden und Schmeißfliegen und gewöhnliche Fliegen und noch viel mehr. Die kleine Frau wurde förmlich aufgefressen . . .«

»Mutter, warum erzählst du das heute alles?«, fragte meine Großmutter aufgebracht. »Ich glaube nicht, dass Sky das alles wissen muss. Und wir . . .«

»Gut, ich kürze ab«, sagte Esther bissig.

»Mitte Januar begannen die Nazis, das Vernichtungslager allmählich zu räumen. In sogenannten Todesmärschen wurden Tausende Inhaftierte in offenen Güterwaggons oder auch zu Fuß in Richtung Westen abtransportiert.

Zurück blieben nur die, die zu schwach oder zu krank zum Laufen waren. Die meisten von ihnen wurden erschossen, nur kleine, elende Grüppchen überließ man so ihrem Schicksal.« Esther biss sichtlich die Zähne zusammen. »In einem dieser Grüppchen war ich.«

Sie knetete ihre alten, pergamentenen Finger und schaute keinen von uns an.

»Wir ahnten alle, dass die Russen auf dem Vormarsch waren und dass das der Grund war, warum die Nazis das sinkende Schiff verließen.«

Chajm hatte meine Hand genommen und drückte sie aufmunternd. Ich sah, dass meine Mutter es sah, aber sie sagte nichts.

»Und dann kam der vierundzwanzigste Januar«, fuhr Esther fort. »Und mit ihm das Baby. Jakob Mandelbaums Baby. Mein Baby.«

Ich kannte diesen Teil der Geschichte. Esther verlor viel Blut. Sie weinte stundenlang auf dem gefrorenen Lehmboden der Hütte. Keiner konnte ihr helfen. Nur ein ehemaliger jüdischer Universitätsprofessor, dem die Nazis beide Augen zerstört und den Unterkiefer zerschlagen hatten, stand ihr zur Seite. Er blieb an ihrer Seite, hielt ihre Hand und summte, da er nicht mehr sprechen konnte, Liedfragmente für sie, die noch in seinem verwirrten Geist hängen geblieben waren. Die Nazis hatten seinen Verstand für immer zerstört, aber dennoch schien er zu spüren, wie schlimm es um Esther stand. Und dann war das Baby plötzlich da. Und drei Tage später wurde Auschwitz befreit. Es war der siebenundzwanzigste Januar und Esther war frei. Während um sie herum immer noch die Menschen starben, verließ sie mit dem winzigen Säugling auf dem Arm das Vernichtungslager. Sie hatte überlebt. Diesen letzten Teil der Geschichte kannte ich. Er gehörte zu dem wenigen, was Esther uns aus dieser Zeit preisgegeben hatte.

»Aber es starb«, sagte Esther gerade und auf einmal war es totenstill in unserem sonnigen Wohnzimmer. »Ich weiß nicht, warum es nicht leben konnte oder wollte, es sah gesund aus – aber dennoch starb es. Vielleicht hatte die Geburt zu lange gedauert, vielleicht gab es andere Gründe. Die Vergewaltigungen bei meiner Ankunft, der Schmutz überall, die vielen Infektionen um mich herum . . .«

»Mutter, was redest du da?«, flüsterte meine Großmutter, die blass geworden war, und beugte sich nach vorn. »Ist dir nicht gut?«

Esther machte schmale Lippen und gab keine Antwort.

»Sie ist verwirrt«, fuhr Sarah fort und erhob sich besorgt. »Vielleicht ist es doch ein Schlaganfall. Oder Demenz, Alzheimer. Sie vergisst ihre . . . eigene Geschichte!«

Esther fuhr auf. »Ich vergesse gar nichts!«, fuhr sie ihre Tochter an. »Rede keinen Unsinn!«

»Aber Mutter . . .«, sagte meine Großmutter und warf meinen Eltern einen verwirrten, hilflosen Blick zu.

»Er war tot. Und dann kam der Befreiungstag. Und ich verließ alleine das Lager. Niemand hielt mich auf. Ich ging einfach davon«, fuhr Esther fort und schaute uns diesmal alle der Reihe nach an.

Meine Großmutter stand verloren im Wohnzimmer. Godot, zu Skys Füßen, hechelte laut und unpassend.

Mein Großvater legte schließlich den Arm um seine Frau und zog sie zurück an seine Seite.

»Ich ging und ging, wie in Trance. Und ich hätte die Welt am liebsten in Stücke gehauen. Der Himmel war wie immer, die Vögel sangen wie immer, der Schnee unter meinen Füßen knirschte, wie Schnee eben knirscht. Wie war das möglich? Meine Welt war zerstört, aber die restliche Welt war, verdammt noch mal, verschont geblieben«, erzählte Esther ungerührt weiter. »Bin ich schnell genug?«, unterbrach sie sich plötzlich selbst mit einem fast sarkastischen Seitenblick auf meine Großmutter. Dieser Blick erinnerte an die Esther, die ich kannte, und fast hätte ich aufgeatmet.

»Ich hatte wahnsinnigen Hunger«, fuhr meine Urgroßmutter fort. »Und Unterleibskrämpfe. Und meine gottverdammten Füße bluteten. Und nicht nur meine Füße. Irgendwann konnte ich nicht mehr weiter. Ich erreichte ein kleines, unscheinbares Dorf. Und dort traf ich sie – Annegret.«

David und ich tauschten einen kurzen, fast erleichterten Blick.

»Annegret lag in den Wehen. Sie war alleine. Und sie weinte vor Erschöpfung und Angst. Irgendetwas stimmte nicht mit ihrer Niederkunft. Das Kind schien falsch zu liegen. Annegrets Mann war ein deutscher Soldat und seit Monaten an der Front vermisst. Das alles erzählte sie mir. Ihre Mutter war kürzlich verstorben. Sonst war niemand mehr da. Ich blieb bei ihr, die ganze Nacht. Ich half ihr, so gut es ging. Ich beherzigte die Tipps, die die kleine Hebamme mir gegeben hatte, aber es ging dennoch nicht sehr gut. Annegret war genauso alt wie ich. Und wie ich bekam sie ihr erstes Kind. Und wie ich war sie alleine. Als der Morgen dämmerte, war das Baby endlich geboren. Aber Annegret war gestorben.«

»Nein . . .«, flüsterte meine Großmutter.

»Doch«, sagte Esther trotzig und hob den Kopf. »Hätte ich es liegen lassen sollen? Hätte ich es verhungern lassen sollen? Sag, hätte ich das tun sollen?«

»Es . . . es war ein Kind von Nazis. Ein – Nazikind«, flüsterte meine Großmutter heiser. »Das hast du selbst gesagt, Mutter. Die Frau war Deutsche. Ihr Mann war deutscher Soldat.«

»Das war mir egal«, fuhr Esther sie an. »Es war ein Baby. Annegret war freundlich. Nicht böse. Und das Kind war – hilflos, alleine. – Du warst dieses Kind! Und darum nahm ich dich mit. – So und jetzt genug davon. Einmal musstet ihr es erfahren. Ich hätte es längst erzählen sollen.« Esther erhob sich brüsk und ging davon, ohne sich noch einmal umzudrehen.

»Ihr ganzes Leben – nichts als eine große Lüge«, murmelte David entsetzt, als die Tür hinter ihr zuklappte. »Und wir alle? Habt ihr mal zwei und zwei zusammengezählt? Nazinachkommen! – So ist es doch – Nazinachkommen, nichts weiter!«

David erhob sich, stürzte aus dem Zimmer und diesmal fiel die Tür laut krachend ins Schloss.

39. SKY

Und dann?«, fragte Kendra. Rosie saß ebenfalls im Garten. Sie war in Leeks Morgenmantel gehüllt und nahm ein Fußbad. Auf dem ausnahmsweise völlig frei geräumten Wohnzimmertisch im Haus lag ihr erstes Klangschalentherapeuten-Zertifikat. Kendra und ich hatten ihr erfreut gratuliert und Rosie war sehr stolz auf sich, allerdings so geschafft, dass sie seit zwei Tagen mit heftigen Kopfschmerzen kämpfte.

»Ich bewundere diese Frau. Sie war mutig, entschlossen und couragiert«, sagte sie jetzt gedankenverloren. Zwischen uns auf dem wackeligen Terrassentisch lagen Schokobagels, Double Chocolate Muffins und ein halb voller Teller Pfefferminz-*Oreos*.

»Gegen meinen Serotoninmangel«, hatte meine Mom seufzend erklärt, als sie sich zu uns in den Garten gesellt und ihr heißes Fußbadwasser, das sie mit Buttermilch, Rosenblättern und ein paar Tropfen Aloe Vera versehen hatte, vor ihrem Stuhl drapiert hatte.

»Was für ein Mangel?«, erkundigte sich Kendra interessiert.

»Serotonin«, sagte Rosie matt und tauchte ihre Füße behutsam ins Heiße, Nasse.

»Man nennt es im Volksmund auch Glückshormon«, erklärte ich und warf Kendra einen vielsagenden Blick zu. »Irgend so ein Neurotransmitter, der die Stimmung aufhellt. Ich habe mal ein Biologiereferat drüber gehalten. Serotonin stimuliert einen Teil der Großhirnrinde. – Und Schokolade . . .« Ich wies auf Rosies Süßigkeitenberg. ». . . enthält eine Menge Serotonine.«

Kopfschüttelnd wandte ich mich ihr zu.

»Aber warum um alles in der Welt hast du überhaupt schon

wieder Serotoninmangel?«, fragte ich dabei. »Jetzt, wo du gerade diese Prüfung bestanden und dein erstes Zertifikat bekommen hast?«

»Verdammt, das ist es!«, unterbrach Kendra mich in diesem Moment mit leuchtenden Augen. »Meine Mutter isst praktisch nie Süßigkeiten! Sie lebt stattdessen in einem geradezu hysterischen Dauerpanikzustand, eines Tages dick zu werden. Vielleicht ist das überhaupt der Grund, dass Mrs Klappergestell immer so durchgeknallt und widerwärtig und abscheulich ist. Ihr Hirn ist schlicht und einfach serotoninmäßig völlig ausgedörrt! – Mann, ab morgen werde ich sie mit Schokomuffins, Butterfingers und *Hershey's Kisses* mästen! Ob sie will oder nicht.«

Ich zeigte Kendra einen Vogel und wiederholte meine Frage an Rosie, die erschöpft mit den Fußzehen wackelte, Wasser verspritzte und Schokomuffinstückchen knabberte.

»Frag nicht«, murmelte sie und winkte ab.

»Okay«, sagte ich und wollte mich stattdessen gerade bei Kendra erkundigen, wie sie es denn anstellen wollte, ihre Mutter gegen ihren Willen mit Süßzeug zu füttern, als Rosie sagte: »Also gut, wenn du es unbedingt wissen willst, Dorothea und Herrmann veranstalten derzeit in Hamburg einen Riesenwirbel bei ihrer Hausbank und ihrem Hausanwalt, um Hannah Greenberg mit Wertpapieren, Spareinlagen und einem eigenen Aktienfonds zu versehen. Das muss man sich mal vorstellen. Mir haben sie in den letzten zwanzig Jahren keine hundert Dollar spendiert! Außerdem lassen sie ihren Stammbaum ergänzen und haben doch tatsächlich eine norddeutsche Familienzusammenkunft heraufbeschworen, um allen in aller Ausführlichkeit von Hannah zu berichten! Das alles haben sie mir letzte Nacht in einer Mail offenbart, in der sie außerdem noch einmal nachgehakt haben, wie es überhaupt zu dieser Verwechslung kommen konnte und ob Leek und ich nicht doch eventuell selber schuld an der Sache seien, weil unser Verstand am entsprechenden Tag zu haschischumnebelt gewesen sei, um unser eigenes Baby zu erkennen.«

»Haben sie das wirklich so geschrieben?«, fragte ich misstrauisch.

»So ähnlich«, murmelte Rosie düster.

Darüber hatten wir noch eine Weile gesprochen, weil ich fand, dass es Rosie im Grunde egal sein konnte, was Hamburg sich wieder mal einfallen ließ, um sie zu provozieren, aber dann waren wir irgendwie erneut auf die Geschichte gekommen, die Hannah Greenbergs jüdische Urgroßmutter ihrer Familie – und mir – vor drei Tagen berichtet hatte.

Ich war froh, Rosie auf diese Weise gedanklich von ihren idiotischen, egozentrischen Eltern loseisen zu können.

»Es war das einzig Richtige, das, was sie getan hat«, sagte Rosie auch sofort und nickte nachdrücklich. »Was wäre sonst aus diesem armen Baby geworden?«

»Es wäre gestorben, wie seine Mutter«, murmelte Kendra.

»Eben.«

»Aber sie hätte nicht fünfundsechzig Jahre lang darüber schweigen dürfen«, wandte ich ein. »Ihr hättet Hannahs Großmutter mal sehen sollen, nachdem ihr klar wurde, was das alles bedeutet. Und dass sie der Dreh- und Angelpunkt der ganzen Story ist!«

Kendra nickte, aber Rosie hob die Schultern.

»Doch, Mom«, sagte ich. »Mrs Cohen ist überzeugte Israelin. Sie lebt dort seit über vierzig Jahren. Ihr Mann ist Rabbi. Du hättest sie sehen sollen. Sie ist den Rest des Nachmittags haltlos weinend durch das Haus gestolpert. Es war schrecklich. Irgendwann kam Esther zurück und sagte ärgerlich, sie solle gefälligst aufhören, wie eine Flipperkugel in einem zu engen Flipperautomaten herumzujagen. – Irgendwie erinnerte sie mich in diesem Moment an Old Niall. Sie sah aus wie ein Racheengel und sie ließ sich auch auf kein weiteres Gespräch ein.«

Einen Moment schwiegen wir und Rosie nahm sich schnell einen weiteren geviertelten Muffin, während ich mit einem unwohlen Gefühl im Bauch an Old Nialls knappe, verzweifelte Lebensbeichte zurückdachte. Darüber würde ich auch noch berichten müssen, irgendwann. Leek, Rosie – und meinem Grandpa Nat. Daran führte kein Weg vorbei. In diesem Moment verstand ich Hannahs Urgroßmutter plötzlich. Manche Dinge verdrängte man lieber, als sie auszusprechen und damit Verwirrung und Traurigkeit aufzuwühlen, wie ein Hurrikan einen vorher unberührten Landstrich in einem einzigen Atemzug verwüsten konnte.

»Und die anderen?«, erkundigte sich Kendra in diesem Moment. »Ich meine, wie haben die anderen reagiert?«

Ich seufzte. »Hannahs älterer Bruder David war furchtbar wütend. Er hat getobt und sich aufgeregt und hat immer wieder gesagt, sein ganzes Leben sei nichts als eine große Lüge.«

»Armer Junge«, murmelte Rosie sofort mitleidig.

»Mr Cohen, der Rabbi, weinte auch. Aber er war sehr lieb zu seiner Frau – also zu Hannahs Großmutter – und versicherte ihr immer wieder, dass sich nichts ändern würde und dass sie die bliebe, die sie immer gewesen sei.«

»Es sind deine Großeltern, Sky. Das scheinst du immer wieder zu vergessen«, erinnerte mich Kendra lächelnd und schluckte ihren schwarzweißen *Oreon*keks herunter. »Im Grunde stammst du von dieser mysteriösen deutschen Annegret ab.«

Ich erwiderte nachdenklich Kendras Blick und dachte an meine Großeltern in Hamburg, die ja nun streng genommen nicht mehr meine Großeltern waren. Und ich dachte an deren Eltern, die ich ebenso wenig kannte, wie ich diese Annegret gekannt hatte.

Irgendwie fühlte ich mich auf einmal schwer wie ein Stein. Und gleichzeitig merkwürdig schwerelos. Komisch, dass so etwas Widersprüchliches überhaupt möglich war.

»Es war nur ein Kind, kein Nazikind«, sagte Rosie in diesem Moment entschieden. »Ein ganz gewöhnliches, neugeborenes Kind. Wie Moon und Sky – und Hannah . . .«

Am Abend schickte ich Moon eine SMS, in der ich versuchte, ihm in knappen Worten zu berichten, was hier alles los war. Esther Mandelbaums dramatische Lebensgeschichte, Rosies erschöpfenden, aber bisher erfolgreichen Einstieg ins Berufsleben, das neu gestrichene gelbe Dachzimmer.

Aber irgendwie schienen meine getippten Handyworte ihm diesmal nicht zu reichen – denn ein paar Sekunden später begannen meine Wale zu singen.

»Sky?«

»Moon! Endlich! Wo bist du? Wie geht es dir?«

Ich warf mich auf mein Bett.

Er war an der Nordsee, am Strand, mit ein paar neuen Freunden.

»Wir machen jeden Abend ein Feuer aus Treibholz. Wusstest du, dass Feuer aus Treibholz blaue Flammen machen, wenn man sie anzündet? Blaue Feuer, Sky! Wunderschön! – Wir schlafen auch am Strand. Vorletzte Nacht wurden wir von ein paar Betrunkenen überfallen, aber keine Sorge, mir ist nichts Ernsthaftes passiert!«

Ich musste für einen Moment an Chrippa denken, die Moon

mit ihrem zu einem Flieger gefalteten Brief aufgescheucht und auf diese Reise gebracht hatte. War ich ihr dankbar dafür? Fast war ich es.

»Mir geht es wirklich gut, Sky«, rief Moon in diesem Augenblick über den Ozean. »Obwohl du mir natürlich fehlst. Und Rosie. Hat sie wirklich diese Prüfung bestanden, von der du geschrieben hast?«

Ich hörte an seiner Stimme, wie sehr er sich freute, und darum bestätigte ich es schnell.

»Und – wie ist Hannah Greenberg?«, fragte Moon als Nächstes.

»Sky, mit wem sprichst du? Ist das Moon?«, rief Rosie in diesem Moment aufgeregt und stolperte über Godot hinweg, der auf meiner Türschwelle lag, in mein Zimmer.

Ich bestätigte auch dies und Rosie sank erleichtert auf meinen mit Klamotten behängten Schreibtischstuhl.

»Sag ihm . . .«, begann sie. »Sag ihm . . .«

»Was soll ich ihm sagen, Mom?«, fragte ich etwas ungeduldig.

»Sag ihm, dass ich ihn liebe«, flüsterte Rosie in ihrer speziellen Art, die Leek fesselte und festhielt, Moon liebte – und die mich oft auf die Palme brachte. »Ihn und dich, Darling.«

»War das Rosie? Was sagt sie?«, erkundigte sich Moon am anderen Ende der Leitung.

»Sie liebt uns«, sagte ich schnell. »Und morgen wird sie zum ersten Mal Hannah treffen, denn ich habe sie eingeladen.«

»Wow!«, sagte Moon etwas überrumpelt.

»Was?«, rief Rosie schrill.

»Und Leek wird auch da sein«, fuhr ich fort. »Er und Grandpa Nat sind vor ein paar Tagen endlich aus Irland zurückgekommen. Leek und ich haben vorhin gesimst.«

»Er wird dort natürlich reihenweise Irinnen flachgelegt haben, das ist mal sicher«, sagte Moon, aber er klang weniger aufgebracht als sonst, wenn er auf Leeks Sexualleben zu sprechen kam.

»Möglich«, sagte ich, mehr nicht.

»Mann sein«, fügte Moon kryptisch hinzu. »Ich habe viel drüber nachgedacht – und es ausprobiert.«

Was immer das hieß. Ich dachte an Gershon, der zurzeit mit seinen Brüdern surfen war. Vielleicht meinte er das. Dann hatte ich das Frausein ausprobiert und es war okay, wenn auch sicherlich noch ausbaufähig.

Wir redeten noch kurz hin und her und verabschiedeten uns dann.

»Ich rufe dich wieder an, Sky«, versprach Moon, ehe wir auflegten.

»Tu das, Moon«, sagte ich.

Und am nächsten Tag kam Hannah.

40. HANNAH

Gleich würden wir da sein, Chajm, Esther und ich. Eigentlich hatte Shar mich begleiten wollen, aber eine Spätsommergrippe war ihr dazwischengekommen.

»Soll ich dich stattdessen hinfahren?«, bot Chajm mir an. »Ich habe zwar nur den israelischen und nicht den amerikanischen Führerschein, aber das wird hoffentlich kein Problem sein, sollten wir in eine Polizeikontrolle geraten.«

Er lächelte mir zu und ich nickte nervös. Heute war es also so weit. Ich würde Rosie Lovell treffen, meine leibliche Mutter.

Esther beschloss erst im allerletzten Moment, mit uns zu kommen. Sie hielt ihr mobiles Telefon in der Hand und machte ein besorgtes Gesicht.

»Was hast du?«, fragte ich.

»Sorgen«, sagte sie knapp.

»Um wen? Um Sarah?«

Esther zuckte mit den Schultern. »Um sie auch«, gestand sie fast ärgerlich.

Ich dachte an den Streit heute früh in unserem Garten. David hatte seit drei Tagen sein Zimmer nicht verlassen, außer um ins kleine Bad zu gehen, wenn er zur Toilette musste. Anscheinend trank er dort auch Leitungswasser, denn er kam nicht in die Küche hinunter.

»Willst du wegen der Sache vielleicht verhungern, David?«, hatte ich ein paar Mal vor seiner verriegelten Tür gefragt, aber keine Antwort erhalten. »Davon stürzt doch die Welt nicht ein«, fügte ich hinzu, aber er reagierte nicht. Ab und zu konnte ich ihn leise und wütend beten hören. Meine Eltern gaben sich dagegen betont fröhlich und ausgeglichen, aber ich bekam dennoch mit, dass sie sich um David sorgten und ein paar Mal waren bereits die Worte »Psychologe« und »Therapie« gefallen.

Jonathan dagegen nörgelte und jammerte, weil er nicht verstand, was vor sich ging.

»Wer ist ein Nazi?«, fragte er ein paar Mal verwirrt. »Unsere Bubbe?«

»Nein, natürlich nicht, Schatz«, sagte meine Mutter und drückte ihn an sich.

Mein Großvater Yitzchak besuchte weiterhin die örtlichen Synagogen und plante seinen Besuch und Vortrag im Tolerance Center in Beverly Hills.

Und meine Großmutter, die nun eigentlich Skys Großmutter war, schwieg, nachdem sie zu Ende geweint hatte, fast drei Tage, ehe es zu diesem Streit im Garten gekommen war.

»Wer war sie?«, fragte sie plötzlich böse und blieb wie angewurzelt vor Esther stehen.

»Das habe ich euch doch bereits gesagt. Sie hieß Annegret – mehr weiß ich nicht.«

»Warum hast du nur so lange geschwiegen – Mutter? Oder sollte ich das besser nicht mehr sagen? Schließlich bist du gar nicht meine Mutter.«

»So ein Unsinn«, murmelte Esther.

»Das ist kein Unsinn!«, schrie meine Großmutter plötzlich. »Du hast mich mein Leben lang belogen und betrogen. Du hast mir nichts als Lügen erzählt. Über meine Herkunft, über Jakob Mandelbaum, der gar nicht mein Vater war, über meine Geburt, die niemals in Auschwitz stattgefunden hat. Und über dich. – Wie konntest du es zulassen, dass ich nach Israel ging? Dass ich einen Rabbiner heiratete? Dass ich nach den jüdischen Gesetzen lebte?«

»Du bist Jüdin, Sarah. Und – ich hatte das alles – auch fast vergessen«, erwiderte Esther leise.

»Unsinn!«

Diesmal benutzte Sarah das Wort und sie spuckte es vor Esther aus wie Gift. »Mutter, ich bin ein Nichts, siehst du das nicht? Du bist Jüdin, du hast Wurzeln und eine akzeptable Vergangenheit, auch wenn sie traurig ist. – Aber was ist mit mir?«

»Du bist ein Teil von mir, Sarah«, sagte Esther heftig. »Du bist mein Kind!«

»Nein, das bin ich nicht«, schrie meine Großmutter außer sich vor Zorn. »Ich bin das Kind irgendwelcher verfluchter, gottverdammter Nazis! Das – und nichts anderes – ist die Wahrheit!«

Mr Goldblum, der aus dem Lagerraum im hinteren Garten kam, brummte nervös und ärgerlich auf und rang die Hände, während meine Mutter meine Großmutter umarmte und zurück ins Haus führte.

Und jetzt waren wir unterwegs nach Hollywood, zum Haus der Lovells.

Esther starrte immer noch auf ihr Handy.

»Erwartest du einen Anruf?«, fragte ich und drehte mich zu ihr um. Esther nickte.

»Von wem?«, fragte ich.

»Vom Holocaust-Heinrich«, murmelte Esther.

Diesmal fragte Chajm: »Von wem?«

Ich erklärte es ihm.

»Er hat sich seit Tagen nicht gemeldet«, erklärte Esther düster. »Hoffentlich ist ihm nichts passiert.«

Dann waren wir da.

»Hallo«, sagte Sky und kam auf uns zu. Neben ihr stand ihre Mutter, die eigentlich meine Mutter war.

»Hannahdarling«, sagte sie mit leicht wackeliger Stimme, aber dann umarmte sie mich spontan. Sie roch nach Patschuliparfum und fühlte sich zart und irgendwie zerbrechlich an.

Godot lag unter einem krummen, beeindruckenden Olivenbaum und hob den Kopf, als wir kamen. Ich lächelte ihm zu und beeilte mich dann, Chajm und Esther vorzustellen.

»Ich habe schon von Ihnen gehört, Mrs Mandelbaum«, sagte Rosie und umarmte Esther so unvermittelt, dass Esther es erst danach schaffte, sich steif zu machen, wie sie es immer tat, wenn man sie mit einer Berührung überrumpelte. »Sie müssen eine wunderbare Frau sein.«

Rosie lächelte Esther an und schien überhaupt nicht überrascht zu sein, dass ich sie mitgebracht hatte. Jedenfalls stellte sie keine Fragen.

»Das ist Leek, Hannah«, sagte Sky in diesem Moment. »Mein Dad, dein Dad – wie auch immer.«

Leek gab mir die Hand. Er sah jung aus und irgendwie lustig, mit den roten Haaren, auch wenn ein Zug um seinen Mund war, den ich nicht so richtig deuten konnte. Er sah aus, als ob er viele Sorgen in seinem Leben hätte. »Schön, dich zu sehen.«

Gerade, als wir uns um den Terrassentisch setzen wollten, klingelte Esthers Handy. Sie nahm das Gespräch eilig an und ihre Augen weiteten sich.

»Also doch«, sagte sie.

»Der Holocaust-Heinrich?«, fragte ich erschrocken.

Esther schüttelte den Kopf.

»Krankenschwester«, erklärte sie leise und mit gerunzelter Stirn.

»Ist er etwa . . .?«, flüsterte ich.

Esther schüttelte den Kopf und lauschte wieder. Aber ihre Miene blieb traurig.

Ich hörte mit halbem Ohr, wie Chajm den anderen erklärte, wer der Holocaust-Heinrich war.

»Also gut«, sagte Esther zum Schluss und setzte sich kerzengerade. »Sagen Sie ihm, dass ich es tue.«

Dann drückte sie den AUS-Schalter und schrumpfte wieder in sich zusammen.

»Was tust du?«, erkundigte sich Chajm an meiner Stelle.

»Nach Auschwitz fliegen. Zu diesem Vortrag. Einer muss ihn ja halten. Und Heinrich hatte vor drei Tagen einen Schlaganfall. Es steht nicht gut um ihn. – Ich weiß nur nicht, ob ich das alles alleine schaffe. Der lange Flug, die Bahnreise nach Oswiecim, der zweiwöchige Aufenthalt dort.«

Esther seufzte tief. Der Streit mit meiner Großmutter schien ihr mehr zuzusetzen, als sie zugeben wollte.

Und dann war es Sky, die die Idee hatte und die wir fast drei Monate später in die Tat umsetzen würden.

41. SKY

Hannah und ich begleiteten Esther auf ihrem Flug nach Krakau in Polen. Von dort würden wir mit der Bahn weiterfahren.

Es waren Herbstferien.

Sarah und Yitzchak waren längst zurück in Israel.

»Wie geht es deiner Großmutter?«, fragte ich Hannah, als wir uns am Flughafen trafen.

»Etwas besser«, antwortete Hannah. »Sie sucht jetzt nach ihren Wurzeln. Mein Sejde hilft ihr dabei.«

»Sejde?«, wiederholte ich verwirrt.

»Mein Großvater«, übersetzte Hannah und lächelte mir zu.

»Und der Rest eurer Familie?«, erkundigte ich mich. »Ich meine die in Tel Aviv. Wissen sie auch schon Bescheid?«

Hannah schüttelte den Kopf. »Meine Bubbe – Großmutter braucht noch Zeit, sagt sie.«

Ich nickte verstehend. Ich würde Rosie und Leek auch erst nach meiner Rückkehr in die Staaten von Old Nialls Vergangenheit berichten. Aber Hannah konnte ich es bereits jetzt erzählen. Esther hörte mir ebenfalls zu. Sie nickte nachdenklich zu meinen schwerwiegenden Worten, ehe sie sich zurücklehnte und den Flug verschlief.

Irgendwann fragte Hannah dann nach Rosie.

»Rosie ist ein Kapitel für sich«, erklärte ich seufzend. »Man muss sich eine emotionale Hornhaut zulegen, wenn man sie ertragen will. Sie weint viel, kifft, nimmt das Leben schwer, ist chaotisch, hat ihre dramatischen Momente – und ab und zu heftige Depressionen.«

Hannah nickte sinnend.

»Aber sie gibt sich Mühe«, fügte ich der Ehrlichkeit halber

hinzu. »Vor allem in letzter Zeit. – Leek bekommt in ein paar Wochen ein Seitensprungbaby. Ich glaube, das habe ich dir noch gar nicht erzählt, oder? Jedenfalls hat Rosie jetzt ein neues Mantra, mit dem sie ganz gut klarkommt.«

Ich trank einen Schluck Cola.

»›Ich will meine Kinder glücklich machen‹, lautet es.« Ich warf Hannah einen Blick zu. »Das ist okay, oder?«

Hannah nickte. Und ich dachte an die erste Patientin, die Rosie gestern im gelben Zimmer empfangen hatte. Vor ein paar Tagen hatte sie ihr zweites Klangschalentherapeuten-Zertifikat bekommen, und auch wenn Leek darüber lachte – Rosie hatte sich verändert.

Ich dachte auch an Moon, den ich in ein paar Stunden endlich wiedersehen würde. Dieses Mädchen namens Klara würde ihn begleiten, wenn er uns am Krakauer Flughafen abholen kam.

In LA wartete Gershon auf mich. Er hatte mir drei Postkarten aus Florida geschickt. Und dazu etwa tausend SMS.

Nächstes Jahr im Frühling würden Hannah, Kendra, Sharoni und ich, wenn nichts dazwischenkam, meinen Baum in Irland besuchen.

Das Leben war gar nicht so übel.

Antje Babendererde

Rain Song

Der Sturz von den Klippen am Cap Flattery hätte leicht tödlich ausgehen können. Doch Hanna überlebt – dank dem Makah Indianer Greg. Hat der Vorfall etwas mit Hannas verzweifelter Suche nach ihrer großen Liebe Jim zu tun, der hier vor fünf Jahren spurlos verschwand? Gemeinsam mit Greg macht Hanna sich daran, den Dingen auf den Grund zu gehen. Doch während sie Greg immer näherkommt, entdeckt sie Stück für Stück Jims wahre Identität.

320 Seiten.
Gebunden.
ISBN 978-3-401-06522-9

Indigosommer

Ein einsamer Strand am Pazifik, ein Ozean ohne Grenzen, ein Ort voller Magie. Das ist La Push für Smilla, die mit ihren Freunden im Indianerreservat ihr Camp aufschlägt. Doch warum begegnen ihnen die Einheimischen so feindselig? Als Smilla sich in den schwer durchschaubaren Conrad verliebt, kippt die Stimmung in der Clique und sie erfährt, was letzten Sommer an diesem Strand geschehen ist.

Arena

360 Seiten.
Klappenbroschur.
ISBN 978-3-401-50222-9
www.arena-verlag.de

Kerstin Gier
Liebe geht durch alle Zeiten

Als Hörnuch bei Arena audio

978-3-401-06334-8

Rubinrot

Manchmal ist es ein echtes Kreuz, in einer Familie zu leben, die jede Menge Geheimnisse hat. Der Überzeugung ist zumindest die 16jährige Gwendolyn. Bis sie sich eines Tages aus heiterem Himmel im London um die letzte Jahrhundertwende wiederfindet. Und ihr klar wird, dass ausgerechnet sie das allergrößte Geheimnis ihrer Familie ist …

Als Hörnuch bei Arena audio

978-3-401-06347-8

Saphirblau

Frisch verliebt in die Vergangenheit, das ist keine gute Idee. Das zumindest findet Gwendolyn, 16 Jahre alt, frisch gebackene Zeitreisende. Schließlich haben sie und Gideon ganz andere Probleme. Zum Beispiel die Welt zu retten. Oder Menuett tanzen zu lernen. Als Gideon dann auch noch anfängt, sich völlig rätselhaft zu benehmen, wird Gwendolyn klar, dass sie schleunigst ihre Hormone in den Griff bekommen muss …

Als Hörnuch bei Arena audio

978-3-401-06348-5

Smaragdgrün

Gwendolyn ist am Boden zerstört. War Gideons Liebesgeständnis nur eine Farce, um ihrem großen Gegenspieler, dem düsteren Graf von Saint Germain, in die Hände zu spielen? Fast sieht es für die junge Zeitreisende so aus. Doch dann geschieht etwas Unfassbares, das Gwennys Weltbild einmal mehr auf den Kopf stellt. Für sie und Gideon beginnt eine atemberaubende Flucht in die Vergangenheit …

www.arena-verlag.de
www.smaragdgruenlesen.de

Arena

Jeder Band:
Gebunden.
Mit Schutzumschlag.

Isabel Abedi

Lucian

Mehr als Liebe

Immer wieder taucht er in Rebeccas Umgebung auf, der geheimnisvolle Junge Lucian, der keine Vergangenheit hat und keine Erinnerungen. Sein einziger Halt ist Rebecca, von der er jede Nacht träumt. Und auch Rebecca spürt vom ersten Moment an eine Anziehung, die sie sich nicht erklären kann. So verzweifelt die beiden es auch versuchen, sie kommen nicht voneinander los. Aber bevor sie noch erfahren können, was ihr gemeinsames Geheimnis ist, werden sie getrennt. Mit Folgen, die für beide grausam sind. Denn das, was sie verbindet, ist weit mehr als Liebe.